KB237167

잔지바르
또는
마지막 이유

잔지바르 또는 마지막 이유

대산세계문학총서 082

알프레트 안더쉬 지음 강여규 옮김

문학과지성사
2009

대산세계문학총서 **082**_소설

잔지바르 또는 마지막 이유

지은이__알프레트 안더쉬
옮긴이__강여규
펴낸이__홍정선 김수영
펴낸곳__㈜**문학과지성사**

등록__1993년 12월 16일 등록 제10-918호
주소__121-840 서울 마포구 서교동 395-2
전화__02)338-7224
팩스__02)323-4180(편집)   02)338-7221(영업)
전자우편__moonji@moonji.com
홈페이지__www.moonji.com

제1판 제1쇄__2009년 9월 11일

ISBN 978-89-320-1988-8
ISBN 978-89-320-1246-9 (세트)

이 책은 대산문화재단의 외국문학 번역지원사업을 통해 발간되었습니다.
대산문화재단은 大山 愼鏞虎 선생의 뜻에 따라 교보생명의 출연으로 창립되어 우리 문학의 창달과
세계화를 위해 다양한 공익문화사업을 펼치고 있습니다.

차례

잔지바르
또는 마지막 이유

그리고 죽음의 왕국이 지배하지 않게 하라.
바다 속, 물의 휘감김 아래 오래 누워 있는
그들, 바람처럼 공허하게 죽어서는 안 된다.
고문대 위에서 뒤틀리며 힘줄이 풀어지고
바퀴에 묶여도, 그들은 결코 부서지지 않는다.
손 안의 믿음이 두 동강 나더라도
그리고 악의 외뿔이 그들을 뚫고 지나가도
종말에 산산조각이 되어도 그들은 깨지지 않는다.
그리고 죽음의 왕국이 지배하지 않게 하라.

— 딜런 토머스

Und dem Tod soll kein Reich mehr bleiben:
Die da liegen in Wassegewinden im Meer
sollen nicht sterben windig und leer,
nicht brechen die, die ans Rad man flicht,
die am Rechen man bricht, deren Sehnen man zerrt:
Ob der Glaube auch splittert in ihrer Hand
und ob sie das Einhorn des Bösen durchrennt,
aller Enden zerspellt, sie zerreißen nicht:
Und dem Tod soll kein Reich mehr bleiben,

And death shall have no dominion.
Under the windings of the sea
They lying long shall not die windily;
Twisting on racks when sinews give way,
Strapped to a wheel, yet they shall not break;
Faith in their hands shall snap in two,
And the unicorn evils run them through;
Split all ends up they shan't crack;
And death shall have no dominion.

—Dylan Thomas*

* 딜런 토머스의 시의 번역은 독일어 번역과 영어 원본을 참고로 하였으며, 관심 있는 독자를 위하여
독일어 번역본과 영어 원본을 소개한다.

소년

　미시시피라야 해, 소년은 생각했다. 만약 허클베리 핀의 이야기대로라면, 미시시피에서는 카누 하나 쉽게 훔쳐 타고 떠날 수 있었다. 그러나 이 발트 해에는 빠르고 조종이 쉬운 카누가 존재하기는커녕, 기껏해야 낡고 무거운 노잡이 보트만 있다는 사실 말고도, 카누로는 멀리 갈 수도 없었다. 소년은 책에서 눈을 들어, 강물이 트레네 다리 밑을 조용히 그리고 천천히 흘러가는 것을 바라보았다. 소년은 물속으로 가지가 늘어져 있는 버드나무 아래 앉아 있었다. 맞은편 낡은 제혁 공장에는 언제나 그렇듯 아무 것도 움직이지 않았다. 미시시피가 낡고 방치된 제혁 공장의 다락보다, 그리고 이 천천히 흘러가는 강의 버드나무보다 더 나을 거야. 제혁 공장의 다락 위에나 버드나무 밑에서는 기껏 몸이나 숨길 수 있다면, 미시시피에선 떠날 수 있겠지. 버드나무 밑에서는 그것도 잎이 달려 있을 동안뿐인데, 잎들은 이미 무더기로 떨어지기 시작했고, 갈색의 물에 노랗게 떠내려갔다. 어쨌든 숨는 것은 마땅하지 않다고 소년은 생각했다. 떠나야 했다.

떠나야 했다, 그러나 동시에 어딘가에 도착해야 했다. 아버지처럼 해서는 안 되었다. 아버지는 떠나려 했으나, 그저 목표 없이 대양에서 떠돌았을 뿐이었다. 누군가 대양 외에 다른 목적을 가지고 있지 않다면, 그냥 돌아오는 수밖에 없었다. 그 대양을 넘어 어딘가 다른 나라에 도착을 한 후에야, 떠났다고 할 수 있는 거야, 소년은 생각했다.

그레고어

만약 위협을 받고 있지 않다면, 듬성듬성 서 있는 소나무를 드리워진 장막으로 볼 수도 있지, 그레고어는 생각했다. 표현하자면 이렇다. 밝은 색의 막대기로 이루어진, 공공연히 자신을 드러내는 구조물. 그것에 매달려 광택 없는 초록의 깃발이 회색 하늘 아래 미동도 하지 않다가, 시선에서 멀어지면 점차 그것들은 초록 유리병 색깔의 벽으로 하나가 되어버린다. 그러면 거의 검게 자갈 포장이 된 길은 장막의 양쪽을 연결하는 이음매로 보이고, 사람들은 자전거를 타고 지나가면서 그 장막을 갈라놓는다. 몇 분을 달리고 나면, 장막이 열리며 도시와 해변의 풍경이 시야에 펼쳐지리라.

그러나 지금 위험에 처해 있으므로, 달라질 것은 아무것도 없다고 그레고어는 생각했다. 대상들은 자신이 가지고 있는 이름 속으로 완전히 감금되어 있었다. 그것들은 자신을 넘어서는 그 무엇도 보여주지 않았다.

그러므로 단지 규정이 있을 뿐이었다. 소나무 숲, 자전거 그리고 길. 숲이 끝나면, 도시와 해변을 바라볼 수 있으리라. 그러나 놀이를 위한 배경이 아니라, 무엇 하나 바꿀 수 없는 현실로 얼어붙게 하는 위협의 무대를 보게 되리라. 집은 그저 집이고, 파도는 그저 파도일 뿐, 그 이상도 그 이하도 아니리라.

그 위협의 영토를 넘어서야, 해안에서 7마일을 벗어나 스웨덴으로 향하는 배 위에서야──만약 스웨덴으로 가는 배가 있기라도 한다면──, 바다는 예를 들어 다시 새의 날개와 비교할 수 있게 되리라. 스칸디나비아의 늦가을을 비행하는, 얼음 같은 감청색의 날개를 가진 바다로. 그러나 그때까지 바다는 그저 바다, 도주를 하는 데 적합한지 검토를 해보아야 하는, 움직이는 물질의 덩어리에 지나지 않았다.

아니야, 그레고어는 생각했다. 내가 도주할 수 있을지, 그것은 바다에 달려 있지 않아. 바다는 짊어질 뿐이다. 그것은 항해사와 선장에, 스웨덴이나 덴마크의 뱃사람들에게 달려 있고, 그들의 용기나 돈에 대한 욕심에 달려 있고, 만약 스웨덴이나 덴마크의 뱃사람들이 없다면, 레리크에 있는 당의 동무에게 달려 있고, 동무가 가진 어선에 달려 있다. 그들의 시선과 생각, 그들의 시선이 어떤 모험을 겨냥하는지, 그들의 생각이 가볍게 돛을 올릴 수 있게 하는지에 달려 있다. 인간보다는 바다에 의해 결정되는 게 쉬우리라고 그레고어는 생각했다.

소년

내륙으로 도망가는 것은 아무 소용도 없다고, 강가의 버드나무 밑에 앉아 소년은 생각했다. 허클베리 핀은 거대한 숲으로 가 모피 사냥꾼으로 살 것인지, 아니면 미시시피로 사라질 것인지 선택해야 했을 때, 미시시피로 결정했다. 그러나 그는 얼마든지 숲으로 갈 수도 있었다. 그런데 이곳에는 몸을 숨길 만한 숲은 없었고, 도시와 마을 그리고 벌판과 초목지만 있었을 뿐, 아무리 멀리 가보아도 숲은 거의 없었다. 그런데 이 모든 것은 멍청한 일이야, 소년은 생각했다. 나는 이미 어린애가 아니야. 부활절 후에 학교를 떠났고, 이미 서부 활극 같은 이야기는 믿지도 않지. 그러나 허클베리 핀은 서부 활극이 아니었고, 누구든 원한다면 허클베리 핀처럼 꼭 그런 방법으로 할 수밖에 없었다. 떠나야 했다. 첫번째 이유는 간단했다. 레리크에서는 아무 일도 일어나지 않기 때문이었다. 정말 아무 일도 없었다. 나에게도 끝까지 아무 일도 일어나지 않으리라, 소년은 가을의 노란색으로 물든 창촉 모양의 버드나무 잎들이 트레네 강 위를 천천히 흘러가는 것을 바라보면서 생각했다.

헬란더

크누트센은 도우리라, 헬란더 목사는 생각했다. 크누트센은 달랐다. 그는 담아두는 성격이 아니었다. 공동의 적에 대항하여 그는 도우리라.

밖에서는 아무 소리도 들리지 않았다. 늦가을에는 게오르크 교회의 광장처럼 비어 있는 곳도 없었다. 헬란더는 한순간, 공허에 저항하며 열렬히 기도했다. 교회의 익부(翼部, 트랜셉트)와 성단소(聖壇所) 사이의 귀퉁이에 서 있는, 잎이 떨어진 세 그루의 보리수에, 그의 서재 창문에서는 그 높이를 측량하기 어려운 게오르크 교회의 남쪽 익부 벽돌벽의 침묵하는 어두운 붉은색에 저항했다. 교회 광장의 바닥은, 교회와 목사관 그리고 줄지어 서 있는 나지막한 집들의 벽돌, 낡은 벽돌집이나 작은 합각머리의 집들 또는 칠을 입힌 기와를 얹은 단순한 집들의 적갈색 벽돌보다 조금 밝았다.

　그 누구도 결코 이 광장을 지나가지 않았다, 헬란더는 깨끗하게 빗질이 된 포석으로 눈길을 떨어뜨리며 생각했다. 단 한 번도. 그것은 부조리한 생각이었다. 당연히 사람들은 목사관이 서 있는, 교회 광장의 이 죽은 듯한 구석을 지나갔다. 여름에 해수욕장으로부터 교회를 둘러보기 위해 왔던 낯선 사람들. 그의 교구의 교인들. 교회 관리인, 그리고 헬란더 목사 자신. 그럼에도, 헬란더는 생각했다, 그 광장은 완벽한 외로움이었다.

　이 교회처럼 그렇게 죽어 있는 광장이라고 목사는 생각했다. 그렇기 때문에 크누트센만이 도울 수 있었다.

　그는 눈길을 들었다. 교회 익부의 벽. 2차원적인, 갈색 빨강, 남회색 빨강, 노란 빨강, 푸른 빨강, 그러나 결국은 검게 인광을 발하는 하나의 빨강으로 보이는 3만 장의 전망 없는 벽돌, 비어 있는 게시판. 아무런 깊이 없이 그 남자, 헬란더의 창 앞에 수십 년 동안 매달려 있는 맞은편. 그가 기다리는 글자는 나타나지 않았고, 그래서 그가 자신의 손가락으로 그렸다가 다시 지우면서 자꾸 새로운 단어와 표식을 그려 넣던 게시판. 광장의 포석은 한 번도 울리지 않았던 발걸음을 기다렸고, 벽돌의 벽은 결코 나타나지 않는 글자들을 기다렸다.

　헬란더 목사는 부당하게도 벽돌에게 책임을 돌렸다. 집들과 교회의 어두운 벽돌들. 그의 선조는, 나무로 집을 짓고 그것에 알록달록하게 색을 칠하는 나라에서, 무장 출정을 한 왕과 함께 왔었다. 그 나라에서는 나무로 된 목사관 앞의 자갈돌 위에서 발걸음이 경쾌하게 자그락거렸고, 발코니에는 정의와 평화의 복음이 새겨져 있었다. 그의 조상들이 이 교회의 석벽처럼 사고(思考)가 어둡고 한계를 모르는 나라로 옮겨오는 오류를 범했을 때, 그들은 명랑한 몽상가들이었다. 그들은 교회 안에서 올바른 복음을 전하기 시작했다. 그러나 그 올바른 복음은 제대로 들리지 않았다. 친절한 사람들의 나라에서 가져온 불빛보다는 어둠이 더 강하게 지배했다.

그 어두운 사고와 한계를 모르는 벽돌의 교회가, 이제 그가 크누트센에게 가서 도움을 청해야 하는 데 책임이 있다고 목사는 생각했다. 다혈질의 붉은 그의 얼굴이 더 강렬한 색을 띠었다. 그가 서랍에서 목사관의 열쇠를 꺼내기 위해 책상으로 갈 때, 의족이 삐걱거렸고, 그는 다시 남은 다리에 고통을 느꼈다. 얼마 전부터 통증은 그가 걸음을 빨리하면 다시 나타나기 시작했다. 꼬챙이로 찔러대는 듯한 고통이었다. 목사는 멈추어 서서 주먹을 꽉 쥐었다. 그리고 그에게서 꼬챙이가 서서히 빠져나가는 동안, 갑자기 그의 뒤, 그가 등을 돌리고 있던 교회 벽에 기다리던 글자들이 나타났다는 느낌이 들었다. 조심스럽게 그는 몸을 돌렸다. 그러나 벽은 언제나 그렇듯 비어 있었다.

소년

소년은 버드나무 가지의 장막 아래 몸을 숨기고 앉아 있었으나, 게오르크 교회의 탑을 바라보며 시간을 읽을 수 있었다. 2시 반. 반 시간 후에는 배 위에 가 있어야 해. 크누트센이 5시에는 출발하려 하니까, 소년은 생각했다. 그러면 그 지루한 고기잡이가 시작된다. 만(灣)의 물가와 육지 아래에서 보트를 타고 이리저리 웅크리거나 그물을 가지고 하는 단조로운 일. 2~3일 동안 퉁명스러운 어부와 함께 지내는 일. 크누트센은 한 번도 아버지처럼 열린 대양으로 나간 적이 없었다. 아버지의 배가 크누트센의 배보다 크지 않았음에도 말이다. 그러나 그로 인해 아버지는 대양에서 죽었다. 그리고 그렇기 때문에 나는 떠나야 한다, 소년은 생각했다. 아버지가 죽었을 때, 또다시 정신없이 술에 취해 있었다고 그들이 말하는 것을 들었기 때문이지. 허클베리 핀의 아버지도 주정뱅이였다. 그래서 헉 핀은 집에서 도망쳐야 했다. 그러나 나는 떠나야 한다. 아버지가 그런 사람이 아니었는데 그들이 그렇다고 하기 때문이고, 그들이 아버지를 질투하기 때문이다. 그가 때때로 먼 대양으로 배를 몰아 나갔었으니까. 그를 위해 그들은 교회에 편액(扁額) 하나 걸어주지 않았다. 그의 이름과 "장화를 신은 채 죽었다"는 비문과 출생과 사망일이 적혀 있는, 그들이 바다에 머문 모든 다른 사람을 위하여 만드는 편액. 나는 그들 모두를 증오해. 그리고 이것이 내가 레리크를 떠나야 하는 두번째 이유야.

크누트센

크누트센은 분노를 느꼈다. 그는 자신을 진정시키기 위해 카드를 펼쳤다. 그저께 로스토크에서 브래게폴트가 그에게 왔었다. 오늘 오후에 당의 지도원이 나타날 것이라고 했다. 크누트센은 브래게폴트에게 말했다. 염병할 당 같으니. 당은 지금 지도원을 보낼 게 아니라, 총을 들어 쏘았어야지. 그런데 그 새로운 5인조 체계는 아주 흥미로운 것이라구, 너도 알게 될 거야, 브래게폴트는 말했다. 하릴없는 짓거리야, 크누트센이 대답했다. 레리크에는 이제 1인 조직 하나밖에 없고, 그게 나야. 브래게폴트의 질문, 나머지 사람들은? 크누트센의 대답, 겁먹고 있지. 브래게폴트의 질문, 너는? 크누트센의 대답, 관심 없어. 그것 말고도 나는 대구 잡이를 가야 해. 브래게폴트는 잦아진 테러의 결과로 생긴 충격 효과에 대해 말하면서, 그러나 그것은 잠잠해질 것이라며, 크누트센과 지도원의 만남을 확정한 뒤에 가버렸다.

카드를 늘어놓는 동안 크누트센은 곰곰이 생각할 수 있었다. 브래게폴트 아니면 당이 그를 어려움에 빠트렸다. 다른 배들은 이미 그저께 떠났다. '파울리네'가 여전히 부두에 정박하고 있다면, 크누트센은 의심을 받게 되는 것이었다. 소년도 벌써 조바심을 내고 있었다. 이미 물 건너가 버린 돈벌이는 그만두고라도. 아까운 대구! 크누트센은 대구 생각에 몸이 근질거렸다. 카드가 맞아떨어지자 그는 그것을 집어던졌다.

그는 집 뒤에 있는 작은 정원으로 나갔다. 이미 거무스름하게 변한 윤기 없는 초록의 그 손바닥만 한 공간에 여전히 과꽃 몇 송이가 빛났다. 정원 끝에는 토끼장이 있었다. 크누트센은 짐승들의 부스럭거리는 소리를 들었다. 베르타는 냉기에도 불구하고 긴 의자에 앉아 뜨개질을 하고 있었다. 어차피 밖에 앉아 있어야 하면 외투나 가져다 입지, 크누트센이 말했다. 그녀는 부드럽게 웃으면서 집 안으로 들어갔다가, 몇 초 후에 외투를 입고 나타났다. 크누트센은 그녀가 다시 긴 의자에 앉는 것을 지켜보았다. 그녀는 가볍게 웃었다. 크누트센은 그녀의 금발 머리를 바라보았다. 그녀는 금발의 부드러운, 예쁘고 젊은 40세의 여자였다. 당신에게 우스갯소리 하나 들려줘야겠어요, 그녀가 말했다. 조심스럽게 그녀는 그를 바라보며 물었다. 들어줄 거지요? 그래, 들을게. 크누트센은 말하며 브래게폴트와 당의 업무에 대해 생각했다. 마흐노브에서, 베르타가 이야기를 시작했다, 어느 날 어떤 사람이, 미친 사람들이 한겨울에 다이빙대 위에서 수영장으로 뛰어드는 걸 보고 있었어요. 그 사람은 그들에게 말했어요. 그런데 수영장에 물이 전혀 없지 않습니까. 그러자 그들이 대답했어요. 우리는 그저 여름을 대비하여 연습하는 겁니다. 그러면서 그들은 멍든 자리를 비벼 댔대요. 베르타가 기대에 찬 얼굴로 그를 바라보는 동안, 크누트센은 왜 하필이면 그녀가 이렇게 잔인한 이야기를 찾아낸 것일까 생각했다. 그는 웃음을 보이며 말했다. 그래, 그래, 베르타. 재미있는 이야기야. 내가 조심하지 않으면, 그는 생각했다, 그들은 당신도 정신병자들에게로 데려갈 거야. 당신이 미친 게 아닌데도 말이지. 그녀는 그저 조금 모자랄 뿐이라고 그는 생각했다. 그녀가 물이 없는 수영장 속으로 뛰어드는 실성한 사람들에 대한 우스갯소리를 시작한 게 몇 년은 되었다. 그것만 제외하면, 그녀는 상냥하고 부드러웠다. 좋은 여자였다. 그는 그녀가 언제 누구에게서 이 끔찍한 우스갯소리를 들었는지 끝내 알아낼 수 없었다. 그녀는 아무 데서나 그 이야기를 했고, 이미 몇 년이나 계속해오고 있었기 때문에, 얼마가 지난 다음 이 시에서는 더 이상 베르타 크누트센에 대해 말하지 않게 되었다. 그런데 1년 전, 그 다른 자들 중의 하나가 크누트센에게 와서 말했다. 당신 부인은 정신병자입니다. 그녀를 수용소에 보내야 합니다. 프레어킹 박사의 도움으로 크누트센은 그들이 그의 부인을 빼앗아 가는 것을 막았다. 그는 그들이 정신병자들을 일단 수용소에 유치하면, 무슨 짓을 하는지 알고 있었는데, 베르타를 포기할 수 없었다. 그가 고깃배를 타고 바다에 나가 있을 때는 언제나 집에 돌아가면 베르타를 보지 못하게 되리라고 불안해했다. 그뿐 아니라 그는, 그들이 자신을 협박하기 위해 베르타를 수용소로 보내야 한다고 위협하고 있다는 인상을 받았었다. 그들은 그가 조용히 있기를 바랐다. 그들은 불쌍한 베르타를 당과 싸우는 무기로 사용하였다.

조금 있다 떠날 테니 식량을 준비해주구려, 그가 말했다. 그리고 그녀의 상냥한 미소, 그녀의 예쁘고, 여전히 젊은 얼굴 위에서 지칠 줄 모르고 계속되는 운명적인 미소를 보면서, 그는 다시 집 안으로 들어갔다. 그는 난로 옆의 의자에 앉아 파이프에 불을 붙였다.

그는 지금 그 지도원과 만날 약속을 지킬 것인지 결정해야 했다. 오후 3시였고, 그에게는 아직 한 시간이 남아 있었다. 배는 바다처럼 분명했다. 아이는 3시에 배로 오게 되어 있었다. 4시쯤에 그들은 로첸 섬 근처까지 멀리 나갈 수 있다.

한 시간이 문제가 아니었다. 크누트센은 좀더 예리하게 생각했다. 지도원을 만나는 것은, 그 일에 걸려듦을 의미했다. 다른 이들은 그보다 빨리 사태를 파악하고 이미 손을 떼어버렸다. 엘리아스는 그의 얼굴에 대고 솔직히 말했다. 내 말 들어봐. 우리, 당에 대해서는 더 이상 말하지 말자고. 일이 묘하게 진행되었다. 불법 준비 기간 2년, 그리고 2년 동안의 결속, 그다음에 온 침체. 그러고 나서 1937년, 아무도 더 이상 두려워하지 않게 되자, 갑자기 그 다른 자들이 나사를 조이기 시작했다. 로스토크, 비스마르, 브룬스하우프텐에서, 그리고 해안 전역에서 체포의 소문이 들려왔다. 그들은 나무가 삭아 있을 때 분질러버린 것이었다. 그들은 전쟁을 준비하고 있어, 크누트센이 엘리아스에게 말했다. 엘리아스는 등을 돌렸다. 동무들은 모두 크누트센과 여전히 말은 나누고 살았지만, 더 이상 정치 이야기는 하지 않았다.

그러나 그 역시 잘된 일이었다. 그랬기 때문에 다른 자들은 누가 당을 이끌고 있는지 알지 못했다. 그들은, 크누트센이 있고, 마티아손, 얀센, 엘리아스, 크뢰거, 반젠과 또 몇 명이 더 있다는 것을 알고 있었다. 그러나 레리크 같은 작은 도시에서 그 모두를 체포할 수는 없었다. 다른 자들은 당에 대하여 더 이상 말이 나오지 않으리란 믿음이 필요했다. 당에 대해 말이 나오지 않는 한, 당은 이미 존재하지 않는 것이었다.

당연히 그들은 한 사람, 적어도 한 사람은 남아서 당을 계속 끌어가리란 것을 알고 있었다. 그들이 그 한 사람을 겨냥하고 있다고 크누트센은 확신했다. 그렇기 때문에 다른 어선들이 모두 출항을 했는데, '파울리네'만 여전히 부두에 정박하고 있는 것은 그에게 위험했다. 그러나 그가 그 지도원을 만나지 않는다면 위험하지 않았다. 당의 원칙대로 크누트센은 그 지도원을 알지 못했다. 크누트센이 그를 만나러 가지 않는다면, 그는 기다리다 지쳐 화석이 되어버릴 수도 있었다. 그러면 크누트센은 그 일에서 빠져나온 것이었다. 만약 중앙위원회의 새 지령이 레리크에 있는 당에 도달하지 않는다면, 레리크에는 더 이상 당이 존재하지 않는 것이었다. 그러면 다른 사람들과 마찬가지로 크누트센에게도 대구와 청어 잡이만 있을 뿐이었다. 그리고 베르타가 있었다. 그러나 만약 그가 그곳으로 가면, 당이 결정한 조처에 말려들게 되는 것이라고 그는 생각했다. 그가 그곳으로 가고 나서도 당의 지령을 수행하지 않는다는 것은 불가능했다. 그러길 원했다면, 그는 처음부터 갈 필요가 없었다. 나는 지금 물고기야, 그는 생각했다. 낚싯밥 앞에 있는 물고기. 낚시를 물거나 물지 않을 수 있지. 그런데 물고기가 결정을 할 수 있을까? 그는 질문했다. 당연히 그럴 수 있지. 그는 뿌리 깊은 어부의 미신으로 생각했다. 그러고는 어부의 깊은 경멸을 나타냈다. 물고기는 멍청하다. 그런데 나는 줄곧 이 미끼를 물어왔어, 그는 자신을 돌아보며 생각했다. 그리고 그 낚싯바늘은 언제나 고통스러웠지. 그럼에도 그것은 늘 나를 공중으로 낚아챘고, 허공에서는 물고기의 절규가 들렸었지. 내가 무감각한 물고기여야 한다면, 차라리 저주를 받겠다고 크누트센은 분노에 가득 차서 생각했다.

소년

　　아버지는 정말 주정뱅이였는지 몰라, 소년은 곰곰이 생각했다. 아버지가 죽었을 때, 나는 다섯 살이었고, 그를 조금도 기억할 수가 없어. 사람들이 말하는 게 사실인지 따져볼 수도 없지. 그들은 이미 오래전에 그를 잊어버려, 나를 볼 때야 비로소 가끔 그를 기억하게 되는 것인지도 몰라. 아, 그래, 저 애가 힌리히 말만, 그 주정뱅이 아들이지. 아버지가 주정뱅이였을 수 있다. 그러나 그가 술을 마셨기 때문에, 배를 타고 큰 바다로 나간 것은 아니었다. 소년은 더 이상 책을 읽고 있지 않았다. 소년에게는 다른 사람들의 추측과는 전혀 달리, 아버지가 술을 마신 것과 큰 바다에서 죽은 것 사이에는 다른 연관성이 있어 보였다. 사람들이 주장했던 것과는 정반대가 아니었을까? 소년은 질문했다. 아버지가 큰 바다로 나가야 했기 때문에 술을 마신 게 아니었을까? 그 무시무시한 바다가 그를 불러내었으므로, 그는 용기를 내기 위해 술을 마신 게 아니었을까? 그리고 그가 밖에서 본 것, 밤과 바다의 정령을 잊기 위해 술을 마신 게 아니었을까? 그가 그 밖에서 부닥친 느낌, 대양에서 죽으리라, 혼자, 술에 취해 이 깊고 큰 바다에서 죽으리란 예감을 씻어내기 위해 술을 마신 것이 아니었을까?

유디트

　　그녀는 '비스마르의 문장'이란 객줏집 객실의 침대에 앉아서 손가방을 뒤적거렸다. 여행 가방은 심부름꾼이 가져다놓은 대로 문 옆에 놓여 있었고, 유디트는 다시 밖으로 나갈 생각이었으므로 레인코트는 벗지도 않았다. 그녀는 세면대의 유리 선반에 올려놓으려고 치약과 비누를 찾았다. 그러고 나서 그녀는 창밖을 내다보았다. 북쪽의 맑고, 완전히 비어 있는 가을 하늘 아래 기와지붕. 유디트의 온몸에 소름이 돋았다. 그 모든 것이 그녀와는 아무 상관이 없었다. 앞쪽에 있는 방을 달라고 했으면 좋았을걸, 그녀는 생각했다. 그러면 적어도 부둣가를 보고, 혹시 나를 태우고 갈 외국 배가 있는지 살펴볼 수도 있었을 텐데. 배에 대해 조금이라도 더 잘 알았더라면 좋았을 텐데, 그녀는 생각했다. 나는 독일 배와 덴마크나 스웨덴의 증기선을 구분하지도 못할 거야.

그녀는 조금 전, 뤼베크에서 낮 기차로 이곳에 도착한 후, '비스마르의 문장'으로 들어서기 전까지 증기선은 한 척도 보지 못했다. 단지 몇 척의 고기잡이배와 낡고 녹슨 종범선(縱帆船) 한 척을 보았을 뿐인데, 그것은 이미 몇 년 동안 사용하지도 않은 듯했다.

처음으로 그녀는, 레리크에서 시도해보란 어머니의 충고가 옳은 것이었는지 걱정스러워졌다. 트라베뮌데, 키일, 플렌스부르크, 로스토크, 그곳에는 모두 감시망이 쳐져 있어, 어머니는 말했었다. 너는 레리크에서 그것을 시도해야 해. 그곳은 죽은 듯한 작은 곳으로, 그곳을 생각하는 사람은 아무도 없단다. 거긴 아주 작은 스웨덴의 나무 증기선이나 하적할 뿐이니까. 그들과 돈으로 거래를 해. 돈을 많이 주면 머뭇거리지 않고 너를 데려갈 게다. 어머니는 감상적으로 레리크에 집착했었다. 20년 전, 아버지와 뤼겐에서 행복한 여름 한 철을 보내고 돌아오는 길에, 이곳을 둘러보고 난 다음부터였다. 그러나 레리크에서의 행복한 하루는, 비어 있는 늦가을의 하늘 아래서 도주를 해야 하는 하루와는 엄청나게 다른 것이었다.

애야, 넌 결심을 해야 된다, 어머니는 겨우 어제서야 말을 했다. 유디

트는 세면대와 가방을 바라보면서, 운하 옆에 있는 그녀의 집 1층의 응접
실과, 어머니와의 마지막 아침 식사와, 어두운 올리브색의 비단 같은 운
하 앞에 있는, 철 지난 달리아꽃이 빛나던 정원을 바라보던 일과, 어떻게
그녀가 찻잔을 덜걱거리며 주저앉아, 어머니를 절대로, 절대로 혼자 남겨
두지 않겠다고 소리쳤던가를 생각했다.

그들이 너를 데리러 올 때까지 기다릴 작정이냐? 어머니가 물었다.
네가 나에게 그렇게 해야겠니?

그러면 어머니가 끌려가리란 것을 알고, 그들이 어머니에게 무슨 짓
을 하리라는 것을 상상하면서 제가 떠나야 하겠어요?

그들은 나를 그냥 놔둘 거야, 어머니는 그녀의 마비된 다리는 내려다
보지도 않으면서 말했다. 나는 그들에게는 귀찮은 존재에 불과할 테니까.
전쟁이 끝나면, 우린 다시 보게 될 거야.

어쩌면 그들은 저를 데리러 오지도 않을 거예요, 유디트가 대꾸했다.
어쩌면 모든 게 어머니가 생각하는 것처럼 그렇게 나쁘게 되지 않을 수도
있어요, 어머니!

그들은 그들의 전쟁을 치를 것이다. 얘야, 내 말을 믿어라. 그것이 아
주 가까이 있다, 나는 이미 그것을 느낄 수 있단다. 그리고 그들은 이 전
쟁에서 우리 모두를 죽일 것이다.

어머니, 저는 어떤 경우에도 어머니를 떠나지 않을 거예요, 유디트는
대답했다. 이게 제 마지막 말이에요. 그러고 나서 그들은 갑자기 껴안고
흐느껴 울었다. 그런 다음 유디트는 설거지를 하기 위해 부엌으로 갔다.

그녀가 다시 응접실로 돌아왔을 때, 어머니는 죽어 있었다. 그녀는
탁자 위로 쓰러져 있었고, 오른손에는 독이 든 찻잔을 여전히 쥐고 있었
다. 유디트는 잔 속에서 캡슐의 찌꺼기를 보았고, 더 이상 아무것도 할 수

없음을 알았다.

그녀는 방으로 올라가 가방을 챙겼다. 그런 다음 은행으로 가서 아버지의 유산에서 돈을 찾고는 은행장 하이제에게 어머니에 대해 알렸다. 그는 어머니의 장례를 치를 것이고, 가능한 한 유디트의 수색을 늦추도록 노력하겠다고 말했다. 그녀는 그에게 레리크로 가게 되리라고 말하지 않았다. 하이제는 몇 가지 그럴듯한 도주 방법을 제안했으나, 유디트는 그저 고집스럽게 고개만 흔들었다. 어머니는 유디트가 레리크로 갈 수 있도록 하기 위해 죽었다. 그것은 유언이었다. 그리고 그녀는 그 유언을 수행해야 했다.

그녀는 레리크를 아주 다르게 상상했었다. 작지만 활기 있고 사람들이 모두 친절하리라고. 그러나 그곳은 작고 비어 있었고, 빈 채로 거대한 붉은 탑들 아래 죽어 있었다. 역에서 나와 그 탑들을 바라보았을 때야, 유디트는 어머니가 그것들에 매혹되었었다는 사실을 기억했다. 그것들은 탑이 아니야, 어머니는 말하곤 했었다. 거대한 짐승들이지, 경이로운 붉은 짐승이어서 쓰다듬어줄 수도 있단다. 그러나 차가운 하늘 아래서 그것들은 흉악한 짐승처럼 보였다. 어쨌거나 그 탑들은 불쌍한 어머니가 독약을 마시고 죽는 데 무관심했다고 그녀는 느꼈다. 그리고 그녀의 도주에도 그러했다. 이 탑들에게는 아무것도 기대할 수 없었다. 그녀는 재빨리 탑 아래를 지나, 시내를 거쳐 부두로 갔다. 그곳에서 그녀는 넓은 바다의 한 귀퉁이를 바라볼 수 있었다. 바다는 푸르고, 아니 검푸르고 얼음 같았다. 그런데 증기선은 한 척도 없었다. 작은, 아주 작은 증기선조차 없었다.

그러고 나서 그녀는 '바이마르의 문장'으로 갔다. 그곳이 깨끗해 보이고, 밝은 유성물감이 칠해져 있었기 때문이었다. 희고 기름진 얼굴의 바윗덩이 같은 주인은 기대하지 않았던 손님에 기뻐하는 듯했다. 아니, 아가씨, 이렇게 철 지난 때에 레리크에서 무얼 하는 거요? 유디트는 교회를 둘러보려 한다고 중얼거리듯 말했다. 그는 고개를 끄덕였고, 그녀에게 숙박계를 내밀었다. 그녀는 이름을 써넣었다. 유디트 레핑. 그것은 한자 Hansa 도시의 평범한 이름처럼 보였다. 주인은 여권을 요구하지 않았다. 레리크는 정말 죽은 곳 같았다.

유디트는 손가방을 뒤적거리다 멈추고, 자신의 이름을 생각했다. 유디트 레빈. 그것은 자랑스러운 이름이었고, 붙잡혀 가야 할 이름이었고, 숨겨야 할 이름이었다. 차가운 하늘 아래, 위험한 붉은 짐승이 살고 있는 죽은 도시에서 유디트 레빈으로 있는 것은 끔찍했다.

마지막으로 유디트는 어머니의 사진을 찾아내어 베개 위에 놓았다. 그녀는 울지 않도록 자신을 다그쳤다.

소년

우리가 여전히 아버지의 배를 가지고 있다면, 소년은 생각했다, 나는 허클베리 핀처럼 자유로울 텐데. 바다가 조용하면, 발동선으로라도 시도해 보리라. 덴마크나 스웨덴으로 건너가리라. 그러나 어머니는 아버지의 배를 팔아버렸다. 배는 전복되어, 상당히 파손된 채로 인양되었었다. 그래도 가치는 좀 있었는데, 어머니는 그걸 팔았다. 빚이 있었기 때문이었다. 그러고 나서 지금 소년은 크누트센의 견습생이 되어 있었다. 그가 고기잡이에서 자신의 몫을 받을 수 있을 때까지는 몇 년이 지나야 할 것이고, 그 후에 열심히 저축을 하여 자신의 보트를 한 척 살 수 있을 때까지는 다시 몇 년이 필요하리라. 그러나 그 재미없는 고기잡이를 위해 배를 갖고 싶지는 않아, 소년은 생각했다. 나는 큰 바다를 위해 배를 갖고 싶어, 이곳을 빠져나갈 수 있는 그런 배. 허클베리 핀이 할 수 있었던 모든 것을 나도 할 수 있어. 낚시질을 할 수 있고, 고기를 프라이팬에 구울 줄도 알고, 나를 잘 숨길 수도 있지. 그러나 헉 핀은 미시시피와 그 미시시피에 알맞은 보트를 가지고 있었다. 소년은 일어서서 책을 주머니에 넣고는 부두로 내려갔다. 소년은 그 세번째 이유, 그가 레리크를 떠나려는 마지막 이유를 상기하려던 것을 까맣게 잊어버렸다.

그레고어

상황은 그레고어가 예상하던 그대로였다. 소나무 숲이 갑자기 끝나자, 빙퇴석지의 구릉으로 오르막길이 이어졌고, 그 위에서는 기대했던 풍경이 나타났다. 풀밭, 흑백의 얼룩소들과 말들이 점처럼 널려 있는 목장, 그 뒤로는 시가지, 그리고 바다, 푸른 벽이었다.

그런데 그 시가지는 놀랄 만했다. 그것은 어두운 슬레이트 색깔의 줄 위로 탑들이 솟아올라와 있는 것에 불과했다. 그레고어는 수를 세었다. 여섯 개. 이중탑 하나와 따로따로 서 있는 네 개의 탑은, 교회의 본당들을 아래에 두고 솟아올라 발트 해의 푸르름 속으로 상감된 붉은 돌덩이들로, 하나의 거대한 벽 조각이었다. 그레고어는 자전거에서 내려 그것들을 관찰했다. 그는 이 광경은 전혀 예상하지 못했다. 나에게 미리 말해줄 수도 있었을 텐데, 그레고어는 생각했다. 그러나 중앙위원회의 사람들이 이런 쪽으로는 감각이 없음을 그는 알고 있었다. 그들에게 레리크란 다른 모든 장소처럼 단지 지도 위의 한 점으로, 당의 한 세포 조직이 있는 곳으로,

그것도 주로 어부와 농부들이 모여 사는 작은 부두에 지나지 않았다. 아마 중앙위원회의 그 누구도 레리크에 와본 적이 없으리라. 그들은 여기에 이런 탑들이 있음을 알지 못했다. 그러나 만약 알았다 하더라도, 그런 탑들이 당의 사업에 영향을 미칠 수 있으리라는 그레고어의 의견에는 차갑게 웃어버렸으리라. 만약 그레고어가 레리크를 본 순간 생각한 것, 이런 탑들이 있는 곳에서는 일반적으로 전단에 나오는 문구와는 다른 논리로 일을 추진해야 한다는 말을 그들에게 했다면, 그들은 어깻짓이나 하고 말았을 것이다. 아니면 기껏해야 그곳에도 베딩에서와 다를 바 없이 똑같은 사람들이 산다고 말했으리라. 맞는 말이었다. 레리크의 어부들도 지멘스 도시의 노동자들과 꼭 같은 사람들이었다. 그러나 그들은 탑들 아래 살고 있었다. 그들이 바다로 나가 있을 때도, 그 탑들 아래 살고 있었다. 탑은 바다의 표식이기도 했기 때문이다.

탑에서는 바다를 그 영해의 한계까지 관찰할 수 있으리라, 그레고어는 생각했다. 7마일. 이 탑들의 눈길 속에 7마일의 도주가 기다리고 있었다. 그러나 그 다른 자들이 탑의 감시창 앞에 앉아 있지 않음은 틀림없었다. 탑들이 다른 자들을 위한 것이 아니어서 아주 다행이군, 그레고어는 생각했다. 그럼 그 속에 누가 있었나? 아무도 없었다. 그것들은 비어 있는 탑이었다.

탑들이 비어 있었음에도, 그레고어는 그것으로부터 감시당하는 느낌이었다. 이 탑들의 눈길 아래서는 도망가기 어려우리라는 예감이 들었다. 그는 일이 쉽게 진행되리라고 예상했었다. 그의 마지막 지도원 업무는 레리크에 있었다. 그는 그 일을 수행하면서, 동시에 레리크의 연락원에게서 부두와 운송 관계를 알아보려 했다. 그러나 그 탑들은 계산에 넣지 않았다. 그것들은 모든 것을 보고 있었다. 배반조차도.

갑자기 그레고어에게, 예전에 언덕에서부터 바닷가의 도시로 접근해 갔던 기억이 떠올랐다. 타라소브카라고 불리는 도시였다. 크림반도의 타라소브카. 밤이 되었다. 마침내 탱크의 뚜껑을 열어도 좋다는 허락을 받았고, 그레고어는 맑은 공기를 마시기 위해, 붉은 군대 작전 수행일의 저녁 바람을 쏘이기 위해, 재빨리 뚜껑으로 상체를 밀어 올렸다. 그때 그는 스텝 지대 구릉의 발밑에 놓여 있는 도시를 보았다. 황금빛으로 녹고 있는 바다의 해안에 회색 오두막들이 밀집해 있는 모습, 그건 발트 해의 얼음 같은 푸른색 앞에 붉은 탑들이 솟아 있는 레리크와는 사뭇 달랐다. 솔초프 소좌 동무가 탱크의 뚜껑에 몸을 꼿꼿이 세운 채, 그레고어의 앞 탱크를 타고 가면서 그에게 소리쳤다. 그리고리, 이게 타라소브카야! 우린 타라소브카를 점령한 거야! 그레고어는 웃음으로 대답했다. 그러나 그는 자신이 작전 수행을 참관하기 위해 배치받은 탱크여단이 타라소브카를 점령한 것에는 관심이 없었다. 그는 갑자기 황금빛으로 녹아 있는 흑해와 해안가 오두막들의 회색 무더기, 지저분한 은빛 깃털 무더기에 사로잡혔다. 그것은 마치, 50대의 탱크로, 50개의 진동하는 스텝 지대의 먼지 구름으로, 50개의 금속 먼지의 화살로 이루어져 둔중한 진동 소리를 내는 부채들의 위협 아래 몸을 웅크리면서 타라소브카를 지키기 위해 자기 바다의 황금 방패를 올려 드는 듯했다. 그러고 나서 그레고어는 맨 앞의 탱크에 서 있던 부대장이 손을 들어 올리는 것을 보았다. 으르렁 소리가 잦아들었다. 거대한 스텝의 움직임이 정지했고, 먼지 구름이 너울처럼 날아오르다, 깃발이 되어서는 황금의 방패 앞에 무릎을 꿇었다. 날이 어두워지기 전에, 5백 개의 회색 오두막으로 이루어진 깃털 아래 타라소브카는 다시 숨 쉬기 시작했다.

레리크를 보는 순간 그레고어는 타라소브카를 회상했다. 그곳에서 그의 배반이 시작되었기 때문이었다. 배반은, 오직 그에게만 유일하게 황금빛 방패가 그 도시의 점령보다 더 중요했다는 사실에 기인했다. 그레고어는 솔초프나 그 밖의 장교와 군인들이 그 방패를 보기나 했는지 확인할 수 없었다. 그들은 승리에 대해서만 이야기했다. 솔초프에게 타라소브카는 정복해야 할 도시에 불과했다. 중앙위원회의 동지들에게 레리크는 고수되어야 할 한 지점이었다. 그들에겐 몸을 들어 올리는 황금빛 방패도 없었고, 눈을 가진 거대한 탑도 없었다.

어쩌면 배반은 이미 그 전에, 그가 레닌-아카데미에서 강의를 듣던 중에 갑자기 느낀 그 피곤 속에서 시작되었을지도 몰랐다. 청년연맹은 그가 베를린에서 조직을 결성한 공로를 치하해 그를 레닌-아카데미로 보냈었다. 그들이 나를 그곳으로, 우리가 승리한 땅으로 보내지 않았더라면 좋았을지도 모른다고 그레고어는 생각했다. 승리를 하게 되면 사람에겐 투쟁보다는 다른 것에 관심을 가질 시간이 생기기 때문이었다. 그들은 그에게 그들의 나라에서도 투쟁은 계속된다고 설교했지만, 승리 후의 투쟁은 승리 전의 투쟁과는 아주 다른 것이었다. 타라소브카의 밤에 그레고어는 깨달았다. 자신이 승리를 증오하고 있음을.

그는 무엇을 모스크바에서 가져왔던가? 이름 외에는 아무것도 없었다. 사람들은 레닌-아카데미에 마치 수도원으로 가듯 들어갔다. 사람들은 옛 이름을 버리고 새 이름을 택했다. 그는 자신을 그리고리라고 부르도록 했다. 그가 모스크바에서 승리의 기술을 연마하는 동안, 다른 자들은 베를린을 점령했다. 그는 빈을 경유하여, 그레고어란 이름의 위장 여권을 가지고 되돌아왔다. 그는 투쟁의 셋째 유형을 알게 되었다. 패배 후의 투쟁이었다. 투쟁의 휴식 시간에 그는 타라소브카의 황금 방패를 생각했다. 중앙위원회의 동지들은 그를 탐탁해하지 않았다. 그가 나태해졌다는 것이었다.

소년

　소년은 연료통의 뚜껑을 열고 기름을 넣었다. 그것은 끈끈하게 노란색으로 흘러 들어갔고, 소년은 생각했다. 나는 디젤 기름 냄새가 좋아. 그는 모터가 들어 있는 낮은 천장의 기관실에서 허리를 구부린 자세로 생각했다. 연료용 기름은 발트 해를 지나 코펜하겐이나 말뫼까지 항해하기에 충분하리라. 그러나 크누트센은 단 한 번이라도 다른 곳으로 소풍을 나가본다는 생각은 결코 하지 못한다. 그들 중 누구도 그런 생각을 하지 못한다. 아버지만은 작은 연안의 고기잡이를 위해 배를 모는 일에 만족하지 못했다. 아버지가 술을 마셨는지는 몰라도, 아버지에게는 생각이 있었지, 소년은 생각했다. 아마 그래서 그들은 그를 견딜 수가 없었을 거야. 내 생각엔, 어머니조차 그를 견딜 수 없었으니까. 아버지 이야기가 나오기라도 하면, 어머니는 훌쩍거리기 시작하지. 소년은 기름통에서 기름이 마지막 방울까지 흘러 들어가게 한 다음, 연료통의 주둥이를 닫기 전에 걸레로 깨끗이 훔쳐냈다. 내가 해도(海圖)에 얼마나 훤한지 크누트센이 알기만 한다면, 소년은 생각했다. 레리크와 페마른과 팔스터, 그리고 동쪽으로 다르스, 더 나아가 뮌까지 모든 바다가 이미 머릿속에 들어 있어. 장난하며 놀듯이 나는 배를 부려 발트 해를 벗어나리라. 어디로? 그냥 어딘가로, 소년은 생각했다.

헬란더 목사는 빈 부두를 바라보고 우선 깜짝 놀랐다. 그러고 나서 그는 발동선 한 척과, 그 위의 크누트센을 보았다. 이 얼마나 다행한 우연인가! 이렇게 밖에서 크누트센에게 말을 거는 것이, 그를 찾아 집으로 가는 것보다 나았다. 레리크에서 헬란더 목사가 크누트센의 집 문턱을 넘어섰다면, 그건 아주 눈에 띄는 일이었다. 그와는 달리, 그를 밖에서 만나 몇 마디 말을 거는 것은 문제 될 것이 없었다.

크누트센은 곁눈질로 그를 살피며 그것을 알아볼 수 있었다. 헬란더는 지팡이에 의지한 채 천천히 그에게 다가갔는데, 오늘은 보통 때보다 더 절뚝거렸다. 둥근 포장석이 깔린 선창길은 꽤 넓었다. 그 위로 짐차가 한 대 덜컹거리며 계단식 합각머리의 나지막한 집 옆을 지나갔다. '비스마르의 문장'만이 녹색의 창틀을 단 채, 하얗게 칠해져 있었고, 문에 황동의 손잡이를 달고 있었다. 드디어 헬란더는 '파울리네'를 묶어놓은 안벽에 와서 섰다. 목사는 연안용 작은 발동선의 삭구(素具)를 통해 한 조각 대양을 바라볼 수 있었다. 그것은 여기서는 아주 작아 보이는 로첸 섬의 등대 오른쪽으로, 저 멀리 있었다. 크누트센은 조종실 옆에 앉아 불기 없는 파이프를 입에 물고, 등잔을 닦고 있었다. 저 아래, 발동기실에서 시끄러운 소리가 들려왔다. 소년임에 틀림없었다. 크누트센, 소년을 내보내시오! 목사가 말했다. 이야기할 게 있습니다.

대단하군, 크누트센은 생각했다. 언제나 아주 직선적이야, 목사님은. 성직자 나부랭이, 입바른 소리를 하는 성직자 나부랭이.

곧 끝날 겁니다, 그가 말했다. 연료통만 채우면 되니까요.

왜 다른 사람들과 함께 밖으로 나가지 않았습니까? 두 사람이 기다리는 동안, 목사가 물었다.

쓸개요. 크누트센이 대답했다. 쓸개에 탈이 났지요.

헬란더는 크누트센이 거짓말을 하고 있음을 눈치 챘다. 크누트센은 늘 그렇듯 건강했다. 쓸개라, 그가 말했다. 그래요? 쓸개라! 크누트센, 화날 일이 있었습니까? 아니면 그저 기름진 음식을 먹었습니까?

크누트센이 그를 바라보았다. 화가 났지요, 그가 대답했다.

목사는 고개를 끄덕였다. 내항의 동쪽에 있는 작은 조선소에서 날카로운 망치 소리가 들려왔고, 이어서 시의 모든 교회 종소리가 울렸다. 두 번. 3시 반.

크누트센은 다른 자들이 권력을 장악했을 때, 마지막으로 목사와 말을 나누었던 일을 기억했다. 4년 전이었다. 그들은 길거리에서 만났었다. 목사는 멈추어 서서 그에게 말을 걸었다.

빨갱이 양반, 그가 말했다, 이제 멱살을 잡히게 되었구먼! 그러면서 그는 웃었다. 그때는 그런 말을 하면서 웃기까지 했다. 그러나 크누트센만은 그때 웃지 않았고, 목사를 똑바로 보며 말했다. 목사님에게도 언젠가는 그 베르됭의 다리가 소용이 없어질 겁니다.

목사는 즉시 웃음을 거두었다. 그때 4년 전, 그는 가기 전에 말했다. 크누트센, 혹시 나의 도움이 필요하면, 내가 어디 사는지 아시지요.

그러나 지금은, 크누트센은 생각했다, 목사가 그의 도움을 필요로 하는 것 같았다. 잠시 후 소년은 빈 기름통을 들고 갑판 위에 나타났다. 소년은 수줍은 얼굴로, 자신에게 견진성사를 해주었던 헬란더 목사를 바라보았고, 인사를 했다.

집으로 가거라, 크누트센이 소년에게 말했다. 가서 준비를 하거라. 5시에 출발한다.

소년은 슬그머니 사라졌다. 갑판으로 올라와 앉지 않으시겠습니까? 크누트센이 물었다.

아니요, 그건 지나치게 눈에 띄는 일이 될 겁니다. 헬란더가 대꾸했다.

흥, 크누트센은 생각했다. 자존심 강한 헬란더 목사에게 베르됭의 다리가 전혀 소용이 없게 된 때가 드디어 왔군. 그의 다리, 베르됭 전투에서 총 맞아 잃어버린 다리.

크누트센, 목사가 말했다. 오늘 저녁 늦게 출항하셔야 될 겁니다. 그리고 그는 덧붙였다. 부탁합니다.

크누트센은 질문하듯, 자신보다 조금 위, 선창길에 서 있는 목사를 바라보았다. 목사는 마르고 키가 컸다. 다혈질의 붉은 얼굴에, 이미 회색이 섞이기 시작하는, 입술 위의 가느다란 검은 수염에 무테의 번쩍이는 안경을 끼고 있었는데, 검은 옷에 싸인 몸 위로 정열적이며 쉽게 화를 낼 듯한 얼굴에서 눈이 수정처럼 빛났다. 목사는 지팡이에 의지한 채 몸을 조금 구부리고 있었다. 부탁을 드려야겠습니다. 저를 위해 스킬링에로 무엇 좀 가져가주십시오, 헬란더가 말했다.

스웨덴으로요? 크누트센은 입에서 파이프를 뺐다. 제가 목사님을 위해 스웨덴으로 무얼 가져가야 한다구요?

그래요, 헬란더가 말했다. 스킬링에의 교총 회장에게. 그는 나의 친구입니다.

조선소에서 쨍쨍거리며 활차 소리가 들려오기 시작했다. '비스마르의 문장' 앞에는 장바구니를 든 두 여인이 대화를 하며 서 있었다. 크누트센은 손질하고 있던 등잔을 치웠다. 그는 경계하고 있었다. 이제는 질문을 해도 안 돼, 그는 생각했다. 무엇을 묻기만 해도 말려드는 거야. 그는 목사에게서 시선을 돌려 비어 있는 선창을 바라보았다.

그저 작은 조각상 하나입니다, 그는 헬란더가 말하는 것을 들었다. 교회의 작은 목각상 하나요.

크누트센은 너무 놀라서 말을 하지 않을 수 없었다. 작은 나무 조각상 하나라고요? 그가 물었다.

그렇습니다. 그저 50센티미터 정도의 크기지요. 그것을 다른 자들에게 넘겨주게 되었습니다. 그들이 그것을 교회에서 압수하려는 거지요. 조각상은 스웨덴으로 안전하게 옮겨져야 합니다. 헬란더는 잠시 중단하더니 다시 덧붙였다. 항해 비용은 당연히 지불하겠습니다. 그리고 그 때문에 고기잡이에 손실이 생긴다면 그것도요, 크누트센.

성직자 나부랭이, 크누트센은 생각했다. 미친 성직자 같으니라고. 내가 그의 우상을 구출해야 한다니.

걱정하실 것 없습니다, 목사님. 목각상은 세심하게 보관이 될 테니까요. 로스토크에서 온 젊은이가 말했었다. 목사는 그 젊은 박사님이 어제 저녁 자신을 방문한 것을 생각하면 화가 났다. 다른 자들 중의 하나가 아니라, 능란하고 민첩한 출세 지상주의자였다. 출세를 위해선 온갖 길을 헤치고 나가는, 술수만 있는 자였는데, 그것도 '가장 좋은 것을 원했다.'

―「수도원생」을 저장하시려는군요, 저장관님, 헬란더는 비꼬면서 대답했다. 그러나 일부러 통조림을 만들 필요는 없습니다. 그것은 언제나 그렇게 생생히 살아 있으니까요.

― 우리는 그것을 보호하려고 합니다, 목사님.

― 그것을 감금시키려는 것이지요, 박사님.

― 그것이 이미 목록에 들어 있으니까요. 우리는 그저 지시에 따라……

― 어떤 목록이요?

― 공공장소에 전시되어서는 안 되는 예술품의 목록입니다. 그래서 차라리……

―「수도원생」은 예술품이 아니라, 박사님, 실용품입니다. 그것은 사용이 됩니다, 알아들으시겠습니까? 사용된다구요! 그것도 내 교회 안에서요.

― 그러나 이해를 해주십시오, 노인처럼 참을성이 있던 그 늙은 젊은이는 설명했다. 만약 그것을 우리에게 주시지 않으면, 모레 아침에는 다른 자들이 와서 교회에서 들어낼 겁니다. 그러면 그것의 운명이 어떻게 될지는……?

― ……어쩌면 그것을 없애버리는 것이 낫지 않겠소? 어쩌면「수도원생」이 차라리 그렇게 되기보다는, 참 아까 뭐라고 하셨지요? 그래, 보관된다고 했지요. 그래, 보관되는 것보다는 죽는 게 낫지 않겠소? 영원한 삶을 믿으십니까, 박사님? 다른 자들에게 끌려가지 않았기 때문에 죽은 목조각의 영원한 삶도요?

그러나 이미 희망 없는 일이었다.

― 그렇게 되면 아주 좋지 않은 결과를 부를 텐데요, 목사님. 그 결과에 대해 우리는 목사님을 보호할 수 없게 됩니다.

그 약삭빠른 젊은이는 자신이 '결과'라고 부르는 것 외에 다른 것은 생각할 능력이 없었다.

― 로스토크에 가서 말하시오. 내가「수도원생」이 교회에 머물도록 조처하겠다 하더라고. 젊은이는 어깨를 들썩했다.

바다에서 불어오는 차고 맑은 공기 속에서 크누트센과 이야기하는 동안, 목사는, 아직 아무도 손대지 않은 채 그대로, 교회의 장방형 제단 북동쪽 기둥 받침대에 앉아 있는 50센티미터 높이의 목각상,「책 읽는 수도원생」이 그의 교회 안에서 가장 은밀한 성물임을 확실하게 인식하였다. 그는 그것을 몇 년 전 한 조각가에게서 구입했는데, 그 후 얼마 안 가서 다른 자들은 그의 창작 활동을 금지시켰다. 다른 자들이 「수도원생」을 없애려 하기 때문에, 헬란더는 생각했다, 그것이 가장 성스러운 물건이다. 제단의 거대한 예수상은 건드리지도 않는다. 그들의 신경을 곤두세우게 하는 것은 이 작은 생도이다. 책 읽는 작은 수도사. 이 교회의 거대한 건물이 이 조용한 작은 수도사를 위해 시험에 빠져들고 있어, 헬란더는 생각했다. 그리고 교회, 그것은 딱하게도 나뿐이야. 니콜라이 교회의 동료가 뭐라고 했었지? 이 현대적 물건은 어차피 교회에 속하는 게 아니라고 항변했다. 「수도원생」은 현대적인 것이 아니라, 원초적인 것이라고 헬란더는 변명했다. 그러나 아무 소용이 없었다. 마리아 교회의 동료에게는 아예 찾아가지도 않았다. 그는 다른 자들에게 속해 있었다. 이래서 나는 지금 신을 믿지도 않는 자에게 교회를 위해 그 작은 수도사를 구해달라고 구걸을 하게 되어버렸어, 목사는 생각했다. 그 수도사는 스킬링에의 교총회장에게 보내지든지, 아니면 없어져야 해. 그들에게 넘겨주어서는 안 돼.

죄송합니다, 크누트센이 말했다. 그건 생각해볼 일도 아니군요. 생각에 잠겨 있던 목사는 깜짝 놀랐다. 뭐라고 하셨습니까? 그가 물었다.

저는 그것을 할 수 없다고요, 크누트센이 대꾸했다. 그는 담배쌈지를 꺼내 번거로운 동작으로 파이프에 담배가루를 채워 넣기 시작했다.

왜 안 됩니까? 목사는 물었다. 두려우십니까?

물론이지요, 크누트센이 말했다.

꼭 그 이유 하나 때문은 아닐 겁니다.

크누트센은 파이프에 불을 붙였다. 그는 목사의 눈을 똑바로 바라보며 말했다. 목사님, 제가 목사님의 우상 하나를 위해 제 목숨을 걸 것이라고 믿으십니까?

그것은 우상이 아닙니다.

그렇지만 어쨌건 성상(聖像)의 하나에 속할 것 아닙니까, 크누트센이 거칠게 말했다.

그렇습니다, 헬란더가 말했다. 성상입니다.

돌았어, 크누트센은 생각했다. 성상, 그런 것은 존재하지도 않았어.

당신에게 레닌의 그림이 신성한 것처럼 말이오, 헬란더가 말했다.

레닌은 성자가 아니었습니다, 크누트센이 대꾸했다. 레닌은 혁명의 지도자였습니다.

그런데 혁명은, 그것은 당신에게 신성한 게 아닙니까, 크누트센?

그만두십시오! 크누트센이 말했다. 저는 부르주아가 혁명에 대해 말하는 것은 듣고 있을 수가 없습니다. 그것이 얼마나 이상하게 들리는지 모르실 겁니다.

저는 부르주아가 아닙니다, 헬란더가 화를 내며 말했다. 저는 목사입니다.

부르주아를 위한 목사지요, 목사님! 그리고 이것이 제가 당신을 위해 스킬링에로 배를 몰지 않는 이유입니다.

그것이 이유의 전부는 아니라고 헬란더는 느꼈다. 그는 한 조각 대양, 그 차가운 파란 조각을 바라보았다. 그 속으로 연기의 깃발 아래 자주색과 흰색의 점이 나타났다. 레리크로 방향을 잡은 작은 증기선이었다. 크누트센은 핑계에 불과한 말들로 발뺌을 하고 있어, 목사는 생각했다. 내 부탁을 거절하는 다른 이유가 있음에 틀림없어.

당을 위해서는 그러면 배를 부리시겠습니까, 크누트센? 그가 물었다. 크누트센이 담배 연기를 내뿜었다. 그는 선창을 바라보았다. 두 여자가 막 헤어지려 하고 있었다. '비스마르의 문장'의 주인은 조금 전부터 빈 병을 담은 상자를 길거리에 내놓기 시작했다. 크누트센은, 그 주인이 밖으로 나올 때마다 재빨리 한 번씩 그들이 대화를 나누고 있는 안벽 쪽으로 눈길을 던지는 것을 보았다. 크누트센에게는 그런 것을 보는 눈이 있었다.

우리가 눈에 띄고 있습니다, 목사님. 그가 말했다.

그들은 동의의 눈길을 주고받았다.

혹시 당을 위해서는 배를 부리겠느냐고 제가 물었습니다, 헬란더가 말했다. 대답을 해주시지요!

엿 같은 당, 크누트센은 생각했다. 목사는 크누트센의 눈에서 묘한 것을 보았다. 어떤 고통스러움이었다.

당을 위해선 벌써 몇 년이나 아무것도 하지 않고 있습니다, 크누트센은 폭발했다. 그렇고말구요! 당은 이미 존재하지도 않습니다. 그런데 제가 교회를 위해 무엇을 해야 한다고 요구를 하십니까? 그는 주먹으로 조종실의 벽을 쳤다. 가십시오, 목사님. 저를 그냥 놔두시고요!

그것이었어. 헬란더는 순간 크누트센의 거부를 이해했다. 당에 대한 그의 증오, 당이 실패한 때문이었다. 그리고 그가 당을 증오함으로써 생긴 양심의 가책. 나와 교회의 관계와 비슷하다고 그는 생각했다.

그는 한마디 인사말 없이 몸을 돌려 가버렸다. 크누트센은 그가 어떻게 힘겹게 방파제를 건너가는지 바라보았다. 선창은 여전히 비어 있었고, 목사는 검은색으로, 혼자, 힘겹게 그의 베르됭 다리를 끌면서 포장석 위를 걸어 붉은 합각머리의 집들을 지나가다 니콜라이 골목에서 길을 꺾었다. 교회의 종소리가 4시를 알렸다. 아이구 하나님, 크누트센은 생각했다. 내가 너무 늦었어.

소년

　내 물건은 이미 다 챙겨 배로 갖다놓았는데, 소년은 생각했다, 왜 크누트센은 나를 보낸 것일까? 배가 정비되기까지는 아직도 할 일이 많이 있다. 그러나 어른들은 설명을 제대로 해주는 적이 없다. 그저 "5시까지 오너라" 아니면 "집에 가거라"라고 말할 뿐이었다. 그는 트레네 강을 따라가다가, 목사가 배꾼 크누트센과 말을 나누는 것이 이상하단 생각이 들었으나, 그것을 곧 잊어버렸다. 어른들은, 개개인으로서는 소년의 관심을 끌지 못했다. 기껏해야 일반적으로였다. 내가 언젠가 어른이 된다면, 나는 그들과는 다른 사람이 될 거야, 소년은 생각했다. 크누트센이나 그가 알던 모든 사람과는 다르게 되는 것이 가능해야만 한다. 언제까지 그렇게 계속될 수는 없지 않은가. 나이가 들면 그저 상투적인 말이나 하고, 나이가 들면 새로운 생각은 전혀 하지 못하고, 나이가 들면 작은 붉은 벽돌집에서 언제나 똑같이 살며, 그저 지루하게 연안에서 고기잡이나 하면서 말이다. 무엇인가 새로운 것을 생각해낼 수 있어야 했다. 그래서 그들처럼 되지 않아야 했다. 그러나 그것을 생각해내기 위해서는 우선 그들을 떠나야만 했다.

유디트

　그녀는 그 시간에는 비어 있는 객줏집의 식당에 앉아, 차와 소시지빵을 주문했다. 그런 다음 그녀는 창문을 통해 비어 있는 부두로 눈길을 던졌다. 안벽에서 성직자와 어부가 말을 나누며 서 있는 것이 보였다. 살아 움직이는 것이 보이던, 유일하게 남아 있던 고기잡이배의 어부였다. 주인은 차와 소시지빵을 가져왔다. 유디트는 손가방에서 베데커판(版)을 꺼내, 빵을 먹는 동안 책을 읽는 시늉을 했다. 그렇지 않아도 식사 중에 책을 읽는 것이, 그녀가 즐기는 습관이었다. 집에서 어머니는 늘 유디트의 습관을 나무라곤 했다. 그녀는 배를 깔고 엎드려, 한 손으로는 머리를 받히고, 다른 한 손으로는 잼 바른 빵을 들고 책 속에 빠져 있곤 했다. 그러나 오늘은 읽을 수가 없었다. 그녀는 그냥 책장만 바라보았다.

교회는 5시에 문을 닫소, 주인이 말했다.

그렇게 일찍요? 유디트가 물었다.

요즈음은 5시 반이면 벌써 어두우니까요, 주인이 대꾸했다.

아, 참 그렇지요, 유디트가 말했다. 내일 아침에 둘러보아야 할 것 같아요. 상당히 피곤하군요. 부둣가를 조금 돌아봐야겠어요.

바쁜 일이 없는 사람이군, 주인은 생각했다. 저런 처녀들은 대부분 교회를 보러 가려고 서두르곤 하는데 이 처녀는 그렇게 열성적인 것 같지는 않군. 예외도 있군그래. 그런데 예외치곤 상당히 예쁘고 젊은데.

부두에는 오늘 볼 게 아무것도 없소, 아가씨, 그가 말했다.

그렇군요. 그런데 부두가 왜 이렇게 비어 있죠? 유디트가 물었다. 고기잡이배조차 없군요.

그들은 모두 바다로 나갔지요. 요즈음이 대구철이니까. 오늘 밤에 첫 배들이 돌아올 거요. 내일 점심에는 우리 집에서 아주 싱싱한 대구를 먹을 수 있을 거요.

유디트는 그의 눈길을 느꼈다. 역겨운 사람이야, 유디트는 생각했다. 저렇게 살찌고 허옇다니! 한 마리 살찐 대구야.

정말 좋군요, 그녀가 말했다. 저는 바다 생선을 아주 좋아해요. 그녀는 생각했다. 여기서 외국으로 가는 배가 없다면, 내일 정오까지 여기에 머물러 있을 이유가 없지.

큰 배들도 가끔 레리크로 오나요? 그녀가 물었다. 그녀는 가능한 한 별 뜻 없이 묻는 것처럼 보이려고 노력했다.

그저 가끔, 주인이 말했다. 가끔 어쩌다 작고 낡은 배들이지. 레리크를 위해선 아무것도 하지 않소. 그는 불평은 늘어놓기 시작했다. 수로의 바닥이 준설돼야 해. 하적장 시설도 쓸모없는 잡동사니에 지나지 않고. 그럼! 로스토크나 슈테틴! 그런 곳을 위해서는 모든 것을 다 하지. 스칸디나비아의 큰 배들 중에 레리크로 오는 배는 한 척도 없소.

그는 분노에 차서, 유디트는 잊어버린 채, 큰 소리를 내면서 빈 맥주병 상자를 문밖으로 나르기 시작했다. 식당으로 나 있는 안쪽 문은 흔들문이었는데, 그가 힘들여 상자를 밖으로 나르는 동안 삐걱거리며 앞뒤로 흔들거렸다. 중국인이라고 유디트는 생각했다. 키 크고, 하얗고, 살찐 중국인. 다만 중국인처럼 조용하지 않을 뿐이다.

그녀는 다시 창밖을 내다보았다. 어부와 말을 나누던 성직자는 이제 광장을 지나가고 있었다. 그는 지팡이를 짚고 걸었다. 유디트에게는 그가 고통을 느끼고 있음이 분명해 보였다. 그의 자세에는 어떤 안간힘이 들어 있었는데, 마치 지팡이에 의지해 완전히 몸을 굽히지 않으려고 자신을 다그치는 듯이 보였다.

주인이 다시 안으로 들어왔다. 그가 말했다. 아가씨 여권도 필요한데요. 요즈음은 경찰이 저녁에 숙박계를 조사할 때, 늘 여권을 보자고 하지요.

유디트의 손가락이 그녀의 손가방을 거머쥐었다.

방에 있는 여행 가방 속에 있어요, 그녀가 말했다. 나중에 가져다드릴게요.

잊어버리지 마시오! 주인이 말했다. 차라리 지금 가져오구려!

끝났군, 유디트는 생각했다. 일이 꼬여버렸어. 여권을 보일 수는 없어. 그러면 끝장이니까. 저 중국인과는 말이 통하지 않아. 이제 위로 올라갔다가 다시 내려와서는 말해야만 해. 지금 곧 이곳을 떠나야겠다고. 갑자기 몸이 아프다거나 또는 그런 비슷한 바보 같은 소리를 해야겠지. 그는 절대로 내 말을 믿지 않을 거야. 그리고 만약 곧 떠나는 기차가 없다면, 나는 이 레리크에서 영영 헤어나오지 못할지도 몰라.

공포에 휩싸이면서 그녀는 주인이 말하는 것을 들었다. 아가씬 외국인처럼 보입니다. 아가씨 같은 사람은 레리크에는 거의 오지 않지요. 그가 어떤 눈치를 챈 것일까? 갑자기 유디트는 자신이 이 식당 안에 감금되었다고 느꼈다. 레리크는 함정이었다. 희귀한 것을 잡는 함정. 아, 어머니, 그녀는 생각했다, 어머니는 항상 낭만적이었다. 레리크로 출발했을 때, 그녀는 어머니의 낭만적인 생각 하나에 빠져든 것이었다.

어머니 쪽으로 이탈리아인의 피가 섞였어요, 그녀가 말했다. 그녀는 거의 웃을 뻔했다. 조금은 히스테리가 섞여 있었겠지만, 아무튼 웃었으리라. 어머니는 작고 사랑스러운, 지극히 함부르크적인 부인이었다.

아, 그래서 그렇군요, 주인이 말했다. 그의 등불 같은 얼굴이 스탠드 뒤에서 다시 환하게 빛났다. 여권이나 가져오시오. 그는 그의 얼굴처럼 그렇게 허연 목소리로 말했다. 그렇지 않으면 오늘 밤에 문을 두드리고 아가씨를 침대에서 끌어내야 합니다!

유디트는 아주 젊었지만, 어떤 대가를 치르면 주인에게 여권을 보여주지 않아도 좋은지를 갑자기 깨달았다. 끔찍해, 그녀는 생각했다. 조심스러운 옆 눈길로 그녀는 주인의 얼굴을 훑어보았다. 희고 기름진 얼굴이었다. 그러나 기름질 뿐 아니라 고체덩이 같았다. 지방으로 된 젤리를 뒤

집어쓴 흰 고체덩이. 그녀는 시간을 벌어야 했다. 그 순간 그녀는 증기선 한 척을 보았다.

배예요! 그녀가 소리쳤다.

주인은 가까이 가서 창밖을 내다보았다. 스웨덴 배군, 그는 무관심하게 말했다.

밖으로 나가서 그 배가 정박하는 것을 구경해야겠어요, 유디트가 흥분해서 말했다.

배가 도착하는 것을 아직 본 적이 없소? 주인이 물었다. 아가씬 함부르크에서 오지 않았소!

그렇지만 작은 부두에서는 훨씬 아름답지요, 유디트가 대꾸했다. 그녀는 자신의 목소리에 흥분한 기색을 가득 담아, 주인이 그저 머리를 흔들도록 하는 데 성공했다. 어린애 같은 짓이라고 유디트는 생각했다. 어린애처럼 굴어야 해.

그녀는 밖으로 나가면서, 아버지로 위장한 그의 눈길을 느꼈다. 흔들문의 삐걱거리는 소리에다 그녀는 자신을 털어냈다.

밖의 공기는 차고 맑았다. 그녀는 스웨덴 증기선이 포구에 도달하여 방파제 끝에서 호를 그리기 시작하는 것을 보았다. 붉은 자주색 점으로 얼룩진, 낡고 작은 회색 증기선이었다. 바다 속으로 빠질 듯, 나무의 무게에 눌려 기는 듯했다. 심지어 갑판까지 밝은색의 나무 다발을 싣고 있었고, 그것은 차가운 태양 아래 노랗게 빛나고 있었다. 노란 십자가가 그려진 파란 국기는 고물 앞에 축 늘어진 채 매달려 있었다.

소년

어머니, 소년이 말했다. 1월에는 제가 열여섯이 돼요. 그러면 함부르크로 가서 화물선에서 일자리를 하나 찾아봐도 되겠어요? 그 이야기는 다시 시작하지도 마라, 그녀가 말했다. 그것이 말도 안 되는 것을 너도 알지 않니. 크누트센에게서 견습을 마쳐라. 그러고 나면 2년 동안 해군에 가야 하지 않니. 내가 바라는 것은 네가 제대로 기반을 다지는 일이다. 하나님 맙소사, 소년은 생각했다. 2년 반을 더 크누트센과 지내고, 그다음 2년 동안, 그저 지겨울 해군 생활밖에는 다른 가능성이 없단 말인가. 난 그것을 견딜 수 없어. 그러나 화물선에서는, 소년이 말했다, 확실하게 기반을 다질 수 있잖아요. 그래서 큰 배의 선원도 되고, 또 세상을 좀 볼 수도 있으니까요. 세상을 봐, 세상을 봐? 어머니가 말했다, 남자들은 만날 세상을 보고 싶다고 하지. 네 아버지도 무언가를 보고 싶어 했어. 그녀는 훌쩍거리기 시작했다.

소년은 구석에 앉아서 생각에 잠겼다. 그에게는 아버지의 기억이 전혀 없었지만, 어머니가 아버지에 대해 말하는 것을 들으면, 아버지가 왜 죽었는지 알 수 있었다. 아버지는 보지 못했기 때문에 죽은 것이었다. 대양을 향한 그의 의미 없고 술에 취한 배몰이는, 그가 한 번도 볼만한 것을 보지 못한 세계로부터의 탈출이었다.

그레고어

게오르크 교회의 서쪽 정면에는 차가운 하늘로부터 늦은 오후의 햇살이 떨어지고 있었다. 그레고어는 자전거를 끌면서 교회 맞은편 집들의 그늘 속을 걷고 있었다. 그것은 교회의 정면이 아니었다고 그레고어는 생각했다. 그것은 거대하고, 고색창연한 벽돌 곳간의 정면이었다. 그는 그 곳간에서 흘러나오는 붉은 벽돌 빛 속으로 들어가기를 피했다. 교회 앞 광장의 넓이와 그 빛이 그를 불안하게 했다. 교회의 정문이 아니라, 그는 생각했다, 이 장소를 둘러싸고 있는 모든 집들이 정문으로 향하는 한 남자를 관찰하리라. 그럼에도 그 광장은 무대가 아니었다. 그것은 타작마당이었다. 그러나 이미 오랫동안 그곳에서는 곡식 한 알도 타작이 되지 않았다. 장엄하게 그 광장은 죽은 가을 오후의 햇빛 아래, 닫힌 붉은 벽 앞에 놓여 있었다. 그 녹빛깔의 돌덩이들로 된, 녹슨 붉은 벽은 더 이상 추수의 수레들을 받아들이기 위해 커다란 두 날개로 열릴 수는 없을 것 같았다. 우리가 추수를 위해 지은 곳간도, 언젠가는 저렇게 버림받듯이 방치될 수 있을까, 그레고어는 생각했다. 그가 교회를 한 바퀴 돌아보았을 때, 남쪽에서 사람의 눈에 띄지 않을, 기껏해야 두세 집에서나 내다볼 수 있는 교회의 다른 출입문을 발견했다. 그는 그중 한 집 앞에 자전거를 기대놓고, 문 옆에 붙여놓은 동판의 이름을 읽었다. 성 게오르크 목사관. 좋아, 그는 생각했다. 그러고 나서 그는 다시 생각했다. 우리의 처지가, 한 목사관의 창문 아래서 숨을 돌려야 할 정도까지 되었구나. 그는 교회로 건너가, 몇 계단 문 쪽으로 걸어 올라갔다. 그가 몸으로 문을 밀자, 문짝 두 개 중 하나가 열렸다.

그가 들어온 곳은 남쪽 익부였다. 그는 혹시 레리크의 접선자가 와 있는지 살펴보기 위해, 재빨리 십자 공간을 향해 앞으로 나아갔다. 교회는 완전히 비어 있었다. 그 순간 교회의 탑에서 4시를 알리는 종이 울렸다. 종소리는 금속의 뇌성으로 교회를 가득 채웠으나, 침묵은 그 마지막

소리를 날카로운 칼로 베듯 잘라냈다. 나는 정각에 도착했어, 그레고어는 생각했다. 동무가 나를 기다리지 않게 해야 할 텐데.

관리인으로 보이는 사람이 성물실에서 나와 제단을 정리하기 시작했다. 그레고어는 마치 교회를 둘러보려는 사람처럼 이리저리 다니기 시작했다. 잠시 후 관리인은 다시 성물실로 사라졌다. 건물의 외관과는 달리, 교회 안은 흰색으로 칠해져 있었다. 흰 벽과 기둥들의 표면은 매끄럽지 않고 울퉁불퉁하고 거칠었으며, 여기저기 세월의 흔적처럼 회색이나 노란색으로 변해 있었고, 금이 간 곳은 더욱 그러했다. 흰 것은 살아 있다, 그레고어는 생각했다. 그러나 누구를 위해? 비어 있음을 위해. 외로움을 위해. 밖은 위협이다, 그는 생각했다. 그다음에는 붉은 곳간의 벽, 그리고 흰·것, 그다음은 무엇이 올까? 비어 있음. 아무것도 아닌 것. 성역이 아니다. 이 교회는 좋은 접선 장소이지만, 안전이 보장된 성역은 아니다. 이 교회가 다른 자들에게 속해 있지 않음을 안다고 해서, 공연한 생각은 하지 마, 그레고어는 자신에게 말했다. 너는 다른 곳에서와 마찬가지로 이곳에서도 체포될 수 있어. 교회는 하얗고, 살아 있는 경이로운 외투였다. 외투가 그를 따뜻하게 하는 것이 이상스러웠다. 그래, 아주 이상했다. 그레고어는 언젠가 시간이 있으면, 그것에 관해 반성해보리라고 마음먹었다. 어쩌면 도주 후에, 깃발로부터 도주 후에. 그러나 교회가 외투 이상의 것일 수 있다는 망상은 하지 않았다. 그것은 어쩌면 냉기로부터 보호해줄 수 있었겠지만, 죽음으로부터는 아니었다. 남쪽 익부의 제단에 낡고 바랜 황금빛 깃발이 걸려 있었고, 그 아래 한 남자가 무릎을 꿇고 기도하고 있었다. 그 남자는 흔히 보듯 방어적이며 경건한 얼굴을 가지고 있었다. 날카롭고 완고해 보이는 코, 곱슬거리는 수염, 죽은 눈. 그러나 그 완고한 남자, 회색의 대리석상, 스웨덴의 왕이었던 그는 결코 칼을 가지고 그레고어의 편에 서기 위해서 몸을 일으켜 세우지는 않으리라. 믿음의 자유를 보호하기 위해 스웨덴으로부터 왕들은 더 이상 바다를 건너오지 않았다. 여전히 그런 왕이 있더라도, 이미 너무 늦었다. 그리고 그 왕 위에 있는 깃발의 황금색은 타라소브카의 방패의 황금색이 아니었다. 그것은 거의 검은색이 되어 있었고, 만지면, 먼지가 되어버릴 듯했다.

그레고어는 불안했다. 레리크의 동무는 아직도 오지 않았다고 그는 생각했다. 믿을 만한 사람이 못 되든지, 무슨 일이 생긴 게야. 그레고어는 언제나 접선 장소에 나가 있으면 불안했다. 한 접선 장소에서 다른 곳으로 가는 길도 불안했지만, 특히 접선 장소가 그랬다. 접선 장소에서는 차라리 도망가버리고 싶은 생각이 드는 순간이 언제나 있었다.

그는 다시 십자 공간을 향해 앞으로 나아갔다. 그에게 5분만 더 허락하겠어, 그는 생각했다. 그러고는 가버릴 거야. 그 순간 그는 자신의 생각을 알아챘다. 가장 좋은 일은 그가 오지 않는 것이다. 그렇게 되면 나는 마지막 임무를 수행한 셈이다. 끝이라고 그는 생각했다. 끝이어야만 해. 더 이상 함께 일하지 않겠어. 끝내겠어. 그것은 그의 가장 행복하고 최종적인 생각이었다. 그는 양심의 가책을 느끼지 않았다. 당을 위해선 할 만큼 했으니까, 그는 생각했다. 나는 자신에게 이 마지막 여행을 시험대에 올려놓았지. 여행은 끝이 났다. 나는 갈 수 있다. 내가 가는 것은 당연히 불안하기 때문이야, 그는 가차 없이 생각했다. 그러나 다르게 살고 싶기 때문에 가는 것이기도 해. 당의 임무를 수행해야 하기 때문에 불안해하고 싶지는 않아. 그 임무라는 것에 대해…… 그러나 그는 믿음을 가질 수 없다고 덧붙이지는 않았다. 그는 생각했다. 아직도 임무라는 것이 존재한다면, 믿을 만한 가치가 있는 것은 당의 임무뿐이야. 그런데 만약 임무가 없는 세상이 존재한다면 어떨까? 그에게 엄청난 예감이 생겨났다. 임무 없이도 살 수 있을까?

　그레고어가 들어왔던 남쪽 익부의 천장에는 배의 모형이 하나 걸려 있었다. 그것은 갈색과 흰색으로 칠이 된, 돛대가 세 개나 달린 커다란 범선이었다. 그레고어는 십자 공간의 기둥에 기대서서 그것을 관찰했다. 그는 배에 대해서 아는 것이 없었지만, 저런 배로 그 왕이 바다를 건너왔음이 분명하다고 상상할 수 있었다. 어둡게, 꿈을 적재한 채, 범선은 황혼 속에서 점차 회색으로 변해가는 하얀 반원형 천장에 매달려 있었다. 범선은 돛을 말아 접고 있었지만, 그레고어는 상상할 수 있었다. 배는 레리크의 부두에 정박하여 그를 기다리고 있다. 그가 배로 가자마자, 돛들을 펼치기 위해서. 자유의 깃발, 그 펄럭이는 소리 속에서 배는 먼바다로 나아가, 드디어 돛대들이, 돛으로 삐걱거리는 돛대들이, 레리크의 탑들보다 높아진 지점에 도달한다. 탑들은 점점 작아져 점처럼 되어 멀리 예속의 땅에 가라앉는다.

　레리크의 동무는 여전히 오지 않고 있었다. 그가 오지 않으면, 레리크에는 동무가 존재하지 않는 것이었다. 그렇게 되면 레리크는 당에게는 그저 포기되고 잊혀진 외곽 지점으로, 탑과 광장들이 만들어내는 공허한 울림의 침묵 속으로 되돌아갈 것이었다. 누군가 이곳에서 도망갈 수 있었을까? 이곳의 이 죽은 지점이 그의 삶을 바꿀 수 있었던가? 갑자기 그레고어는 레리크의 당원이 나타나기를 열렬히 바랐다. 이런 죽은 장소에서도 그를 도울, 살아 있는 사람 하나는 있어야 했다. 그는 도우려 하지 않을 것이다. 그레고어는 조심스럽게 그를 다루어야 할 것이다. 레리크에 있는 당은, 중앙위원회의 지도원이 그의 눈앞에서 탈주하도록 하지는 않을 것이다. 그러고 나서 그는 조각상이 존재하고 있음을 의식했다. 그것은 맞은편 원주형 기둥의 밑동에, 나지막한 금속 받침대 위에 조그맣게 자리하고 있었다. 그것은 나무로 조각되었고, 밝지도 어둡지도 않은 단순한 갈색이었다. 그레고어는 가까이 갔다. 그 조각상은, 무릎 위에 놓인 책을 읽고 있는, 젊은 남자를 표현하고 있었다. 젊은이는 긴 겉옷, 수도복을 입고 있었는데, 아니 수도복이라기 보다는 훨씬 단순한 겉옷으로 그냥 길게 걸치는 옷이었다. 그 겉옷 아래 그의 맨발이 나와 있었다. 그리고 그의 머리칼은 매끄럽게 아래로 처져, 양쪽 이마와 귀와 관자놀이를 덮고 있었다. 그의 눈썹은 나뭇잎처럼 곧은 콧대와 합쳐져 있고, 코는 그의 오른쪽 얼굴 반쪽에 깊은 그림자를 던지고 있었다. 입은 크지도 작지도 않았다. 꼭 알맞았고, 긴장하지 않은 채 닫혀 있었다. 눈도 처음 볼 때는 닫혀 있었으나, 그렇지 않았다. 그 젊은이는 자지 않았고, 책을 읽는 동안 눈꺼풀을 거의 감는 버릇이 있을 뿐이었다. 그의 커다란 눈꺼풀이 겨우 조금 열린 틈새는, 두 개의 대담하고도 진지한 곡선으로 휘어졌다가, 눈가에서는 거의 보이지 않게 굽어져 있었는데, 그 안에 재치도 담겨 있었다. 그의 얼굴은 순수한 타원형으로 턱에서 마무리가 되면서, 섬세하지만 허약하지 않았고, 여유 있게 입을 받치고 있었다. 겉옷 속의 그의 몸은 말랐어야 했다. 마르고 섬세해야 했다. 그런데 그 젊은이가 책을 읽고 있을 때는 방해를 해서는 안 되는 게 분명했다.

저건 우리들이야, 그레고어는 생각했다. 그는 그 나지막한 받침대 위에 앉아 있는, 겨우 50센티미터 크기의 젊은이에게로 몸을 구부려서, 그의 얼굴을 들여다보았다. 바로 저렇게 우리는 레닌-아카데미에 앉아서, 바로 저렇게 책을 읽고, 읽고, 또 읽었다. 어쩌면 그때 우리는 팔을 괴었는지도 모른다. 어쩌면 그때, 허락되지 않았음에도 파피로씨*를 피웠는지

---

* 러시아 담배 이름.

도 모른다. 가끔은 위를 바라보기도 했으리라. 그러나 창밖에 있던 이반 벨리키의 종탑*은 보지 않았다. 그것은 맹세할 수도 있어, 그레고어는 생각했다. 우리는 그렇게 몰두했었다. 저 젊은이처럼 몰두했었다. 그는 우리다. 그는 몇 살이나 되었을까? 우리가 저렇게 책을 읽었을 때의 우리 나이와 같다. 열여덟, 많아야 열여덟. 그레고어는 그 젊은이의 얼굴을 더 분명히 보기 위해, 몸을 깊이 숙였다. 그는 우리의 얼굴을 가지고 있다. 우리 젊음의 얼굴, 중요한 텍스트를 읽도록 선택받은 젊은이의 얼굴. 그러다가 갑자기 그는 그 젊은이가 아주 다르다는 것을 알아차렸다. 그 젊은이는 몰두하지 않고 있었다. 그는 그 교재에 관심을 기울이는 것 같지도 않았다. 그는 도대체 무엇을 하고 있었나? 그는 단순히 읽고 있었다. 그는 주의 깊게 읽고 있었다. 그는 정확하게 읽고 있었다. 그는 심지어 최고의 집중력으로 읽고 있었다. 그러나 그는 비판적으로 읽었다. 그는 자신이 무엇을 읽고 있는지, 매 순간 아는 듯이 보였다. 그의 팔은 아래로 내려와 있었으나, 어느 때라도 손가락으로 텍스트를 지적할 준비가 되어 있는 듯이 보였다. 이것은 진실이 아닙니다. 저는 이것을 믿지 않습니다, 라고. 그는 달라, 그레고어는 생각했다. 그는 아주 다르다. 그는 우리보다 가볍다, 새처럼 가볍다. 그는 마치 어느 순간이라도 책을 접을 수 있고, 완전히 다른 것을 하기 위해 일어설 수 있을 듯이 보인다.

그는 자신의 성스러운 텍스트를 읽고 있지 않은가, 그레고어는 생각했다. 그는 젊은 수도자 같지 않은가? 그런데 젊은 수도자이면서 그 텍스트에 사로잡히지 않을 수 있을까? 수도사의 옷을 입고도 자유로울 수 있

---

* 이반 3세(대제)의 사망 후 1505~08년 사이에 1차로 건축이 되었고, 당시에는 60m의 높이였다. 그 후 증축이 되면서 1600년 보리스 고두노프 황제에 의해 양파 모양의 지붕을 가진 높이 81m의 종탑으로 완성되었다.

는가? 정신을 묶지 않고 규율에 따라 산다?

그레고어는 일어섰다. 혼란스러웠다. 그는, 아무 일도 일어나지 않았다는 듯이 계속 읽고 있는 젊은이를 관찰했다. 그러나 무슨 일이 일어났어, 그레고어는 생각했다. 나는 과제 없이 사는 사람을 보았어. 읽을 수 있으나 그럼에도 일어서서 떠나갈 수 있는 사람. 그는 일종의 질투심으로 그 조각상을 바라보았다.

그 순간 그는 문소리와 발걸음 소리를 들었다. 그는 몸을 돌렸다. 그는, 교회 안으로 몇 걸음 들어와 선원 모자를 벗는 한 남자를 보았다.

소년

소년은 그의 어머니가 식탁 위로 밀어준, 한 대접 가득, 기름에 볶은 감자를 먹었고, 보릿가루로 만든 푸딩까지도 입안으로 털어 넣었다. 좋은 기반, 소년은 생각했다. 어머니는 내가 좋은 기반을 갖기 바란다고 훌쩍거렸다. 내가 크누트센에게서 배울 수 있는 것은 이미 다 배워버렸다. 배도 부릴 수 있고, 그물을 다룰 줄도 안다. 날씨와 바다에 대해서도 상세히 알고 있다. 좋은 기반이라고 어른들은 말하지만, 그들이 뜻하는 것은 그들처럼 그렇게 머리가 천천히 돌아가야 한다는 것이다. 멍청한 사람들. 나도 멍청해, 그는 생각했다. 나에게 세번째 이유, 왜 내가 떠나야 하는지 그 마지막 이유가 생각나지 않기 때문이지. 그는 벽에 걸려 있는 아버지의 사진을 보았다. 아버지는 레리크의 선창, 자신의 배 옆에 서 있었다. 배는 화환으로 꾸며져 있고, 아버지는 일요일의 나들이옷을 입고 있었다. 어머니의 말로는 황제의 생일이었기 때문이었다. 소년은 그 사진을 참을 수가 없었다. 사진 속의 아버지는, 레리크의 다른 어부들, 일요일의 외출복을 입은 여느 어부들처럼 보였기 때문이었다. 그리고 사진 속의 남자는 당연히 그 마지막 이유를 묻는 질문의 대답을 알지 못했다.

크누트센-그레고어

저자다, 크누트센은 생각했다. 상대를 알아보기 위해 미리 약속된 표시는 없었다. 브래게폴트가 그를 묘사해주었을 뿐이었다. 회색 양복에 젊고, 직모에다 키는 좀 작은 편, 바짓가랑이에 자전거 조임쇠를 하고 있다고 했다. 청년연맹의 당원, 크누트센은 생각했다. 저런 유형을 잘 알지. 저들은 노동자가 아니고, 사내들이지. 그렇다고 지식인도 아니고. 저들은 단지 단단히 훈련이 된 사내들이야. 나는 당이 한번 진짜 노동자를 보내주기를 바랐다.

실례했소, 그가 그레고어에게 말했다. 오기 바로 전에 일이 생겨서.

괜찮습니다, 그레고어가 말했다. 그사이 재미있는 시간을 보냈습니다.

여기, 이 기도간에서요? 크누트센이 물었다.

예, 그레고어가 대답했다. 저기 저것 하구요! 그는 책을 읽고 있는 젊은이를 가리켰다.

중앙위원회의 이 지도원은 이상한 녀석이 분명해, 크누트센은 생각했다. 그는 무관심하게 목각상에 눈길을 던졌다. 혹시 저 상이 목사가 말했던 것인가? 그럴 리가 없지. 목사는 성상(聖像)에 대해 말했었다. 저기 저것에는 성스러운 점이라고는 조금도 없었다.

청년연맹에서 왔소, 동무? 그가 그레고어에게 물었다.

그레고어는 고개를 끄덕였다. 그는 청년연맹의 일원이기에는 확실히 좀 늙었어, 크누트센은 생각했다. 청년연맹에서 쉽게 빠져나오지 못하는 그런 자 중 하나지. 저런 자들에게 당은 늙은 것이었다.

교회에서 만난다는 것은 아주 좋은 생각입니다, 그레고어가 말했다. 그들은 어디에서도 그런 생각은 하지 못했으니까요. 그는 무엇이든 친절한 말을 하고 싶었다. 크누트센의 탐색하는 듯한 딱딱한 눈길을 느꼈기 때문이었다.

이야기할 게 많소? 크누트센이 물었다. 아니면 여기서 곧 처리할 수 있소?

나는 빨리 돌아가야 해, 그는 생각했다. 여기에 와서는 안 되는 것이었어. 도대체 이 젊은 녀석과 말을 나누기 위해 모든 것을 거는 게 무슨 의미가 있단 말인가. 지금쯤이면 바다에 나가 있을 수 있는데. 그는 갑자기 자기 배의 발동이 털털거리는 소리와 뱃머리의 물이 쏴쏴 하는 소리를 들었다.

교회는 반 시간 정도는 열려 있을 겁니다, 그레고어가 말했다. 그 정도면 충분합니다.

그들은 교회의 가장 어두운 곳에 있는 의자에 자리를 잡고 앉았다. 그레고어는 크누트센에게 새로운 5인조 체계를 설명하기 시작했다. 모든 곳에서 당은 다섯 명이 한 조가 되는 조직으로 분할되며, 조직들은 서로 전혀 알지 못한다고 그는 설명했다. 조직들은 완전히 독립적이며, 중앙위원회와 직접 연결이 됩니다. 중앙위원회만이 조직위원장의 이름을 알고 있지요. 이 방법으로는, 만약 몇몇 지도적 동무들이 체포된다 하더라도, 그 다른 자들이 한 도시의 당 기관 전체를 마비시킬 수가 없게 되지요.

그것은 그저 분산하는 것처럼 보일 뿐이지, 크누트센이 말했다, 실제는 중앙집중화요. 만약 중앙위원회가 들통이 나면, 당 전체가 무용지물이 되고 말지. 그는 당이 어찌 되건 이미 무용지물이라고 생각했다.

중앙위원회는 들통이 나지 않습니다, 그레고어가 말했다. 그러나 그는 그것으로 크누트센을 설득할 수 없음을 알았다. 이미 도처에서 동무들은 단순한 주장에는 설득당하지 않게 되어 있었다.

그러나 크누트센은 그 주장에는 토를 달지 않았다. 그저 오랫동안 질질 토론만 하지 않으면 돼, 그는 생각했다. 뿐만 아니라 그는 교회에 들어와 있는 게 편하지 않았다. 내가 교회로 들어오는 것을 누군가 보기라도 했다면, 그것에 대해 곧 도시 전체가 수군거리게 될 것이라고 그는 생각했다. 저 빨갱이 크누트센이 교회에 있었어, 그들은 말하리라. 그것은 다른 자들의 신경을 곤두세울 것이다. 무엇인지 심상치 않다고 그들은 말하리라. 크누트센이 다시 활동하고 있다.

그는 윗도리에서 파이프를 끄집어내려 했으나, 자신이 어디에 와 있는지 생각해보고는 그만두었다. 여기 레리크에서는 5인조 조직은 존재하지 않을 거요, 그는 그레고어에게 말했다. 그것은 고사하고 2인조 조직조차도 없소.

여기선 당신 혼자뿐이란 뜻입니까?

크누트센은 고개를 끄덕였다. 그는 그레고어를 쳐다보지 않고 혼자 음울하게 비죽거렸다.

그레고어는 크누트센의 옆 얼굴에 시선을 던졌다가 다시 똑바로 중앙 제단 쪽을 바라보았다. 저만치 앞에서 그 젊은이는 앉은 채로 여전히 초연하게 책을 읽고 있었다. 얼마 전만 해도 그레고어는 당 사업의 활성화에 대해 이야기를 해댔을 것이다. 그러나 지금 그는 이렇게 말할 뿐이었다. 이제 우리가 무엇을 해야 하겠습니까? 우리가 자료라도 보낼 수 있도록 비밀 주소라도 하나 주실 수 있습니까?

크누트센은 고개를 저었다. 우리를 그냥 놔두는 게 좋겠소, 그는 말했다. 특별히 무엇을 하지 않으면서도, 우리가 당원으로 있을 수는 없는 거요?

그레고어는 다시 크누트센의 얼굴로 눈길을 던지며 처음으로 그의 얼굴을 찬찬히 살펴보았다. 어둠이 짙어지는 교회의 희미한 빛 속에서, 분명히 식별하기는 어려웠으나, 그의 얼굴은 거칠고 평퍼짐했고, 코는 그리 높이 솟아 있지 않았다. 이미 회색으로 변해버린 머리칼 아래 수염이 꺼칠하게 자란, 바닷바람에 단련된 어부의 갈색 얼굴이었다. 그 단순한 얼굴 속에서는 아무것도, 심지어 눈조차도 빛을 발하지 않았다. 그 눈은 작고 날카롭고 푸르렀다. 그러나 빛나지는 않았고, 그저 인광처럼 빛을 반사할 뿐이었다. 빛을 반사하는 작고 파란 구슬. 그것이 얼굴의 거친 표면에 박혀 있었다. 레리크의 마지막 동무는 마치 밤에도 볼 수 있는 사람처럼 보인다고 그레고어는 생각했다.

다른 자들은 너무 강력하오, 크누트센이 말했다. 우리가 그들을 대적해 무엇을 하든 다 헛수고요, 아무 뒷받침이 없소. 말해보쇼. 그들이 지금 이곳으로 들어와 우리를 잡아간다면, 당이 우리를 도울 것 같소?

우리가 아무것도 하지 않으면, 우리란 존재하지도 않지요, 그레고어가 말했다. 그는 자신의 말 속에 큰 힘이 들어 있지 않음을 알고 있었다.

크누트센은 손가락으로 이마를 가리켰다. 이 속에 여전히 우리가 존재해야 하는 거요, 그는 말했다. 그것이 몇 장의 선전 삐라를 뿌리거나, 구호를 벽에 칠해대는 것보다 더 중요하지.

그가 정말 옳아, 그레고어는 생각했다. 당연히 그의 생각은 두려움에 젖어 있었으나, 어느 정도의 두려움을 감안한다 하더라도 그것은 사실이었다. 남아 있어야 했다. 그것이 중요했다. 그러나 그레고어는 그에게 동의해서는 안 되었다. 그것은 당의 결정에 위배되는 일이었다. 이제 할 말이 별로 없었다. 그의 임무는 수행된 것이었다. 그는 중앙위원회로 돌아가, 외곽 지점인 레리크는 붕괴되었다고 보고할 수 있었다. 만약 그가 레리크에는 단 한 사람의 동무가 있을 뿐이고, 더욱이 그 동무가 당을 위해 무엇을 하지 않고, 당을 믿는 것만으로도 충분하다는 의견을 가지고 있다고 보고를 한다면, 그들은 레리크를 붕괴된 것으로 간주할 것이기 때문이다. 그들은 이 의견에 대해 한순간만이라도 토론해보려고 하지 않을 것이다. 그들이 무엇에 대해 이야기하든, 하지 않든, 나와는 상관이 없다고 그는 생각했다. 그들을 다시 보게 되지는 않을 테니까.

좀 들어보세요, 그가 크누트센에게 말했다. 그런데 여기 동무들이 외국과는 연결이 되어 있겠지요? 적어도 당이 그 정도는 기대할 수 있지 않겠습니까? 우리는 전달 임무를 수행하기 위해, 존재하는 모든 가능성을 이용해야 합니다.

도대체 이자는 뭘 원하는 게야. 크누트센은 생각했다. 불현듯 상대가 의심스러워졌다. 당이 외국과 연결하기 위해 벌써 우리에게 의존해야 할 정도가 되었다는 거야? 당이 그것을 위해 우리 같은 작은 어부를 필요로 한다면, 당은 거의 끝장이 난 게 틀림없어.

그는 바보처럼 굴기로 했다. 그저 낡은 외국 배나 가끔 들어올 뿐이오, 그가 말했다. 레리크는 이제 국내의 연결항으로밖에는 의미가 없소. 어쩌다 스웨덴 배나 덴마크 배가 들어온다 하더라도, 내가 그들에게 가서, 혹시 배 위에 당원이 있는지 물어볼 수 있다고 생각하오? 내가 증기선 한 척에라도 가까이 갈 수 있다면, 다음 날 나는 오라니엔부르크에 있겠소! 이 빌어먹을 둥지는, 그는 쓰디쓰게 덧붙였다, 동무는 이 둥지에서 일이 도대체 어떻게 진행되는지 알지 못할 거요!

그의 말은 지나치게 열성적으로 들렸다. 친애하는 동무, 당신은 이 일이 지긋지긋한 거야, 그레고어는 생각했다. 당신은 자신의 구석으로 기어 들어가 당을 믿고 싶은 거야. 그런데 나, 나는 무얼 원하지? 나는 나의 구석에서 나와서, 어디 생각을 좀 할 수 있는 곳으로 가려고 해. 도대체 당을 믿는 일이 아직도 무슨 의미가 있는지 생각해봐야겠어.

독서, 그는 생각했다. 다시 한 번 독서하는 것. 저 앞에 있는 저 사람처럼 독서하는 것. 그런데 그는 거의 알아볼 수가 없었다. 하얀 교회는 이제 회색의 어둠으로 가득 차 있었다. 교회를 떠날 시간이 된 것이었다.

그런데 동무 자신은? 그레고어가 물었다. 당신, 아니면 다른 사람이 연락책 한 명을 건너편으로 데려갈 수 있을까요?

오늘 벌써 두번째야, 크누트센은 생각했다. 나에게 이런 일을 요구하는 자가. 첫번째는 성자(聖者) 하나를 건너편으로 가져가야 한다더니, 이제는 당의 연락책이라. 갑자기 그는 목사가 그에게 한 질문을 기억해냈다. 당을 위해서는 건너가시겠지요, 크누트센? 목사가 물었었다. 그리고 그는 무엇이라고 대답했던가? 당, 그런 것은 있지도 않습니다. 그런데 제가 교회를 위해서 무엇을 해야 한다고 요구하십니까?

동무는 항해를 전혀 모르오, 그는 그레고어에게 말했다. 우리 발동선은 그저 연안어업에나 적당하오. 그 배로는 큰 바다까지 나갈 수가 없소.

내가 왜 이런 말을 하고 있지? 그는 자신에게 질문했다. 아니라고 했지만, 나는 지금 당을 위해 무엇인가 할 수도 있다. 나는 목사를 속였다. 당을 위해서도 나는 더 이상 아무것도 하지 않는다고, 목사에게 대답했어야 했다.

그레고어는 몇 초 동안 교회 안의 깊은 정적에 귀를 기울였다. 갑자기 그는 카드 한 장에 모든 것을 걸기로 했다.

당신이 원치 않는다는 것은 이해합니다, 그가 말했다. 크누트센이 방어하면서 손을 들어 올리자, 그는 그에게 말할 기회를 주지 않았다. 저는 충분히 이해할 수 있습니다. 저를 믿으십시오. 그러나 저는 건너가야 합니다.

크누트센은 그레고어의 목소리에서 재빨리 다른 억양을 눈치 챘다.

연락책으로서? 그가 물었다.

아닙니다, 그레고어가 말했다.

그러면 도망치려는 거요?

그렇게 말할 수도 있겠지요, 그레고어가 대답했다. 그런데 당신이 하는 것을 당신은 무엇이라고 부릅니까?

그러나 나는 중앙위원회의 일원이 아니오, 크누트센이 말했다.

우리 사이에는 차이가 없습니다, 그레고어가 말했다. 중앙위원회의 한 사람과 일반 동무 한 사람 사이에는 차이가 있지만, 그러나 도망치려는 두 사람 사이에는 차이가 없습니다.

그는 상대의 마음속에서 분노의 물결이 크게 일었다가 다시 가라앉는 것을 느꼈다. 언제나 그랬다. 사람이 생각하고 있는 것을, 그리고 그것을 제대로 생각한 경우에, 아주 냉정하게 말해버리면 그랬다.

자신의 오물 덩어리는 혼자 간직했으면 좋았을 거요, 크누트센이 말했다. 그는 화를 내며 으르렁거렸다.

그레고어는 대답하지 않았다. 어떨까요? 함께 건너가는 시도를 해보시지 않겠습니까? 동무도 그곳에 머무는 게 좋겠습니다. 여기서야, 이르건 늦건, 언젠가는 발각이 될 테니까요.

그것을 수백 번은 따져봤지, 크누트센은 생각했다. 나는 할 수가 없어. 베르타에게 그런 짓을 할 수는 없지. 내가 가버리면, 아무도 베르타를 돌보지 않을 테니까. 나는 그녀를 곤경에 놓아둘 수가 없어.

그는 머리를 흔들었다. 그는 무엇인가 말하려 했으나, 그 순간 종소리가 두 번, 교회 안에 쩡쩡 울려 퍼졌다. 관리인은 마치 그 종시계의 한 부분이라도 되는 듯이, 굉음과 함께 성물실에서 나타났다. 그는 제단 앞에 서더니, 갑자기 찾아든 고요 속에서 큰 소리로 말했다. 교회는 이제 문을 닫습니다. 그러고 나서 그는 크누트센을 알아보았다.

아이쿠 놀래라, 그가 말했다. 아니 당신? 크누트센 씨? 보기 드문 손님까지! 잠시 후에 크누트센이 말했다. 그냥 친구요. 외국에서 온 친구인데, 막무가내로 교회를 보고 싶어 했소.

빌어먹을 것 같으니, 그는 생각했다. 관리인에게 조롱당하는 신세까지 되어버렸군. 이제 레리크에 이 소문이 쫙 퍼질 것이다. 왜 이곳에 왔단 말인가! 중앙위원회의 한 동무가 하는 말을 듣기 위해? 그가 결국은 도망가려 한다는 것을 듣기 위해? 나의 배, 그는 생각했다. 왜 나는 바다로 나가지 않았던가? 갑자기 그는 자기 배의 타르와 기름 냄새가 공포를 불러내는 불안으로 가득 찬 이런 세계에서 유일한 현실, 자신이 기댈 수 있는 유일한 현실이라고 느꼈다. 그는 헬란더 목사가 교회로 들어오는 것을 보는 순간 몇 마디 변명할 말을 찾았다.

헬란더는 그들에게로 가까이 왔다. 파울젠, 이제 가서도 됩니다, 그는 관리인에게 말했다. 열쇠를 주시오. 교회 문은 내가 직접 잠그겠소. 크누트센 씨와 할 말이 좀 있소.

소년

소년은 다시 부두로 내려갔다. 어머니의 허가장을 가져가지 않으면, 함부르크나 어디에서도 일자리를 얻을 수 없을 거야, 그는 생각했다. 열여섯 살이면, 어머니의 증명서 없이는 아무것도 할 수 없어. 외국으로 갈 수도 없지. 여권 없이도 외국으로 갈 수 있을까? 그들은 되돌려 보낼 거야. 청소년 하나쯤은 분명히 되돌려 보낼 거야. 어디든 증명서가 필요했고, 그것은 어른들의 허락 없이는 받을 수가 없었다. 어른들이 아주 기막히게 꾸며놓은 장치야, 소년은 생각했다. 허클베리 핀, 그는 증명서가 필요 없었다. 그러나 그것은 이미 그때 일이고, 아메리카는 너무나 커서, 무엇을 보기 위해 외국으로 나가야만 한다는 생각은 들지도 않았다.

아메리카는 레리크처럼 그렇게 지루하지 않았다. 지루함, 그것은 떠나야만 하는 이유 중의 하나였다. 그러나 헉 핀은 지루하기 때문에 도망친 것은 아니었다. 그는 추적당했기 때문에 도망했다. 레리크에는, 소년은 생각했다, 추적은 없었다. 레리크에는 도대체 아무 일도 없었다. 무슨 일이 일어나는 곳으로 가야만 했다. 예를 들면 아메리카로.

헬란더-크누트센-그레고어

맙소사, 염병할, 관리인이 가고 나자 크누트센은 그레고어에게 말했다. 이제 자네는 내 이름도 알게 되었구먼. 그는 씁쓸하게 덧붙였다. 자네가 정확하게 알고 싶다면 말인데, 나는 어부, 하인리히 크누트센이오. 내 배 이름은 '파울리네'고. '파울리네'나 '레리크 17' 기억해두시오.

그것을 제가 이용하지는 않을 겁니다, 그레고어가 말했다.

크누트센, 당신이 조금 전에 교회 안으로 들어가는 것을 보았습니다. 헬란더가 말했다. 그런데 시간이 꽤 지난 다음에도 나오시지 않기에, 둘러보기로 마음을 먹었습니다.

그는 부둣가에서 돌아온 후, 잘린 다리의 통증에 마비되어 잠시 그의 서재에서 등걸이 의자에 앉아 있었다. 주님, 그는 기도했다. 수술 자리가 터지지 않게 해주십시오. 그렇지 않으면 저는 끝장입니다. 그 상처가 다시 아물기에는 제 핏속에 당분이 너무 많습니다. 그러나 그는 기도하는 동안 계속해서, 주님이 자신을 돕지 않으리란 것을 알고 있었다. 내 상처는 터지리라, 그는 생각했다. 그는 의족의 끈을 조금 느슨하게 풀고 살펴보았다. 수술 자국 주변이 부어오르고 곪아 있었다. 당뇨기가 좀 있습니다, 베르뇡 근처의 야전병원에서, 군의관이 그의 다리를 자르고 난 후에 말했다. 그는 걱정스러운 듯 머리를 흔들었다. 위험한 몇 주가 지나고 나서 다행히 상처는 아물었다. 그러나 헬란더 목사는 어느 날인가 그곳이 다시 벌어지리란 것을 알고 있었다. 그곳은 한번 벌어지기만 하면, 더 이상 손을 쓸 수가 없었다. 병원으로, 의사 프레어킹은 말하리라, 병원으로 가서 다리를 안정시켜야 합니다. 그리고 인슐린도 필요하구요. 그러나 헬란더는 병원이나 인슐린이 다리를 진정시킬 수 없음을 알고 있었다. 그것이 다시 한 번 터져서, 붉은 살 조직과 검은 탈저(脫疽)의 아우성으로 터져 나온다면, 그냥 끝장이었다. 그럼에도 당연히 그는 내일 프레어킹 박사에게 가야 했다. 어쩌면 상처 부위의 단순한 염증인지도 몰랐다. 그러나 그 전에 조각상을 처리해야 했다. 그는 다시 의족을 조이고, 절뚝거리며 창가로 갔다. 벽, 아무런 글자도 없는 크고 붉은 벽. 그러다 그는 크누트센을 보았다. 크누트센, 그는 교회 남쪽의 중앙부를 따라 재빨리 걸어가, 주위를 둘러보지도 않고 교회 안으로 사라졌다.

당연히 기도에 몰두해 있는 당신을 만나게 되리라는 가정은 하지 않았소, 헬란더가 말했다. 그렇지만 이것은 너무하지 않소! 그는 갑자기 소리를 질렀다. 하나님의 집은 당신들 당의 사업을 처리할 수 있는 곳이 아니오!

'사업'이란 말은 우리가 처리하고 있는 것을 표현하는 데 전혀 맞는 말이 아닙니다, 그레고어가 조용히 말했다. 그러고는 덧붙였다. 우리는 환전업자도 장사꾼도 아닙니다, 목사님, 우리를 신전에서 몰아내실 필요는 없습니다.

당신, 당신은 도대체 누구요? 목사는 그레고어를 응시했다.

그도 크누트센이 본 것 이상은 보지 못했다. 젊은 남자, 크다기보다는 오히려 작은 키, 마른 얼굴 위에 검은 직모, 회색 양복, 바짓가랑이에 자전거 조임쇠. 그들에게 아직 젊은 사람들이 남아 있군, 목사는 생각했다.

저는 이름이 없습니다. 그러나 그레고어라고 부르셔도 됩니다.

그렇군, 자네가 그레고어군! 크누트센이 말했다. 자네에 대해 들은 적이 있지. 그러나 자네가 그렇게 하리라고는…… 그레고어가 그의 말을 끊었다. 당신은 생각을 너무 안 하십니다, 그가 말했다.

당신은 써먹을 수 있다면, 『성경』 한 구절쯤 생각해낼 수 있는 그런 사람이로군, 헬란더가 말했다.

그렇습니다, 그레고어가 말했다, 그들 중 하나입니다. 그러나 그것은 제 잘못이 아닙니다. 당신들은 왜 우리에게 『성경』을 가르치십니까?

그의 말을 듣지 마십시오, 목사님, 크누트센이 말했다. 그는 목사님 말을 돌려대고 있습니다.

그들이 서로 말을 나누고 있는 동안, 그들은 계속해서 조각상 옆에서 있었다. 사실 우리는 네 명이야, 그레고어는 생각했다. 저기 앉아서 책을 읽고 있는 저 친구도 말을 돌릴 게 분명해. 그는 말을 돌려, 다른 면에서 짚어본다.

우리가 당신 교회를 접선 장소로 이용하는 것에 대해 사실 당신은 자랑스러워해야 합니다, 목사님, 그레고어가 말했다.

교회는 신을 믿지 않는 자들을 위한 접선 장소가 아니오.

신이든 아니든, 중요한 것은 여기서 만나는 사람들이 인간인가 하는 것이지요. 얼마 안 가서, 인간들이 만날 수 있는 장소가 존재하지 않게 될 겁니다. 이제는 거의 전부 다른 자들을 위한 장소밖에는 없습니다.

논거가 나쁘지 않군, 목사가 말했다.

그렇습니다, 크누트센이 말했다. 말이라면 그가 잘하지요. 그게 그의 장점입니다.

그사이에 교회 안은 몹시 어두워져서 벽의 흰색은 완전히 탁한 회색으로 변해버렸다. 어쩌면 그 회색은, 밖이 완전히 밤이 되었다면, 빛을 발하기 시작했을지도 몰랐다. 그러나 높은 익부의 창으로는 아직 초저녁 빛, 황혼의 밝음이 걸려 있는 것을 볼 수 있었다.

희미한 빛 속에서 목사가 물었다. 어떻습니까, 크누트센? 다시 한 번 생각을 해보셨습니까? 그 일 때문에 따라온 거야, 헬란더는 생각했다. 호기심 때문이 아니야.

아닙니다, 크누트센이 대꾸했다. 한 번 더 생각해보지 않았습니다.

유감입니다, 헬란더가 말했다. 어쩌면 당신들과 거래를 할 수 있을 거라고 생각했지요. 제가 교회를 당신들의 당을 위해 접선 장소로 제공하고, 당신들은 그 조각상을 가져가준단 말입니다.

그는 당을 위해 교회를 제공한 것이 아니야, 크누트센은 생각했다.

두 사람의 반역자에게 그것을 제공한 거지.

우리를 교회에 들어오게 하셔도, 당신은 아무런 위험을 무릅쓰지 않습니다, 목사님. 그러나 제가 목사님의 조각상을 스웨덴으로 가져가려 한다면, 저는 목숨을 걸어야 합니다.

그 조각상을 가져가게 하면, 나도 내 목숨을 위태롭게 하는 것이지, 목사는 생각했다. 그러나 그는 그 말을 하지 않았다. 그것은 별로 설득력이 없는 말이 되었을 것이다. 무슨 일입니까? 그레고어가 물었다. 크누트센, 대체 조각상이라는 게 무슨 말입니까?

모르오, 크누트센이 대답했다. 그는 내가 어떤 우상 하나를 스웨덴으로 가져가길 바라오.

입 닥치시오, 크누트센! 목사가 말했다. 여기 내 앞에서 우상이란 말은 삼가시오!

그런 뜻이 아니었습니다, 크누트센이 말했다.

그런 뜻이었다. 목사는 흥분하며 말을 멈추었다. 신이 우상이란 말인가, 그는 생각했다. 그가 더 이상 우리를 보살피지 않는 것 같기 때문에? 그가 기도를 듣지 않기 때문에? 벌어지고 있는 다리의 상처를 위한 기도나, 다른 자들에게 대항해 도움을 청하는 기도를 듣지 않기 때문에?

여기 이 조각상에 관한 것이오, 그가 그레고어에게 말했다. 그것이 더 이상 전시되어서는 안 된다는 거지요. 그들은 내일 교회에서 이 조각상을 가져가려고 합니다.

그레고어는 헬란더가 가리키는 곳을 눈으로 따랐다. 당연해, 그는 생각했다. 이 조각상에 관한 것일 수밖에 없어. 그레고어는 왜 다른 자들이 더 이상 이 젊은이가 앉아서 책을 읽는 것을 허용하지 않으려는지 충분히 이해할 수 있었다. 그처럼 그렇게 읽는 자는 위협이 될 수 있었다. 크누트센도 조각상에 눈길을 던졌다. 저기 있는 저것이오? 그는 이해할 수 없다는 듯이 물었다. 저게 무엇을 표현하고 있는데요?

저 조각상은 「책 읽는 수도원생」이라고 부릅니다, 헬란더가 설명했다.

그러면 성자상도 아니군요, 크누트센이 말했다. 저것 때문에 제가 스킬링에로 가야 한단 말입니까?

저 젊은이가 귀를 기울이고 있는지를 판단하기는 어렵다고 그레고어는 생각했다. 그는 여전히 여유 있는 모습을 간직하고 있었다. 그는 계속해서 조용하고 주의 깊게 읽고 있었다. 그러나 누군가 그에게 와서, 함께 가자, 너는 바다 여행을 해야 해, 라고 말한다면, 그렇게 조용하고 주의 깊게 책을 접고 일어설 것 같았다.

믿을 수 없겠지만, 그레고어가 크누트센에게 말했다, 당신은 저 물건을 스웨덴으로 가져가게 될 겁니다.

흥, 크누트센이 말했다, 별소릴 다 하는구먼! 누가 나를 강요할 수 있는 거야? 자네가?

당입니다, 그레고어가 대답했다. 그것은 당의 명령입니다.

크누트센의 조롱 담긴 웃음소리가 잠시 동안 둥근 천장을 울렸다. 당의 명령이라, 그는 말했다, 자네에게서 당의 명령을 받아야 한다고?

두 사람 사이가 심상치않군, 목사는 생각했다. 크누트센은 자신의 당이 그에게 보낸 이 사람을 증오하고 있다. 두 시간 전에 크누트센은 나에게 당을 위해 할 일이 없다고, 당은 죽었다고 투덜대지 않았던가. 그런데 당의 전령이 그에게 와서 임무를 맡기는데, 왜 그는 기뻐하지 않는 것일까? 그는 이 사람, 자신을 그레고어라고 부르는, 당의 전령을 경멸하는 듯이 보인다.

들어보십시오, 크누트센, 그레고어가 말했다. 당신은 당의 새 전략을 모릅니다! 우리는 지금 모두와 함께 일하고 있습니다. 교회와 시민들, 심지어는 군대에 있는 사람들과도 일합니다. 다른 자들에게 대항하는 모든 사람들이지요. 그는 조각상을 가리켰다. 우리가 저것을 가져간다면, 바로 새로운 전략의 예를 보여주는 것이 됩니다.

전략, 목사는 생각했다, 저들에게는 그저 모든 것이 전략이지.

나는 부르주아들과 함께 일하진 않겠소, 그는 크누트센이 말하는 것을 들었다. 우리가 제때에 총을 쏘았다면, 지금 이런 멍청한 수작은 필요 없었을 것이오.

끝을 냅시다, 그레고어가 말했다. 토론할 시간이 없습니다. 저 조각상을 스웨덴으로 가져가십시오!

크누트센은 그를 바라보았다. 그는 두 손을 주머니에 넣고 있었다. 그 덕으로 자네도 넘어갈 기회를 가지려고 말이지, 그가 천천히 말했다.

아하, 그런 것이었군, 목사는 생각했다. 두 사람 사이에 생긴 일이 그것이었어. 불안과 절망과 와해의 작은 드라마. 그 당이 무쇠 같은 인간들로만 이루어져 있는 것이 아니었다. 그것도 겁이나 용기를 가진 인간들로 이루어져 있었다. 이 두 사람은 겁을 내고 있고, 그것을 서로 인정한 것이었다. 그로 인한 두 사람 사이의 증오, 위선적 증오. 그들은 아직 공포의 바닥까지는 내려가지 못했다. 그곳, 사람이 그저 조용히, 비난 없이 그것을 받아들이는 바닥까지.

저는 그 일에서 빼도 좋습니다, 그레고어가 크누트센에게 말했다. 제가 도주할 생각이면, 저는 도주할 겁니다. 그러나 그 조각상은 당신이 맡으십시오!

대답 대신 크누트센은 회중시계를 꺼냈다. 교회 안이 너무 어두워져서 그는 시계를 눈앞으로 바짝 갖다대야 했다. 5시 15분 전, 그는 말했다.

시간이 다 됐군! 5시에 '파울리네'가 출발합니다. 그는 그레고어와 목사를 다시 한 번 바라보며 말했다. 그건 믿어도 좋을 겁니다!

그는 등을 돌려 가버렸다. 그가 문 가까이 갔을 때, 그레고어가 그를 향해 소리쳤다. 크누트센 동무!

크누트센이 멈추어 서서는 돌아보았다.

이건 당의 명령입니다, 크누트센 동무, 그레고어가 말했다.

크누트센은 대답하지 않았다. 그는 선원 모자를 쓰더니 문을 열었다. 밖은 교회 안보다 밝았다. 그는 잠시 서서 생각했다. 일은 끝났어. 그리고 그는 재빨리 걸어갔다.

그의 부인이 정신이상 증세가 있지요, 목사가 말했다. 그가 그녀를 돌보고 있답니다.

그는 침묵했다. 잠시 후 그는 다시 말했다. 그 조각상을 태워버리는 일밖에 남은 게 없는 것 같소. 그것을 다른 자들의 손에 넘어가게 할 수는 없지요.

걱정 마십시오, 그레고어가 대답했다. 크누트센은 그것을 스웨덴으로 가져가게 될 겁니다.

크누트센이? 목사는 의아해하면서 물었다. 잘못 생각한 거요.

그레고어는 그 말에 대답하지 않았다. 잘 들으십시오, 그는 설명하기 시작했다. 우리는 함께 이곳을 나갑니다. 문을 잠근 다음, 눈에 띄지 않게 저에게 이 정문의 열쇠를 주십시오. 우리는 자정에 다시 교회에서 만나, 조각상을 떼어냅니다. 덮개와 끈 두개를 가져오십시오. 그것으로 조각상을 말아 싸야 하니까요.

그러고 나서는?

그다음엔 제가 그것을 가져갑니다.

크누트센은 이미 떠나고 없지 않겠소.

그거야 두고 봐야지요, 그레고어는 무심한 어조로 말했다.

헬란더는 믿을 수 없다는 듯이 고개를 흔들었다. 그러나 시도는 해보아야 해, 동시에 그는 자신에게 그렇게 말했다. 이 사람은 참으로 묘한 확신을 갖고 있다. 이 낯선 사람이 나의 조각상을 구출해낸다면, 그것이야말로 기이한 일이리라. 그건 바로 기적이 아닌가.

전략? 그는 갑자기 물었다. 정말 그것이 단지 당신 당의 전략이란 말이요?

물론이죠, 그레고어가 말했다. 그것은 전략입니다. 새로운 전략이란 경이로운 것이지요. 그것은 모든 것을 변화시킵니다.

이해하기 어렵고 만족스럽지 않은 대답이라고 목사는 생각했다. 그러다 갑자기 그는 그레고어의 손을 보았다. 그것은 「책 읽는 수도원생」의 어깨 위에 놓여 있었다. 가볍고도 형제의 사랑이 느껴지는 동작으로 그것은 나무 위로 내려앉아 있었다.

소년

밧줄을 단단히 고정시켜라, 바람이 분다, 크누트센이 말했고, 소년은 생각했다. 바람이 제아무리 거세게 불어도, 이 연안의 고기잡이에서는 진짜 위험은 없는 거야. 조금만 걱정스러운 일이 생겨도, 어부들은 곧장 육지 사이, 배에는 결코 아무 일도 생길 수 없는 곳으로 들어가버리지. 마지막 사람, 무엇인가 일이 생긴 사람이 아버지였어. 발동선에 문제가 발생하려면, 대양에 나가 있고 풍속이 9 정도는 되어야 해. 그러나 그들은 자유

로운 바다로 나가지 않는다. 풍속이 7만 돼도 벌써 배를 돌려 육지로 기어
든다.

유디트-그레고어-크누트센

유대인 여자야, 그레고어는 생각했다, 그녀는 분명 유대인이야. 저
여자는 여기 레리크에서 뭘 하려는 거야? 그는 스웨덴 증기선이 정박하는
것을 관망하는 사람들 사이에 서 있는 유디트를 보았다. 아무도 유디트에
게 눈길을 주지 않았다. 눈길을 주는 것은 북쪽의 이 조그만 포구들에서
는 흔한 일이 아니었다. 그러나 그레고어는 그녀가 그들에게 속하지 않음
을 알 수 있었다. 아무도 그녀와 말을 나누지 않았다. 그녀는 레리크에서
는 보기 어려운 얼굴을 가진 이방인, 젊은 이방인이었다. 그레고어는 그
얼굴을 즉각 알아볼 수 있었다. 그것은 그가 베를린이나 모스크바의 청년
연맹에서 자주 보아왔던, 젊은 유대인 얼굴 중의 하나였다. 그녀는 그중
에서도 특별히 아름다운 표본이었다. 그런데도 그것은 무엇이라 표현하기
어렵지만, 그가 회상했던 얼굴과 달랐다.
　어둠이 몰려왔고, 무엇보다도 바다는 완전히 어두웠다. 그것은 더 이
상 푸르지도, 얼음 같지도 않았다. 서쪽에만 여전히 노란 잔광이 남아 있
었고, 부두에는 철사에 매달려 있는 커다란 조명등 몇 개가 켜져 있었다.
그레고어가 바다로 시선을 던질 때마다, 그는 멀리 등댓불이 규칙적으로
깜박이는 것을 보았다. 증기선의 뱃머리가 천천히 부둣가로 얼굴을 내밀
었다. '크리스티나-칼마' 호, 그레고어는 뱃머리에 씌어진 글씨를 읽었
다. 조명등의 허여스름한 불빛은 부두와 배 위에 넘쳐흘렀다. 가끔 등들

이 줄에 달린 채 흔들렸다. 공기는 더 이상 오후처럼 잔잔하지 않았다. 매서운 잔바람이 부두에서 불어왔고, 그레고어는 바람 속에서 처녀의 검은 머리가 풀어진 다발이 되고 베일이 되어 얼굴 위로 나부끼는 것을 보았다.

부두가 소란스러워지기 시작했다. 크누트센은 '파울리네'의 갑판에 서서, 언짢은 마음으로 고기잡이에서 첫 배가 돌아오는 것을 보았다. 종소리를 내면서 하나, 둘, 셋, 네 척의 작고 검은 배가 돛대의 등을 켠 채로 들어왔다. 크뢰거의 '레리크 63' 호가 그 속에 있었고, 크누트센은 불안해졌다. 크뢰거가 배를 정박시키고 나면, 그에게로 와서, 왜 그가 이제야 출항을 하는지 캐어물을 게 뻔하기 때문이었다. 서둘러라, 그는 막 고물 돛의 밑자락 밧줄을 단단히 묶고 있던 소년에게 말했다. 떠날 시간이 돼간다. 그는 돛의 큰 줄을 팽팽하게 잡아당겼다. 밧줄이 단단히 묶여 있지 않으면, 거센 해풍에 금방이라도 돛의 활대 끝이 이리저리 흔들리기 시작할 터였다. 오늘은 크누트센의 마음에 드는 일이 하나도 없었다. 그는 출발하기로 정했던 시각에서, 이미 반 시간이나 초과되었음을 확인했다. 5시 반이었다. 점점 더 많은 사람들이 집과 거리로부터, 돌아오는 어선들을 보기 위해 선창가로 몰려들었다. 그곳에서 할 일이 있거나 구경하려는 사람들이었다. 잔잔했던 부둣가의 물결이 철썩거리며 안벽을 거세게 때렸으므로, '파울리네'는 가끔씩 거칠게 출렁이며 계류용 밧줄을 거세게 끌어당기곤 했다. 크누트센은 스웨덴 배가 정박한 선창가로 눈길을 던졌다. 그레고어가 거기 서 있는 것을 알기 때문이었다. 그는 조금 전 그레고어가 니콜라이 골목길에서 나와, 배가 정박하는 곳으로 가는 것을 눈치 챌 수 있었다. 그리고 그것, 무엇보다도 그것 때문에 크누트센은 화가 났다. 저 자는 그러니까 아직 사라지지 않았군, 그는 생각했다. 여기서 여전히 어슬렁거리고 있으니, 도대체 무얼 바라는 거야? 스웨덴 배가 자기를 데려갈 것이란 착각은 하지 않는 게 좋아. 그렇게 간단한 일이 아니지. 그들도 성가신 일을 원하지 않아, 선박 회사로부터 엄한 지시를 받고 있으니까.

3번, 그레고어는 그 처녀를 관찰하면서 생각했다. 도주 번호 3번. 처음에는 나뿐이었는데, 그다음에 수도원생이 나타났고, 이제는 저 여자다. 매력적인 나라야. 이 나라를 떠나기 위해, 사람들이 외국 배 앞에 줄을 서 있으니. 그는 활기 찬 선창을 바라보았다. 아니, 이 사람들 모두가 떠나려는 것은 아니다. 많은 사람들이 불만스러워했지만, 떠나고 싶다는 생각은 하지 않았다. 위협을 받고 있던 크누트센조차도 떠나려 하지 않았다. 그레고어는 발동선의 갑판 위에서 일하고 있는 크누트센을 보았으나, 어둠 속에서 그를 분명히 식별하기는 어려웠다. 그러나 그 희미한 모습이 크누트센이고, 그가 아직 출발하지 않은 채, 분노에 싸여 머물고 있으면서, 그, 그레고어를 관찰하고 있음을 알았다. 그는 머물고 싶어 하지, 그레고어는 생각했다. 그들 모두가 머물고 싶어 해. 단지 우리 셋만 떠나려 한다. 나, 수도원생, 저 처녀. 그러나 차이가 있다고 그는 문득 생각했다. 나와 저 둘 사이에는. 나는 떠나고 싶은 것이지만, 그들은 떠나야만 한다. 나는 집단수용소의, 죽음의 위협을 받고 있지만, 그럼에도 내가 머무를지 또는 떠나야 할지를 자유롭게 결정할 수 있다. 나는 도주냐 순교냐를 선택할 수 있다. 그러나 그들은 선택할 수 없다. 그들은 버림받은 자들이기 때문이다.

유디트는 배의 넓은 측면이 안벽으로 접근하는 것을 바라보았다. 그녀는 배가 정지하기 전, 추진기가 만들어내는 소용돌이 속에서 물이 부글거리는 소리를 들었다. 그런 다음 갑작스러운 고요가 뒤따랐고, 그 속에서 사람들의 목소리가 들려오기 시작했다. 어둠과 조명등 사이에서, 쇠말뚝에 밧줄을 고정시키느라 고함 소리가 오고 갔다. 그녀는 배의 난간에서 안벽으로 건널판이 놓이는 모습을 관찰했다. 그녀는 그 작고 수명이 다한 증기선의 구차스러움을 보았다. 제대로 겹칠을 하지 않아 여기저기 자줏빛의 녹 방지 도료가 드러난 부분이 불빛 아래 요란하게 빛났다. 선박 회사에선 칠 작업에 돈을 들이지 않았다. 회색이 되어버린 갑판의 지나친 청결함, 쇠장식의 닳아 희미해진 황동색. 이 배에는 일반 선원과 장교 사이의 차이도 없었다. 유디트는 다리용 널빤지 위에 두 남자가 서 있는 것을 보았다. 나이가 든 남자는 작고 살이 쪘고, 다른 남자는 키가 크고 젊었으나, 건널판 앞에 서서 나갈 준비를 하고 있는 다른 선원들처럼 가죽 재킷에 선원 모자를 쓰고 있었다. 이 증기선에는 장교가 없어, 유디트는 생각했다. 내가 말을 걸 만한 교양 있는 사람도 없고. 그녀의 상상 속에는, 소매에 금줄이 쳐진 푸른 제복을 입은 세련된 항해 장교의 그림이 떠올랐다. 나무랄 데 없는 명예심을 가진 기사, 말없이 한 귀부인을 보호할 자세가 되어 있는 신사의 요란스러운 포스터였다. 그녀는 그 그림을 지웠다. 돈을 건네주어야 할 가죽 재킷이 있을 뿐이었다. 희망이 없어, 그녀는 생각했다. 나는 그 짓을 할 만한 사람이 못 돼, 내 삶에서 누구에겐가 돈을 제공해본 적이 없으니까, 분명히 잘못하고 말 거야.

선창가를 지나 경찰관 두 명이 정박소로 다가왔다. 지방 경찰관으로 초록색 제복에 검은 장화를 번쩍이고 있었다. 그레고어는, 유디트가 그 두 남자를 보자마자 그녀의 얼굴에 두려움이 서리는 것을 관찰했다. 그녀는 천천히, 불안해하며 부두 조명등이 만들어내는 빛의 둥근 공간에서 물러났다. 그녀는 아무것도 모르는군, 그레고어는 생각했다. 초록색 제복을 입은 자들은 위험하지 않다는 걸 그녀는 모르고 있어. 위험한 것은 다른 자들이야. 위험한 것은 또 여기 이 사람들이야. 마치 이 낯선 여인을 전혀 보지 못했다는 듯이 행동하지만, 사실은 다 관찰하고 있지. 단지 남쪽의 어느 항구에서 있을 수 있듯, 사람들이 그녀를 뚫어지게 쳐다보지 않을 뿐이야. 위험한 것은 나중에 그들끼리, 그들의 집에서 주고받는 말들이다. 그 절단된 말들, 반토막의 문장들, 그 여자 봤니? 부정적 놀람이 가져오는 운명적 결과, 갑자기 무에서 생겨나, 레리크의 탑 주위를 돌다가, 다른 자들의 귀에까지 들어가는 어두운 소문들. 그레고어는, 선창에 서 있는 사람들 중에 비밀경찰의 첩자가 없는지 세심하게 살펴보았다. 당의 동무들이 항상 칭찬하던 그의 재능 중의 하나가, 백 사람 중에서도 정확하게 8전짜리 염탐꾼을 찾아내는 것이었다. 그는 그런 자들을 쉽게 식별했다. 그에게는 보는 눈이 있었다. 여기, 레리크의 부두는 아직 안전하다고 그는 확신했다. 그들이 레리크를 등한히 하고 있다고 그는 생각했다. 그러나 여기서는 도주할 수 없음을 알기 때문에, 등한히 하고 있는 것이다. 그는 조명등의 둥그런 불빛 밖에 서 있는 그 처녀에게 다가가서 설명해주고 싶었다. 레리크는 도주를 위해서는 좋지 않은 곳이라고. 그 가련한 늙은 스웨덴 사람은 그녀를 데려가지 않는다. 그는 아무도 데려가지 않는다. 그가 규정을 정확하게 지키는, 겁 많은 늙은 증기선원이라는 것을 알 수 있었다. 배에서는 희망을 기대하기 어려웠다. 그것은 더 이상 모험을 하지 않는다. 확실했다. 밝은색의 트렌치코트를 입은 흑발의 젊은 처녀를 위하여, 아름답고 여린, 낯선 종족의 얼굴을 가진 이방인을 위하여, 밝고 우아한 재단의 트렌치코트를 입고 바람에 머리카락을 날리고 있는 배척당한 여자를 위하여, 그것은 더 이상 모험을 하지 않는다.

크누트센은 그레고어를 계속 눈으로 추적할 수 없었다. 이제는 많은 사람들이 선창가에 몰려 와 있어, 그레고어가 사람들에게 가려졌다가는 보였다가, 다시 사라지곤 했기 때문이었다. 그도 움직였다. 크누트센은, 바짓가랑이에 자전거 조임쇠를 끼고 있는 회색 양복이 여러 곳에 나타나는 것을 보았는데, 그것은 스웨덴 증기선의 도착을 환하게 비추고 있던 조명등의 둥근 불빛을 따라 계속 움직이고 있었다. 저기서 뭘 하려는 게야, 크누트센은 생각했다. 스웨덴 사람들에게 곧장 말을 걸려는 건가, 설마 그런 미친 짓을 하려는 거야? 아무래도 좋아, 도주하려는 중앙위원회의 저 작자는 나와는 상관이 없으니까, 그는 그런 생각을 자신에게 강요했다. 아무것도 나와는 상관이 없어. 그는 베르타가 건너편 집에서 나와 발동선을 향해 다가오는 것을 보았다. 그녀는 양손에 커다란 식품 바구니 두 개를 들고 있었다. 그녀는 갑판으로 와서 바구니들을 내려놓았다. 크누트센은 그녀가 모든 것을 준비하였음을 보았다. 커피가 담긴 보온병과 수프 통과 소시지 긴 빵 꾸러미. 모든 것이 모레 저녁까지의 항해를 위해, 대구를 잡을 작은 트롤 어망을 싣고 떠나는 이틀 동안의 항해를 위해, 성인 남자와 소년의 노동을 위해 필요한 것들이었다. 그는 슬쩍 손으로 그녀의 팔을 쓰다듬었다. 그녀의 금발머리가 반짝였다. 그는 그녀가 차가운 바람 속에서 떨고 있음을 알았다. 집으로 가지, 크누트센이 말했다. 나도 곧 출발할 테니까. 그녀는 부드러운 웃음을 띠면서 그를 바라보더니 말했다. 당신에게 우스갯소리를 하나 들려주어야 하는데요. 아니, 지금은 안 돼, 크누트센이 대꾸하면서 그녀를 선창 위로 밀어냈다. 그녀는 그 위에 잠시 서서 부드럽게 그를 내려다보았다. 그러나 그녀의 눈 속에 어떤 슬픔, 어쩌지 못하는 표정이 나타났고, 그녀의 몸 전체에 경련 같은 긴장이 엄습했다. 그래, 이야기해봐, 크누트센이 말했다. 그러자 그녀는 그 우스갯소리를 했고, 집으로 돌아가 문 앞에 서서 다시 한 번 그에게 손을 흔들었다. 나는 떠날 수 없어, 크누트센은 그녀를 바라보면서 생각했다. 내가 없다면, 베르타는 어떻게 될 것인가!

그레고어는 바지 주머니에 손을 넣어 그 열쇠, 게오르크 교회의 열쇠가 들어 있는지 확인했다. 그는 아직도 목사관에 기대놓은 자신의 자전거를 떠올렸다. 열쇠를 가져오지 않았다면, 그는 생각했다, 이미 이곳을 떠났을 텐데. 그러나 그는 가져온 것을 후회하지는 않았다. 이곳으로부터 도주할 가능성은 전혀 없었다. 따라서 그가 다른 곳으로 가기 전에, 그 조각상의 일은 충분히 해결할 수 있었다. 그에게는 나무랄 데 없이 위조된 증명서가 있었고, 얼마 동안 버틸 수 있는 돈도 충분히 있었다. 그는 자신이 눈에 띄는 사람이 아니란 것을 알고 있었다. 중간 이하의 키와, 회색 양복에 검은 머리의 마른 청년, 어디서나 볼 수 있는 사람이었다. 그는 내일 아니면 오늘 저녁에 벌써 서쪽으로 계속해서 자전거를 몰고 갈 것이다. 엠스란트에는 몇 군데, 죽음처럼 안전한 통로가 있었다. 그는 그곳을 찾아낼 것이다. 그는 여전히 위협을 느꼈고, 여전히 도주하고 싶었다. 그러나 갑자기 그 모든 것에 시간이 생겼다. 위험이 한순간 정지한 듯했고, 도주 중에 잠깐 휴식이 찾아온 듯했다. 위협적인 날에, 차갑고, 색깔 없는 늦은 10월의 하루에, 기억할 만한 진귀한 일이 마치 반짝이는 유채색의 에나멜 칠처럼 깃들었다. 레리크의 붉은 탑들, 타라소브카의 황금 방패에 대한 추억, 책 읽는 청년의 조각상. 그리고 마지막으로 저 젊은 처녀. 그 텅 빈 날이 채워졌다. 얼음처럼 푸른 바다를 영원히 응시할 괴물의 눈들로, 도그마에 대한 첫 배반의 황금빛으로, 질문하면서 책을 읽는, 갈색 목조상의 유연함으로, 도주하는 창백한 얼굴에서 흔들리는 머리카락의 바람 속 검은빛으로 채워졌다. 그는 자신이 당을 잊었고, 자유로웠다고 한순간에 깨달았다. 탑들과 유연함, 바람 속 검은빛과 배반이란, 이해하기 힘든 그런 사물들을 통해 해방이 되었던 것이다. 그것들은 당보다 더 강했다. 도주의 발걸음을 떼기 시작한 그의 발을 멈추게 한 것은 당이 아니라, 그것들이었다. 그래서 이제 그는 목적 없이, 거의 노니듯이, 레리크의 부두를 배회하면서, 주의 깊은 한 마리 잿빛 새처럼 처녀의 주위를 맴돌았고, 그를 수도원생에게로 인도할 열쇠를 손에 쥐고 크누트센이 기다리는지 출발하는지 관찰하고 있었다. 이제 완전히 밤이 되었구나, 유디트는 생각했다. 그녀는 원형의 불빛 뒤, 어둠 속으로, 불빛과 불빛 사이의 그림자 부분으로 물러나 있었다. 춥기도 해라, 그러나 나는 호텔로 돌아갈 수가 없어, 여권을 보일 수 없기 때문이야. 그렇다고 여행 가방을 위층 방에 놓아두고 그냥 사라질 수도 없다. 그것이 내가 소유하고 있는 전부이니까. 더구나 내가 그렇게 한다면, 그건 가방을 가지고 내려와 떠나는 것보다 훨씬 더 의심스러운 일이 될 거야. 그것 말고도 주인이 밤에 내 방문을 두드리게 만들 가능성도 아직은 있다. 어쩌면 주인은, 내가 여기서 도망칠 수 있게 해줄지도 모른다. 그는 모든 길을 알고 있을 만한 사람이야. 그녀는 이 방법이 아까 객줏집에 있을 때만큼 그렇게 역겹게 느껴지지 않았다고 생각했다. 아니 그보다는, 여전히 역겹게 느껴지지만, 완전히 부조리하고 또 생각할 수도 없는 일인 것 같지는 않았다. 어쩌면 도주를 하는 경우에는 언제나 그렇게, 도주하는 처녀가 야수에게 몸을 바쳐야 하는지도 몰라, 그녀는 절망적이지만 낭만적으로 생각했다. 아무튼 밤은 끔찍하고, 어둡고, 차가웠다. 눈부신 부두 조명등의 불빛 속에서 항구 뒤의 바다는 시꺼멓게 하늘과 더 이상 구분이 되지 않았다. 집들의 아랫부분은 피처럼 붉었고, 빛이 닿지 않는 윗부분은 검붉은색이었다. 많은 사람들이 바닥에 깔려 있는 자신의 꼿꼿한 그림자가 되어 이리저리 돌아다녔다. 코 밑과 눈의 짙은 그림자, 그리고 얼음처럼 차가운 바람이 그들 사이에서 깃발처럼, 마치 핏빛 탑의 차가운 깃발처럼 흔들렸다. 탑들은 이제 조명이 되어, 번쩍이며, 분노에 싸여 일어선, 빛을 받고 있는 피 흘리는 야수였다. 여기에 아는 사람이 하나라도 있다면…… 유디트는 생각했다. 나는 이 밤 안으로 도망칠 수가 없어. 하이제 씨의 충고를 들었으면 좋았을 것을. 용기를 잃고 그녀는 돌풍에 가끔씩 펄럭이는, 노란 십자가의 푸른 깃발을 바라보았다. 그것은 여기서 유일하게 피처럼 붉지 않았고, 석회처럼 하얗거나 그림자처럼 검지 않았다. 유디트는 남자들이 배에서 나오는 것을 보았다. 먼저 선원들, 그다음이 다리 위에 서 있던 두 남자였다. 나이가 들고 살찐 남자는 시내 쪽으로, 젊은 남자는 다른 선원들을 따라 '비스마르의 문장'으로 건너갔다. 남자 둘은 배에 남았고, 그녀는 증기선의 정박을 관찰하던 사람들이 흩어지며, 이제 첫번째로 돌아온 고기잡이배들이 닻을 내린 곳으로 향하는 것을 바라보았다. 유디트도 몇 걸음 그 방향으로 걸었으나, 그녀는 계속 '비스마르의 문장'의 하얀 칠이 된 정면에 눈길을 주고 있었다. 스웨덴의 뱃사람들은 초록색 문 안으로 몰려 들어갔고, 그 뒤로 문이 닫혔다. 문 위에선 누렇게 그을린 유리등이 빛났고, '비스마르의 문장'은 순식간에 선원들의 숙소가 되어버렸다. 어쩌면 그들과 대화를 할 수 있을지도 몰라, 아니면 주인이 나를 돕든지. 초록색 문 뒤에 있는 악한 주인, 고풍스러운 아름다운 이름을 가진 숙박소의 중국인. 그러나 그보다는 차라리 스웨덴의 선원들이 더 낫겠다고 유디트는 생각했다. 그녀는 추위를 느꼈고, 그래서 천천히 그 하얀 집으로 향했다. 그녀가 모험을 하려는군, 그레고어는 생각했다. 그녀는, 스웨덴 사람들이 그녀에게 말을 걸면 그들과 함께 갈 수 있는 기회를 잡아보려는 계산을 하고 있다. 그 기회는 1 대 99에 불과해, 그는 생각했다. 아니, 그는 정정했다, 10 대 90 정도라고 해두자. 그녀가 만난 남자가 정치적으로 문제가 없거나 또는 한번 진지하게 놀아볼 줄 아는 멋진 놈일 수도 있을 테니까. 저런 처녀는 매일 얻을 수 있는 게 아니지. 그녀가 제대로 된 녀석을 만나면 성공하리란 상상도 해볼 수 있다. 만약 그녀가 예를 들어 그, 그레고어와 만났다면……

그는 갑자기 자신이 빠져 있는 흥분을 의식하기 시작했다. 그는 자신이 불길에 사로잡혔음을 깨달았다. 그의 동요는 책 읽는 젊은이, 그 수도원 생 동무와 관계가 있었다. 그는 이미 그를 그렇게 불렀다. 그가 그를 본 순간부터 그는 흥분하고 있었는데, 긴장과 기대에 가득 찬 흥분이었다. 그것은 그때와 같은 느낌이었다. 7년이나 8년 전, 그가 당을 발견했을 때, 당과 혁명을 발견했을 때였다. 그리고 이제 이 처녀가 왔다. 그는 교회의 젊은이와, 처녀 그리고 그, 그레고어 자신 사이에 관계의 그물이 펼쳐지는 것을 느꼈다. 그러나 단 한 사람만이 그물을 던질 수 있었다. 크누트센. 크누트센이 기다리지 않는다면, 그 모험은 먼지처럼 와해될 것이다. 그가 도망가면, 그물은 찢어진다. 그에게로 가서 그것을 말해야 할까? '파울리네'는 아직도 저기 건너편에 머물고 있고, 그레고어는 크누트센이 쇠밧줄을 펴고 있는 것을 보았다. 저것이 닻줄이었을까? 아니, 저런 배가 부두에 닻으로 고정되지 않는다는 정도는 그도 알고 있었다. 그것들은 선 창에 밧줄로 묶여졌다. 그는 지금 크누트센에게만 계속해서 신경을 쓸 수가 없었다. 그 외에도, 크누트센과 다시 한 번 말을 나누는 게 좋지 않을 것임도 그는 알고 있었다. 더 이상 말을 하지 않고도 일이 잘돼야 했다. 사랑하는 하나님, 그는 기도했다. 크누트센이 머물게 하소서! 특별한 순간에, 모든 것이 결정되는 순간에 그레고어는 언제나 기도했다. 그런 때에 그는 아무 생각도 하지 않았다. 저절로 그렇게 되었다. 그런 다음 그는 객줏집으로 들어가기 전에, 자전거 조임쇠를 바지에서 풀었다. 그가 조임 쇠를 주머니에 밀어 넣자, 교회 열쇠가 나지막하게 달그락거렸다.

크누트센이 만지고 있던 것은 양묘기였다. 그는 밖에서 닻을 내릴 수 있도록, 그것을 바로 놓았다. 얼마 전부터 불던 돌풍 때문에 트롤 어망을 펴기 위해서는 배를 고정시켜야 했다. 이제 그는 정말로 크뢰거가 자신을

향해 오고 있음을 보았다. 덩치 큰 크뢰거, 예전의 크뢰거 동무, 황소 같
은 사나이, 당연히 그는 멀리서부터 그에게 소리를 질렀다. 야, 인간아,
왜 함께 안 나간 거야. 대구가 만(灣)의 물가에 버글거리는데. 크누트센은
그가 가까이 올 때까지 기다렸다. 그는 선창가에 서 있던 사람들도 모두
그의 대답을 듣고 싶어 하는 것을 눈치 챘기 때문에, 작은 소리로 크뢰거
에게 말했다. 병이 났었어. 쓸개. 크뢰거가 그에게 천둥치듯 말했다, 자네
가 병이라고!

이 황소야, 크누트센이 말했다. 할 수 있으면, 더 크게 소리를 질러
봐!

무슨 일이야? 크뢰거는 물으면서 그를 뚫어지게 보았다. 베르타에게
무슨 일이 있어? 그는 망설이듯이 덧붙였다.

베르타에게 도대체 무슨 일이 생기겠어? 크누트센이 신경질적으로
물었다. 베르타에겐 아무 일도 없어. 내가 병이 났었지.

크뢰거는 그를 의심하며 바라보았다. 그가 무슨 예감을 하고 있다고
크누트센은 생각했다. 그가 황소이긴 하지만, 그러나 아무 예감도 갖지
않기에는 너무 오랫동안 당에서 일을 했었다.

그럼 좋아, 크뢰거가 말했다. 그러면 네가 아팠던 거야. 그러나 나라
면, 아무리 아팠더라도 출항했을 거야. 대구가……

그래, 이제 떠날 거야, 크누트센이 그의 말을 끊었다. 크뢰거는 그의
눈길을 따랐으나, 무엇이 그의 관심을 끄는지 알아낼 수 없었다.

많이 잡아, 그는 말하며 가버렸다. 크누트센은 '비스마르의 문장'의
초록색 문에서 눈길을 거두고 크뢰거를 보았다. 황소, 그는 생각했다. 저
자는 당하고는 더 이상 관계하고 싶어 하지 않아. 그런데 나, 나는 그보다
낫단 말인가? 오늘 오후부터 나는 말없는 물고기에 지나지 않은가?

그는 증오심을 느끼며 그레고어를 생각했다. 중앙위원회에서 온, 그 도주하려는 녀석이 나를 말없는 물고기로 만들었다고 그는 생각했다. 크뢰거 같은 황소로. 그런데도 그는 여기 머물고 있다. 어디로 가버리지도 않는다. 정말로 목사 나부랭이의 조각상 때문일까? 또는 스웨덴 사람들과 함께 떠날 수 있다고 믿기 때문일까? 아니면 나와 함께? 그를 반역자로 브래게폴트에게 고발해버릴 거야, 크누트센은 생각했다. 그런데 나도 그런 자야. 나는 그것을 그 인간, 그레고어에게 인정해버렸다.

끈을 풀까요? 소년이 물었다. 출발합니까, 선장님?

아니다, 크누트센이 말했다. 나에게 아직 할 일이 있다. 집으로 가거라. 나중에 데리러 가마.

소년

소년은 점차 이상하다고 느끼기 시작했다. 저 어부가 왜 저럴까, 그는 생각했다. 다른 사람들은 이미 돌아오는데, 그는 출발을 자꾸 뒤로 미루고 있으니. 밖에는 대구가 와 있는데도 벌써 사흘째 배는 부두에 떠 있다. 나야 그래도 좋지, 소년은 생각했다. 한 번 더 나의 비밀 장소로 가야지. 그러나 부두 선창을 떠나기 전에, 그는 스웨덴 배가 있는 곳으로 건너갔다. 서류란 게 없다면, 소년은 생각했다, 그들에게 일꾼이 하나 필요한지 물어볼 수도 있으리라. 옛날이야기가 사실이라면, 그 전에는 그런 것이 가능했었어. 그때는, 자기 집에서 더 이상 견딜 수 없었던 소년은 쉽게 떠나버릴 수 있었지. 그러나 요즈음은 다른 모든 배들처럼, 스웨덴 배도 선원 명단을 작성하고, 세관 절차를 밟아야 했다. 부두 세관에서, 만약 선원 명단

중 그의 이름이 발견된다면, 눈들이 휘둥그레질 것이었다. 그들은 그를 즉
시 끌어내리라. 소년은 몰래 배를 탈 가능성이 있는지 살펴보았다. 그러나
당연히 그들은 보초를 두 사람이나 세워놓았고, 눈에 띄지 않고 올라가기
에 배는 너무 작았다.

유디트

그녀가 밖에 오래 있었음에도, 객줏집 주인은 아직까지 여권에 대해
다시 말하지 않았다. 그녀는 심지어 그녀의 방으로 올라가보기도 했다.
그녀가 내려오면, 그가 그것을 기억하고 있는지, 시험해보고 싶었기 때문
이었다. 그러나 그는 아무 말도 하지 않았다. 그녀를 쳐다보지도 않았다.
그는 스웨덴 사람들 때문에 꽤 바쁘게 움직이고 있었다. 그들은 고작 일
곱이나 여덟 명밖에 되지 않았으나, 그 작은 식당을 거의 다 채워버렸다.
큰 식당은 지금 이 늦가을에는 열어놓지 않았다. 그들 중 세 사람은 스탠
드에 서 있었고, 나머지 사람들은 유디트의 맞은편 식탁에 앉아 있었다.
그들 중에는, 유디트가 다리에서 보았던 키 큰 젊은이가 있었다. 그들 앞
에는 맥주병과 유리컵, 그리고 물처럼 맑은 화주를 담은 큰 유리잔이 놓
여 있었다. 그들이 앉아 있는 식탁 위의 벽에는, 다른 자들의 지도자 사진
한 장이 걸려 있었다. 그들은 그 비열하고 완전히 영혼이 비어 있는 잡놈
얼굴에 관심을 보이지 않았으나, 예의가 없어서라기보다는 전혀 흥미가
없기 때문이었다. 그들은 자주 독일의 항구를 드나들며 이미 그것에 익숙
해져 있었으므로, 더 이상 이상하다고 생각하지 않는 듯했다. 그것은 그
들에게 한 나라의 특징에 지나지 않았다. 헐에 있는 어떤 술집에 걸려 있

는 기네스 포스터나, 델프 칠의 세관에 걸려 있는 여왕의 사진과 다를 것
이 없었다. 저들이 저 얼굴 아래서 불쾌함을 느끼지 않고 그저 앉을 수 있
다면, 유디트는 생각했다, 나에게는 가망이 별로 없어. 라디오 소리가 들
렸다. 행진곡과 유행곡이 흘러나오다가 아나운서의 목소리로 중단이 되었
다. 푸른 무늬의 커튼으로 가려진 창 앞에는 긴 탁자가 있었는데, 그 반을
이곳 주민 몇 명이 차지하고 있었고, 뚱뚱하고, 작은, 검은 머리의 처녀가
그들에게 맥주를 가져갔다. 그들은 어부가 아니라 이 도시의 소시민인 장
사꾼들이었다. 그 탁자의 다른 쪽 끝에는 그들에게서 떨어져, 회색 양복
의 젊은이가 앉아 있었다. 이방인으로 보이는 그는 볶은 감자와 달걀, 그
리고 고기로 만든, 농부의 아침 식사라는 음식을 먹고 있었다. 적어도 저
기 시중드는 아가씨가 하나 있구나, 유디트는 생각했다, 그렇지 않았으면
내가 유일한 여자일 뻔했지. 어머니가 여기 계신다면 나는 무척 안전하게
느낄 텐데. 어머니는 모든 종류의 사람들을 다룰 줄 아는, 경이로울 정도
로 침착한 태도를 갖고 계셨다. 그녀는 죽어가면서도 침착하고 섬세한,
잔 옆에 뻗어 편히 놓여 있던 어머니의 손을 생각했다.

그녀는 다시 주인의 흰 종이등 같은 둥근 얼굴이 스탠드 뒤에서 떠다
니는 것을 보았다. 누렇게 그은 유리의 인공 등불 밑에서 그의 얼굴은 낮
에보다도 더 유령처럼 보였다. 그는 스탠드에 서 있는 세 명의 스웨덴 사
람들과, 영어, 독일어, 스웨덴어가 섞인 말을 주고받았다. 유디트는 배에
관한 이야기가 나올까 하여 그들의 말을 들어보고자 했으나, 전혀 이해할
수 없었다. 라디오 음악이 너무 시끄러웠다. 시중드는 아가씨가 그녀의
식탁으로 오자, 그녀는 오믈렛과 차를 주문했다. 아무것도 먹을 수가 없
어, 그녀는 생각했다. 무엇이든 먹어야 한다고 생각하니 끔찍했다.

그녀는, 맞은편 식탁의 스웨덴 사람들이, 그녀를 직접 건너다보지 않

지만, 그녀를 관찰하고 있다고 느꼈다. 그들은 서로 말을 나누지도 않으면서 의자에 앉아, 단정하고 주의 깊은 동작으로 담배를 피우고, 맥주와 화주를 번갈아 마셨다. 시중드는 아가씨는 자주 새 잔으로 바꾸어주어야 했다.

유디트는 '비스마르의 문장'으로 돌아온 이후, 처음으로 주인의 시선을 느꼈다. 그녀는 그것에 응답하려고 애를 썼으나 잘되지 않았다. 겁먹은 듯 그녀는 시선을 내리깔았다. 이곳의 주민들만이 그녀에게 관심을 보이지 않은 채, 자기들끼리 이야기하고 있었다. 혹시 회색 양복의 젊은이가 그녀를 의식하고 있는지는 분명하지 않았다. 그는 식사하면서 신문을 읽고 있었다.

주인은 부엌으로 나가더니, 얼마 후에 자신이 직접 오믈렛과 엷은 차 한 컵을 가지고 왔다. 그는 그 객줏집에서 어떤 사람이 특별한 손님인가를 보여주는 주인의 행세를 하고 있었다. 모두가 그녀를 바라보았다.

오랫동안 산보를 하셨소, 그가 말했다, 이 도시가 마음에 드셨습니까?

그냥 문밖에 있었어요, 그녀가 대꾸했다. 제가 내내 문밖에 서 있는 걸 보셨을 텐데요. 이런 말은 하지 말아야 했는데, 그녀는 생각했다. 마치 그에게 나를 통제할 권리를 준 것처럼 들리잖아. 예쁜 부두예요, 그녀는 급히 덧붙였다.

예전의 이곳을 봤어야 해요, 주인은 말했다. 그때는 볼만했지요. 그가 무슨 말을 했어, 유디트는 생각했다. 그런데 나는 제대로 듣지를 않았다. 그러면 여권을 곧 갖다드리지요, 그녀는 말했다. 조금 전, 위층에 갔을 때, 그 생각을 못했어요. 또 실수했어, 바로 그 순간에 그녀는 생각했다. 나는 또 한 번 실수를 한 거야. 그렇구먼, 주인이 말했다. 하마터면 잊어버릴 뻔했소. 아가씨가 내게 여권을 줘야 하지요.

그녀는 그를 쳐다볼 수가 없었다. 그는 역겨워, 그녀는 생각했다. 그녀는 접시에 눈길을 보냈고, 그의 배 이외에는 아무것도 볼 수 없었다. 낡은 갈색의 양복 아래 불룩 튀어나온, 그녀의 식탁 옆에 붙어 있는 추악한 배였다. 조금 전 부두에서 생각했던 그런 가능성은 없는 거야, 그녀는 생각했다. 야수의 문 두드리는 소리, 밤중에 복도에서 울리는 로맨틱한 야수의 발걸음. 아니, 아무것도 로맨틱하지 않아. 모든 것이 추악해, 모든 것이, 모든 것이. 그럼에도 바로 그 생각이 그녀에게 저항할 힘을 주었다. 나는 그를 붙잡아야 해, 그녀는 생각했다. 그리고 그녀는 다시 기운을 냈다.

최악의 경우에는 저를 깨워야 할 거예요, 그녀는 사춘기 소녀처럼 굴면서 도도하게 말했다. 그것은 그녀가 원할 때는 언제든 성공할 수 있는 몸짓이었다. 그러면서 그녀는 그의 얼굴을 바라보았다. 그의 눈이 가늘게 갈라졌다.

원하시는 대로, 그가 말했다. 오늘 밤은 그런데 아주 늦어질 수 있소. 그는 어깨로 스웨덴 사람들을 가리켰다. 저들은 오래 앉아 있을 거요.

그가 무엇을 생각하는지, 그에게서 볼 수 있었다. 그의 눈에 나는 꽃게 한 마리야, 그녀는 생각했다. 타락한 꽃게 한 마리.

자러 가기 전에 여권을 가져올게요, 그녀가 말했다.

원하시는 대로, 그가 반복했다. 이제는 말투에 거의 열망을 담고 있었다. 아가씨를 깨우는 것은 일도 아니오.

그는 거듭해서 약속을 확인받고자 하는, 소심한 뚱뚱보였다. 그는 스탠드 뒤로 돌아갔다.

저자로부터 잠시 동안은 자유롭겠지, 유디트는 생각했다. 그가 문을 두드릴 때까지는. 아니면 내가 이 집에서 빠져나갈 때까지. 어딘가 후문이 있을 거야. 그런데 여기를 떠나면 어디로 가야 하지? 그렇게 하면 여행 가방은 가져갈 수가 없다. 늦어도 내일 아침이면 나는 붙잡히고 말 거야. 레리크 주변의 시골길이나 근처의 작은 역에서, 손가방 속에 돈을 많이 가지고 있고 '유대인'이라고 붉은색의 커다란 도장이 찍힌 여권을 소지한 처녀는 잡히고 말 거야. 그녀는 주위를 둘러보았다. 이제 아무도 그녀를 바라보고 있지 않았다.

주인이 마지막에 그녀와 아주 조용히, 은밀한 동의의 목소리로 말했기 때문에, 그들이 대화의 내용을 이해한다는 것은 거의 불가능했다. 유디트는 오믈렛을 포크로 이리저리 찔러대고 있었다. 그녀는 라디오에서 흘러나오는 아나운서의 목소리를 들었다. 이제 유성영화「고향」중에서 차라 레안더가 불렀던 노래 하나를 들려드리겠습니다.

곧 음악이 흘러나왔다. 유디트는 스웨덴 사람들이 처음으로 시선을 주고받는 것을 보았다. 그러고 나서 그들은 그 여자 가수의 노래가 흘러나오자, 더 이상 멍해 있지 않고, 굳어지고 당황한 듯, 방해받은 표정으로 정면을 응시했다. 사람들은 나를 미스 제인이라 부르지요, 유명하고 잘 알려진 여자, 예스 서……

유디트는 잠시 유행가의 리듬 속에서 우아하게 울려 퍼지고 있는, 깊고, 조롱기 섞인 목소리에 매혹되었다. ……아저씨와 아줌마들에겐 그리 사랑받지 못하지만, 노, 서…… 유디트는, 스웨덴 뱃사람 중 하나가 침을 뱉고 나서 큰 소리로 맥주 한 잔을 더 주문한 것과, 회색 옷의 젊은이가 신문에서 눈을 들어 스웨덴 사람들을 건너다보는 것을 알아차리지 못했다.

시중드는 아가씨가 그녀 앞에 화주 한 잔을 갖다놓자, 그녀는 노래에 귀를 기울일 수 없었다.

주문하지 않았는데요, 유디트가 말했다.

저쪽에 계신 분이 대신 주문하신 거예요, 시중드는 아가씨가 대답하며 스웨덴 사람들의 탁자에 앉아 있는 키 큰 젊은이를 가리켰다.

거절해야 해, 유디트는 생각했다. 무의식적으로 그녀는 스탠드를 바라보았다. 당연하다. 주인은 그녀를 관찰하고 있었다. 그러나 이것이 기회야, 그녀는 재빨리 생각했다, 배와 연결될 수 있는 유일한 가능성이다. 그리고 나는 그것을 바라고 있었다. 여가수의 목소리는 이제 후렴을 부르고 있었다. ……이렇게 내 온몸으로 나는…… 유디트는 자신이 어떻게 해야 할지 생각하고 있는 동안, 그 스웨덴 청년이 일어나 자기에게 오고 있는 것을 보았다. ……그래요, 그게 나예요, 그렇게 있을 거예요, 예스, 서…… 목소리는 의기양양하면서도 멜랑콜리하게 노래를 끝냈다. 그 뒤로는 악기의 연주 소리만 들려왔다.

그 남자는 이제 그녀의 식탁 옆에 서 있었다. 키가 크고 금발이었다. 그는 단정한 얼굴을 가지고 있다, 유디트는 생각했다. 하얀 얼굴, 그러나 그 속에 많은 것이 들어 있지는 않은, 그저 단정하고 미성숙한 얼굴이야. 그는 조금 취했어. 그녀는 그가 어색하게 말하는 것을 듣고 있었다. 저에게서……

그녀는 그에게 영어로 말했다. 친절하시군요. 그러나 저는 그런 것은 마시지 않아요.

아, 그는 실망하면서도 그녀가 영어로 말을 해서 기뻤다. 마시지 않는다구요? 그도 영어로 물었다. 그에게는 영어가 독일어보다 쉬운 게 분명했다. 그는 손가락으로 잔을 쳤다. 잔은 엎어졌고 액체는 식탁보 위로 흘러 번지다가 재빨리 천 속으로 흡수되었다.

여가수가 다시 노래를 부르기 시작했다. 주인이 왔다. 자리에 가 앉으시오, 주인은 화를 내며 스웨덴어로 말했다. 이 숙녀를 성가시게 하지 마시오! 스웨덴 사람은 그에게 전혀 신경 쓰지 않았다. 그는 적어도 화주 대여섯 잔은 마시고 난 후였다. 주인이 식탁보를 걷어 그것으로 식탁을 닦는 동안, 그는 조용히 서 있었다.

위스키를 마시겠습니까? 그 바다 사나이가 물었다. 끔찍스러울 정도로 창피한 일이야, 유디트는 생각했다. 이제는 이곳 주민들까지도 나를 쳐다보고 있잖아. 그러나 다른 선택이 없어.

그녀는 고개를 끄덕였다. 위스키는 아주 아름다운 것이지요, 그녀는 말했다. 위스키는 정말 아름다운 거야, 그녀는 생각했다. 나는 위스키를 좋아해. 잠시 그녀는 다시 여가수의 깊은 목소리, 조롱조의 유치한 노래를 들을 마음의 여유를 가졌다. ……그들은 두려워하지요, 내가 아저씨나 조카를 도박 살롱이나 침대에서 만날 수 있으리라고……, 그 목소리는 노래했다. 그것은 어두운 황금빛의 스코틀랜드 위스키라야 해, 유디트는 생각했다. 부드럽고, 강하며, 건조한, 호밀 냄새가 나는 위스키. 아버지는 언제나 그 술을 가지고 계셨고, 나에게 가끔 맛을 보게 하셨다. 호밀 냄새가 나지? 아버지는 매번 말씀하셨다. 그것을 느낄 수 있겠니? 호밀과 스코틀랜드와 바닷바람과 해묵은 술통의 냄새 말이다. 그때, 그녀는 어린 소녀였다. 그녀는 유리잔을, 그 속의 금빛 호밀의 강을, 강 속에서 천천히 녹아 사라지는 푸르스름한 균열을 가진 얼음 조각을 보았었다.

함께 가시지요, 그녀는 스웨덴 사람이 하는 말을 들었다. 우리 배에는 진짜 스코틀랜드 위스키가 있습니다. 당신을 초대하겠습니다. 주점 안은 죽은 듯이 조용했다. 그 목소리만 여전히 노래하고 있었다.

이것 보시오, 주인이 말했다. 그렇게 하실 수는 없지요! 내 술집에서 숙녀를 괴롭히는 일은 할 수 없지요.

그 스웨덴 사람이 처음으로 그를 바라보았다. 당신의 쓰레기 같은 술집에는 관심이 없어, 그가 말했다.

주인은 그의 팔을 붙잡았다. 이 술 취한 돼지 새끼, 그가 말했다. 탁자 둘레에 앉아 있던 뱃사람들이 천천히 몸을 일으켰다. 그러나 주인에겐 용기가 있었다. 그는 그 키 큰 금발머리를 잡은 손을 놓지 않았다. 네가 마신 만큼 돈을 내고 사라져버려, 이 술 취한 돼지 새끼야, 그가 말했다.

유디트는 일어섰다. 제가 함께 가지요, 그녀가 말했다. 당신의 위스키를 맛보고 싶어요.

유행가는 다시 한 번 소리를 올리다가 끊어졌다. 누군가가 라디오를 꺼버렸다. 금발의 스웨덴 사람은 자유롭던 다른 한쪽 팔을 들어 그를 잡고 있던 주인의 손목을 잡았다. 서로 때리는 일이 벌어지지 않아야 할 텐데, 유디트는 생각했다. 만약 주먹 싸움이 벌어지면, 경찰이 오고, 그러면 내 신원이 밝혀질 것이다.

그러나 주인은 자진해서 팔을 내렸다. 천하에 바람둥이 계집 같으니라구, 주인이 유디트에게 독일어로 말했다. 그녀는 창백해졌다. 스웨덴 청년은, 주인이 유디트에게 뭐라고 말했는지 이해하지 못했지만, 그가 그녀에게 욕을 했다는 것은 짐작할 수 있었다. 이봐, 그가 말했다, 아가씨가 무엇을 하든 그것은 아가씨 마음이야, 네가 그 주둥이를 닫지 않으면……

탁자 뒤에서 걸어 나온 유디트가 그의 팔을 잡았다. 그를 놔두세요, 그녀가 말했다. 그러나 스웨덴 청년과 그의 동료들은 한바탕 싸울 태세였다. 그 순간, 회색 옷의 청년이 주인을 부르는 바람에 상황은 반전되었다. 그가 침묵을 깨며, 날카롭고 분명한 목소리로 주인을 불렀기 때문에, 긴장이 풀어져버렸다. 주인은 반원으로 둘러싼 사람들에게서 빠져나와 그에게

로 갔다. 이리 오세요, 유디트는 스웨덴 청년에게 말했다. 나갑시다. 그녀
는 벽에서 그녀의 외투를 가져왔다. 스웨덴 청년은 그녀에게 몸을 돌리기
전에, 내키지 않는 듯 주인을 바라보았다.

방이 하나 남은 게 있습니까, 그녀는 회색 옷의 청년이 말하는 것을
들었다.

저기 저 여자 방을 쓰시지요, 주인이 말했다. 저 여잔 나가야 합니다.
저런 여자를 우리 집에 둘 수는 없지요. 그는 그곳 주민들이 앉아 있는 식
탁을 향해 말했고, 그들은 고개를 끄덕였다. 아가씨, 그가 유디트를 불렀
다. 지금 당장 여행 가방도 가지고 가시오. 저녁밥 값을 내고, 아예 나가
버리시오!

유디트는 결정을 못 하고 서 있었다. 그것이야말로 최상의 해결이리
라, 그녀는 생각했다. 여권 문제를 해결할 수 있는 최상의 출구야, 그런데
지금 가방을 가지고 내려와, 그 가방을 들고 스웨덴 청년을 따라 배로 갈
수는 없지 않은가. 아무것도 이해하지 못한 스웨덴 청년이 그 곤란한 상
황에서 그녀를 구해주었다. 그는 지폐를 스탠드에 던지고는 그녀를 문으
로 밀어냈다. 가방을 가져와야 할 텐데, 다시는 이곳으로 오지 않을 수도
있으니까. 배에 머물러 있을 수 있다면, 선원 한 사람이 내게 여행 가방을
가져올 수도 있을 거야. 나가기 전에 그녀는, 주인이 분노에 차 있으면서
도 스웨덴 청년이 남긴 지폐를 눈길로 살피고 있음을 알아챘다. 담배 연
기 가득한 객줏집 식당의 누런 불빛이 그녀를 다시 한 번 사로잡았으나,
그녀는 그것을 떨쳐버렸다. 흔들문이 삐걱거렸다. 그녀는 스웨덴 청년이
그녀의 팔을 붙잡았다가 다시 힘을 풀면서 놓아주는 것을 느꼈다.

밖에서는 여전히 밝고 차가운 선창의 등불이 어둠 속에 하얀 원을 만
들며 빛나고 있었다. 사람들은 대부분 집으로 돌아갔고, 그저 몇 사람만

이 배 주변에서 어슬렁거리고 있었다.

　나쁜 인간, 스웨덴 청년은 독일어로 말했다. 그는 그들 사이에 갑자기 생긴 침묵에 다리를 놓기 위해 말을 찾았다. 유디트는 그가 그 객줏집 주인이 정말 나쁜 사람인지 확신하고 있지는 않다고 생각했다. 그가 조금 술에 취해 있는 한은 그렇게 생각하는 것처럼 행동하리라. 그러나 정신이 맑아지면, '바람둥이 계집'이라는 말이 떠오를 것이다. 그러면 그는 그 말의 뜻을 추측할 수 있게 되리라. '바람둥이 계집'이 스웨덴어로 무엇일까? 영어로는? 내가 '바람둥이 계집'이라는 말을 스웨덴어나 영어로 알고 있다면, 그가 나를 바람둥이 계집으로 여기고 있는지 물어볼 수도 있으리라. 그럴 수 없으니, 그가 나를 그런 종류의 하나라고 생각하도록 내버려둘 수밖에 없다. 위스키를 주겠다는 말을 듣고, 생면부지의 남자와 배로 가는 여자는 바람둥이 계집인 것이다.

　주인이 나에게 눈독을 들이고 있었기 때문에 그렇게 비열해진 거예요, 그녀가 설명했다. 하나님 맙소사, 그녀는 거의 놀라면서 생각했다. 이것은 마치 주먹 싸움에서 이긴 남자와 함께 나가는 부두 창녀의 설명 같아. 사람이 얼마나 빨리 새로운 상황에 빠져들게 되는지! 어제까지만 해도 어머니와 함께 있던 함부르크의 빌라, 아침 식사 때의 자기 그릇과 철 지난 달리아꽃, 그런데 오늘은 어느새 창녀의 말을 쓰다니. 스웨덴 청년은 밖에 나오자 곧 정신이 맑아진 듯했다. 그는 흔들리지 않고, 똑바로, 침묵을 지키며 그녀 옆에서 걸었고, 배의 갑판으로 연결된 널빤지 위에서는 조심스럽게 그녀를 이끌었다.

　그녀는 몸을 돌려 물었다. 당신이 선장이에요?

　아닙니다, 그는 웃지도 않고 말했다, 저는 항해사입니다. 그는 선실 하나로 그녀를 인도했다. 선실의 벽은 낡고 퇴색한, 갈색의 마호가니 나무판자로 되어 있었다.

이곳은 선장실입니다, 그가 설명했다. 그는 그 방을 거의 다 채우고 있는 커다란 갈색 탁자에 그녀를 앉으라고 권했다.

갑자기 유디트는 그가 당혹해하고 있음을 느꼈다. 그는 아주 당황하고 있어, 그녀는 생각했다, 당황하고 있고 머릿속이 맑아진 거야. 그는 점잖은 젊은 항해사야. 내가 그의 초대를 받아들였을 때, 그를 곤란한 처지로 끌어들인 것이지. 그는 저 위, 갑판에서 선원 두 사람을 피해 슬쩍 지나가야 했었다.

위스키를 가져오겠습니다, 그가 말했다, 저기 들어 있습니다. 그는 한쪽 구석에 있는 장(欌)을 가리켰다. 요리사가 열쇠를 가지고 있지요.

그는 밖으로 나갔다. 유디트는 그를 기다리는 동안 그의 단정한 얼굴을 생각했다. 그의 단정하고, 미성숙한 얼굴. 그가 돌아왔다. 요리사가 열쇠를 가지고 있지 않군요, 그가 말했다, 선장이 가져갔어요. 그는 시내로 갔어요.

그는 열쇠꾸러미를 하나 꺼내어 거기에 달려 있는 작은 열쇠들로 열어보려 했다. 소용없어, 유디트는 생각했다. 저 장은 안전 잠금장치가 되어 있어. 그녀는 청년을 관찰했다. 그의 얼굴이 빨개졌다. 그녀는 소름 끼치는 주의력으로 그를 응시했다. 그는 고개를 흔들더니 다시 밖으로 나갔다. 유디트는 조용히 희미한 불빛의 작은 갈색의 방에 앉아 있었다. 때때로 배의 벽에 물이 찰싹거리는 소리와 배를 휘몰아대는 돌풍 소리를 들을 수 있었다. 잠시 후 유디트는 손목시계를 보았다. 그녀가 이곳에 혼자 앉아 있은 지도 분명 15분은 지났다. 그는 내게서 벗어나고 싶은 것이 분명해, 그녀는 생각했다. 내가 가야 한다는 것이지. 그는 갑자기 자신의 용기에 두려움을 느낀 거야. 객줏집의 용기와 객줏집의 욕구가 두려워진 것이지. 그것이 그렇게 쉬우리라고는 계산하지 못했어. 그런데 너무도 쉬웠지. 나는 아주 쉬운 여자였고, 그게 그에게 수치심을 불러일으키고 있어. 실제로 그는 반듯한 집안의 반듯한 청년인 거야. 그리고 장(欌)의 일도 그를 수치스럽게 했지. 내 앞에서 체면을 구겨버렸으니까. 그는 돌아오지 않을 거야. 그는 어딘가에서 내가 그것을 이해하고 가주기를 기다리고 있어. 어머니였다면 지금 내 처지에 어떻게 하셨을까, 그녀는 자신에게 물었다. 그녀는 아무 대답도 찾아내지 못했다. 어머니가 그렇게 침착하고 품위가 있었음에도, 그녀로서도 관여할 수 없는 상황이 있었다. 그러나 그녀는 로맨틱하기도 했으므로, 유디트를 레리크로 보냈다. 그러나 레리크는 로맨틱하지 않았다. 이곳에서 사람은 어른이 되었다. 이곳에서는 너무 빨리 성숙하고도 가벼운 처녀가 되어버려, 몰인정하게 상대를 관찰할 수 있으나 그럼에도 가련한 처지였다. 그것은 너무나 급작스러운 변화였다. 달리아의 빌라에서, 우아하고, 독약으로 자살하는 빌라에서, 처녀의 방탕과 바람둥이 계집의 도주라는 가혹함으로 뛰어들었다.

그녀가 절망에 싸여 깊은 생각을 하는 동안에도 그는 돌아오지 않았다. 그러나 얼마 후에 그녀는 문 앞에서 두 사람이 꽤 오래 서로 속삭이는 소리를 들었다. 경찰이야, 그녀는 생각했다. 그러나 알고 보니 그 항해사였다. 그는 손에 병을 하나 들고, 거만하고 뻔뻔한 자세로 들어왔다.

요리사가 가진 것은 이것뿐이오, 그는 거칠게 말했다. 그는 병과 잔 하나를 탁자 위에 세워놓았다. 그가 유디트를 경멸하는 자세로 대하기로 결심한 게 분명했다. 그는 미안하다는 말 한마디 하지 않는군, 유디트는 생각했다. 그녀는 한순간에 다시 그녀로 돌아왔다. 함부르크의 빌라에서 온 젊은 아가씨였다.

당신은 저를 오랫동안 기다리게 하셨어요, 그녀가 말했다.

그는 순간 파악했다. 물음에 대답하는 대신 그는 말했다. 그러면 가셔야 합니다. 선장이 돌아오면……, 그의 목소리는 작게 울렸고, 그는 포기했다. 목소리 속에 난처함이 섞여 있었다.

당신은 아무것도 안 마셔요? 유디트가 물었다. 둘 사이에는 더 이상 할 말이 없었으나, 그녀는 형식적인 대화는 나눌 수 있었다.

그는 고개를 흔들었다. 그가 컵을 가득 채웠다. 유디트는 조금 맛을 보았다. 레몬주스였다.

선장은 항상 열쇠를 가지고 갑니다, 그가 소침해져서 말했다.

유디트가 갑자기 웃음을 터트렸다. 거침없는 웃음소리였다. 선장이 열쇠를 호주머니 속에 넣고 있었다. 죽음에서 도주할 수 있는 열쇠를. 그러나 선장은 육지로 가버렸다. 그녀의 웃음은, 그녀 앞에 놓여 있는 초록색 병 속의 탄산가스처럼 끓어올랐다. 그녀는 병의 상표를 읽었다. '아포테카나스 소커드리카'라고 씌어 있었다. 아포테카나스 소커드리카, 아포테카나스 소커드리카, 그녀는 웃었다. 그녀는 낭랑하게 웃었다, 그녀는 거의 환호했다. 그러다 갑자기 그녀는 자신이 울고 있음을 알았다. 훌쩍거리며 일어서서 그녀는 항해사의 옆을 지나갔다. 그 단정한, 미성숙한, 몰이해의 불쾌함을 느끼는 얼굴을 지나 선실을 떠났다.

소년

소년은 눈에 띄지 않게 트레네 강가의 낡은 제혁 공장으로 들어갔다. 어둠 속에서 그는 조심스럽게 계단을 올라갔다. 소년은 그 집 안에, 계단 위에, 문들이 돌쩌귀에 느슨하게 달려 있거나 떨어져버린 방들 안에 내려

앉은 먼지의 냄새를 맡을 수 있었다. 위쪽의 다락에는 회색의 빛이 흘러내려 있었다. 빛은 유리가 없는 커다란 창과, 기와가 받침살대에서 떨어져 나간 지붕의 틈새를 통해 들어왔다. 그러나 빛은 그저 소년이 모든 것을 구분할 수 있을 정도에 불과했다. 그러나 아주 어두웠다 하더라도, 소년에게는 어려움이 없었으리라. 그는 다락을 마치 자신의 호주머니 속처럼 환히 알고 있었다. 지붕이 아직 온전한 한쪽 구석에 그는 은신처를 만들어놓았다. 소년은 누워서 한가하게 책을, 심지어 밤에도 읽을 수 있도록 빈 상자를 둘러쌓고 짚과 포대로 자리를 만들어 그 위에 낡은 담요를 깔아놓았다. 그는 촛불이나 손전등 불빛을 밖에서는 볼 수 없도록 방법을 강구해냈다. 그렇게 철저히 그는 바리케이드를 쳤다. 누구도 다락에 올라오지 않았다. 그 낡은 제혁 공장은 벌써 몇 년 전부터 팔려고 내놓고 있었지만, 아무도 그것에 관심이 없었다. 소년은 올해 초부터 집밖으로 나갈 수 있던 시간에는 이곳에 올라와 지냈다.

그는 자신의 은신처로 가서 눕고는, 초를 하나 집어 불을 켰다. 그러고 나서 그는 주머니에서 『허클베리 핀』을 꺼내 읽기 시작했다. 잠시 후 그는 읽기를 중단하고, 겨울이 되어 다락이 너무 차가워지면, 무엇을 할 것인지 곰곰이 생각했다. 슬리핑백을 하나 마련해야겠어, 소년은 생각했다. 그러나 갑자기 그는 자신이 더 이상 이곳으로 올라오지 않게 되리라는 것을 알았다. 그는 자신의 책을 숨겨놓은 곳의 판자를 들어 올렸다. 거기에 책들이 놓여 있었다. 처음으로 그는 그것들을 불신의 감정으로 바라보았다. 소년은 『톰 소여』 『보물섬』 『모비 딕』 『스콧 선장의 마지막 항해』 『올리버 트위스트』 그리고 『칼 마이 전집』 중 몇 권을 가지고 있었다. 소년은 생각했다. 이 책들은 걸작이야, 그러나 책 속에서 벌어지는 일이 그대로 현실과 맞는 것은 아니다. 오늘날은 일이 더 이상 그렇게 진행되지 않는다. 책 속에서는 헉 핀이 어떻게 떠나버리는가, 그리고 이스마엘이 증명서 하나 없이도 어떻게 수부로 고용되는가를 이야기하고 있지. 오늘날 그런 것은 절대로 가능하지 않아. 증명서와 허가장이 반드시 필요하고, 그냥 떠나가버린다면 얼마 못 가서 다시 잡혀버리고 말지. 그러나, 소년은 생각했다, 떠날 수 있어야 해, 무엇인가를 볼 수 있기 위해 몇 년을 더 기다려야 한다는 것은 견딜 수가 없는 거야. 그리고 기다린다 하더라도 아무런 보장이 없는 거지. 그는 지도 하나를 집어 올려 폈다. 인도양의 지도였다. 그는 뱅갈과 치타공과 코모린 곶과 잔지바르 등의 이름을 읽으며 생각했다. 하나님 맙소사, 나는 무엇 때문에 세상에 태어났단 말인가, 잔지바르나 코모린 곶, 미시시피와 난투켓 그리고 남극을 볼 수 없다면 말이야. 그 순간 그는 책과는 마지막임을 알았다. 증명서가 필요하다는 것을 그가 인식했기 때문이었다. 그는 책과 지도를 다시 판자 밑에 집어넣고 그것을 고정시킨 다음, 촛불을 끄고 일어섰다. 그는 다락이 이미 아무 의미가 없음을 느꼈다. 그것은 그저 은신처였다. 은신처로는 만족할 수 없었다. 사람에게 필요한 것, 그것은 미시시피였다. 숨는 것은 아무런 의미가 없었고, 단지 떠나는 것만이 의미가 있었다. 그러나 그것을 위한 가능성은 존재하지 않았다. 그는 곧 열여섯 살이었고, 이미 다락과 책들과는 끝이 났음을 인식했다.

소년은 창가로 갔다. 그곳으로부터 시 전체가 내려다보였다. 그는 빛의 물결 속에 있는 탑들과, 문이 없는 검은 벽인 발트 해를 바라보았다. 갑자기 그에게 세번째 이유가 떠올랐다. 레리크를 내려다보면서 그는 잔지바르를 생각했다. 빌어먹을, 그는 생각했다, 잔지바르와 뱅갈과 미시시피와 남극. 레리크를 떠나야 했다. 첫째, 레리크에서는 아무 일도 일어나지 않기 때문이었다. 둘째, 레리크가 그의 아버지를 죽였기 때문이었다. 그리고 셋째, 잔지바르가 있었기 때문이었다. 먼 곳에 있는 잔지바르, 대양을 넘어 있는 잔지바르, 잔지바르 또는 마지막 이유였다.

그레고어-크누트센

역에 있는 짐을 가져와야겠습니다, 그레고어는 주인에게 말했다. 주인은 유디트가 '크리스티나' 호의 항해사와 함께 나간 뒤에도 여전히 그의 식탁 옆에 서 있었다. 주인은 음울하게 고개를 끄덕이더니, 스탠드 뒤로 돌아갔다. 스웨덴 사람들은 다시 자리에 앉았고, 침묵하면서 악의를 가지고 계속 마셔댔다. 술집 주인은 이제 그들을 계속 마시게 하는 수밖에 없어, 그레고어는 생각했다. 그들은 기어나갈 수밖에 없을 정도로 머리 꼭대기까지 마셔야 했다. 그 전에 중단하면, 그들은 이 술집을 부숴버릴 것이다.

그는 일어서서 주머니 속에 있는 자전거 조임쇠를 불안하게 더듬어 찾았으나, 다행히 곧 생각을 바꾸어, 그대로 내버려두었다. 주인은 만약 자신의 손님이, 역에 있는 짐을 어쩌고 한 뒤에, 자전거로 여행을 하고 있다는 것을 눈치 챈다면, 아주 이상하게 여길 것이었다. 습관을 가져서는 안 돼, 그레고어는 생각했다. 습관은 비밀을 드러낸다. 그는 지도원으로 여행하는 동안, 자전거 조임쇠를 쥐는 습관을 갖게 되었다. 바짓가랑이를 조이기 위해 조임쇠를 잡을 때마다, 그는 안전함을 느꼈다. 마치 투구의 면갑을 아래로 탁 접어 내리는 것 같았다. 어쩌면 그 동작이 그가 보이는 유일한 곤경의 신호이기도 했다. 그는 이미 몇 번, 그것을 인정했었고, 따라서 조임쇠가 반드시 필요할 때만 끼기로 결심을 했다.

그는 식당을 떠나기 전에, 스탠드에서 저녁밥 값을 지불했다. 돌아오실 때까지 그 창녀의 가방을 꺼내놓겠습니다, 주인은 말했다.

그 여자는 창녀가 아닙니다, 그레고어가 말을 받았다. 그저 뭔가 새로운 경험을 좀 해보려는 도시 처녀일 뿐이지요. 저에게 다른 방 하나를 주십시오, 그는 덧붙였다. 분명히 그녀는 곧 돌아옵니다. 그러면 어디서든 숙박을 해야겠지요.

우리 집에서는 안 됩니다, 주인은 화가 나서 말했다.

그레고어는 어깨를 들썩이고 나서 밖으로 나갔다. 그는 자신이 주인에게 준 약의 효험이 얼마 동안은 지속되리란 것을 알았다. 주인이 그 처녀를 잡기 위해 경찰을 부르기 전에, 짧은 순간이라도 그녀에게 시간을 만들어주어야만 했다. 그는 얼마 동안은 기다리리라. 그레고어가 눈치 챘듯이, 그가 처녀에게 눈독을 들이고 있기 때문이었다. 그러고 나면, 이미 잠들어 있는 부두 경찰을 움직이게 하기에는 밤이 너무 깊어 있으리라. 처녀가 밤에 돌아오지 않고 여행 가방이 위에 그대로 있더라도, 주인이 고발을 하려면, 내일 새벽까지는 기다려야 할 것이다.

스웨덴 사람들이 비틀거리며 걸어 나갈 때까지—그때면 1시나 2시가 될 것이고—주인은 아무것도 하지 못하리라. 그다음에서야 주인은 나도 돌아오지 않았다는 사실을 확인하겠지, 그레고어는 생각했다. 주인은 뱃속에 분노를 느끼고 내일 아침까지 기다릴 수가 없겠지만…… 그 시간까지 그 사업은 이미 정점에 도달해 있을 것이다. 「책 읽는 수도원생」의 사업이지. 아니면 '유대인 처녀'의 사업이라고 부를까? 어쨌건 그것은 나의 사업이 되리라, 그레고어는 오만하게 생각했다. 처음으로 내가 당의 사업을 수행하지 않는 것이 된다. 그것은 나에게만 속하는 일이다. 그는 황홀할 정도로 기분이 좋았다. 그가 젊은 수도사, 자신의 동지, 자유로운 독자를 보고 나서 빠져든 경이로운 느낌은 그를 떠나지 않았다. 그런데 이제는 처녀 하나가 이 일에 끼어들게 되었는데, 긴 검은 머리를 가진 상당히 아름다운 처녀였다. 당을 버리자마자 다시 낭만이 찾아든다, 그레고어는 생각했다. 다른 자들에 저항하는 얼음처럼 차가운 사업, 그러면서도 낭만이 있었다. 차가운 낭만주의자, 사업의 도박꾼, 그는 자신의 조각상들과 함께 붉은 탑들과 검푸른 바다로 이루어진 땅으로 전진하리라. 바람의 흑빛과 반역의 황금빛으로 된 땅으로, 타라소브카의 먼지와 레리크의 붉은색으로 이루어진 영토의 장기판으로 장기 말들을 움직이리라. 수도원생 동지와 유대인 처녀와 외다리의 목사와 크누트센, 그 실성한 부인을 가진 어부를.

크누트센은 '비스마르의 문장'에서 나오는 그를 보았다. 그는 회색 옷의 젊은 훈련원이 잠시 서서 그, 크누트센을 건너다보는 것을 보았다. 자, 이제 이리 와보시지, 크누트센은 생각했다. 서둘러. 내가 여기 머물러 있는 것을 보고 있잖아. 그는 반 시간 전에 '파울리네'로 돌아왔다. 그는 다시 한 번 집으로 가서 베르타가 잠들 때까지 기다렸었다. 그는 부엌에 앉아 있다가 잠시 후에 침실로 통하는 문을 열어놓고, 베르타가 자는지 살펴보았다. 열린 문틈 사이로 빛줄기가 그녀를 비추면서 그녀가 잠들었음을 보여주었다. 그녀의 금발머리는 풀어져서, 벗은 왼쪽 어깨에 흘러 내려와 있었고, 몇 개의 머리가닥이 얼굴을 덮고 있었다. 얼굴은 이제 더 이상 실성한 웃음을 흘리지 않고, 진지한 표정을 보이고 있었다. 진지하고 닫혀 있는 표정은 그것을 열어 변화시킬 만한 가치가 있었다. 크누트센은 기꺼이 그녀 옆에 누워서 그녀와 사랑을 나누고 싶었다. 그들은 여전히 서로 사랑하고 있었고, 또 그들은 자주 길게 정열적으로 사랑을 나누면서, 오랫동안 자극적인 말들을 주고받았다. 그럴 때 그는 그녀의 실성한 상태를 막고, 모든 것을 쾌락으로 집중시킬 수 있었다. 그러나 그는 문을 닫았고, 부엌의 불을 끄고 나서 밖으로 나갔다. 만약 내가 이 항해에서 돌아온다면, 베르타는 어찌 될 것인가? 그리고 나는? 크누트센은 자신의 배로 터벅터벅 돌아오면서 생각했다. 이번 한 번만, 그러고 나면 당은 존재하지 않는다. 나에게는 더 이상 없다. 그러면 단지 물고기와 배와 바다만 있을 것이다. 그때에도 사랑이 여전히 즐거울 수 있을까? 이것이 내가 떠나지 않고 기다린 이유가 되는 것일까? 크누트센은 그레고어라고 자칭하던 젊은이가 배로 다가오는 것을 보면서, 자신에게 질문했다. 나는 짧은 시간이나마 여전히 사는 즐거움을 갖기 위해 당과의 작별을 미루어온 것이 아닐까?

그레고어는 그가 배의 갑판에 앉아 있는 것을 보았다. 윤곽이 뚜렷하지 않은 한 남자의 검은 덩치가 그보다 조금 밝은 밤의 어두움 앞에 자리하고 있었고, 밤은 거센 돌풍으로 그레고어를 선창으로 몰아냈다.

로첸 섬의 등댓불과 부두 사이에는 깜박이는 배의 등잔불 하나도 볼 수 없었다. 여전히 남아 있는 고깃배들은 밤새도록 멀리, 밖에 나가 있었다. 부두에는 그저 어부 몇 사람만 보였다. 짐을 부렸으므로 그들은 곧 집으로 돌아갈 것이다. 어쩌면 이미 몇 분 후에는 부두는 버림받은 듯이, 깊은 어둠 속으로 버림받은 듯이 남아 있으리라. 호광등(弧光燈)도 꺼져 있으리라. 크누트센의 배는 그렇지 않아도 이미 그 조명등 불빛에서 벗어나 있었다. 비록 호광등 불빛의 원을 둘러싸고 있는 혼란한 빛의 베일에 녹청처럼 덮여 있긴 했지만, 배는 어둠 속에서 출렁이고 있었다. 그레고어는 등불을 피하지 않았다. 그는 똑바로 밝은 원을 지나서 크누트센의 배로 갔다. 단번에 그는 배로 뛰어올랐다.

잘 기다리셨습니다, 동무. 그는 크누트센에게 말했다. 크누트센은 파이프를 꺼냈다.

기다린 게 잘못이지, 그가 말했다.

어떻게 해야 할까요? 그레고어가 물었다.

잘 들으시오, 크누트센이 말했다. 지금 나는 출발할 거요. 그리고 자정이 지나서 로첸 섬에서 만납시다.

아, 그래요? 그런데 거기까지 제가 어떻게 가지요?

데보란으로 가는 지방도로를 타고 시를 빠져나오시오. 지도가 있소?

예, 그레고어가 말했다. 그러나 지도 없이도, 어디에서 지방도로가 데보란 쪽으로 가는지 압니다.

됐군. 지방도로를 20분 동안 걸어 조합낙농장으로 가시오. 그 뒤에 보도가 오른쪽으로 꺾여 나 있소. 그 길로 가면 10분이면 물가에 도착할 것이오. 그곳에 내 보조 보트를 가져다놓겠소.

보트를 어떻게 거기까지 가져다놓으시려구요? 그레고어가 물었다.

밖에서, 해안호에서부터. 소년이 그것을 지정한 장소까지 저어가서, 당신을 기다릴 거요.

소년은 믿을 수 있을까요?

알 수 없지, 크누트센이 말했다. 요새 젊은 아이들이 무슨 생각을 하는지 나도 모르오. 그러나 나는 배 주인이고 그 아인 내 견습생이오. 아이는 질문할 것이 없소.

아이는 질문할 것이 있지, 그레고어는 속으로 반박했다. 아이는 어느 날 질문을 할 것이다. 그러나 그는 큰 소리로 말했다. 그럼 좋습니다, 그런 다음에는?

그러면 함께 해안호를 거쳐 로첸 섬으로 배를 가져오시오. 노는 저을 줄 아쇼? 그레고어는 끄덕였다.

두 사람이 저으면, 한 사람보다는 빠를 거요, 크누트센이 말했다. 45분이 필요할 거요, 보조 보트는 해안호 쪽에 놓아두시오. 내가 돌아올 때 가져오면 되니까.

그러면 큰 배로 해안호에서 나와 섬의 다른 한쪽에서 우리를 기다리실 생각이십니까?

그렇소, 크누트센이 말했다. 나는 늘 하던 대로 등대를 지나가서, 그 다음에 왼쪽으로 돌아 조심스럽게 해안으로 접근할 거요.

어떻게 기다리시는 지점을 찾아야 합니까?

크누트센은 몸을 돌려 등댓불을 쳐다보았다. 그레고어는 그의 시선을 쫓았다.

저 불빛이 처음에 상당히 왼쪽으로 섬을 비추는 것이 보이오? 크누트센이 물었다.

예, 그레고어가 말을 받았다. 등대와 빛이 비치는 곳 사이의 어두운 지점에서 우리가 섬을 통과해야 한다는 뜻입니까?

그렇소. 섬에는 작은 숲이 하나 있소. 나는 배를 가지고 왼쪽 숲가에 정박하고 있을 거요. 그러면 자네들은 나무들 때문에 등대에서는 보이지 않을 것이오. 계획을 아주 잘하셨습니다, 동무. 그레고어가 말했다.

동무란 말은 집어치우시오! 크누트센이 거의 으르렁거렸다.

그레고어는 자신이 기대고 있던 돛대에서, 상자 위에 여전히 앉아 있는 크누트센에게 말했다. 우리가 당을 위해 뭔가 하고 있다고 생각하십시다!

어부가 입에서 파이프를 빼고 침을 뱉었다. 싫소, 그는 말했다, 더 이상 그런 척하기는 싫소.

그레고어는 그 주제로 이야기를 계속할 것인지 따져보았다. 아니, 그는 생각했다, 더 이상 묻지 않고, 더 이상 말하지 않는 것이 좋을 거야.

그 사업은 이미 참여한 개개인이 모두 자신들을 위해 행동하는 일로 되어 버렸지. 그럼에도 그는 참지 못했다.

그럼 도대체 무엇 때문에 함께하십니까? 그가 물었다.

크누트센은 생각했다. 내가 죽은 물고기가 되기 싫기 때문이지. 사랑의 즐거움을 계속 누리고 싶기 때문이고, 그렇지 않으면 악취가 나도록 지루해질 테니까. 그러나 그는 그런 것들은 말하지 않았다. 오히려 그는 이렇게 말했다. 내가 동참하지 않으면, 어떻게 목사 앞에 설 수 있겠소? 그 순간 그는 자신이 어떤 종류의 진실을 말하고 있음을 알았다. 그와 그의 우상, 그는 화를 내며 덧붙였다, 아무도 그를 위해 그의 우상을 구할 사람이 없다면, 내가 해야만 하지.

그레고어는 끄덕였다. 그는 이 설명을 받아들였다. 그러나 그것으로 모든 것이 설명되지는 않았다. 결코 모든 것이 아니라는 것을 그는 알고 있었다.

이제 그와 크누트센 사이에 분리의 표식으로 서 있는 문제에 대해 말해야 했다. 그 뜨거운 쇳덩어리. 그는 곧바로 그것을 건드리지 않고, 우선 질문을 더 했다. 해안호에서 보트를 타는 것은 어떻습니까, 위험하지는 않을까요?

만약 이 질문에 어부가 이죽거리리라고 짐작했다면, 그는 잘못 생각한 것이었다. 세관경찰의 순찰선이 있소, 크누트센은 사무적으로 말했다. 그들은 꽤 강한 탐조등을 가지고 있소. 그들이 오늘 순찰을 하지 않으면, 우린 운이 좋은 거요. 그들이 순찰하는 데도 들키지 않으면, 우리는 운이 아주 좋은 것이오. 그런데 그들이 당신들을 물 위에서 세우지는 못할 거요. 그들은 수로를 따라 움직여야만 하기 때문이오. 당신들이 노를 젓는 곳은 그들에게는 너무 얕소. 그러나 당신들이 신호를 따르지 않는다면,

그들은 당연히 섬으로 가서 거기서 당신들을 체포할 거요.

상당히 즐겁지 않게 들리는데요, 그레고어가 말했다. 소년이 걱정됩니다. 우리가 그 아이를 너무 위태롭게 만드는 것 아닙니까? 따져보면 그 아이는 이 일과는 전혀 관계가 없지 않습니까.

그 보조 보트가 주역이오, 크누트센이 말했다. 그래서 우리가 소년을 필요로 하는 거요. 우리가 어떤 계획을 세웠을 때, 한번이라도 남을 배려한 적이 있소? 그는 물었다. 이 일은 다른 자들에게 대항하는 거요, 그는 스스로 대답을 했다. 이 일에는 누구를 배려할 수가 없소. 그는 나도 전혀 배려하지 않으리라, 그레고어는 생각했다. 그러고 나서 그는 그들 사이에 있는 어두운 일, 그에 대한 크누트센의 혐오, 배반자인 그에 대한 증오, 탈주하는 도중에 서로 들킨 두 배신자 사이의 적대감인, 그들을 분리하는 공동의 양심의 가책에 말을 걸었다.

그 섬에서 제가 어떻게 돌아와야 합니까? 그는 물었다. 보조 보트로요?

크누트센은 일어섰다. 그들이 이야기하는 중에 두번째로 그는 입에서 파이프를 빼냈다.

아니, 그가 말했다. 보조 보트는 돌아오는 길에 내가 가지고 있어야 하오. 그것은 놓여 있는 자리에 그대로 있어야 하오. 로첸 섬은 제대로 된 섬이 아니라 그저 육지에 붙어 있는 섬이오. 당신은 걸어서 돌아올 수 있소.

마지막 문장을 말할 때 보여준 크누트센의 완고함이, 그레고어가 어쩌면 완전히 포기하지는 않은 희망의 마지막 부스러기를 날려버렸다.

내가 그럼 여전히, 그는 생각했다, 이 순간까지도, 크누트센이 말하리라고 가정하고 있었단 말인가? 자네, 함께 갈 수 있네, 라고? 나를 데려가는 것이 그에게 큰일은 아니리라. 그것은 그에게 위험을 증가시키지도, 감소시키지도 않을 것이다. 그러나 그는 나에게 도움을 주기를 거부하고 있다. 그가 생각 속의 타락에서 실제로 일어난 타락으로, 임무에서 배반으로 가는 걸음을 떼기 싫기 때문이었다. 그는 깃발을 내렸다. 그러나 그것에서 도망가는 대신, 꼼꼼하게 접어서 농 안에 넣어두었다. 그것을 가지고 그는 겨울잠을 자려 한다. 그가 그 내려진 깃발이 다시는 예전처럼 펄럭일 수 없다는 것을 알지 못하기 때문이다. 물론 패배 후에 다시 영광스럽게 떠오르는 깃발도 있다. 그러나 농 안에 넣어둔 깃발을 다시 꺼낼 수는 없다. 그렇기 때문에, 언젠가 다른 자들이 지배하지 않게 되더라도, 감아올린 깃발은 이미 영광스러운 깃발이 아니라, 그저 허용이 된, 채색된 천 조각에 불과한 것이다. 우리는 모든 깃발이 죽어버린 세상에서 살게 되리라, 그레고어는 생각했다. 언젠가 나중에, 오랜 시간 후에, 새 깃발이 생기게 되겠지. 진정한 깃발, 그러나 그것이 전혀 존재하지 않는 게 차라리 나을지도 모른다, 그레고어는 생각했다. 사람이 깃발이 없이 깃대만 빈 채로 서 있는 세상에서 살 수 있을까? 이 물음의 답은 나중에 내리리라, 그레고어는 생각했다. 지금은 내가 이곳으로부터 넘어갈 수 없다는 사실을 받아들여야 한다. 그는, 점차 인내심을 잃기 시작하며 그에게서 벗어나고 싶어 하는 크누트센을 관찰했다. 크누트센은 그, 그레고어가 견딜 수 없었다. 그것은 분명했다. 크누트센에게 내가 도주하려는 당 중앙위원회의 한 사람이라면, 자신은 도주할 수 없는 평당원의 하나이다. 크누트센은 도망갈 수 없었다. 어쩌면 목사가 말한 대로, 실성한 부인 곁에 계속 있어야 하는지도 모른다. 어쩌면 도주 후에 무엇을 해야 할지, 배도 없이 어떻게 삶이 계속될 것인지 상상할 수 없을지도 모른다. 그 이유가 무엇이건, 크누트센을 반역의 공모자가 되지 않도록 하는 것들이 그레고어를 거부하도록 하고 있음이 틀림없었다. 그는 그레고어의 도주를 돕는 것을 거부하고 있었다. 자신을 위해 도주를 계획하고, 더 이상 당과 연결되어 있다고 느끼지 않으면서, 자유롭게 혼자이고 싶어 하며, 실제로 이미 자유롭다고 오만하게 그것을 인정하는 한 남자의 운명에 동참하기를 거부하고 있었다. 그레고어는 크누트센이 돌아와야 함을 이제 이해했다. 크누트센은 자유를 원하지 않았다. 그는 체념하려 했다. 조용히 앉아서 침묵하려 했다. 그러나 그 수도원생 동무처럼은 아니었다. 그는 앉아서 책을 읽었다. 그러나 어느 날 일어서서 떠나기 위함이었다. 그렇게 하기에 크누트센은 이미 너무 늙었다. 아니, 너무 늙지 않았다. 사람이 무엇인가 결정적인 일을 하기에 지나치게 늙은 때란 없었다. 자신 속에 무엇인가가 망가지지 않았다면 말이다. 크누트센은 거센 남자였다. 크누트센은 부서진 남자였다. 그레고어는 물었다. 당신이 저를 기다리는 곳에, 제가 걸어서 도달할 수 있다면, 무엇 때문에 우리가 배로 일을 복잡하게 만듭니까? 그렇다면 우리는 소년을 위험하게 할 필요가 없습니다.

그는 적어도 자기를 데려가달라고 계속해서 구걸하지는 않는군, 크누트센은 생각했다. 걸으면 한 시간 이상 걸리지, 그가 말했다. 그리고 밤에는 길을 찾지 못할 거요. 그 사이에 물길이 있으나, 얕은 곳은 낮에나 알아볼 수 있소. 그리고 나는 어둠이 가시기 전에 배를 가지고 떠나야 하오.

그레고어는 고개를 끄덕였다. 그는 크누트센에게 마지막 일을 말해야 할지 신중히 생각했다. 제가 처녀 한 사람을 데려갑니다. 유대인 처녀입니다. 그녀도 저 너머로 데려가십시오. 그러나 그는 크누트센이 그것에 어떻게 반응할지 알지 못했다. 그렇게 하지, 라고 그가 별다른 말 없이 받아들일 수도 있었다. 한 처녀의 구출은, 그가 우상이라고 부르던 물건의 구출이 불러일으키지 않은 감정을 움직이게 할 수도 있다. 그러나 그가 폭발해버릴 수도 있었다. 새로운 인물의 등장은 그에게 너무 부담스러워지고, 그가 억지로 승낙한 사업은 너무 복잡해지고, 지나치게 위험스러우며 통제할 수 없어 보일 수 있었다. 그래서 그레고어가 지금 그 일을 말한다면, 크누트센에게 마지막 순간에 일 전체를 뒤집어엎을 수 있는 가능성을 주는 셈이었다. 크누트센에게 좀더 많은 것을 요구한다면, 그가 그 일에서 손을 뗄 위험성이 아주 컸다. 그는 이미 완결된 사실 앞에 크누트센을 세우는 위험을 감행해야 했다. 그레고어는 몸을 돌려 다시 선창의 흔들리지 않는 바닥으로 올라왔다. 그러면 나중에 뵙겠습니다, 그는 크누트센에게 말했다. 크누트센은 대답하지 않았다. 그는 선창의 방파제 벽을 따라 걸어갔다. 이번에는 밝은 호광등 불빛의 원 속으로 들어가지 않도록 조심했다.

크누트센은 파이프를 주머니 속에 넣고는 발동기가 들어 있는 선실의 들창을 열었다. 그는 아래로 내려가 연료탱크의 기름과 배터리를 조사했다. 그가 다시 위로 올라왔을 때, 소년이 선창에서 건들거리며 걸어오는 것이 보였다. 소년이 가까이 오자 그는 말했다, 준비해라, 출발한다. 이제는 정말 시간이 됐지요, 선장님, 소년이 대답했다. 그가 '선장님'이란 말에 아주 잘 꾸며낸 호의를 담았기 때문에, 버릇없음이 거의 존경심으로까지 들렸다. 그들은 밧줄을 풀어 '파울리네'를 부두에서 끌어내었다. 그다음 크누트센은 조종실로 가서 발동기를 돌리고 등불을 켰다. 발동기는 처음 몇 번 꾸룩꾸룩 하는 소리를 뱉어내고 나서, 점차 규칙적으로 회전하더니, 결국 자신의 보통 회전수로 돌아와 상하 운동의 부드러운 통통통 소리를 내었다. 그레고어는 부둣가에서 그것을 듣고 있었다. 소리는 고요 속에서 크게 울렸다가 집들의 벽에 부딪히고는 아주 천천히 멀어져 갔다. 때때로 거리에서 돌풍이 불어와 휘파람 소리를 내지 않았다면, 그것이 단 하나의 소음이었으리라. 돌풍은 날카로운 경고의 호루라기 소리를 냈다가 거친 윙윙거림이 되어 대양으로 사라져 갔다.

크누트센은 휘파람 소리를 그저 희미하게 들었으나, 돌풍의 충격을 느끼면서 생각했다. 그들, 소년과 중앙위원회의 그자가 오늘 밤 노를 젓기가 쉽지 않으리라. 소년은 방금 전 기관실의 들창으로 사라져버렸다. 크누트센은 몸을 돌려 레리크를 돌아보았다.

그 순간 선창의 호광등이 꺼졌다. 레리크의 부두는 잠시 완전한 어둠 속에 있었다. 동시에, 어둠 속에서 괴물 같은 탑들이 벌거벗은 채, 눈을 멀게 하는 붉은빛 속에 서 있었다. 피를 뒤집어쓴 거인처럼 생사의 투쟁에서 다시 한 번 몸을 일으켜, 도시로, 발밑의 어두움으로 달려드는 것 같았다. 그러나 그다음 순간, 레리크의 발전소 배전반 위의 어느 한 손이 넘치는 빛을 꺼버렸음이 틀림없었다. 갑자기 그 거인들이 보이지 않았다. 눈 깜빡할 사이에 그것들은 사라졌다. 기억 속에서 그것들은 그저 붉은 번개에 지나지 않았다. 그 뒤로 어둠의 천둥이 천천히 굴러가며 뒤따라왔다.

크누트센은 시계를 보았다. 11시를 가리키고 있었다.

소년

승객 하나를 배로 데려와야 한다, 소년은 생각했다. 남에게 보여서는 안 되는 승객이다. 그렇지 않으면 배 주인이 밤에 몰래 해안호에서 데려오라고 할 리가 없다. 어떤 일이 일어나고 있다, 그는 흥분하며 생각했다, 처음으로 어떤 일이 일어나고 있다. 그렇기 때문에 크누트센은 그리 오랫동안 부두에 정박해 있었다. 그는 승객 하나를 기다린 것이었다. 소년은 배전기 뚜껑의 접속을 살펴보고 다시 위로 올라와, 조종실에 서 있는 크누트센에게 눈길을 던졌다. 그가 승객 하나를 배에 태우는 것이, 소년은 신중히 생각했다, 무엇을 의미하는지 물어봐도 좋을까? 그러나 그는 크누트센에게 아직 무엇을 물은 적이 없었다. 그럼에도 그는 크누트센이 대답을 하리라는 느낌이 들었으나 묻지 않았다. 크누트센은 언제나 그렇듯 무뚝뚝해 보였으나, 어떤 일이 생겼고, 처음으로 크누트센이 그에게 의지하고 있음을 소년은 느꼈다. 지금은 그에게 묻지 않겠어, 소년은 생각했다. 그러나 그는 몹시 긴장했다.

헬란더

프레어킹 박사가 돌아가고 나자, 그는 기분이 가벼워진 것을 느꼈다. 갑자기 그는 오늘 내로 의사를 부르리란 결심을 했었다. 오늘 내로 확실한 것을 알아야겠다고 그는 자신에게 타일렀고, 프레어킹은 그에게 그것을 알려주었다. 잘린 다리에 몸을 굽히고 의사는 그에게 말했다. 오늘 저녁 안으로 로스토크로, 게브하르트 교수에게 가셔야 합니다. 그가 곧장 목사님의 다리를 처리하도록, 제가 전화를 하겠습니다.

수술? 헬란더는 물었다.

수술이라고 부를 수는 없지요. 상처 주위의 벌겋게 부어오른 살을 잘라내고, 그다음 인슐린 주사로 시도를 해야 합니다. 수술은 목사님에게는 이미 가능하지 않습니다.

프레어킹은 의자에 주저앉았다. 그들은 서로를 바라보았다. 잘린 다리는 마치 이질적인 살덩이처럼 그들 사이에 놓여 있었다. 잘린 다리의 남은 부분은 너무 짧았다. 다리는 그 당시 골반 바로 아래까지 잘려졌다.

윗부분의 염증을 막기 위해서 그것에서 한 부분을 더 잘라낼 수는 없었다, 삶 속으로까지 잘라낼 수는 없었다. 헬란더에게는, 프레어킹이 치유의 가능성을 어떻게 보고 있는지, 라는 질문이 혀 위에서 맴돌았으나 말하지 않았다. 의사는 '시도해본다'고 말했다. '시도해본다' 그리고 '이미 가능하지 않다'고 했다. 모든 것이 분명했다. 프레어킹이 의사들이 사용하는 흔한 표현 하나만이라도 자기에게 말할 수 있었다면 좋았으리라. 잘 견디면, 나을 수 있습니다. 견디지 못하면, 끝장이지요. 또는 그 비슷한 말들이었다. 아니면, 모든 것이 환자에게 달렸습니다, 라고. 프레어킹은 좋은 의사였다. 그는 마술 같은 말들을 사람들에게 믿도록 할 수 있었다. 좋은 목사도 다르지 않았다. 의학과 종교의 진실은 이미 오래전에 중요하지 않게 되었다. 사람들이 의사와 목사에게서 듣고 싶었던 것은, 마술 같은 말들이었고, 맹세의 형식이었다.

제가 시립병원의 차를 이곳으로 보내겠습니다, 프레어킹이 말했다. 기차로는 가실 수가 없습니다.

병원 차? 목사는 깊은 생각에서 깨어났다. 아니요, 아닙니다, 그냥 놔두시오! 공연히 시내가 떠들썩해질 겁니다. 택시를 부르도록 하겠습니다.

원하시는 대로 하십시오. 의사는 일어섰다. 그럼 저는 가서 로스토크의 병원에 전화를 하겠습니다.

헬란더는 감사를 표시했고, 프레어킹의 발자국 소리를 귀로 쫓았다. 아래에서 가정부와 속삭이는 소리, 현관문이 닫히는 소리, 자동차가 떠나는 소리가 들려왔다. 잠시 그는 움직이지 않고 옆에 서 있는 전등 불빛 아래 앉아 있었다. 그런 다음 의족을 다시 차고 바지를 끌어올리기 시작했다. 마지막으로 그는 넥타이를 매고 4분의 3 길이의 흑의를 입었다. 그것은 그의 복장을 성직자의 예복으로 변화시켰다. 그러고 나자 그는 마음이 가벼워짐을 느꼈다.

오늘 저녁 안에 로스토크로, 게브하르트는 즉시 다리를 처리해야 합니다. 내가 프레어킹에게서 듣고 싶었던 것이 바로 이것이다, 헬란더는 생각했다. 죽음의 위험에 대한 명백한 선포를 나는 바랐다. 확실성, 그러나 그뿐 아니라 더 큰 힘의 관여를 원했다. 그래서 나는 프레어킹과의 상담을 내일로 미루지 않았고, 곧 나에게 오라는 부탁을 했다. 무엇보다도 내일은 그와 상의할 기회를 갖지 못하리라. 밤을 이곳에서 지낸다는 것의 의미는 「수도원생」을 구출한다는 뜻이고, 「수도원생」을 구출한다는 의미는 내일 아침 일찍 끌려간다는 것이다. 다리에 죽음을 지니고 집단수용소로. 박사는 나를 위해 문제를 해결해주었다. 즉시 로스토크로, 즉시 게브하르트 교수에게로, 즉시 지푸라기에 매달리기로. 보다 큰 힘은 결정을 내렸다. 순교 대신 병원의 침대를. 헬란더는 마음이 가벼워졌다고 느낄 이유가 있었다.

그는 의사에게 도움을 청하기 전에, 그 조각상의 일을 먼저 처리하기로 마음을 바꾼 순간을 아주 분명히 기억할 수 있었다. 그것은 내가 교회에서 돌아왔을 때 일어났지, 목사는 생각했다. 내가 크누트센과 자신을 그레고어라고 부르던 청년과 대화를 하고 난 후였어. 갑자기 나는 두려웠던 거야. 그가 돌아왔을 때, 목사관은 너무도 고요했다. 그 목사관의 고요함은 교회의 고요함, 도시 전체의 고요함의 복사였다. 그것은 최근 몇 년 동안의 고요보다 더 고요하지도 않았으나, 그렇게 견딜 수 없던 적이 없었다. 고요함은 그러나 틀린 말이었다. 어디선가 그는 요즈음 기술자들이 '소리가 죽어버린' 공간을 구성할 수 있다는 것을 읽은 적이 있다. 그것이 알맞은 말이었다. 이 도시, 이 교회 그리고 이 목사관은 다른 자들이 승리하고 난 후에는 소리가 죽고, 반향이 없는 공간이 되어버렸다. 아니, 다른 자들이 오고 난 다음이 아니라, 신이 멀어져 간 후부터였다. 그 높은 분은 당신이 함께하실 필요가 있다고 여기지 않는다, 목사는 빈정거리듯 속으로 생각했다. 어쩌면 더 급한 일들이 있는지도 모른다. 어쩌면 그는 그저 빈둥거리며 놀고 있는지도 모른다. 어쨌거나 그는 이미 몇 년 동안 레리크의 우리를 방문하지 않았다. 그저 약간의 표식조차도 그는 교회 벽에써 넣지 않았다. 성 게오르크의 붉은 벽돌벽에, 보이지 않는 잉크로 된 아주 미미한 복음이어서 겨우 나만이 읽어낼 수 있는 것조차도 없었다.

내일 아침 일찍 이 침묵은 더 경직되리라, 헬란더는 생각했다. 내일 아침에는 마지막 인간들도 가버리고 말 것이다. 그레고어, 크누트센 그리고 나무로 된 나의 작은 수도사. 나 혼자 남게 되리라. 나만이 혼자 곤란을 당하리라. 생명 없는 작은 목각상 하나 때문에 내일 아침 내가 그렇게 혼자된다는 것은 부조리했다. 내일 아침, 다른 자들이 오면.

그는 전화번호부에서 택시회사의 번호를 찾아내면서 그의 불안을 되새겼다. 3, 3, 9. 부목사에게도 결정을 알려야 한다, 그는 곰곰이 생각했다. 금요일이야. 그는 곧 일요일 설교를 준비해야 해. 그리고 가정부는 옷몇 가지와 세면도구를 가방에 챙겨 넣어야 하고. 그 결과를 잘 계산해야해, 그는 생각했다. 내일 아침 마치 비열한 범죄자처럼 끌려간다면, 이 도시에서 내 위신이 어떻게 되겠는가. 나는 결국 목사 헬란더가 아닌가, 이 도시에서 가장 존경받는 성직자이며, 조국을 위해 싸웠던 사람. 사람들은 무슨 일이 일어났는지 조금도 이해하지 못하리라. 그리고 아무도 그일에 대해 그들에게 말하지 않으리라. 그것은 나와 그들 모두에게 좋지 않은 종말이리라. 병원의 침대라면 그들은 이해할 것이다. 심지어 그들에게 충격을 주리라. 로스토크의 병실은 레리크의 정원에서 온 가을꽃으로 가득차리라.

확실히 하자, 목사는 생각했다. 사람들이 무엇을 생각하든 나와는 관계가 없다. 그들 때문에 의사를, 내 몸을 지배하는 더 큰 힘을 부른 것이 아니다. 고문과 외로움 때문이었다. 고문이 다가오리라. 그 속에서 나는 혼자이리라. 그들은, 그 다른 자들은, 복수심에서 그리고 내가 조각상을 어디에 숨겼는지 알아내려고 나를 때리게 할 것이다. 고문 속에서 내 다리의 상처는 터져버리리라. 그러나 두들겨 맞지 않는 시간에도 나는 고통 때문에 흐느끼며 감방 안이 아니면 어느 수용소 바라크의 간이침대에 누워 있으리라. 나는 그저 신음하는 살덩이에 불과해, 결국은 어느 침대로 던져져 죽어가리라. 죽어가는 육체, 어쩌면 인정 많은 감방 의사가 나를 모르핀으로 휘감아 그 육체 속에 사는 두뇌는 더 이상 기도조차 할 수 없게 될지도 모른다. 아니야, 헬란더는 흥분하여 절망적으로 생각했다. 나의 교회에 있는 그 작은 수도원생이 자신을 위해 그렇게 많은 것을 하라고 나에게 요구할 수는 없어.

3, 3, 9. 그는 전화로 택시를 불러야 했다. 그는 두려웠다. 그러나 머릿속은 맑았고, 고문을 택하지 않으리라고 굳게 결심했다. 하나님도 수도원생도 그에게 자신의 육체를 다른 자들의 채찍이나 고무관에 내던지라고 요구할 수 없었다. 그는 지금까지 어떻게 다른 자들의 승리를 설명하였던가? 아주 간단했다. 신은 곁에 있지 않았다. 그는 상상할 수 있는 가장 먼 거리에 살고 있었고, 세계는 사탄의 나라였다. 헬란더가 추종하는 스위스의 위대한 성직자의 교리는 그렇게 단순하면서도 설득력이 있었다. 그 교리는, 어째서 신이 세계를 소리가 죽은 공간으로 구성하였는가를 설명했다. 그러한 공간에서 사람은 그저 자신과 말할 수 있을 뿐이고, 그저 자신의 영혼에다 속삭일 수 있었다. 어떤 경우도 신이 귀를 기울이리라는 환상은 갖지 않아야 했다. 사람은 신이 존재한다는 것을 알기 때문에 기도

했다. 신이 비록 도달할 수 없는 거리에 있긴 했지만, 그렇다고 죽은 것은 아니고, 그는 존재했다. 그러나 전혀 의미가 없는 것은 비명을, 고문당하는 사람의 비명을 질러대는 것이었다. 물론 사람은 사탄에 저항해야 하고, 설교해야 했지만, 그러나 세계는 악마에게 속해 있으며, 신은 멀리 있다는 것을 지적하기 위함이었다. 위안이라곤 조금도 없었고, 그리고 아무런 위안을 주지 않는 것이 이 교리의 위대함을 결정하고 있었다. 그러나 이것은 순교도 의미 없는 것으로 만들었다. 도대체 무슨 의미가 있어 자신을 고문하게 하고 비명을 지른단 말인가, 만약 신이 그런 것은 조금도 알려 하지 않고, 소리가 죽은 세계 공간의 벽이 비명을 재빨리 삼켜버린다면 말이다. 기이한 일이야, 헬란더는 생각했다. 그의 교회 동료들 중에서 가장 곧은 친구들은 이 위안 없는 교리를 따르고 있었다. 순교의 의미를 부정하는 사람들이 가장 쉽게 박해와 고문에 빠져들었다. 그들은 신과의 가까움을 위해서가 아니라, 그 먼 거리를 위해 고통을 받아야 했다. 그들은 조금의 타협도 없이 교리가 규정하는 대로, 다른 자들의 나라를 악의 나라라고 설명하였기 때문에 죽어야만 했다. 그들은 위안 없이 부조리한 죽음을 맞아들였다. 그들에게는 자비의 확실성이 존재하지 않았다.

헬란더는 그의 책상 위에 놓인 전화기 앞에서 깊은 생각 속에 잠겨들었다. 얼마 후에 그는 스탠드의 불을 끄고, 창 앞에 있는 게오르크 교회 익부의 윤곽이 보일 때까지 기다렸다. 가로등 불빛 하나가 벽돌벽으로 흡수되었고, 그 위로 교회의 검은 몸체가 별 하나를 볼 수 있는 한 조각 하늘에 솟아 있었다. 목사가 이곳에 살기 시작한 후로, 그는 집무실의 커튼을 닫을 필요가 전혀 없었다. 그의 맞은편에는 창이 없는, 몇백 년 된 벽 외에는 아무것도 없었고, 그 벽 위에는 비와 태양, 밤과 낮의 흔적들이나, 새소리 또는 담 밑으로 쏟아져 내린 토카타의 언어 외에는 아무런 표시도 나타나지 않았다. 저 안에 그는 앉아서 기다리고 있다, 헬란더는 생각했다. 다른 자들이 그를 데려가려 하므로, 나의 작은 수도사는 교회의 가장 내밀한 성스러움이다. 악마는 그를 데려가려 한다. 제단의 예수 상, 신의 상이 아니라, 젊은 독자(讀者)의 상, 신의 생도를 그들은 가지려고 한다. 그를 악마에게 맡겨버릴 수는 없어, 목사는 생각했다. 그러나 이 순교를 받아들일 수도 없다. 그는 자신 속에 두려움과 용기의 저울판이 반듯하게 평행을 이루고 있음을 인식하자, 거의 웃음이 나왔다. 저울판은 떨면서 마주보고 서 있었다.

전화기를 들면 돼, 그러면 일은 결정이 되지, 그는 숙고했다. 3, 3, 9, 그러면 사탄은 성소를 손가락으로 움켜쥔다. 도대체 이곳에 있지도 않은 신, 어쩌면 그저 게으를 뿐인 신이 무엇 때문에 그것을 염려하겠는가! 그는 지구 위에 있는 대신 오리온좌를 서성거리고 있는지도 모른다. 만약 지구 위에 있다 하더라도, 그 작은 수도사를 레리크에서 구출하기 위해 크누트센의 배로 내려오는 대신, 호놀룰루 앞 바다에서 요트를 타고 있을 지도 모른다.

만약 그가 전화기를 들지 않는다면, 그러면…… 갑자기 목사는 숨을 멈추었다. 그는 생각했다. 만약 내가 전화기를 들지 않는다면, 그러면 신은 내가 늘 생각하던 대로 그리 멀리 있는 것이 아닌지도 모른다. 그러면 신은 아주 가까이 있을 것인가?

질문들이 마치 도깨비불처럼 스치고 지나갔다. 그 후에 헬란더 목사는 자기 생각의 부분들을 더 이상 연결하지 못했다. 다리의 고통과 심하게 몰려오는 피곤 사이에서 생각의 파편들은 다시 떠오르지 않았다. 데우스 압스콘디투스(부재의 신), 그는 생각했다. 그리고 사탄의 나라, 주님과 고문, 엄격한 교리와 글자 없는 벽, 순교와 병원 침대, 병원 침대, 병원 침대, 죽음과 죽음과 죽음.

전화기를 잡는 대신, 그는 머리를 팔 위로 떨어뜨렸다. 밤이 되어 더이상 반짝이지 않는 테 없는 안경이 미끄러져 내렸다. 그는 졸기 시작했다. 나는 죽어야 해, 그는 방금 그것을 생각했다. 나는 죽음의 선고를 받은 자이다. 나는 삶의 마지막에 도달했다. 그러나 그가 존재하는 생각 중가장 견디기 어려운 생각을 하는 동안, 모든 생각을 종결시키는 생각, 그뒤로는 더 이상 아무것도 없고, 기억들을 소멸시키는 맹목적이고 음울한생각을 하는 동안, 그는 졸고 있었다.

잠시 후 그는 고통에 시달리며 다시 잠에서 깨어났다. 그는 책상 서랍에서 알약을 찾았다. 그는 약갑에서 세 알을 꺼냈다. 그러고 나서 가정부를 불러 물 한 컵을 갖다달라고 했다.

소년

소년은, 십자로 엮은 나뭇조각에다 둘러 감은 줄 타래의 앞줄에 인공지렁이를 고정시켰다. 배에 있는 모든 견습생들은, 별로 할 일이 없어지면, 그렇게 낚싯밥을 단 낚싯대로 자신을 위한 낚시질을 조금씩 했다. 그는 바람을 피해 배 앞머리에 앉아 생각했다. 크누트센이 승객 하나를 배에태운다면, 그는 그를 어디론가 데려갈 것이고, 그러면 분명히 우리 해안의어느 곳이 아니라, 저쪽 건너편, 발트 해의 다른 쪽이리라. 크누트센이 그럴 수 있으리라고는 생각하지 못했다. 그런데 어째서, 소년은 곰곰이 생각했다, 어째서 한 남자가 몰래 발트 해를 건너가도록 해야 할까? 어부들이바다에서 커피나 차를 덴마크의 배로부터 넘겨받아 암거래를 하고 있음을 소년은 알고 있었다. 그러나 크누트센은 그런 일에는 한 번도 낀 적이 없었다. 그런데 한 남자를? 갑자기 소년은 생각했다. 그러면 책이 맞는 것이 아닌가? 요즈음도 『허클베리 핀』과 『보물섬』과 『모비 딕』에서 이야기되는 그런 일들이 여전히 있으니 말이다. 굉장해, 소년은 생각했다, 그리고 크누트센이 그런 일을 해.

유디트-그레고어-헬란더

그녀가 증기선을 뒤로하고 다시 선창에 섰을 때, 더 이상 울지는 않았지만 그녀는 자동적으로 손가방에서 손수건을 꺼내 얼굴을 눌렀다. 선창은 어두웠다. 선창으로 이어진 거리 끝에만 가스등불이 타고 있었다. '비스마르의 문장'으로 들어가는 입구의 등불이 여전히 켜져 있었고, 식당의 창은 붉게 빛났다. 부두에는 사람이 없었다. 유디트는 바람을 느끼고서 외투의 허리띠를 조였다.

자 이제 어디로? 그녀 뒤에서 어떤 목소리가 물었다.

유디트는 급히 뒤돌아보았다. 그러면 이제는 마지막이군. 누군가 얼음처럼 차갑게 비웃는 듯이 그녀가 그 순간 생각한 것을, 그녀가 사고할 수 있는 유일한 생각을 말해버렸다. 그녀는 붙잡혔다. 그녀는 너무 놀란 나머지, 그녀를 놀라게 한 장본인을 볼 수 있었다면 그 자리에서 도망쳐버렸으리라. 그러나 그녀는 아무것도 식별할 수 없었다. 누군가 배가 드리운 그림자의 가장 어두운 부분에 숨어 있는 게 틀림없었다. 그녀는 어둠을 뚫어보려고 애썼다. 그러자 마침내 그녀는 조용하고, 거의 속삭이는 듯한·음성으로 말을 하면서 그녀에게 다가오는 움직임을 볼 수 있었다.

이제 무엇을 할 생각입니까?

목소리의 주인공이 그녀에게로 왔다. 그는 빠르게 다가와 그녀의 팔을 붙잡았다. 그녀보다 크지도 않은 젊은이였다. 그의 얼굴을 오늘 저녁 이미 한번 보았음이 틀림없어, 유디트는 생각했다. 내가 보았고 나를 따라온 자, 나를 잡으려 했고 잡은 자.

호텔로는 이미 돌아갈 수 없지 않습니까, 그레고어가 말했다. 아니면 여행 가방을 무조건 다시 찾아야 합니까?

유디트는 고개를 저었다. 그레고어는 그녀를 바라보면서 그녀의 팔을 놓아주었다. 그는 건조하게 웃었다.

아, 그렇군요. 제가 다른 자들 중의 하나라고 여기시는군요, 그가 말했다. 제가 그렇게 보입니까?

그녀는 그를 알아보았다. 그는 오늘 저녁 객줏집 식당에 앉아 있었어, 그녀는 기억했다. 순간, 일촉즉발의 상황에서 주인을 부른 사람이 바로 그였다는 생각이 들었다. 저녁을 먹으면서 신문을 읽던, 그 회색의 젊은이였다. 그가 다른 자들 중 하나처럼 보였던가? 그녀는 그들이 어떻게 보이는지 알지 못했다. 그녀는 그들을 겪어본 적이 없었다. 그녀는 다만 사람이 그들을 피해 도주하며, 더 이상 도주할 수 없게 되면 자살을 하게 된다는 것만 알고 있었다.

내가 다른 자들 중의 하나라면, 지금 어떻게 하시겠습니까? 그레고어가 물었다. 호강에 넘치는 그녀의 얼굴을 바라보면서 그는 어떤 거부감에 사로잡혔다. 이질감을 느끼게 할 정도로 정신이 나간 듯 속수무책의 표정으로 서 있는 그녀의 모습에 자극이 되어 그는 잠시 동안 잔인한 질문 놀이를 계속했다. 그는, 목표 없이 어둠을 향하다 다시 목표 없이 바다로 향하는 그녀의 눈길을 쫓았다.

물속으로 뛰어드시렵니까? 그레고어는 조롱조로 물었다. 얼마나 재빨리 당신을 다시 물속에서 끌어올릴지 아십니까? 그런 다음 그는 마음을 가라앉혀 말했다. 자, 함께 가십시다. 어쩌면 당신이 이곳을 빠져나갈 가능성이 있을지도 모릅니다.

그는 다시 그녀의 팔을 잡고 그녀가 그의 옆에서 걷기 시작할 때까지 놓지 않았다. 놀랍게도 그녀가 숨이 멈출 정도로 성급하게 걸어갔으므로, 그들이 니콜라이 골목으로 접어들었을 때 그는 그녀에게 이렇게 말해야 했다. 천천히! 언제나 침착하시오! 그는 생각했다. 제발 그녀가 신경과민으로 모든 것을 망치지 않아야 할 텐데!

그들이 얼마 동안 걸어갔을 때, 그녀가 갑자기 멈춰 서더니 말했다. 그런데 내 여행 가방을 그냥……

그 가방 안에 돈이 들어 있습니까? 그가 그녀의 말을 끊었다.

아니요, 유디트가 말했다. 그건 이 손가방 안에 있어요.

그러면 됐습니다, 그레고어가 말했다. 다른 것은 중요하지 않습니다.

중요하지 않다, 그녀는 화를 내며 생각했다. 가방 속에 들어 있는 옷과 속옷 그리고 신발 두 켤레가 떠올랐다. 그리고 그 예쁜 세면도구들!

그녀의 생각을 읽으면서 그레고어가 말했다. 당신이 일단 밖으로 나가면 그것들은 모두 새로 살 수 있습니다. 제가 돈을 충분히 가지고 있다는 것을 어떻게 아세요? 그녀는 경계를 풀면서 물었다.

당신은 그렇게 보입니다, 그레고어가 건조하게 말했다.

잠시 그녀는 그를 응시했다. 당신은 도대체 누구세요? 그녀가 물었다.

지금은 시간이 없습니다, 그레고어는 말하며 그녀를 계속 끌었다. 집들은 어두웠다. 11시가 지나면 레리크의 주민들은 잠자리에 들어 있었다. 나는 돈을 충분히 가지고 있는 사람처럼 보인다, 유디트는 생각했다. 아직까지 내게 그런 말을 한 사람이 없었다. 그녀는 자신이 다른 사람들보다 돈을 더 많이 가지고 있는지 아닌지 생각해본 적이 없었다. 모든 것이 그녀에게는 당연했다. 어머니가 사랑하던 드가의 그림을 건 응접실이 있는, 운하길 옆의 저택, 어두운 녹옥수(綠玉髓) 초록의 잔디 위에서 긴 다리의 말을 타고 있던 기수의 그림. 하이제 씨가 그 그림을 안전하게 보관할 수 있으면 좋으련만. 여름에는 포르투갈의 장미가, 가을에는 달리아가 있던 정원. 알스터 운하의 올리브 비단결 같던 물, 풀밭을 거느린 조용하고 귀중한 운하. 사치스러웠던 적은 없었다. 아빠는 살아 계신 동안 자동차를 갖지 않았다. 그런데도 그녀에게서 돈의 냄새가 났다. 그럼 그녀에게서 엄마의 죽음, 잔 속에 들어 있던 독, 죽은 어머니의 명령에 따라 도망하고 있는 것도 보았단 말인가? 어머니는 아직 무덤에 묻히지도 않았으리라. 오늘 오후나 되어야 관 뚜껑이 닫히게 되어 있었다. 갑자기 어머니의 사진이 여전히 호텔 방 침대 머리맡에 놓여 있음이 떠올랐다.

무슨 일입니까? 그녀가 갑자기 서버리자, 그녀의 동반자가 물었다.

어머니의 사진, 그녀는 속삭였다, 그것이 아직도 방에 있어요.

언제 집에서 도망쳤습니까? 그레고어가 물었다.

도망쳤다, 유디트는 생각했다, 그는 내가 한 것을 도망이라고 부른다. 도망친다. 그것은 바람기 있는 여자에게 알맞았다. 그것이 나에게도 맞는 말일까? 그녀는 곰곰이 생각했다.

어제요, 그녀가 대답했다.

그렇다면 사진 때문에 내일 아침이면 당신이 오늘 밤 어디에 머물러 있었는지 밝혀질 수 있겠군요, 그레고어가 말했다. 그것은 아주 빨리 당신의 정체가 드러날 거란 의미입니다.

그는 이유를 모르면서도 그녀가 몹시 화를 내고 있음을 느꼈다. 그러나 그것 때문에 사진을 생각한 것은 아닙니다, 그녀가 말했다. 나는 사진을 가져와야 해요. 그것이 내가 가진 어머니의 전부이니까요. 할 수 없습니다, 그가 말을 받았다. 그렇다고 모든 것을 위험에 빠트릴 수는 없습니다. 나중에 당신이 안전한 곳에 있게 되면, 당신의 어머니가 당신에게 다른 사진을 보낼 수 있잖아요. 아니면, 이미 돌아가셨나요? 그가 덧붙였다.

어머니는 돌아가셨어요, 유디트가 말했다.

그러면 친척에게 부탁해야겠군요, 그레고어가 말했다. 분명히 당신 어머니의 사진이 많이 있을 겁니다. 그는 갑자기 자신이 발휘하고 있는 참을성에 스스로 놀랐다. 무엇이 그를 여기 멈추어 서서 귀중한 시간을 낭비하게 하는가, 그저 잊어버린 사진 한 장에 대해 말하기 위해, 이 사업의 한가운데에서, 그것도 여러 사람의 삶과 교회에 있는 책 읽는 젊은 남자의 운명이 달려 있는데도 말이다. 다른 한편으로는, 그는 생각했다, 책 읽는 청년도 그저 하나의 상에 지나지 않아. 그리고 어쩌면 이 처녀의 어머니 사진도 책 읽는 젊은 친구의 상과 조금도 다름없이 가치를 지닐 수 있다. 그는 가스 등불에 훤히 비추어진 처녀의 펄럭이는 검은 머리칼을 바라보았고, 등불은 그녀의 이마와 그녀의 코와 그녀의 입술에 부서지고 있었다. 그는 유디트에게 계속해서 걸어가기를 강요하기 전에 잠시 머뭇거렸다.

그는 이 머뭇거림으로 그에 대한 그녀의 저항을 꺾을 수 있었다는 사실을 알지 못했다. 그는 그저 그녀가 천천히 걷고, 더 이상 신경과민의 상태가 아니라는 것, 그들이 계속 가는 동안 그녀가 그에게 보조를 맞춘다는 것을 느낄 수 있었다. 그레고어는 가능한 한 빨리 니콜라이 골목을 돌아, 게오르크 교회를 둘러싼 복잡한 골목길로 들어섰다. 좁은 길들은 몹시 어두웠다. 그레고어는 느낌으로 길을 찾거나, 때때로 나타나는 교회

탑의 부분들이나, 아주 어둡지는 않은 하늘에 그것보다 더 검게 나타나는 돌로 된 들보를 따라갔다. 그런데 상가는 모두 어두운 반면, 주택가 골목 길에는 여기저기에 여전히 창이 빛나고 있었으나, 게오르크 교회가 있는 곳에는 다시 모든 집들이 어두웠고, 길이 끝나는 곳과 교회의 정문 앞에 는 두 개의 가스 등불이 타고 있을 뿐이었다. 집들이 마치 잠들어 있는 듯 이 보였어도 그레고어는 길 가운데로 건너가기를 피하고, 길의 가장자리 에 머물면서 집들 옆으로 걸어가—오후에 그가 이미 했던 대로—, 교 회의 남쪽 편에 도달했다. 그는 벌써 멀리에서 불이 켜져 있는 목사관 창 문을 보았다. 창으로 새어나온 불빛은 교회로 가는 옆길로 난 계단을 비 추고 있었고, 빛의 후광에 의해 그레고어는 자신의 자전거가 여전히 목사 관 담에 세워져 있음을 확인했다. 손잡이의 쇠막대가 노란 미광에 반사되 어 희미하게 빛났고, 그는 처녀와 함께 교회에 도달하기 위해 그 미광 속 으로 들어갔다. 그러나 창이 너무 높아 그가 방 안을 들여다볼 수는 없 었다.

유디트는 그 모든 것을 기대했다. 아니, 나는 아무것도 기대하지 않 았어, 그녀는 정정했다. 어느 교회로 인도된다는 것, 그녀가 그것들의 탑 을 보고 난 다음부터 두려움을 느끼고 있는 교회 중의 어느 한 교회로 인 도된다는 것은 기대하지 못했다. 그녀의 동반자, 그 젊은 청년이 주머니 에서 무거운 열쇠를 꺼내 교회 문을 여는 것은 그녀에게 설명될 수 없는 일로 여겨졌다. 그럼에도 그녀가 이제 모험을 겪게 되리라는 느낌은 들지 않았다. 그녀는 자신이 겪고 있는 위험을 아주 현실적으로 느껴서, 이 밤 에 일어나는 일들에 어떤 낭만적인 것이 깃들어 있으리라고 생각할 수 없 었다. 그녀는 경이로움을 느꼈다. 그러나 그것에 대해 놀라지 않았다. 그 녀는 게오르크 교회의 열린 문틈을 통해 비밀스러움 속으로 빠져들었다.

대양의 초록빛 밝음에서 나와 돌의 그림자 속으로 들어간 물고기 한 마리 같았다. 어둠에 눈이 멀어 그녀는 멈추어 섰다. 그레고어가 뒤로 문을 닫았을 때, 그가 문을 잠그지 않은 것이 그녀의 눈에 띄었는데, 그녀는 마침내 물었다. 이 모든 것이 무얼 뜻하지요? 당신이 나에게 무엇을 하려는지 말해주어야겠어요!

그녀는 그 공간을 점령하는 자신의 목소리의 메아리에 깜짝 놀랐고, 낯선 자의 목소리를 들었다. 여기서는 속삭이듯 말해야 합니다!

그레고어는 그녀와 떨어져 있었다. 나를 따라오십시오! 그가 말했다. 그녀는 그림자 같은 그의 모습을 드디어 알아차리고, 그가 가는 방향으로 더듬거리며 움직였다.

그레고어는 「책 읽는 수도원생」이 앉아 있는 십자 공간의 기둥까지 갔다. 이곳이 가장 밝았다. 모든 창은 식별이 되었으나, 그것들은 마치 납으로 된 윤기 없는 면처럼 벽에 걸려 있었다. 유디트도 이곳에 도달했고, 그녀는 설교대로 오르는 계단을 구분할 수 있었다. 그녀는 맨 밑의 계단에 앉았다. 그녀는 갑자기 자신이 얼마나 피곤한가를 느끼면서 그 수도사가 앉아 읽고 있던 돌받침에 머리를 기대었다. 그러나 그녀의 피곤함 속에는 질긴 여성적 에너지가 계속 살아 있었다.

당신은 제게 대답을 하셔야 해요! 그녀가 말했다. 이제 내게는 시간이 있어, 그녀는 생각했다. 내가 교회에 있는 한, 내게는 아무 일도 일어날 수 없을 거야. 그녀는 이 생각에 대해 그녀가 이곳으로 오게 된 것과 마찬가지로 조금도 놀라지 않았다. 압도당하면서도 당연하게 여긴 점은 교회가 누군가를 보호하기 위해 존재한다는 것이었다. 그리고 그녀는 아직 너무나 젊어서, 심지어 그 미지의 남자가 교회의 사자(使者)로 밝혀지기를 바라기까지 했다. 어쩌면 교회는 지금 도주자들을 위해 선교회 같은 것을 만들었는지도 몰라, 그녀는 생각했다. 어머니가 이것을 예감할 수 있었다면!

당신은 유대인 맞지요? 그레고어가 물었다.

저는 기독교 세례를 받았습니다, 그녀가 말을 받았다. 제 아버지도 이미 세례를 받으셨지요. 그녀는 좀 소심하게 말했다. 그래서 교회의 사자임이 분명한 그에게 마치 좋은 증명서를 제시하려는 듯했다.

세례를 받았다, 그레고어가 경멸조로 말했다. 그런 건 아무런 차이도 없습니다. 다른 자들에게는 세례를 받았건 받지 않았건 상관이 없지요.

알고 있어요, 유디트가 말했다. 그러고 나서 그녀는 용감해지기로 결심했다. 그것은 제게도 상관이 없어요, 그녀는 말했다. 견진성사를 받은 후에는 교회에 나간 적이 없으니까요. 제가 도대체 무엇을 믿고 있는지, 저는 알지 못합니다. 하느님은 믿지만. 몇 년 전부터는 제가 유대인이라는 것을 알고 있습니다. 그 전에는 제가 독일 사람이라고 생각했지요. 그러나 그때는 제가 아직 어린아이였어요. 그때부터 사람들이 저를 유대인으로 만들었지요. 그녀는 침묵했다가 다시 말했다. 당신이 혹시 저를 구해주기 전에 그것을 당신에게 말하고 싶었어요. 원하지 않으면, 저를 위해 아무것도 하실 필요 없습니다.

아, 그래요, 그레고어가 말했다. 그는 그녀가 그를 어떻게 여기고 있는지 이해했다. 그러나 그는 설명을 해주고 싶지 않았다. 그는 그저 그녀를 안심시키려고 말했다. 그것도 아무런 차이가 없습니다. 아니면 나는, 그는 생각했다, 오해하지 마십시오, 나는 기독교인이 아닙니다, 나는 공산주의자입니다, 라고 말을 했어야 했던가? 그것도 맞지 않았으리라. 나는 이미 공산주의자가 아니기 때문이다. 그렇다고 반역자도 아니다. 나는 그저 자신의 명령에 따라, 한계가 있는 작은 작전을 수행하는 한 남자일 뿐이다. 그런 다음 그는 어렴풋이 깨닫기 시작했다. 그가 이 처녀와는 기독교인, 공산주의자, 반역자, 또는 행동대원 등의 말이 퇴색해버리는 관계에 있음을 알았다. 그녀 앞에서 그는, 한 젊은 여자 앞에 서 있는 젊은 남자에 불과했다. 그가 역설적으로 확인했듯이 아주 고전적인 역할이었다. 그렇기 때문에 그는 아까 길에 멈추어 서서, 그녀가 사진에 대해 이야기하도록 기다렸다. 나부끼는 검은 머리카락과, 가스 불빛과 어둠으로 인해 부드럽고도 엄격한 형체를 이룬 옆얼굴을 관찰하면서.

무엇 때문에 당신은 도주하고 있습니까? 그는 물었다.

도주하고 있다고 그는 말하는군, 유디트는 생각했다. 그는 더 이상 집에서 도망친다고 말하지 않는다. 그녀는 조금 전, 그녀가 어머니 사진을 잃어버렸다며 하소연하기 시작하자 그가 길거리에 멈추어 섰을 때처럼, 일말의 신뢰를 느꼈다. 그녀는 그에게 어머니의 죽음에 대해 이야기해주었다.

그게 어제였다니! 그는 충격을 받으며 말했다. 하나님, 맙소사!

그것을 어떻게 아셨어요? 유디트가 물었다.

제가 무엇을 알았다고요? 그레고어는 의아해하며 물었다. 무슨 말입니까?

제가 유대인이라는 것, 유디트가 말했다.

보면 알 수 있지요, 그레고어가 대꾸했다.

제게 돈이 있다는 것을 보면 알 듯이요?

그렇습니다. 당신은 부자 유대인 집안 출신으로 호강하며 자란 처녀처럼 보입니다.

그들은 그사이 어둠에 익숙해져 불분명하지만 서로를 볼 수 있었다. 마치 회색빛의 배경에 목탄으로 그린 그림자 같은 형상이었다. 젊은 수도

사는 그들 사이에서 움직이지 않고 앉아 있었다. 제가 호강하며 자랐는지는 몰라요, 유디트가 말했다. 그러나 저는 상당히 엄하게 키워졌지요.

당신은 세상사에서 격리되었다, 그런 말을 하고 싶은 것이지요, 그레고어가 대답했다. 다시 그는 짜증을 느꼈다. 그런데 이제 당신은 당신들의 사회에서 운명의 타격이라 부르는 것을 경험한 셈이로군요, 그렇지 않습니까? 그는 도전하듯이 물었다.

그래요, 그런데요? 유디트는 난처해져서 말했다. 확실히……

우아한 저택과 운명의 타격, 그레고어는 반감을 느끼며 잔인하게 말했다. 그다음 젊은 귀부인은 외국으로 출발하여, 그는 계속했다, 스톡홀름이나 런던의 예쁘장한 호텔에 투숙한다. 비용 문제는 부차적이고, 비밀스럽게 가슴에 품고 있는 죽음에 대한 기억, 그 배경에는 취향과 멋이 스며 있다.

그녀는 모욕당했다고 느끼지 않았다. 거의 무의식적으로 그녀는 그의 비웃는 음색 속에 그녀에 대한 관심이 들어 있음을 알았다.

나는 비열해, 그는 생각했다. 나는 몹시 비열해. 이미 엎질러진 물을 다시 주워 담으려는 딱한 시도로 그는 말했다. 내 말뜻은, 당신 어머니의 죽음을 그저 불행한 사고로 생각해서는 안 된다는 것입니다.

그렇다면 무엇이지요? 그는 그녀가 묻는 것을 들었다.

그는 잠시 침묵하며 곰곰이 생각했다. 대답하기가 쉽지 않다고 그는 생각했다. 예전이라면 그는 파시즘에 대해, 역사와 테러에 대해 말했으리라.

그것은 악의 계획 속에 있는 작은 숫자이지요, 그는 결론적으로 말했다. 바로 이 말과 똑같이, 그는 동시에 생각했다, 그 목사도 자신의 답을 표현하였으리라.

아, 유디트는 침착하게 자신의 당혹감을 감추면서 말했다, 악에 대해서 저는 상상할 수가 없습니다. 불행한 사건은 상상할 수 있지만요. 그러나 악한 일……?

그녀는 일어섰다. 추위를 느꼈기 때문이었다. 추위, 악함 그리고 이 낯선 사람. 그에게 그녀는 때때로 신뢰감을 느꼈고, 그는 가끔 그녀를 배척하였으나 이제 그녀에게 관심을 갖기 시작했다. 그녀는 자신과 그의 얼굴 사이에 놓여 있는 교회의 어두운 공기를 뚫고 보려고 하였으나, 마르고 하얀, 특징 없는 얼굴 이상의 것은 읽어낼 수 없었다. 그 얼굴은 자동차 정비사의 것일 수 있거나, 실험실의 조수, 또는 원본을 해독하는, 그러나 텍스트에는 관심이 없는 사람, 아니면 비행사의 얼굴일 수 있었다. 무엇인지 많은 경험과 노련함이 그 젊은 얼굴에 스며들어 있었고, 눈과 입 사이에는 냉정하게 받아들인, 분명 그렇게 심하게 고통스러워하지는 않았을 고뇌가 새겨져 있었다. 그러나 관자놀이와 턱은 약삭빠름을 보였고, 속력과 신뢰할 수 있는 민첩함과 지성을 엿보이게 했다. 그의 눈의 색깔과 표정을 그녀는 식별할 수 없었으나 그의 머리카락이 검은 직모인 것은 알아볼 수 있었다. 머리카락은 때때로 얼굴로 흘러내렸고, 그럴 때마다 그는 손가락으로 훑어 올렸다. 그러나 전체적으로 그는 눈에 띄지 않는 사람이었다. 그는, 하페스테후데에 있던 테니스 클럽에서 아직 그들이 코트를 사용할 수 있었을 때 사귄 젊은 남자들과는 아주 달랐고, 길거리에서 만났을 때 언제나 '할로'와 위장한 무관심으로 그녀에게 다가오던 남자들과도 아주 달랐다. 그들은 대체로 잘생긴 용모를 가진, 마음에 드는 젊은 남자들이었으나, 그들 중 누구에게도 도움을 구하려는 생각은 한순간도 하지 않았다는 사실을 그녀는 이제야 깨달았다. 그 테니스 파트너와 신사들과의 놀이 규칙에는 그 '할로,' 그리고 그들이 그녀의 처지를 외면

하게 한 그 당연함이 속해 있었다. 도움은 놀이 규칙에 속하지 않았다. 하이제 씨 역시도 누굴 도울 수 있는 사람이 아니었다. 그는 그저 세련된 충고를 하는, 죽음처럼 안전한 도주로를 알고 있지만 결코 유디트를 그 길로 안내하여 동반하지는 않을 그런 신사였다. 거의 냉소를 띠며 유디트는 그녀의 마지막 꿈을 상기했다. 멋진 해군 장교나 결함 없는 명예심의 신사. 그것은 스웨덴 배의 선장실에서 레몬주스의 상표로 증명이 되었다. 어딘가 그런 신사가 존재할지 모르지만, 이 나라에서는 모두 다 죽어버린 듯했다. 도움의 얼굴은 아주 다르게 보였다. 어쩌면 그것은 어떤 자동차 정비사의 작고 마른 얼굴이나, 비행사의 숙련되고 속력을 짐작하게 하는 얼굴처럼 보일지도 몰랐다. 어떤 경우이든, 그것은 눈에 띄지 않는 얼굴로, 자기 일에 깊이 몰두하고 있어 남에게 기꺼이 드러내지 않는 얼굴이었다.

그녀는 몸을 데우기 위해 몇 걸음 왔다갔다했다. 그러나 곧 몸을 떨면서 걸음을 멈추었다. 왜 당신이 저를 도우려고 하시는지, 그녀가 물었다, 알고 싶어요. 그럴 생각이지요, 그렇지요? 그녀는 덧붙였다.

당신은 운이 좋습니다, 그레고어가 말했다. 오늘 저녁 배 한 척이 스웨덴으로 떠납니다, 저기 있는 저것과 함께요! 그는 조각상을 가리켰다. 그와 잘 사귀어두십시오, 그러면 그가 당신을 데리고 갈지도 모르니까요.

어리벙벙해져 유디트는 조각상으로 다가갔다. 이해를 못하겠는데요, 그녀가 말했다. 그녀는 지금까지 그 조각상에 관심을 두지 않았다가, 그제야 가까이 가서 살펴보려 했다.

그는 내일 아침 일찍 다른 자들에게 몰수될 것입니다, 그레고어가 설명했다.

그라고요? 유디트는 의심스러워하며 말했다.

그렇습니다. 그는 책 읽는 젊은 남자입니다. 그를 자세히 보십시오!

유디트는 그 조각상을 관찰하기 위해, 몸을 조금 구부려야 했다. 그러나 그 형태를 분간하기 위해서는 손으로 만져봐야만 했다. 그녀는 매끄러운 나무의 촉감을 느꼈다. 얼굴을 느끼고 나자, 그녀는 경탄의 소리를 내더니 그 조각상을 만든 조각가의 이름을 말했다. 그레고어는 언젠가 한번 그 이름을 들었다는 희미한 기억을 떠올렸다. 당연하지, 그는 생각했다. 그녀가 속한 사회에는 그런 이름들이 알려져 있다. 그녀의 사회에서 그런 이름은 아마 분명한 가격을 지닐 것이고 그래서 그들을 알고 있을 것이다.

그리고 실제로 그는 그녀가 말하는 것을 들었다. 이것은 아주 귀중한 조각상이에요.

아주 귀중한 것이지요, 그는 비꼬는 투로 말했다, 그래서 이 나무로 된 친구 덕에 당신이 함께 갈 수 있는 기회를 얻게 될 정도입니다. 덤으로 말이지요. 그는 우리에게 당신보다 더 중요하니까요.

우리란 누구를 의미하는 거예요? 그녀가 물었다.

이 교회의 목사와 저입니다, 그가 대꾸했다. 그는 손목시계의 야광판을 보며 말했다. 목사는 15분 후에 올 겁니다. 그러면 조각상을 떼어내, 오늘 밤 스웨덴으로 출발하는 배로 가져갑니다.

그러면 저는요? 그녀가 긴장하며 물었다.

당신은 저와 함께 갈 수 있습니다. 운이 좋으면, 배의 주인인 어부가 당신을 데리고 저쪽으로 건너갈 것입니다.

그는 그녀가 안도의 숨을 내쉬는 것을 들었다.

아니, 그는 말했다, 너무 일찍 기뻐하지 마십시오! 크누트센은 어려운 사람입니다. 그가 당신을 데려갈 것인지는 확실하지 않습니다. 그밖에도 이 일은 아주 위험합니다.

그녀는 일어나 그에게로 몸을 돌렸다. 그는 자신의 바로 앞에서 그녀의 얼굴보다 더 흰 트렌치코트를 보았다. 머리칼은 이제 펄럭이지 않고, 조용히 그녀의 어깨 위에 늘어져 있었다. 그녀는 그가 그녀의 얼굴을 아직 하나의 전체로 볼 수 있는 정도의 거리에 서 있었다. 눈, 코, 입술 그리고 광대뼈로 된, 호강에 젖은 야성적 조합의 얼굴로, 아직은 연약하고 경험이 없어 보이지만 얼마든지 변신이 가능했다. 그리고 그는 그녀가 하는 질문을 들었다. 당신은 그러니까 이 조각상을 도와야 하지 않는다면, 저도 돕지 않으시겠군요?

그들은 마주 서 있었다, 아주 가깝게. 그리고 그레고어는 생각했다. 이것은 유혹의 장면이다. 그녀는 상당히 예쁘고 자신도 그것을 알고 있다. 그리고 나는 이미 오랫동안 여자를 돌본 적이 없었다. 지금 그녀를 끌어안는 것은 아주 쉬우리라, 그것은 아주 즐거운 일일 것이다. 심지어 기대되기까지 한다. 그녀는 죽음처럼 확실한 본능을 지니고 있다. 그녀는 한 남자가 사랑을 해야만 보호를 한다는 것을, 한 여자는 그녀의 신체와 더불어 보호받을 수 있다는 것을 알고 있다. 살의 감사를 받아들이지 않고, 두뇌의 행위를 위하여, 몸을 바치는 제물을 거부한다는 것은 본능에 대한 모욕이다.

그러나 나는, 그는 생각했다, 나는 본능적이지 않다. 나는 차갑다, 나는 이 모든 것을 알고 있다. 나의 두뇌는 너무나 잘 돌아가고 있고, 나는 이 살의 기능을 거부하고 있다. 나는 가끔 여자를 찾아가지만, 그러나 이미 몇 년 전부터 여자를 사랑하는 것은 거부하고 있다. 내 두뇌를 어느 사랑하는 얼굴의 마술 속에 단 몇 초 동안이라도 용해시키고, 마치 모든 사악함에서 구원을 받기라도 한다는 듯 내 입으로 여자의 목을 찾는 것을 나는 거부한다. 단 한 번의 진정한 입맞춤으로도 나의 두뇌는 약해지리라. 그러나 다른 자들과 맞서기 위해 나는 그것이 필요하다. 위법적 상황과 사랑은 서로 배척한다. 지도원은 수도사다, 그는 생각했다. 그리고 권투 선수는 시합 전에 여자와 잠자리를 함께하지 않는다. 어쩌면 프란치스카 도 나를 사랑했기 때문에 체포되었는지 모른다고 그는 생각했다. 프란치 스카를 회상하자, 그는 다시 자신 앞의 젊은 처녀에게 반감을 느꼈다. 그 가 흑해의 기동훈련에서 돌아왔을 때, 그는 프란치스카를 레닌-아카데미 에서 볼 수 없었다. 그가 처음에는 단순하게, 며칠 뒤에는 점점 흥분하여 그녀가 어디 있느냐고 물을 때마다, 선생 동무들은 그저 어깻짓이나 할 뿐이었다. 처음에 그들은 부상당했다고 말했다. 프란치스카는 그와 함께 베를린에서 모스크바의 학교로 왔었다. 그녀는 놀랍도록 교육을 잘 받았 고, 그들은 함께 변증법적 유물론을 탐독했다. 그리고 그녀와 사랑을 나 누는 것은 참으로 경이로웠다. 그녀의 날씬한 몸매는 개방적이며 자존적 인, 서늘한 부드러움을 지니고 있었고, 그녀의 몸은 자의식의 향기로 감 싸여 있었다. 며칠 후에도 그녀의 소식을 들을 수 없자, 그레고어는 제정 신이 아니었다. 결국 선생들 중 하나가 그를 따로 불러내 말했다. 치스트 카. 이해하시지요, 그리고리 동무. 아니, 그는 그것을 이해할 수 없었다. 프란치스카가 노동자와 농민의 국가를 반대하는 일을 한다는 것은 있을 수 가 없었다. 화가 불처럼 타올랐다. 그러자 선생은 곧 아주 사무적으로 되 었고, 그때 처음으로 그레고어의 두뇌가 번개처럼 반응했다. 그는 침묵했 던 것이다. 그때부터 그는 타라소브카의 체험 속으로 완전히 누에고치를 만들어갔다. 흑해 위의 황금빛 방패에 대한 회상이 그 강좌를 기계적으로 마치는 데 도움이 되었다. 그는 이미 모스크바에서 무엇이 독일에서 가장 필요한 것인지를 배웠다. 경계하는 것이었다. 프란치스카는 경계하지 않았음이 틀림없어, 그는 자신에게 말했다. 분명히 그녀는 자신의 자유로운 사랑의 천재성을 교리의 전망에 투영시킬 수 있다고 믿었었지. 그러나 그 것이 그녀의 실수였어. 그녀는 차갑지 않았고, 그녀의 사랑을 소멸시키지 도 않았어. 그가 프란치스카를 도울 수 없었던 반면, 이 낯선 여자는 구해 야 한다는 것이 그에게 분노를 일으켰다. 환히 빛나는 지성의 젊은 여자 는 몰락했는데, 그녀 대신 우연은 이 호강스럽게 자란, 어리석은 피조물 을 제공했다. 젊은 부르주아지로, 자신에게 일어난 일에 거의 마비가 되 어 유치한 유혹의 시도 외에는 아무것도 할 줄 모르고, 그저 머리카락과 그의 도전적 질문에 어리석은 말이나 뱉어내는 아름다운 입으로 유혹하려 한다.

아, 아닙니다, 그레고어는 그렇게 말하면서 이미 자신을 통제할 수 없었다. 이 조각상이 없었더라도 당신을 도왔을 것입니다.

그는 그녀에게 아주 가까이 다가가 어깨 위에 손을 얹었다. 그녀의 얼굴은 이제 전체가 아닌 부분으로 보이기 시작했으나, 그는 여전히 그녀 의 눈은 식별할 수 없었고, 그 대신 피부의 향기를 맡았다. 그녀의 코, 그 녀의 볼, 마침내 남은 것은 입뿐이었다. 그녀의 입은 여전히 검었으나 아 름답게 휘어져 흔들리며 가까이 와 열렸다가, 문이 열리는 소리를 듣고 그가 머리를 들자 아래로 떨어졌다. 회중전등 불빛이 안으로 비쳐졌을 때, 그는 이미 유디트로부터 두 걸음 떨어져 있었다. 불을 끄십시오, 그가 속 삭이듯 말하자, 불빛은 곧 꺼졌다. 목사로군, 그는 마음이 놓여 생각했다. 한순간, 그는 적일지도 모른다고 생각했기 때문이었다. 그리고 그는 목사 가 문 앞에 서서 힘들게 숨을 쉬는 소리를 들었다. 그리고 목사가 말하는 소리를 들었다. 이리로 좀 오시오!

그 순간 성 게오르크 교회의 종들이 12시를 치기 시작했다. 그 깨지는 듯한 굉음은 전율을 불러일으키듯 교회 안으로 침범하여 모든 움직임을 정지시키고 말았다. 종소리가 끝나고 난 후에야 그레고어는 목사가 이미 잠근 문을 향해 걸어갔다. 헬란더는 몹시 힘든 표정으로 헐떡이며 문에 기대 있었다.

당신에게 좀 기대야겠소, 그가 그레고어에게 말했다. 걷는 게 오늘은 좀 힘이 드오.

그의 팔 밑에 끼어 있던 덮개가 떨어졌다. 그레고어는 그것을 주워 올렸다. 그런 다음 그는 목사의 팔을 자신의 어깨 위로 걸치게 했다. 무슨 일입니까? 그가 물었다. 어디 아프십니까?

내 다리가, 헬란더가 말했다. 의족이 오늘은 제대로 붙어 있지를 않습니다. 그들이 움직이기 전에 목사는 말했다. 기묘하지요, 나는 완전히 어두울 때는 교회에 들어와본 적이 없습니다. 낮이 아니면, 불빛이 있었지요. 그는 윤기 없는 창의 납빛을 올려다보았다.

그들이 몇 걸음 움직인 다음 그는 유디트를 알아보았다. 그녀의 밝은 색 외투는 거의 인광을 발하면서 움직이지 않고 책 읽는 수도사 옆, 기둥에 서 있었다. 헬란더는 깜짝 놀라 섰다. 저기 있는 사람이 누구요? 그는 의심스러워하며 물었다.

걱정하지 마십시오, 그레고어가 대답했다. 크누트센이 데리고 가야 할 또 한 사람입니다. 제가 그녀를 저 아래 부두에서 발견했습니다. 다른 자들이 그녀를 쫓고 있습니다.

그러나 목사는 유디트가 그에게로 오지 않았다면 그 자리에서 움직이지 않았으리라.

목사님, 그녀가 말했다, 저는 유대인입니다. 여기 이분이 저를 보호하겠다고 하시면서 저를 이리로 데려오셨습니다. 그러나 목사님께서 제가 이곳에 있는 것을 원치 않으시면, 당장 나가겠습니다.

놀라운 일이야, 헬란더는 생각했다. 도대체 하루 동안에 이 모든 것이 일어날 수 있다니. 그리고 또 놀라운 것은, 이 젊은이, 배반의 탈주를 하는 이 공산주의자가 모든 것에 행사하는 힘이야.

당신이 정말 크누트센의 마음을 바꾸도록 했단 말입니까? 그는 그레고어에게 물었다.

아닙니다, 그레고어는 사실대로 말했다, 그러나 그는 떠나지 않고 있었고, 그 조각상을 오늘 밤 로첸 섬에서 떠맡기로 했습니다.

그리고 그가 이 젊은 숙녀도 데려가기로 했습니까?

그는 아직 그녀의 존재에 대해 전혀 알지 못합니다, 그레고어가 말했다.

그렇다면, 지나치게 큰 희망은 갖지 않도록 하시오, 아기님. 헬란더는 유디트에게로 몸을 돌려 말했다. 유대인 처녀라, 그는 생각했다, 그녀는 세례를 받았을까? 그건 아무래도 좋아, 그는 자신에게 대답했다. 다른 자들에게 쫓기고 있는 사람은 이미 세례를 받은 것이야. 증오에 가득 차서 그는 한순간, 유대인 신자들의 세례를 무효로 하겠다고 선언한 동료 성직자들이 있었음을 생각했다. 교회의 수치스러움은 측량할 수 없었다.

젊은 숙녀라, 그레고어는 생각했다. 게다가 '아기님'이란 호칭. 그리고 그녀의 태도라니. '제가 이곳에 있는 것을 목사님께서 원치 않으시면, 당장 나가겠습니다.' 어떤 언어로 그들은 말을 주고받는가. 그들 사회의 언어로. 그들이 같은 부류에 속한다는 것을 그들은 금방 알아냈지. 그들은 말투에서 인식한 거야. 그레고어는 목사의 팔을 여전히 자신의 어깨에 의지하게 하고서, 어떻게 유디트가 목사와 말을 주고받는지 관찰했다. 마음에 들도록 존경심을 보이면서, 그러나 사회적으로는 그와 동류라는 듯

거의 잡담을 하는 투인데, 그것이 그리 멍청하지만 않다면 아주 매력적으로 보일 수도 있으리라. 그래, 매력적으로 멍청해 보이지, 그레고어는 생각했다. 어쨌건 나는 거기에 속하지 않아. 이 나무랄 데 없는 신의 귀족과 이 달콤한 부르주아지에 속하지 않고, '마마'의 자살을 말하는 그녀의 비극적 말투와, '기요틴 앞의 꼿꼿한 태도'에 속하지 않아. 이제 차를 준비해 마시는 일만 빠져 있군, 그는 쓸쓸하게 생각했다. 빌어먹을, 도대체 내가 왜 여기 있는 거야, 왜 나는 모른 척 지나가버리지 않고, 왜 그들을 위해 이 더러운 일을 하고, 왜 크누트센을 강요하여 그들을 위해 이 더러운 일을 하도록 했는가? 그러다가 그의 시선이 다시 책 읽는 수도사, 수도원생 동무에게로 떨어졌고, 그는 다시 왜 자신이 여기 있는지를 알았다. 수도원생 동무도 그들에게 속하지 않았다. 그는 그레고어에게 속했고, 그는 텍스트를 읽고, 일어서서 떠나가는 사람들에 속했고, 그는 다시는 그 누구에게도 속하지 않으리라고 맹세한 사람들의 무리에 속했다. 그러고 나서 그는 어깨 위의 무게가 점점 증가하는 것을 느꼈다. 목사는 몸을 거의 지탱할 수 없었다. 그는 목사를 계단으로 데려가, 그가 앉는 것을 조심스럽게 도와주었다.

자살, 헬란더는 생각했다. 그는 처녀의 이야기에 충격을 받았다. 그가 아직 대답하지 못한 질문의 대답은 자살이라고 부르는 것이었다. 그, 헬란더에게는 떠오르지 않았던 그것을 함부르크의 부인은 알고 있었다. 아니면 그 자살이라는 말이 이미 그에게 떠올랐고, 그가 그 말을 가지고 계속 유희를 하면서도 다만 입 밖으로 내지 않았을 뿐인가? 이 조각상과 더불어 생긴 사건 전체가 이미 어떤 종류의 자살, 죽음으로 향하는 고집스러운 길이 아닌가? 이 조각상이 떼어내진 다음, 이 「책 읽는 수도원생」이 스킬링에의 교총회장으로 향하는 길에 들어서고 나면, 스스로 삶을 마무리하는 것이 가장 쉬운 길이 아니겠는가? 그러나 그가 이 생각을 하고 났을 때, 다시 자신의 불같은 성격, 쉽게 화를 내는 성향이 그를 엄습했다. 신이 나에게 이 대답을 금지시킨 것은 옳다고 그는 생각했다, 악이 하는 일을 그렇게 쉽게 해주어서는 안 된다. 나는 이곳에 남아 있으면서, 그 악에 가능한 한 모든 어려움을 만들어주리라.

나는 당신을 거의 도울 수가 없겠군요, 그는 그레고어에게 말하며 사제복 안주머니에서 나사돌리개를 하나 꺼냈다.

괜찮습니다, 그레고어가 말했다. 그녀가 나를 도울 수 있으니까요. 그는 유디트를 가리켰다. 목사가 교회로 들어온 후 처음으로 그레고어는 유디트를 바라보았다.

조각상이 서 있는 받침대는 속이 비어 있소, 헬란더가 설명했다. 받침대 안에 조각상과 그것을 연결하는 나사못 세 개를 발견하게 될 거요.

그러나 그리 크지 않은 조각상과 그것의 받침대는 생각보다 상당히 무거웠다. 그레고어는 받침대를 조심스럽게 눕히기 전에, 유디트에게 가능한 한 조각상의 가장 아랫부분을 잡고 있으라고 지시했다. 그가 그것을 비스듬히 눕혀 더 이상 원위치로 돌아갈 수 없을 때 그는 재빨리 유디트에게로 가, 함께 그 조각상을 평행으로 눕힌 다음, 받침대의 한 면이 바닥에 닿게 내려놓았다. 일은 거의 소리 없이 진행되어 무거운 청동 받침대가 교회 바닥에 부딪치며 낸 둔중한 금속성은, 대낮에 교회에 들어서는 한 방문객의 발걸음 소리 정도로 조용했다.

그리고 나머지 일도 역시 매끄럽게 진행되었다. 그레고어는 목사의 회중전등으로 받침대 안을 비추면서 가능한 한 불빛이 밖으로 새어 나가지 않도록 조심했다. 그는 즉시 나사못 세 개를 발견했다. 특별한 저항 없이 나사못은 돌리개에 의해 정상적으로 풀렸다. 그레고어는 마지막 나사못을 빼내기 전에 유디트에게 조각상을 꽉 잡으라고 지시했다. 그가 몸을 일으켜 시선을 던졌을 때, 그는 처녀가 바닥에 무릎을 꿇고 넘겨받은 조각상을 마치 인형이나 아기처럼 팔로 안고 있는 것을 보았다. 그는 재빨리 덮개를 바닥에 깔고 유디트에게서 조각상을 받아 조심스럽게 덮어 쌌다. 헬란더는 그에게 끈 몇 개를 주었고, 그는 그것으로 꾸러미를 단단히 묶었다. 그는 조각상이 무겁지 않다는 것을 알았다. 그 전체가 무거웠던 것은 받침대 때문이었다.

그 받침대를 다시 똑바로 세워주면 고맙겠소, 목사는 말했다.

맞아, 그레고어는 생각했다, 그것은 반드시 필요했다. 어쩌면 목사는 다른 자들에게, 조각상은 이미 오래전에 떼어내졌다고 말하려는지도 몰랐다. 가능한 한, 모든 것이 정상적으로 보여야 했다. 그는 혼자서 받침대를 세워, 다시 그것이 서 있던 자리로 밀어낼 수 있었다. 나사못 세 개는 이미 그 전에 제자리에 끼워졌다.

이제 할 일이 없습니다, 제가 다시 목사님을 문까지 모셔갈 수 있도록 허락하십시오, 그레고어가 헬란더에게 말했다.

아니오, 감사합니다. 목사가 말했다, 난 여기 조금 더 앉아 있고 싶소.

원하시는 대로 하십시오, 그레고어가 말했다. 그러나 감기에 걸리실 겁니다.

나는 당신에게 다른 부탁이 하나 있소, 목사가 말했다. 당신을 위해, 이 젊은 아가씨를 위해, 그리고 당연히 이 조각상을 위해 주기도문을 외우고 싶소. 안 됩니다, 그레고어가 재빨리 말했다. 주기도문이 얼마나 길지 저는 알지도 못하고, 지금 우리는 몹시 급합니다.

1분 이상은 걸리지 않습니다, 목사가 말했다.

안 됩니다, 그레고어가 대꾸했다.

목사는 화난 몸짓을 하였으나 자신을 다스렸다. 이리로 오시오, 그가 유디트에게 말했다. 그녀는 망설이면서 그에게 가까이 갔다. 조금만 몸을 나에게 구부리시오, 헬란더는 마치 그레고어가 들어서는 안 된다는 듯이 속삭이며 말했다. 그녀는 그의 말을 따랐고, 그는 그녀의 이마에 십자 표시를 그렸다.

그들이 교회를 떠날 때, 그는 눈길로 그들을 쫓았다. 그들은 이미 어둠에 익숙해진 발걸음으로 재빨리 그리고 단호하게 그곳을 떠났다. 목사의 눈도 역시 그사이 어둠에 익숙해졌고, 그의 눈은 어둠 대신 균일한 회색, 젊은 영혼들이 방금 도주를 한 교회의 회색을 응시했다. 헬란더는 비어 있는 받침대를 응시했다. 그러고 나서 그는 소리 없이 주기도문을 외웠다.

소년

소년은 크누트센이 발동선을 잠시 동안 뒤로 가게 한 다음 연결 장치를 내리는 것을 느꼈다. 배는 더 이상 나아가지 않았다. 소년이 갑판으로 올라왔을 때 느낀 돌풍 때문에 배는 상당히 흔들리고 있었다. 그는 뒤로 가서 보조 보트를 가까이 가져와 그 속으로 뛰어들었다. 크누트센은 그에게 노 한 쌍을 전해주고 앞줄을 던졌다. 역풍이 부니, 그가 소년에게 말했다, 너에게 꽤 힘든 일이 될 게다. 소년은 바람을 안고, 배가 만든 물길에서 빠져나가려고 노를 저으며, 크누트센이 다시 배를 몰아가는 것을 바라보았다. 바람에 저항하며 보트를 해안호로 몰아가기는 정말 힘든 일이었으나, 소년은 규칙적으로 그리고 이를 앙다문 채 일을 계속했다. 우리가 승

객을 배로 데려가면, 그는 생각했다, 우리는 바다를 건너간다. 그러면 그
것은 바로 나의 기회가 된다. 나는 한 번도 이런 기회를 갖게 되리라고 생
각하지 못했다.

소년은 지금 그 기회를 느끼자, 자신이 왜 떠나려 했는지 그 이유를
더 이상 생각하지 않았다. 그는 아버지 생각을 하지 않았다. 그는 레리크
에는 아무 일도 일어나지 않는다는 것도 잊어버렸다. 그리고 무엇보다 잔
지바르의 꿈이 그에게 떠오르지 않았다. 그의 모든 생각은 그가 이 기회를
이용하는 데 성공할 수 있을지를 맴돌고 있었다.

유디트-그레고어

그들이 조합낙농장의 건물에 도달했을 때는 12시 반이었다. 그레고어
는 도시 밖으로 나가서야 도베란의 지방도로로 향하는 우회로를 발견했다.
그사이 그들은 아무와도 부닥치지 않았고, 지방도로는 어둡고 비어 있었
다. 단 한 번 화물차를 만났는데, 그러나 차가 가까이 오기 전에 그들은
이미 나무와 잡목 숲에 몸을 숨겼었다.

도시 외곽에서 밤은 아주 어둡지도 특별히 밝지도 않았다. 병든 달은
이미 상당히 서쪽으로 기울어 있었다. 황달의 노란빛으로 휘어진 단도 모
양이었으나, 단도의 배 부분은 그리 좁지 않았다——달이 지고 나면, 그들
의 도주를 쉽게 만드는, 가장 어두운 시간이 오게 되리라. 그밖에도 찢어
져 널린 구름과 별들이 있었다. 달빛과 별빛은 좀더 거세어진 바람이 불
때마다 깜박거렸고——아니면 밖이어서 더 강하게 느껴진 것인지도 모른
다고 그레고어는 생각했다——가끔 남쪽으로부터 빗방울이 무겁게 얼굴을

때리곤 했다. 그러나 비가 계속 내리기에는 바람이 너무 강했다. 바람은 구름을 밀쳐내듯 이리저리 쓸어갔다. 그레고어는 내일 외투를 하나 사야 하리라고 생각했다——그는 그것을 너무 오래 미루어왔다. 오늘 밤 그것이 그에게 몹시 아쉬울 것이다. 낙농장 건물은 묵묵히 회색으로 길가에 서 있었다. 그들은 크누트센이 말한 보도를 금방 발견했다. 그 길은 집 뒤 큰길에서 오른쪽으로 꺾여 있었다. 그들이 검은색의 작은 돌들로 포장된 길을 벗어났을 때, 그레고어는 한순간 숨을 돌렸다. 그들은 이제 첫 단계를 지나, 집과 길과 화물차의 구역에서 벗어난 셈이었다. 그는 걸음을 멈추어 서서, 계속 앞으로 가기 전에 조각상의 꾸러미를 오른쪽 어깨 위로 올렸다. 길을 걷는 동안 내내 그들은 꼭 필요한 말만 주고받았다. 교회에서의 그 일 후에는, 이제 반드시 필요한 일만 있어야 한다, 하고 그레고어는 생각했다. 이제 어떤 일에도 끼어들지 않겠어. 한 시간이나 두 시간 후에는 밤이 이 얼굴을 사라지게 하리라. 검은 머리카락과 활처럼 흰 입은 밤과 바다와 시간의 끝없음 속으로 사라져버리리라. 거의 입을 맞출 뻔했다니, 멍청하기도 하지. 그것 때문에 나는 유리한 위치를 잃어버렸지, 그는 생각했다. 나는 이미 그 전처럼 그렇게 우월하지 못하다, 나는 이미 거리두기라는 우월함을 지니고 있지 못하다. 그는 자신이 사로잡혀 있음을 느끼며 화를 냈다.

　길의 양쪽으로는 빽빽하고, 아직도 잎이 달린 덤불의 울타리가 무성하게 자라서 바람을 막아주었다. 바람이 자고 있는, 잎으로 둘러싸인 좁은 길은 거의 따뜻했다. 울타리 뒤로, 가축들이 떠난 빈 목초지에 안개가 피어올랐으나, 그들이 지나간 울짱에는 소 몇 마리가 바람에 등을 향하고 서로 꼭 붙어 서 있었다. 나지막한 콧김 소리와 얼룩얼룩한 털가죽으로, 차가운 늦가을 밤에 겨울 가축들은 의지할 곳 없는 넓은 평야에 모여 있었다. 그곳의 지평선에는 때로 작은 잡목 숲이나 초가지붕이 하늘과 땅 사이에서, 거대하게 평야를 덮고 있는 밤하늘의 주먹으로부터 위협받는 파충류처럼 바닥에 웅크리고 있었다. 나는 밤에 언제 한번 이렇게 시골길을 걸어본 적이 있었던가? 유디트는 따져보았다. 여름에는 어쩌면 가끔. 몇 년 전, 우리가 캄펜이나 질스 마리아로 가곤 했을 때였다. 그러나 그것은 온통 별빛으로 반짝이던 부드러운 밤들의 산책이었다. 그 근처 일대는 아주 예쁘게 조형이 되어 있어, 때로 별장이나 그랜드호텔까지도 숨겨져 있었다. 천상의 나라와 같이 아름답던 그런 밤이면, 아빠는 갑자기 걸음을 멈추고 그가 사랑하는 괴테를 낭송했다. 밤은 이미 내려앉고, 별은 별로 성스럽게 이어진다, 커다란 별빛, 작은 섬광, 번쩍이며 가까이, 반짝이며 멀리 있다. 그녀는 그때 아주 어린 소녀였다. 열 살이나 열두 살쯤 되었다. 그 운율은 소녀의 감성을 사로잡았고, 그녀는 아버지의 낭송을 결코 잊어버리지 않았다. 여기 번쩍인다, 호수에 반사되면서, 그녀는 기억했다, 맑은 밤 저 위에서 반짝인다. 그러나 이곳은 아주 달랐다. 깊은 평온의 행복을 봉인하면서, 찬연한 달빛이 지배한다. 그것은 여기에 없었고, 얼룩얼룩한 털가죽과 냉기와 황량함만 있었다. 괴테와 아빠는 어딘가 있었지만, 이곳에서는 생각할 수 없었다. 이곳에서 생각할 수 있는 것은, 어떤 이유 때문인지 그녀를 좋아하지 않는 이 젊은 남자뿐이었다. 그는 음울하게 그녀 옆에서 걸었다. 그는 입을 맞추려다 그만두었었고, 주기도문을 거부했었고, 그녀가 예감조차 할 수 없는 이유들로 한 처녀와 목각 수도사 하나를 구하기로 작정했다. 밤은 거칠고 미지의 세계였으며, 그녀 옆의 남자는 낯설고 불가사의했고, 유디트는 두려움을 느꼈다.

　길은 그들이 느끼지 못하는 사이에 낮아져, 마차 바퀴 자국으로 무성한 좁은 모랫길이 되었다. 길이 열리자, 그들은 축축하고 평평한 초원에 도달했는데, 그 초원은 그들 앞에 몇백 미터 넓게 뻗어 있었다. 해안호의 물가였다. 그들은 방향을 유지하면서 풀밭을 지나갔다. 몇 분 후에 그들은 밤하늘에서 어두운 물체의 무리를 구분해낼 수 있었다. 보트와 소년이었다. 소년은 보트 옆에 서서 그들이 가까이 다가오는 것을 관찰하고 있었다. 툭 터진 풀밭에서 바람은 거칠게 그들을 그에게로 몰아댔고, 그들은 숨 가쁘게 그에게 다가갔다. 소년은 인사하지 않았다. 그는 그레고어를 응시하며 물었다. 아저씨가 바로 제가 배 주인에게 데려가야 하는 분입니까? 소년은 메클렌부르크 지방의 노래하는 듯한 사투리로 말했다.

그래, 그레고어가 말했다. 그러나 소년은 의심스러워하며 덧붙였다. 저 부인 때문인데요. 배 주인은 부인에 대해서는 말하지 않았습니다.

문제 될 것 없어, 그레고어가 말했다. 우리가 크누트센을 만나면, 너도 이해하게 될 거야.

소년은 어깨를 들썩였다. 오늘은 바람이 고약합니다, 그는 말하고 유디트가 올라타는 것을 도왔다. 그는 유디트를 보트의 뒷머리, 배의 키가 있는 곳에, 그레고어는 가운데, 그리고 자신은 앞부분, 노가 있는 곳으로 자리를 정했다. 그는 몇 번 능숙하게 상앗대질을 하여 배를 물가에서 밀어냈다. 물은 이곳에서 얕게 물가로 흘러, 그저 손바닥 넓이 정도로 물위로 솟아오른 풀밭까지 흘러갔다.

그레고어의 노 젓는 솜씨가 처음에는 미숙했으므로, 소년의 상앗대질 방향을 방해하였으나, 소년은 곧 자신의 노를 재빨리 나무못에 매달아 배를 깊은 물속으로 몰아 나갔다. 그들은 배를 돌려, 그들이 저어갈 방향으로 뱃길을 잡았다. 유디트는 뒷머리의 자리에 앉은 채, 노가 저어가는 방향으로 앞을 바라볼 수 있었고, 그레고어와 소년은 그들이 떠난 물가 쪽을 다시 보았다. 얼마 동안 그레고어는 그들이 물가의 풀밭에 도착하기 위해 지나갔던, 깊숙한 좁은 길을 볼 수 있었다. 육지가 가벼운 물결 모양으로 물가로 떨어져 내리는 곳이었다. 그러나 곧 이런 세부는 사라지고, 그는 단지 어두운 풀밭의 띠와 그 뒤로, 잎 없는 나무 꼭대기의 가지들이 구름처럼 흐릿하게 정렬되어 있는, 제방 비슷하게 땅이 솟아 있는 것을 보았다. 그는 조각상 꾸러미를 그가 앉아 있는 판자 밑으로 조심스럽게 밀어 넣고, 이제는 노를 가능한 한 규칙적으로 물속에 넣으려고 노력하였으나, 자신이 얼마나 그것에 서툴며, 동시에 소년이 얼마나 빠르고 안전하게 자신의 결함을 보완하는가를 느꼈다. 그들은 꽤 빠르게 물가에서 멀어졌다. 유디트는 조종키를 오른손으로 조종했다. 아래팔을 키의 손잡이에 얹고서, 가끔씩 "왼쪽" 또는 "왼쪽으로 더 세게"라고 말하는 소년의 지시에 따라, 능란하게 움직였다. 보트는 그녀에게 친숙한 물건이었다. 키의 손잡이를 가진 무거운 어업용 보트는 아니었지만, 그녀는 알스터 강의 돌풍에서도 배를 몰았고, 또 그녀는 저기 있는 소년처럼 말이 없고, 그들이 배 안에 앉아 있을 때는 단 한 가지, 지시에 따라 빨리 반응하는 것만을 기대하는 소년들을 알고 있었다. 배 안에서 소년들은 강하고 사무적인 작은 남자가 되었고, 그들을 따르는 것 외에는 아무것도 할 수가 없었다.

그레고어는 소년이 방향을 조종하며 배가 항상 물가에서 적당한 거리를 유지하도록 하는 것을 알아챘다. 물가에서 너무 멀리 나가지 않으려는 게 분명했다. 그레고어는 몸을 돌려 방향을 살폈다. 배는 레리크로부터 만의 궁형 안쪽에 있는 어느 지점으로 그들을 데려갔다. 로첸 섬이라 불리는 반도의 끝으로 향하는 길의 중간 지점이었다. 그레고어는 등대를 보았다. 탑의 불빛은 바다 위 어느 한 지점에서부터 동쪽에서 서쪽으로, 반도가 시작되는 바로 그 지점까지 돌았다. 해안호의 방향을 향해서 흑백의 띠무늬로 된 탑의 조등실은 차단되어 있었다. 불빛을 내해로 비춘다는 것은 불필요했다. 레리크의 불빛은 볼 수 없었다. 해안호의 남쪽 해변이 그 도시를 숨기고 있었다. 도시는 더 멀리 있는 작은 만 안쪽에 놓여 있었다.

왜 보트를 그렇게 육지 가까이 두니? 그레고어가 물었다. 그렇게 하면 해안호의 활 모양을 따라 노를 저어야 하지 않니. 똑바로 섬으로 건너갈 수는 없니?

그건 세관선 때문이에요, 소년이 말을 받았다. 우리가 밖으로 더 나가면, 수로 가까이 가게 되지요, 그는 설명했다. 그리고 우리가 수로에 가까이 갈수록, 그들은 더 쉽사리 조명등으로 우리를 잡아낼 수 있으니까요.

우리가 눈에 띄어서는 안 된다는 것을 어떻게 알았니? 그레고어가 물었다. 배 주인이 말했어요, 아저씨를 가능한 한 눈치 채지 않게 데려오라고요, 소년이 대답했다.

유디트의 눈은 등대 불빛에 사로잡혀 있었다. 그녀는 눈길로 끊임없이 그것을 쫓았다. 달은 졌고, 탑은 밤의 어둠 속에 빛을 주는 유일한 물체였다. 어둠 속에서는 물, 육지 그리고 하늘의 경계, 움직이는 두 개의 물체와, 주위에서 떨어져 나온 가장 어두운 움직이지 않는 물체 하나의 경계 이외에는 아무것도 식별할 수 없었다. 하늘은 구름의 움직임으로 채워져 있었고, 가끔 구름은 이미 사라진 빛의 반향으로 빛나며, 나부끼는 찢어진 깃발처럼 동쪽으로 달려갔다. 물은 돌풍으로 인해 흔들리면서, 급히 부서져 내리는 물결의 머리에 하얀 거품 빛의 섬세한 선을 그렸고, 물결의 안쪽에서는 창백한 인광(燐光)이 빛나곤 했다.

유디트는 하늘과 바다를 보지 않기 위해 등대에서 시선을 떼지 않은 채, 소년의 명령을 기계적으로 따르면서 생각했다. 춥다, 끔찍하게 춥다. 그리고 이 밤은 생각해낼 수 없는 어떤 것이고, 나는 생각해낼 수도 없는 어떤 것 속으로 던져진 것이다. 가끔 그녀는 자신이 도주하려 했음을 기억했다. 그러나 도주는 한마디 말에 불과했고 현실이 아니었다. 그녀는 현실의 소용돌이 속으로 던져졌고, 그것은 실재하는 소용돌이로 그녀를 깊은 바닥으로 끌어들여 그곳으로부터 벗어날 수 없게 한다는 것을 그녀는 이제 발견했다.

그레고어는 추위를 느끼지 않았다. 그가 이를 악물고 기계적으로 노를 저었기 때문이다. 그러나 그는 육지에서 몰려오는 물결을 관찰했다. 물결은 소년에게 자주 배를 오른쪽으로, 해안호의 열린 쪽으로 돌리도록 강요했다. 그것은 돌풍이, 적어도 아주 심한 돌풍이 배의 정면을 들이받지 않도록 하기 위함이었다. 그렇게 함으로써 그들은 바람을 타고 빠르게 전진했다. 가끔 돌풍이 멈추면 소년은 "등널"이라고 말했고, 그레고어는 처녀가 그 지시를 이해하며 조종키를 왼쪽으로 움직이는 것을 알아차릴 수 있었다.

그레고어는 자신이 처녀를 간단없이 응시하고 있었다는 사실을 단박에 깨달았다. 그는 유디트의 맞은편에 앉아 있었고, 그의 노의 움직임과 보트의 움직임에 따라 그녀의 몸이 위로 올랐다가 내려오곤 하였으나, 그가 그녀를 눈 안에 담고 있기 위해 고개를 돌릴 필요는 없었다. 그녀는 한 손은 노에 얹고, 다른 한 손으로는 그녀의 손가방을 꼭 쥐고 있었다. 그레고어는 그녀의 눈 속에서 등댓불의 반사를 감지했다. 눈은 반짝였다 다시 꺼졌다. 그녀는 얼어 있어, 그레고어는 생각했다. 그녀는 외투 속에 잔뜩 웅크리고 있다. 그리고 그는 입맞춤에 대하여, 주어지지도 않았고, 되받지도 못했던 입맞춤에 대하여 생각했고, 그러자 그것이 몹시 아름다운, 어쩌면 너무나 황홀하여 모든 것을 변화시켜버리는 입맞춤이 되었을지도 모른다는 생각이 들었다. 그의 삶에서 이미 몇 년 동안 존재하지 않았던 입맞춤. 나는 무엇인가를 놓쳤어, 그는 생각했다. 나는 잘못 생각했어. 사실은 내가 그 입맞춤을 두려워했던 거야. 그는 유디트가 고개를 약간 돌려 그를 바라보는 것을 알았다. 그는 시선을 아래로 내리려고 했으나, 그 순간 그것이 두려움이었다는 것을 안 그는 감정을 억눌렀고, 그들은 서로를 바라보았다. 여전히 그녀의 눈 속에는 등댓불이 반사하며 반짝였다 사라지곤 했다. 나는 그의 눈빛을 알아볼 수가 없어, 유디트는 생각했다. 그것이 회색일 것이라고 상상하지. 그의 옷 색보다는 밝은 회색, 그를 낮에 한번 보고 싶어. 나는 그의 이름도 모르고 있잖아. 그런데 그레고어가 물었다. 당신의 원래 이름은 무엇입니까?

레빈, 유디트는 말했다, 유디트 레빈. 그런데 당신은요?

그리고리, 그는 웃으면서 말했다.

그리고리? 그녀는 물었다. 그것은 러시아 이름인데요.

저는 러시아에서 왔습니다, 그레고어는 말했다.

당신은 러시아 사람입니까?

아닙니다. 저는 러시아로부터, 존재하지 않는 나라로 온, 존재하지 않는 사람입니다.

당신을 이해할 수가 없군요, 유디트가 말했다.

저도 저 자신을 이해하지 못합니다, 그레고어가 말했다. 저는 가짜 여권을 가진, 여권도 이름도 없는 사람입니다. 저는 혁명가이지만, 아무것도 믿지 않습니다. 저는 당신을 모욕했지만, 당신에게 입을 맞추지 않은 것을 유감스럽게 여깁니다.

그래요, 그녀가 말했다, 유감스러운 일이었어요.

하나도 제대로 하지 못했죠, 그가 말했다.

아니에요, 유디트가 말을 받았다, 저를 구해주시는걸요.

그건 너무 미약하다, 그레고어는 생각했다. 사람은 모든 것을 올바르게 하고도 동시에 가장 중요한 것을 간과할 수 있다.

그들은 거의 무의식적으로 조용히 말을 해, 소년은 그들의 대화를 알아들을 수 없었고, 이제 그들은 침묵했다. 또 다른 돌풍이 보트로 불어닥쳤고, 물방울 몇 개가 유디트의 얼굴에 튀었다. 그녀는 혀로 물방울을 핥았다. 그것은 짭짤했다. 그녀는 똑바로 그레고어를 바라보았고 그녀의 두려움을 잊어버렸다. 그리고 그레고어는 그녀의 눈 속에서 등댓불의 번쩍임과 소멸을 바라보면서, 그가 그녀를 이미 잃어버렸음을 깨달았다.

소년이 흥분하여 "등널을 강하게"라고 소리치자, 그녀는 깜짝 놀라서 조종키를 돌렸다. 배는 마치 전복이라도 된 듯이 흔들리다 다시 잠잠해졌고, 이제는 뱃머리를 바람의 반대쪽인 육지로 돌린 채 떠 있었다. 그레고어의 눈앞에 갑자기 해안호가 나타났다. 그는 안쪽 만 입구에 나타난 강한 불빛을 보았다. 그것은 조명등 빛으로, 도시가 있는 남쪽에서 등대 방향으로 길을 잡고 있었다.

경찰 보트! 소년이 말했다. 우리는 수로에 너무 가까이 있어요. 할 수 있는 한 힘껏 노를 저으세요! 그레고어는 전력을 다해 노를 저었다. 그들은 헉헉거리며 규칙적으로 노를 저었지만, 돌풍 때문에 그 자리에서 거의 조금도 나아갈 수 없었다. 바람이 잠시 가라앉았을 때 배는 겨우 몇 미터 앞으로 움직였다.

그 빛은 등대 불빛처럼, 견딜 수 없이 하얗게 타고 있는 중심과 퍼지지 않는 끝 부분만이 회색으로 투명하게 약해지는 빛의 다발로 되어 있었다. 그레고어는 빛의 거리를 약 5백 미터로 추정했다. 그리고 만약 수로가 안쪽 만(灣)에서 등대까지 직선으로 되어 있다면, 그들의 보트는 수로에서 기껏해야 3백 미터 떨어져 있는 셈이었다. 따라서 그들이 조명등의 범위에서 안전하게 벗어나 있으려면, 2백 미터 이상을 저어 나가야 했다.

그러나 경찰 보트가 오기 전까지, 그 바람 속에서 그것은 불가능했다. 경찰 보트는 상당히 빨리 접근하고 있었다. 바람이 멎을 때마다 강한 모터 소리를 점차 분명히 들을 수 있었다. 조명등은 처음에는 똑바로 수로로 향했다가, 그다음은 돌기 시작했다. 그들은 해안호로 밀수꾼들을 찾아 불빛을 비추었다.

유디트는 뒷머리의 자리에 웅크리고 앉아, 키의 손잡이를 움켜쥐고 앞을 주시했다. 마치 수면 위에서 구조의 가능성을 엿보기라고 하려는 듯, 그림자나 어쩌면 사구(砂丘), 아니면 몸을 숨길 수 있는 어떤 은신처를 찾아 그곳으로 조종키를 틀려는 듯했다. 그러나 그녀는 그저 움직이는 물의 사막과, 그녀가 떠난 육지가 멀리 검은 덩어리로 서 있음을 볼 수 있었다. 그녀는 그것이 가까이 다가오고 있음을 알아채지 못했다. 그것은 어둡고 멀리, 물가 풀밭의 넓은 검은 먹선으로 존재할 뿐 세부로 드러나지 않았다.

그들이 우리를 찾아낸다면 나는 이 조각상을 어떻게 할 것인가? 그레고어는 생각했다. 몇 분 후면 그들은 조명등으로 우리를 어둠에서 낚아채리라. 그들은 상당히 체계적으로 탐색하고 있다. 그리고 그들은 확성기를 통해 우리에게 가까이 오라는 명령을 내릴 것이다. 그들의 말에 따르지 않는 것은 의미가 없다. 그들은 기관총을 구비하고 있다. 내가 체포된다면, 내 서류에는 문제가 없기 때문에 그저 범죄수사과의 사건으로 처리될 아주 희박한 가능성이 있다. 그러나 그들이 조각상 꾸러미를 발견한다면, 그들은 즉시 정치국 경찰을 불러내리라. 아무 소용없어, 이런 노질은, 그는 생각했다. 그의 손바닥은 마치 불에 타는 듯 이미 고통스러웠다. 그는 조각상 꾸러미를 배 밖으로 집어던져버릴까, 궁리했다. 그것은 물에 뜨리라, 그는 생각했다. 나무는 물에 뜬다, 그리고 덮개도 물에 뜬다. 그것이 물을 완전히 빨아들였다 하더라도 물에 떠 있을 만큼 나무는 저항력이 강하다. 그들은 꾸러미를 발견하고 그것을 건져 올리리라. 그것으로 인해 이것은 명백한 정치적 사건이 된다. 수도원 동무는 정치적 사건이다. 그는 꾸러미를 물속으로 잠기게 할 물건이 혹시 배 안에 없는지 조급하게 머릿속에서 찾기 시작했다. 그러나 아무것도 생각나지 않았다. 그리고 무엇보다, 그레고어는 생각했다, 배 안에는 처녀가 있지 않은가. 나는 그 여권의 내용을 알고 있다. 그녀가 그것을 그 전에 찢어서 버린다 하더라도, 아침이 되면 레리크에서 그녀가 누구인지 알아낼 수 있으리라. 그 사진이 그녀의 방에 여전히 있고, 주인이 그녀를 고발할 테니 말이다. 우리 모두가 연행되리라. 크누트센도. 그들이 이 보트와 소년을 알기 때문이다. 그들이 우리를 붙잡았기 때문에, 크누트센이 우리를 헛되이 기다려야 한다면, 그는 저 위로 넘어가서 사태를 관망할 수 있다. 그가 영리하고 상황을 파악했다면, 그는 그곳에 눌러앉아 있을 것이다. 어쩌면 크누트센만이 이엿 같은 상황에서 빠져나올 수 있으리라, 그레고어는 생각했다. 그런데 크누트센은 영리하지 않고 고집스럽다.

그들이 비록 수로를 등 뒤로 두고 앉아 있었지만, 유디트는 갑자기 조명등의 불빛을 볼 수 있었다. 불빛은 물위에서 폭풍과 싸우고 있는 보트에서 약간 비껴간 왼쪽을 비추고 있었다. 유디트는 이 사실이 무엇을 의미하는지 즉시 알아차리지는 못했지만, 그레고어와 소년이 깜짝 놀라 그쪽으로 고개를 돌리는 것을 볼 수 있었다. 소년은 소리쳤다, "계속 노를 저으세요!" 그들은 몸을 더 깊이 숙이고 노를 저었으나 그들의 얼굴은 이제 회전하기 시작하는 빛의 조명기를 바라보고 있었다. 그것은 처음에 그들로부터 조금 더 왼쪽으로 돌아가, 해안호의 남쪽에 있는 육지의 한 부분을 비추더니, 천천히 오른쪽으로 움직이기 시작했다. 불빛은 왼쪽으로 뻗어나간 육지를 사정거리 안에서 잃어버렸고, 육지는 유디트의 시선에서 사라졌다. 가까이 다가오는 하얀빛이 주변의 모든 것을 어둡게 만들었기 때문이었다. 조명 불빛은 견딜 수 없을 만큼 천천히 다가왔고, 그것이 물과 시간의 시계 위를 기어오는 몇 초 동안은 남자들의 노질과 유디트의 시선을 마비시키기에 충분했다. 그들은 바람의 아우성을 이미 들을 수가 없었다. 그것은 마치 어떤 시선 같았다. 뚫어지게 바라보는, 눈부신, 최면을 거는 그것은 마치 채찍 아래 몸을 틀듯이 요동하는 물결을 비추고 있었다. 불빛이 아주 가까이 다가와 유디트가 물결 안쪽에서 잇달아 부서져 내리는 물방울을 구분할 수 있었을 때, 그녀는 소리를 질러버릴 것 같은 느낌에서 입술을 꽉 다물었고, 그녀의 손은 조종키의 나무를 움켜쥐었다. 10미터 떨어진 곳에서 그것은 차갑고 하얀 번갯불의 칼질로 폭풍의 구조를 벗겨냈다.

그런 다음 불이 꺼졌다. 마치 천둥의 내부 속에서처럼 그들은 뒤따라온 어둠에 잠겼다. 남자들은 급히 노를 움직였고, 배는 즉시 원을 그리며 돌기 시작했다. 다행히도 그 순간 바람이 멎었으나, 그들 셋 모두 아무것도 느끼지 못했다. 그들이 바람의 포효를 몇 초 동안 지각하지 못했으므로 그들의 귀는 침묵도 듣지 못했다. 몇 번의 노질로 배를 다시 조종하기 시작한 사람은 소년이었다. 그는 유디트에게 지금까지의 방향을 유지하도록 지시를 한 다음, 배가 밀려나지 않을 정도로만 양쪽 노를 짧게 움직였다. 그레고어는 소년을 따랐다. 말 한마디 나누지 않고 그들은 빛줄기가 다시 나타날 때를 기다렸다. 그러자 정말 1분 후에 불빛이 다시 비추어졌으나, 이미 그들 보트에서 오른쪽으로 많이 떨어져 있었고, 다시 오른쪽으로, 북쪽으로 움직여 로첸 섬의 해변을 탐색한 다음에는 저 멀리 해안호 안에 있는 수로에 머물렀다. 어떤 이유에서 세관선의 누군가가 1분 동

안 조명등을 꺼버린 것이었다. 사람들이 우연이라고 부르는 것이 있긴 있
구나, 그레고어는 생각했다. 당의 도그마에 의하면, 우연은 존재하지 않
는다. 동시에 자유의지도 존재하지 않는다고 그는 생각했다. 어떤 우연의
투명한 모습 뒤에는 자연법칙의 침입할 수 없는 벽이 서 있었다. 사람은
모든 우연에서 그것을 필연으로 만드는 이유, 말하자면 세관 경찰 한 사
람이 바로 그 순간에 조명등을 끔으로써 도주를 가능하게 한 이유를 찾을
수 있었다. 따라서 구출은 인과법칙에 예속되며, 당이 가르치는 대로 자
연의 인과성이나, 아니면 교회가 가르치는 대로 신의 인과성에 달려 있었
다. 그러나 그 순간, 그들이 멀리 떨어진 경찰 보트를 바라보고 있는 동
안, 그레고어에게는 교회의 인과율이 당의 것보다 더 설득력이 있어 보였
다. 교회의 인과율은, 어차피 모든 것을 신의 의지로 소급시킨다면, 적어
도 그 의지에게 자유를 허용하여 우연이 합당하다고 생각되는 그곳에 우
연이 일어나도록 하기 때문이었다. 유디트도 그와 비슷한 것을 생각한 듯,
그녀는 갑자기 큰 소리로 "감사합니다"라고 말했다.

경찰 보트가 등대를 지나 로첸 섬의 앞머리 뒤로 사라지고 나자 소년
은 말했다. 이제 그들은 그 반도로 똑바로 건너가는 모험을 감행할 수 있
다고. 그들은 배를 돌려 바람을 타고 쏜살같이 저어갔다. 그레고어는 종
종 해안호가 얼마나 얕은지 놀라곤 했다. 그들은 계속 얕기만 한 물 위를
떠갔고, 노는 자주 물 밑바닥에 부딪혔다. 여러 곳에서 수심이 겨우 50센
티미터 정도밖에 되지 않았다. 그레고어가 배의 가장자리로 몸을 구부려
보면, 모랫바닥은 마치 그에게로 떠오르는 것처럼 느껴지곤 했다. 그런
다음 그는, 이제 몸을 세우고 몹시 뻣뻣한 자세로 앉아 있는 유디트에게
시선을 돌렸다. 그는 유디트가 그 말을 하지 않는 것이 오히려 이상했다.
저는 추위로 완전히 굳어버렸어요.

그레고어는 노를 놓아두고, 꾸러미를 찾아 몸을 구부렸다. 그녀는 말했다. 안 돼요, 그냥 놔두세요! 그러나 그는 벌써 끈을 풀고 조각상에서 덮개를 벗겨내었다. 그는 조심스럽게 조각상을 등 뒤의 중간 자리 근처에 세워, 그가 노를 저을 때 방해받지 않도록 했다. 그런 다음 그는 일어서서 유디트의 어깨를 덮개로 덮어주었다. 두번째로 이 밤에 그는 그녀의 얼굴을 아주 가까이, 그의 눈앞에서 보았다. 그 얼굴은 이제 모든 호강을 잃어버렸다. 그것은 추위에 떠는 창백한 밤의 얼굴이 되어버렸다. 불안정한 얼굴, 그 속에 젊음이 마치 꿈에서 침해받은 한 마리 새처럼 요동하고 있는, 겁먹고 유령 같은 얼굴이었다.

그들은 15분 후에 로첸 섬에 도달했다. 부드럽게 보트는 모래사장에 부딪혔다.

소년

그는 그 항해의 후반부 내내, 노를 젓고 있는 그레고어의 등 뒤에 기대 있던 조각상을 뚫어지게 응시했다. 그는 계속해서 그 나무로 된 존재에서 시선을 뗄 수가 없었다.

저 조각상은 교회에서 나온 것이야, 소년은 생각했다. 그는 견진성사 후에 더는 교회에 나가지 않았지만, 그것이 교회에서 나온 것임은 알았다. 그는 어린이 예배 시간에, 그리고 견진성사가 진행되는 동안 소년 소녀들이 성찬 예식을 위해 제단 앞으로 나갈 때, 그가 그 옆을 지나갔다는 것을 기억할 수 있었다. 바로 그것 때문에 목사님이 오늘 크누트센과 말을 나누었던 것이구나. 조각상에 관한 일로, 아무도 모르게 그것이 반출되어야 한다. 그러나 왜 조각상들이 비밀리에 교회에서 반출되어야 했는지, 그것은 아주 이상한 일이었다. 크누트센에게 물어야 할 것 같군, 소년은 생각했다. 어째서 그저 책을 읽고 있을 뿐인 청년의 조각상을, 밤에 몰래 바다를 넘어 다른 곳으로 옮겨가야 하는 것일까. 그리고 저 남자와 처녀는 또 이 일과 무슨 관계가 있을까? 그들은 승객으로 함께 가게 되는 것일까? 상관없어, 그는 생각했다. 어쨌건 조각상은 함께 갈 것이고, 그렇게 되면, 나도 함께 간다. 그것이 이곳을 벗어나면, 나도 벗어난다. 소년은 보조 보트를 가능한 한 깊숙이 해변 위로 밀어놓고, 앞줄을 기둥에 묶어 안전하게 했다.

크누트센-그레고어-유디트

2시경에 크누트센은 '파울리네'를 로첸 섬의 바다 쪽에 있는 제방에 정박시켰다. 그는 그 돌제방을 훤히 알고 있었다. 숲의 왼쪽 머리에 있는 제방은 멀리 바다 밖으로까지 뻗어 있어, 얕게 뜨는 널찍한 돛단배도 그곳의 꼭대기까지 접근시킬 수가 있었다. 그가 밧줄 두 개로 '파울리네'를 돌 밑에 고정시키는 동안——그는 등대에 있는 사람들의 눈에 띄지 않기 위해, 닻을 사용하지 않았다——, 그는 세관 경찰의 발동선이 해안호의 입구를 나와 북서쪽으로 방향을 잡는 것을 보았다. 크누트센은 그들이 페마른과 레리크의 해안호 사이의 바다를 일직선으로 순찰하는 것을 알고 있었다. 그 선 저 너머에는 거의 위험이 없었다. 그는 될 수 있는 대로 줄처럼 똑바로 북쪽을 향하여, 덴마크의 섬들, 롤란트와 팔스터를 지나가면서 덴마크 영해의 보호를 받은 다음 스웨덴의 해안으로 건너가 육지를 따라가면 스킬링에에 도착할 수 있었다. '파울리네'와 같은 배로는 오후에는 스킬링에에 도착하고, 그다음 날 아침에는 다시 레리크로…… 그러나 그는 이틀 밤과 하루 낮 동안 밖에 있는 셈인데, 물고기도 없이 돌아가게 되면 사람들은 모두 이상하게 생각하리라. 그 일이 사람들 입에 오르지 않으려면, 그는 큰 행운이 필요했다. 그 우상을 그저 팔스터까지 가져가는 것은 쉬우리라, 크누트센은 생각했다. 그러나 어떤 이유 때문인지 목사는 그것을 스웨덴으로 보내려 했다. 크누트센은, 만약 그가 그런 조각상을 가지고 덴마크에 도착한다면, 그들이 그를 어떻게 받아들일지 전혀 상상을 할 수 없었다. 아마도, 그는 생각했다, 그들은 나를 교회의 도둑놈 취급을 할 거야. 그것을 스킬링에에 있는 교총 회장에게로 가져가는 수밖에 다른 길이 없어. 내가 그것을 가지고 가면, 그는 분명히 사정을 알고 있겠지. 빌어먹을, 크누트센은 생각했다, 이 일 전부가 빌어먹을 일이야. 그러자 갑자기 그에게 아이디어가 떠올랐다. 그 물건을 배 밖으로 집어던지자, 그는 생각했다. 그것이 가장 간단하다. 그다음 대구 잡이를 가는 거다. 내일이면 물고기를 가득 싣고 집으로, 베르타에게로 돌아가는 거야. 아무도 나에게 묻지 않을 것이고, 나는 조용히 살게 되리라.

그는 제방을 기어 올라가 해변에 도착했다. 모래 무더기가 큼직한 자갈 사이에 있는 돌해변이었다. 작은 숲이 어둡게 하늘과 마주하고 서 있었으나, 크누트센은 그것이 사실은 숲이 아니라, 키 작은 어린 소나무들이 심겨진 보호림 구역에 불과하다는 것을 알고 있었다. 등대의 불빛은 규칙적인 시간차로 그 구역을 지나며 비추고 있었으나, 그곳을 잡아내지는 않고, 훨씬 왼쪽으로 반도의 해변가를 맞추었다. 크누트센은 장소를 잘 선정한 것이었다. 그는 돌 위에 앉아 파이프를 꺼내서, 깜박이는 성냥불이 등대에서 보이지 않도록 몸으로 가려 불을 붙이고는 기다렸다. 그는 단번에 기분이 좋아졌다. 그는 그 생각이 자신 속에 단단히 자리 잡는 동안, 어떻게 근심이 빠져나가는가를 느끼고 있었다. 이것은 아주 간단하고 또 실제적인 생각이야, 그는 생각했다. 그 전에 이것을 생각하지 못했다니, 나도 참 뭔가에 씌었던 게 틀림없어. 이것은 배반조차도 아니다, 그는 곰곰이 따져보았다. 그 조각상은——이제 그는 머릿속에서 그것을 더 이상 우상이라고 부르지 않았다——다른 자들로부터 구출되어야 했다, 그런데 그것을 이 발트 해의 어딘가에 조용히 가라앉혀버리면, 결국 그것은 구출되는 것이었다. 발트 해는 아주 깨끗한 해결책이었다. 그밖에도 그는 어디에다 그것을 잠겨버리게 할지 결정할 수 있었다. 어쩌면 나중에 다른 자들이 더 이상 존재하지 않게 되면, 그 조각상을 다시 건져낼 수도 있었다. 그는 잠수부가 도달할 수 없을 정도로 깊지 않은 곳을 선택해야 했다. 그러나 다른 자들이 언제나 존재한다면——크누트센은 다른 자들이 존재하지 않는 세상은 이미 상상할 수 없었다——, 그렇다면 어느 교회의 나뭇조각 하나가 세상 끝에 있거나 아니면 바다 속에 있거나 결국은 마찬가지였다. 크누트센이 담배를 피우면서 곰곰이 생각하는 동안, 그에게서 답답함이 사라졌다. 그가 얼마나 쉽게 그 일에서 빠져나왔는가를 생각하는 동안, 그레고어에 대한 반감도 거의 잊어버렸다.

그의 앞에 있는 바다는 어두웠다. 세관선은 사라진 지 이미 오래고, 어선의 등잔불은 하나도 보이지 않았다. 바람은 물결을 크게 세워 해변으로 밀어냈고, 물결은 커다란 파도 소리를 내며 부서졌다. 그러나 크누트센은 폭풍이 가라앉으리라고 느꼈다. 이미 거센 바람 사이의 고요가 긴 호흡을 유지하고 있었다. 반면에 하늘에는 구름이 모여 구름의 덮개를 이루기 시작했다.

크누트센은 바스락거리는 소리를 듣자 일어나, 파이프를 집어넣고는 몸을 돌렸다. 그는 소나무 보호림 구역의 가장자리를 따라 그를 향해 오고 있는 형체들을 보았다. 먼저 소년을, 그리고 그레고어. 그러나 그레고어 옆에 한 여자가 오고 있었다. 그들은 크누트센이 놀라움을 분명히 의식하기도 전에 이미 가까이 왔다.

안녕하십니까, 그레고어가 말했다. 당신은 믿을 수가 있군요.

그는 그 조각상을 그들이 저 위, 반도의 다른 쪽에 도착한 후에 다시 덮개로 감쌌었다. 그는 그 꾸러미를 크누트센에게 내밀었다.

여기 이 친구입니다, 그가 말했다. 그를 잘 데려가십시오!

크누트센은 꼼짝도 하지 않았다. 그의 시선은 유디트를 향하고 있었다.

저 여자는 도대체 누구요? 그가 물었다. 여기서 뭘 하는 거요?

또 한 사람의 승객이지요, 그레고어는 의도적으로 명랑하게 말했다. 유대인 처녀입니다, 그는 덧붙였다. 그녀는 무조건 건너가야 합니다.

그렇군, 크누트센이 비웃으며 말했다, 그녀는 무조건 건너가야 하는군. 그는 몸을 돌려 소년에게 말했다. 꾸러미를 들고 이리 오너라! 우린 간다.

그레고어는 단번에 어부에게로 가서 그의 팔을 잡았다.

그녀를 데려가지 않겠다는 뜻입니까? 그가 물었다.

크누트센은 멈추어 서서 그레고어의 팔을 뿌리쳤다.

그렇소, 생각 좀 해보시오, 그 뜻이오.

그레고어는 소년에게로 가서 그에게 꾸러미를 넘겨주었다. 소년이 조심스럽게, 거의 경외심을 보이는 동작으로 그것을 받는 것이 눈에 띄었다. 그리고 나서 그는 크누트센 곁에 섰다.

당신이 저 처녀를 데려가려고 생각하기까지, 도대체 얼마나 시간이 필요합니까?

그녀는 당신 여자로구먼, 그가 말했다. 그는 다시 그레고어에 대한 분노를 느꼈다. 그는 자신이 그레고어에게 쏟아붓는 분노가 당에 대한 것임은 알지 못했다. 바로 이 변절자 속에서 그는 당의 대표적인 얼굴을 보는 것 같았다. 그 당, 자신을 곤궁에 빠트린 그 당이었다.

그분을 그냥 놔두세요! 유디트가 그레고어에게 말했다. 그분에게 강요하지 마세요!

입을 다물어요! 그레고어가 거칠게 말했다. 이것은 나와 저 사람 사이의 일이오.

연극은 그만두시지! 크누트센이 말했다. 자기 여자에게 남처럼 경어를 쓸 필요는 없어.

내 말 좀 들어보십시오, 그레고어가 말했다. 당신이 그것을 믿든 안 믿든, 이분은 내 여자가 아닙니다. 그녀는 유대인입니다. 그리고 그들이 그녀를 쫓고 있습니다. 저는 세 시간 전에 그녀를 알게 되었습니다. 저 아래, 부두에서. 그녀가 도주하려고 스웨덴 사람들과 접촉을 시도한 후에 우연히 만났습니다.

그렇다 하더라도, 크누트센이 말했다. 세 시간은 긴 시간이오. 아마도 자네가 저 여자에게 얼이 쏙 빠진 모양이야. 그는 닥치는 대로 말했고, 그들을 감싸고 있는 어둠 속에서 그레고어의 얼굴이 뻘겋게 달아오르는 것을 보지 못했다. 오너라! 그는 다시 한 번 소년에게 말했다. 시간이 없다.

잠깐만, 그레고어가 말했다. 우리는 그녀를 도와야 합니다.

그는 유디트가 이미 포기한 것을 느꼈다. 그녀는 몸을 돌려 해변을 향해 몇 걸음 걸어갔다. 자네 혼자 생각을 아주 멋지게 했구먼, 크누트센이 말했다. 내가 저 처녀를 배로 데려가면, 자네도 함께 태우고 가지 않을 이유가 하나도 없는 셈이 되고 만다, 그렇게 계산을 한 것이로군, 그렇지 않은가?

그레고어는, 실망 속에 굳어진 이 어부를 설득할 수 없음을 느꼈다. 그럼에도 불구하고 그는 말했다. 어떤 경우에도 저는 함께 가지 않습니다. 이곳에서 빠져나가기 위해 당신의 도움 따윈 필요 없으니까요.

그러면 자네가 데리고 가지, 크누트센이 말을 받았다. 자네가 그렇게 대단한 사람이라면 말이야!

잠시 그레고어는 이 생각을 되씹어보았다. 어쩌면 이것이 최상의 방법인지 몰라, 그는 생각했다. 그러나 그것은 가장 위험한 방법이기도 했다. 나는 혼자서 떠나고 싶어, 그리고 저 밖에서도 혼자이고 싶고. 혼자, 이 나무로 된 친구처럼 그렇게 혼자서, 나는 그처럼 읽고 싶은 거야. 그리고 내가 충분히 읽고 난 다음에는 그처럼 혼자 일어나, 어디든 가고 싶은 곳으로 가려는 거야.

내가 이 여자를 데리고 가면, 크누트센은 생각했다, 나의 계산은 도로 아미타불이 되고 말아. 조각상은 배 밖으로 던져버릴 수 있지만, 이 처녀는 그럴 수 없지. 그는 저 멀리 그의 어선이 어두운 물 위에서 흔들리고 있는 것을 보았다. 그리고 그는 생각했다. 저주받을! 나는 내 배를 간직하고 싶은 거야. 물고기를 집으로 가져가고 싶고, 그래서 베르타 곁에 머물러 다른 자들이 사라지고 당이 다시 돌아오기를 기다리고 싶은 거야. 그리고 다른 자들이 계속 존재하여 당이 다시는 돌아오지 않는다면, 어떤 유대인 처녀 하나나 교회의 성상 하나를 위하여 내 삶과 나의 배와 베르타를 위험한 놀이에 맡기는 것은 정말로 의미가 없는 일이지. 그리고 자신을 그레고어라 부르는 이 녀석의 머릿속에 들어 있는 당과는 전혀 관계가 없는 작전, 이 반역자가 고안해낸, 그저 순전히 개인적인 작전을 위해서는 결코 할 수가 없지.

크누트센이 가려고 몸을 돌렸을 때, 그레고어가 그를 쳤다. 그는 크누트센의 앞가슴을 쳤고, 어부는 비틀거리더니 간신히 몸을 가누었다. 그것은 그에게 너무나 예상 밖의 일이어서, 방어할 준비를 갖추기 위해 몇 초의 시간이 필요했다.

그레고어는 그에게 시간을 주었다. 그는 저 밖, 해안호에서 노질을 하는 동안 모든 것을 세밀하게 고려했고, 만약 크누트센이 처녀를 데려가지 않겠다고 거부하면, 폭력을 사용하기로 결심했었다. 그는 배에 대해 아는 것이 없었지만 발동기는 잘 알고 있었고, 그래서 배의 발동기를 움직이는 일이 어렵지 않고, 또 배를 조종하는 일도 쉽다는 것은 알고 있었다. 소년은 분명 배를 몰 수 있을 것이다. 그는 이미 여러 번 해보았음이 틀림없다. 그리고 위급한 경우에는 크누트센을 때려 넘어뜨리고 소년과 처녀만을 떠나도록 해야 한다. 그리고 만약 소년이 그것을 거부한다면, 그러면, 그, 그레고어가 배를 타고 소년에게 그의 명령을 수행하도록 강요할 수밖에 없었다.

크누트센이 가까이 왔다. 그의 선원 모자는 벗겨졌고, 그레고어는 그의 짧은 머리카락과 이마 위의 거친 주름을 보았다.

돼지 새끼야, 그가 그레고어에게 소리쳤다. 이 더러운 자식아! 그레고어는 크누트센의 힘을 느꼈다. 어부의 팔은 질긴 근육으로만 이루어져 있었다. 그것은 마치 무쇠의 띠처럼 그레고어를 끌어안았다. 그러나 그레고어는 젊었고, 크누트센은 그 이상은 더 어찌 해볼 수 없었다. 그레고어가 몸을 조용히 세우고 이 띠에 저항해서 힘을 모으는 동안, 그는 유디트가 마치 악 소리가 새어 나오지 않도록 하려는 듯 손으로 자신의 입을 틀어막는 것을 보았다. 그러고 나서 그는 그녀의 목소리를 들었다. 안 돼요! 그렇게 하시면 안 돼요!

그리고 그는 상대의 팔을 밀쳐버리고 권투 자세를 취했다. 그는 자신이 실력 있는 권투선수였고, 크누트센은 씨름 외에는 자기와 대적할 수 없음을 알았다. 그는 크누트센이 달려들 때마다 한 걸음씩 뒤로 물러섰다. 그는 몇 번 상대의 눈 사이와 턱을 쳤고, 크누트센이 그를 다시 한 번 붙잡았을 때, 그는 가볍게 복부의 신장 부분을 가격했다. 그러자 크누트센은 무릎을 꺾고 주저앉았다.

나 좀 도와다오! 크누트센이 소년에게 말했다.

그레고어는 크누트센이 신음 소리를 내며 일어설 때까지 기다렸다. 밤은 갑자기 너무나 조용했다. 유디트는 조금 떨어져 얼굴을 손에 묻고 서 있었다. 그녀의 외투가 빛났고, 소년은 움직이지 않고 서 있었다. 그는 조각상 꾸러미를 끌어안은 채, 그의 하얀 얼굴에 음울한 호기심의 표정을 띠고 두 남자를 바라보았다.

그레고어는 모든 힘을 모아서 왼 주먹으로 어퍼컷을 먹여 크누트센을 쓰러뜨렸다. 그는 돌 위로 넘어져 움직이지 않았다. 입과 코에서 가늘게 피가 흘러나왔다. 얼마 후에 그는 팔 하나로 의지를 하여 윗몸을 일으킬 수 있었다.

그레고어는 소년에게로 갔다. 어떠냐, 그가 물었다, 너 혼자 배를 스웨덴까지 몰 수 있겠니? 그가 소년을 당연하게 자신의 공범자로 여기고 있다는 생각이 들었다. 그러나 한순간도 그는 소년이 크누트센을 거들지 않은 것을 이상하게 여기지 않았다. 그러면서 동시에 그는 소년이 그 물음에 부정하기를 바라는 자신을 파악했다. 어쩌면 소년은 못한다고 말하리라. 그러면 그, 그레고어는 함께 떠날 수 있는 이유를 갖게 되는 것이다. 그의 도움으로 소년은 배를 몰아 갈 수 있게 된다. 그러나 당연히 이 전제는 틀린 것이었다. 소년은 말했다. 문제없어요, 저는 '파울리네'를 혼자 몰아갈 수 있어요. 그건 할 수 있죠.

꿈이 깨졌어, 그레고어는 생각했다, 그것은 이루어지지 않아. 그러면 빨리 출발해, 그는 소년과 유디트에게 말했다. 그는, 싸움이 시작될 때부터 그 자리에서 꼼짝하지 않고 있다가 이제는 크누트센을 응시하고 있는 유디트에게로 몸을 돌렸다.

걱정하지 마십시오, 그레고어가 말했다. 생명이 위험할 정도는 아니니까요. 당신이 가고 나면 제가 그를 보살필 겁니다. 그러나 이제 떠나야 합니다! 그는 덧붙였다. 날이 밝기 전에 아주 멀리 가 있어야 합니다. 이미 시간이 너무 지체되었습니다. 유디트는 고개를 흔들었다. 아니요, 그녀가 말했다, 저는 그분에게서 배를 빼앗을 수는 없습니다. 당신이 생각한 것처럼 그렇게 할 수는 없습니다.

크누트센은 일이 어떻게 되어가고 있는지 그저 몽롱하게 이해했다. 그는 반쯤 마비되어 있었으나, 그럼에도 이 장면은 돛단배에 대한 불안에 사로잡힌 그의 의식 속으로 파고 들어왔다. 피를 돌 위에 뱉으며, 갑자기 그는 놀라움에 사로잡혔다. 자넨 정말로 함께 갈 생각이 아닌가? 그가 그레고어에게 물었다.

아닙니다, 그레고어가 말했다, 제가 이미 말씀드리지 않았습니까. 이것은 거짓말이야, 그는 생각했다, 나도 함께 가고 싶다.

그렇군, 크누트센이 말했다. 어떤 생각이 머릿속에서 표현을 찾고 있었으나 그는 그것을 파악할 수 없었다. 그 대신 그는 그에게 말했다.

그러면 내가 배를 맡겠소. 처녀는 함께 가도 좋소.

하나님 맙소사, 그레고어는 생각했다, 이 남자는 나를 증오하고 있었어. 그가 오늘 오후 나를 교회에서 만난 다음부터 한 모든 행동은 나에 대한 그의 증오의 결과였다. 그는 나를 증오했기 때문에 거기 남아 있었고,

그 작은 수도사를 가져가기로 결심했다. 그는 나에게 그를 경멸할 기회를 주지 않기 위해 그 위험한 놀이를 수락했다. 그는 나에게, 자신은 생각해낼 수 있는 모든 용기를 낼 수 있다는 것, 그러나 동시에 나를 위해서는 손가락 하나 움직이지 않겠다는 결심을 보이려고 했던 것이었다. 그는 왜 나를 그렇게 증오한 것일까? 그는 생각했다. 내가 그에게 무엇을 했던가? 아무튼 그는 나를 증오했다, 그러나 지금은 더 이상 증오하지 않는다. 내가 이 상황을 극단으로까지 몰고 갔기 때문이었다. 만약 내가 목표의 1미터 앞에서 패배했다면, 내가 소년에게 함께 가겠다고 했다면, 그는 삶의 마지막 날까지 나를 증오했으리라.

건방진 녀석이야, 크누트센은 생각했다. 저주받을 건방진 녀석. 중앙 위원회의 오만을 가진 녀석. 그런데 그는 그저 불쌍한 작은 반역자, 도망가려는 놈에 지나지 않는다. 그러나 나도 도망가고 있다. 그는 젊다. 어쩌면 젊은이들은 바로 그처럼 도망갈 수밖에 없을 것이다. 만약 당이 이미 쓰레기통 속에 들어가 있다면, 젊은 사람들은 그처럼, 늙은 사람들은 나처럼 도망가야 한다. 그렇다면 우리는 오늘 그가 나에게 강요한 것과 같은 일을 처리하는 것이 낫다. 당하고는 관계없는, 개인적인 일로 말이다. 크누트센은 멀리 바다를 내다보았다. 아무것도 알아볼 수 없는, 불빛 하나 없는 어둠 속으로. 그다음 이제 몇 분 후면 유대인 처녀 한 명과 나무로 만들어진 이상한 존재 하나를, 불빛 하나 없이 어둠 속으로 데리고 갈 그의 배를 바라보았다.

그는 힘겹게 바닥에서 몸을 일으켰다. 원하면, 함께 가도 좋소, 그레고어에게 그가 말했다.

감사하군요, 그레고어는 비웃으며 말했다. 당신의 제안 따위는 흥미 없습니다.

그들은 서로를 말없이 바라보았다. 그런 다음 크누트센은 자신의 모자를 바닥에서 줍고는 걸어갔다. 그는 소년 옆을 지나면서 어두운 눈길로 그를 바라보았으나, 아무 말도 하지 않았다. 소년은 꾸러미를 팔에 끼고 그를 따랐다.

가시오! 그레고어가 유디트에게 말했다. 이제 때가 되었습니다.

그녀는 여전히 그 자리에서 움직이지 않았다. 그러나 그녀는 손의 움직임으로 그레고어에게 함께 가자는 무언의 요구를 하였다. 그레고어는 머리를 흔들었다. 그는 그녀에게 다가가 그녀의 어깨를 잡고 제방 쪽으로 세게 밀었다. 그들의 동작은 마치 무언극처럼 크누트센의 등 뒤에서 진행되었다.

그러고 나서 그레고어는 형체 셋이 제방 위에서 몸의 균형을 유지하며 걸어가 배에 도착한 다음, 밧줄을 푸는 것을 바라보았다. 그는 크누트센이 조종실에 들어가고, 소년은 아래로 내려가고, 유디트가 돛대 옆의 밧줄 더미 위에 앉는 것을 식별할 수 있었다. 발동기가 덜컥거리기 시작했고, 그 소리는 바람이 나지막하게 노래하는 어둠 속에서 견딜 수 없이 크고 높게 울렸다. 그레고어는 무의식적으로 몸을 웅크렸고, 마치 불빛이 그 소리를 들을 수 있다는 듯이 염려스러운 눈초리로 등대를 바라보았다. 그러나 등대의 불빛은 무관심하게 동쪽에서 서쪽으로 자신의 궤도를 따라 움직이며, 사라졌다가는 다시 얼마 후에 동쪽에서 시작하곤 했다. 그레고어는, 크누트센이 이미 바다 멀리 나갔음에도 갑판의 불을 켜지 않고 있음을 확인할 수 있었고, 얼마 후에는 배를 더 이상 식별할 수 없었다. 바다와 밤은 어두운 시간의 벽이 되었고, 그 벽면에서 발동기 소리의 시계가 점점 소리를 낮추면서 재깍거렸다.

그레고어는 갑자기 혼자가 되자 피곤함을 느꼈다. 그는 해변에서 건조하게 말라버린 채로, 서풍을 막아주는 모래 구덩이를 발견하고는 그 속으로 들어가 누웠다. 그는 손으로 모래를 퍼내 두터운 덮개처럼 몸을 덮었으므로, 몸을 움직이지 않으면 그래도 상당히 따뜻했다. 단조로운 파도 소리가 그를 잠들게 하기 전에, 그는 하늘을 올려다보았다. 하늘에는 별 하나 보이지 않았다. 그는 추위를 느끼면서 깨어났다. 시계는 5시 몇 분을 지나고 있었다. 여명이 튼다고는 아직 말할 수 없었지만, 그러나 완전한 어둠 속에 희미한 색조가 스며 들어왔다. 회색의 형체가 캄캄한 어둠 속으로 들어왔다. 안개였다. 그레고어는 몸을 일으켜 옷에서 모래를 털어냈다. 안개는 그리 짙지 않았다. 그러나 만약 짙었더라도 그레고어는 그 곳으로부터 등대의 위치를 여전히 식별할 수 있었고, 여전히 불빛은 바다에서 시작하여 반도를 지나 움직이다가 사라졌다.

그레고어는 어느 방향으로 가야 할지 알고 있었다. 그는 해변을 따라서 서쪽으로 움직였다. 반 시간 동안 걷고 나자 주위가 밝아졌다. 회색의 빛이 퍼지기 시작했고, 안개가 사라졌다. 갑자기 등대에서 나오던 빛의 손가락이 보이지 않았다. 고르고, 혼란스럽고, 명랑한 밝은 기운이 펴져 나갔다. 흐린 가을 아침의 여명이었다. 그레고어는 주위를 둘러보면서 확인했다. 그는 넓은 자갈 지대에 있었는데, 그곳에는 높이 자란 마른 풀무더기가 이곳저곳에 널려 있었고, 해변의 띠로서 바다와 경계를 이루고 있었다. 멀리, 다른 쪽에는 이제 움직이지 않고 납빛으로 놓여 있는 해안호를 볼 수 있었다. 바람이 이미 오래전부터 불고 있지 않았기 때문이었다. 그리고 나서 그는 새들을 보았다. 자갈 지대의 도처에 밝은색의 새들이 앉아 있었다. 하얀 깃털을 가진 새, 또는 황토색과 밝은 갈색과 은회색의 깃털을 가진 새들이었다. 아주 드물게 한번 검은 날개가 금속처럼, 우윳빛과 흰곰팡이색의, 계피색과 견과속살색의, 상아빛과 연한 홍차빛의, 거울의 회색과 거칠고 멀리 있는 북쪽 물의 회색의 비단 장식 속에서 빛났다. 새들은 작은 무리를 지어 앉아 머리를 깃털 속에 박은 채 자고 있었다. 그레고어는 새들 사이로 지나갔다. 잠자고 있는 기러기와 야생 오리와 갈매기 무리들 사이로, 이동하고 있는 철새들과 여기 머물러 겨울 폭풍을 겪게 될 새들 사이로 지나갔다.

그는 넓은 물길에 도달했다. 그것은 일종의 개펄 수로였는데, 이제야 그는 크누트센이 어째서 밤에는 걸어서 로첸 섬에 갈 수 없다고 설명했는지 이해할 수 있었다. 이곳의 지리를 잘 알지 못하는 사람은 어둠 속에서 개펄 수로의 얕은 여울과 그것을 따라 이어지는 개펄 물을 발견할 수 없었다. 그레고어는 그것이 멀리서 반짝이는 것을 보았다. 그는 개펄 수로가 해안호와 바다를 연결하고 있음을 보면서 그 앞쪽, 해안호 쪽으로 걸어갔다. 그는 물밑으로 바닥이 저쪽 물가까지 연결되어 있음을 확인하고 그곳에서 신발을 벗고는 바짓가랑이를 접어 올렸다. 그가 눈을 들어 앞을 보자, 멀리 레리크의 탑들이 시야에 들어왔다. 이곳에서 바라보자 탑들은 더 이상 육중한 붉은 괴물이 아니라, 새벽의 회색 속에 서 있는 작고 창백한 덩어리, 해안호의 끝에 있는 남회색의 섬세한 입방체의 기둥에 불과했다. 그러나 동쪽에서는 단일한 형태의 하늘과 바다 사이에서 진홍빛 띠가 생겨났다. 그것이 이 색깔 없는 세계에서 유일한 색깔이었다. 회색 자갈의 해변과 잠자고 있는 새들로 이루어진, 검은 입과, 진귀하고 수수께끼 같은 나무로 된 존재에 대한 회상으로 이루어진 이 색채 없는 세계에서 유일한 색채였다. 아침노을이 사라지고 나면 비가 내리겠구나, 그레고어는 생각했다. 노을은 이 아침도 물들이지 못한다. 회색의 아침 햇살이 세계를 채우기 시작했다. 냉정하고 색깔 없는 아침 햇살이 그림자와 색깔도 없이 대상을 보여주었다. 햇살은 대상들의 실체가 무엇인지를 순수하게 그리고 시험하려는 듯 가리키고 있었다. 모든 것이 다시 시험대 위에 올려져야 한다, 그레고어는 생각했다. 그가 맨발로 물을 더듬자, 그것은 얼음처럼 차가웠다.

소년

소년은 다시 뱃머리에 앉아 있었다. 그들이 출발한 이후 크누트센은 그와 한마디 말도 나누지 않았지만, 소년은 크누트센에 대해 생각하지는 않았다. 그는 놀라워하며 그곳에 앉아 생각했다. 아, 그래. 이것은 정치적인 일이야. 주위는 아직 어두웠고, 소년은 크누트센이 조심스럽게 제한구역을 더듬으며 배를 모는 것을 알 수 있었다. 저 처녀는 유대인이야, 소년은 생각했다. 그는 유대인에 대해서는 학교에서 가르쳐준 것 외에는 알지 못했다. 그러나 소년은 갑자기, 유대인이 흑인과 비슷한 어떤 것이라고 이해를 했다. 그 처녀는 이 배 위에서, 흑인 짐이 허클베리 핀에게 하던 것과 꼭 같은 역할을 하고 있었다. 그녀는 해방되어야 하는 사람이었다. 소년은 거의 조금 질투를 느꼈다. 어디론지 그냥 떠나버리려면, 사람은 흑인이나 유대인이 되어야 했다. 그들의 처지가 좋은 것이야, 소년은 거의 그런 생각을 했다. 갑자기 소년의 마음이 가벼워졌다. 우리가 저쪽으로 건너가 덴마크나 스웨덴에 있게 되면, 소년은 곰곰이 생각했다, 나는 정치범으로 나를 소개하리라. 정치적인 문제를 가진 사람은, 되돌려 보내지 않는다. 집을 견딜 수 없는 소년은 도망가서는 안 되지만, 정치범은 그렇게 해도 된다. 나는 그들에게 말하리라. 나는 정치적으로 문제가 있소. 그래서 내 이름도 말할 수가 없소. 어쩌면 그들은 내가 그들의 화물선에서 일을 하는 것에 반대하지 않을 수도 있다. 그다음에는 혹시 미국이나, 잔지바르로 건너갈 수 있을지도 모른다.

크누트센은 처녀를 아래로 내려보냈다. 밖이 이미 밝았고, 그녀가 갑판에 앉아 있어 남의 눈에 띄는 것이 싫었기 때문이었다. 그녀는 소년 옆에 앉았다. 기껏해야 그녀는 나보다 세 살 정도나 많겠어, 소년은 생각했다. 그는 다시 자신의 미끼 줄을 만지기 시작했다. 얼마 후에 소년이 물었다. 왜 저것이 저쪽으로 가야 합니까? 그는 손가락으로 꾸러미를 가리켰다.

하나님, 유디트는 생각했다. 그에게 어떻게 설명을 해야 하지? 너는 그것을 자세히 살펴보았니? 그녀가 물었다.

그래요, 소년이 대답했다.

그는 모든 책을 읽는 그런 사람의 하나로 보이지, 안 그래?

그는 『성경』 책만 읽잖아요, 소년이 말했다. 그래서 그가 교회에 전시되었던 것 아니에요?

교회에서는, 그래, 그는 『성경』을 읽지. 그러나 너는 아까 보트에서 그를 보았니?

예.

그때 그는 아주 다른 책을 읽고 있었지, 그런 것 같지 않았니?

어떤 책이요?

아무 책이나, 유디트가 말했다. 그는 자신이 원하는 것을 읽지. 그는 자신이 원하는 모든 것을 읽기 때문에, 감금되어야 했단다. 그래서 지금 어디론지, 그가 원하는 만큼 읽을 수 있는 곳으로 가야 하는 거야.

나도 내가 원하는 것은 모두 읽어요, 소년이 말했다.

그런 것은 아무에게도 말하지 않는 게 좋아! 유디트가 충고했다.

소년은 그 말에 귀를 기울이지 않고 말했다. 그리고 그것 때문에 나도 떠나려 해요. 나도 저쪽에 머물다가 사라져야겠어요.

애, 들어봐, 유디트는 깜짝 놀라서 말했다, 너는 위에 있는 저 아저씨를 곤궁에 빠뜨리려는 것은 아니겠지?

크누트센? 소년이 물었다. 그는 나에게 아무 상관도 없어요, 소년이 덧붙였다.

넌 그렇게 할 수 없어! 유디트는 흥분했다. 생각 좀 해봐. 그가 너 없이 혼자 돌아가면, 그는 조사를 받게 되겠지. 네가 어디 있다고 그가 어떻게 설명할 수 있겠니? 네가 배에서 물에 빠졌다고, 그가 그들에게 이야기할 수 있다는 뜻은 아니겠지?

소년은 고개를 흔들었다.

네가 함께 돌아가지 않으면 그들은 그가 다른 나라에 있었다는 것을 알게 되고, 그러면 그들은 그를 체포할 거야, 유디트가 말했다.

상관없어요, 소년은 대답했다. 그도 어른일 뿐이니까요. 그들이 그를 체포하는 것이 내가 2년 반 동안이나 더 그와 함께 연안 고기잡이를 해야 하는 것보다 나은 것이지요.

그는 용감한 사람이야, 유디트가 말했다. 너는 그를 도와야 해! 아버지 역시 용감한 사람이었어, 소년은 생각했다. 그러나 아무도 그를 돕지 않았어. 그는 술주정뱅이였어. 그것이 그들이 그에 대해 말하는 전부야. 그들이 나에 대해 알고 있는 단 한 가지가, 내가 그 주정뱅이의 아들이라는 것이지. 머리 꼭대기까지 취했기 때문에 배를 잃어버린 한 남자의 아들인 거야. 그들 중 누구에게도 나는 빚진 게 없어. 나무로 된 저 젊은이도 누구 하나 배려하지 않지. 그도 그저 떠나버리는 거야. 그가 무엇을 뒤에 남기든 그에게는 상관이 없는 거야. 나도 그처럼 그렇게 하겠어, 소년은 생각했다. 이런 기회는 두 번 다시 오지 않으니까.

헬란더

　　나의 꿈들은 언제나 황량해, 헬란더는 확신했다, 새벽 4시경, 그가 다시 한 번 잠에서 깨어났을 때였다. 그는 밤에 그저 짧게, 몇 분 간격으로 잠을 잤다. 그의 꿈은 작은 황폐한 호텔에서 진행되었다. 그는 호텔 위층, 벽지가 떨어져 나가고 있는 방 안에 머물고 있었고, 그가 지저분한 커튼을 젖히자, 바로 아래층에 한 여자가 보였다. 그녀는 아슬아슬하게 한 손으로 발코니의 난간을 붙잡은 채 소리 내지 않고 경직된 채 거리의 심연 위에 매달려 있었고, 그 아래, 거리에서는 한 무더기의 사람들이 자살하려는 그 여자처럼 소리 없이, 그러나 냉소적인 호기심의 눈으로 그녀를 올려다보고 있었다. 그런데 내 꿈의 가장 고약한 점은 꿈이 진행되는 공간의 절대적 황량함이야, 헬란더는 생각했다. 호텔, 방 그리고 거리는 완전히 죽은 자들의 나라에 있다. 그런데도 이 꿈은 언제나 회상으로 시작하곤 하지. 릴에 있던 어느 호텔, 방, 거리의 회상인데, 나는 그곳에서 몇 주를 지냈었다. 그때, 그들이 나에게 절단수술을 하고 야전병원에서 퇴원시키고 난 다음, 보조병력부로 행군 명령을 내려 그곳에서 내가 군대와 작별을 하기 바로 전이었다. 릴의 그 호텔은 그의 꿈속으로 둥지를 쳤다. 릴의 황량함, 그가 한번 지나간 사창가, 그곳에 줄을 지어 서 있던 전방의 병사와 병참근무원, 그러나 현실은 자꾸 반복해서 나타나는 꿈처럼 그렇게 황량하지는 않았었다. 새벽 4시경, 사무실 소파에 누워서 헬란더는 생각했다. 나는 같은 꿈을 반복해서 꾼다. 그리고 내 안에 자리를 잡은 최초의 반복되는 꿈은 릴에 있던 호텔의 꿈이었다. 그곳에서 전쟁은 나에게 끝이 났다. 그다음, 중단되었던 신학 공부가 다시 계속되었고, 캐테와의 약혼 기간, 목사직, 캐테와의 짧은 결혼 생활, 출산할 때 그녀와 아기의 죽음, 그러고 나서 오랜 금욕과 오랜 목사직, 그러고는 아무것도 없다. 언제나 나는 그 어떤 것을 기다렸다. 그러나 그것은 오지 않았다. 나는 자주 금욕 때문에 고통을 겪었다. 그러나 솔직하게 말하자면, 혼자인 것이 나았다. 나는 결혼하고 싶다는 생각을 하게 만드는 여자를 더 이상 만나지 못했고, 그래서 혼자인 것이 나았고, 조금은 금욕의 고통을 겪는 것이 나았다. 나에게는 교구가 있었고, 임종의 자리에서뿐만이 아니라 때때로 나는 정말 필요한 존재였고, 나의 설교도 나쁘지는 않았다. 그리고 스카트 놀이를 하며 붉은 포도주를 마시던 함부르거 호프에서도 나는 나쁘지 않았고, 이런저런 일을 종합하면 괜찮은 사내였고, 금욕이 나를 망가뜨리지도 않았다. 갑자기 그는 자신이 스스로를 과거형으로 생각한다는 것을 알아챘다.

그는 언제나 반복하여 나타나는 또 다른 꿈이 있음을 기억했다. 노르웨이에서 그네를 타는 꿈이었다. 그는 거대한 그네에 앉아 있다. 그것은 피오르드 지대 위의 구름 속 어딘가에 매어 있었다. 그는 산악 지대와 바다로 이루어져 있는 어두운 풍경을 바라보았고, 피오르드 지대를 내려다보았다. 그네가 흔들리기 시작했다. 앞으로 뒤로, 앞으로 뒤로. 이 꿈은 그것의 근원이 현실 속에 있지 않았다. 목사는 노르웨이에 가본 적이 없었다. 어쩌면 그것은 그의 소원에서 생겨난 것인지도 몰랐다. 그는 늘 한 번 노르웨이를 여행하고 싶었었다. 그러나 어찌 된 연유인지 여행은 실현되지 못하였고, 그래서 그는 꿈속의 노르웨이에서 그네를 타도록 운명지어졌다. 이 꿈과 릴의 꿈이 연관을 갖는 단 한 가지는, 그 자신도 그 자살하는 여인의 잠든 얼굴처럼 그렇게 아무런 위안도 받을 수 없을 만큼 황량했다는 점이었다. 그 그네도 역시 노르웨이의 어디, 죽은 자들의 나라에서 흔들리고 있었다. 이 반복하여 나타나는 꿈들은, 헬란더는 생각했다, 나의 가장 강력한 신의 존재 증명이었다. 왜냐하면, 언제나 내가 꿈에서 깨어나면, 반수 상태에서의 첫 생각은, 나는 구원받아야 할 세계에서 살았다는 것이기 때문이었다. 언젠가 그는 프로이트의 저서를 몇 달 동안 읽은 적이 있었다. 자신의 꿈에 대한 설명을 찾기 위해서였다. 그는 이 사람이 참으로 영혼의 앞마당에 있는 비밀을 풀었다고 확신하면서, 그때부터 그를 경탄하고 사랑했다. 헬란더의 꿈은 억압된 욕망의 상징이고 사랑과 죽음의 영상들이었다. 그러나 프로이트도 그 꿈들의 분위기에 대한 설명은 제시하지 못했다. 꿈속의 행위는 그것의 분위기만큼 중요하지는 않았다. 그 분위기는 그를 황폐함, 더러움, 황혼, 냉기와 희망 없음의 세계로 끌고 가서, 결국에는 끔찍한 공허로 데려갔고, 그래서 그는 꿈속에서조차, 만약 지옥이 있다면 이것이 바로 지옥임이 틀림없다는 생각을 했다. 지옥, 그것은 열기와 불의 공간, 사람이 불타는 공간이 아니라, 지옥은 사람이 얼어버리는 공간이었고, 절대적인 비어 있음이었다. 지옥은 신이 존재하지 않는 공간이었다.

　헬란더는 어둠 속에서 그의 사무실 소파에 누워 생각했다, 나는 지옥으로 가고 싶지 않다. 그는 다리에서 거의 통증을 느낄 수 없었다. 그가 의족을 풀고 소파 위로 몸을 누인 후로는, 그저 가볍게 견딜 수 있는 희미한 압박만을 느꼈다. 그는 천천히, 거의 몇 센티미터씩 교회에서 목사관으로 몸을 끌어와야 했었다. 가정부는 불안한 얼굴로 그녀의 방에서 복도로 나와, 그를 도와도 좋은지 물었다. 그러나 그는 거절했고, 혼자서 위로 올라왔다. 모든 것이 조용해지기 전에, 그는 잠시 아래에서 들려오는 소란한 소리를 들었다. 상당히 늦은 시각이었다. 1시경. 그는 옷을 입은 채로 새벽을 기다리기로 결심했다. 의족만은 떼어내면서, 그는 생각했다. 다시는 이것을 붙이지 않으리라.

　그가 삼킨 알약은 다시 그를 잠 속으로 끌어갔고, 잠에서 깨어났을 때, 밖은 이미 밝아 있었다. 그는 시계를 보았다. 시계는 6시를 가리키고 있었다. 빛은 흐리며 회색이었고, 창문 앞으로 게오르크 교회 측랑(側廊)의 벽은 마치 공장의 벽처럼 지저분한 붉은빛으로 서 있었다. 목사는 그가 곁에 놓아두었던 낡은 목발을 잡았다. 그는 몸을 일으켜 세우고는, 목발 하나의 가운데 손잡이를 잡아 올려, 쿠션을 붙인 버팀대를 겨드랑이 아래로 밀어 넣었다. 그러고는 두어 번 몸을 흔들며 창으로 다가갔다. 그는 밖을 엿보고는, 자전거가 여전히 목사관 담에 기대 있는 것을 확인했다. 그는 기다리면서 약의 효과가 떨어진 것을 느꼈다. 상처의 고통이 다시 커졌다. 의족이 상처를 눌러주지 못했으므로, 고통은 명백하고 불타는 듯했다.

잠시 후에 그는, 자신을 그레고어라고 부르는 남자가 집들을 따라 걸어오고 있는 것을 보았다. 저 젊은이는 놀라울 정도로 눈에 띄지 않게 행동한다, 헬란더는 생각했다. 그가 어떤 의미를 지니는지 내가 알지 못한다면, 나의 눈에도 띄지 않으리라. 그뿐 아니라, 모두가 모두를 감시하고, 새로 온 사람을 수천의 눈이 기록하는 이 작은 도시에서조차 말이다. 저기 있는 그는 새로 온 자가 아니다. 그는 그저 어떤 자, 세상에서 흔한 회색의 양복을 입고, 자전거 조임쇠를 바짓가랑이에 낀 마르고 특색 없는 인간이다. 우체국의 보조집배원이나 또는 설비 기술 선생의 아들로, 이른 아침부터 어느 집의 수도관을 수리하기 위해 길을 나선 젊은이다. 우리 시대에는 배달부나 아들들이, 구원의 배달부이며 이념의 아들들이 저렇게 보인다. 사람들은 그들을 구분하지 못한다. 사람들은 그들의 행위 외에는 아무것도 인식할 수 없으리라. 그들은 전혀 이름 있는 사람들이 아니야, 헬란더는 생각했다. 그들은 올바른 일을 하면서도 눈에 띄지 않으려는 욕심을 가지고 있다. 그들은 더 이상 아무것도 믿지 않았다. 이 젊은 사람도 더 이상 자신의 당을 믿지 않고, 교회도 결코 믿지 않을 것이다. 그러나 언제나 올바른 일을 하려고 노력할 것이다. 그가 아무것도 믿지 않기 때문에, 그는 눈에 띄지 않게 그것을 하고, 하고 난 다음엔 슬쩍 자취를 감추리라. 그러나 무엇이 그가 올바른 일을 하도록 몰아대는가? 목사는 자신에게 질문했다. 그리고 그는 스스로 대답했다. 무(無)가 그를 몰고 있다. 아무것도 아닌 것 속에 살고 있다는 의식과, 그 비어 있고 차가운 무에 대항하는 야성적인 반란이었다. 무의 현실, 그것의 승인이 바로 "다른 자들"인 그 현실을, 적어도 한순간만이라도 저지하고자 하는 그 분노에 찬 시도였다.

그러나 나는, 헬란더는 생각했다, 나는 자취를 감출 수는 없으리라. 어떤 광적인 고집이, 호놀룰루나 오리온좌에 있을 그 주(主)를 여전히 믿게 한다. 나는 신이 멀리 있음을 믿으나, 무를 믿지는 않는다. 그렇기 때문에 나는 이름을 가진 자이다, 그는 경멸조로 생각했다. 나는 눈에 띈다. 그리고 눈에 띄기 때문에, 내가 나를 구별하기 때문에, 다른 자들은 나를 잡아내리라. 우리, 자신을 그레고어라고 부르는 사람과 나는, 서로를 구별한다. 그는 무로의, 나는 죽음으로의 선고를 받고 있다.

그는 그레고어가 자전거를 잡고, 목사관 앞의 보도에서 아래로 밀어내는 것을 보았다. 그러고 나서 그는 그 젊은이가 창으로 눈길을 들어 올리는 것을 보았다. 그는 자신이 창가에 서서 그의 전갈을 기다리고 있었음을 그레고어에게 보이기 위해 몸을 창으로 바짝 갖다 댔다. 전갈이 왔다. 그레고어는 그 작은 장소에 아무도 없는지 확인하려고 둘러보았다. 그곳은 비어 있었다. 목사는 그레고어가 즐겁게 얼굴을 찡긋거리며 오른손을 수평으로 움직이는 것을 보았다. 무언가를 종결 짓는 승리에 찬 동작, 마지막 총액을 쓰기 전에 긋는 선이었다.

목사는 웃었다. 그는 목발에서 왼손을 떼어 그것을 흔들려고 들어 올렸으나, 그레고어는 이미 자전거에 올라타 출발했고, 뒤돌아보지 않았다. 몇 초 후에 헬란더는 그가 게오르크 교회의 측면 뒤로 사라지는 것을 보았다. 그는 가버렸다, 그리고 다시는 오지 않으리라. 헬란더의 웃음은, 나는 혼자다, 라는 생각이 들자 그의 얼굴에서 굳어버렸다. 한순간 그는, 이제 조각상은 구출이 되었다, 그의 자그만 신의 생도에게는 아무 일도 일어날 수 없다고 회상했다. 그리고 지나가듯 그는 그의 주의를 거의 끌지 못했던 유대인 처녀도 기억했다. 그러나 그 기억들은 아주 먼 것 같았고, 갑자기 그를 엄습한 공포를 이겨내지 못했다. 그러면서 그는, 다른 자들이 그를 데리러 오면, 그레고어가 근처 어딘가 있다가 지켜보기를 바라고 있는 자신을 발견했다.

그는 목발을 짚고 절뚝거리며 책상으로 가서, 오른쪽 서랍을 열고 권총을 꺼냈다. 그는 그것을 아저씨로부터 물려받았는데, 정교하게 문양이 새겨진 상아 손잡이의 아름다운 오래된 물건이었다. 헬란더는 안전장치를 풀고, 총알 세 개가 들어 있는 육구경 탄창을 돌렸다. 그는 항상, 탄창이 계속 돌아가면서 내는 달그락 소리를 좋아했다. 그는 예전에 몇 번 평지에서 시험 삼아 그 총을 쏘아본 적이 있었다. 그것의 반동을 알아보기 위해서였는데, 상당히 강력했다. 몇 번의 사격만으로도 그는 총의 반응을 알아냈고, 익숙해졌다. 목사는 능숙한 사격수였다. 그런 다음 그는 좀 애석한 기분으로 그것을 책상 서랍에 도로 넣었었다. 목사는 총을 사용할 일이 없었다. 그러나 그는 가끔 푸른색이 도는, 총기 닦는 기름으로 그것을 손질했고, 총알이 든 상자를 버리지 않았다.

기계적으로 그는, 탄창이 돌다 서자, 빈곳을 채워 넣기 위해 상자를 찾았다. 그러면 모든 것이 결정된 것일까? 그는 생각했다. 어쩌면 그저 단 하나의 총알이면 충분하다는 것을 더 생각해야 할 필요가 있지 않을까? 나를 향한 총알 하나와 다른 자들을 향한 여섯 개의 총알 사이에 다른 선택은 존재하지 않는가? 나는 고문을 거부했고, 채찍과 고무관을, 순교를 거부했다. 어쩌면 나는 고문을 견뎌낼지 모른다, 다리의 이 상처로는 거의 불가능하기는 하지만. 그러나 내가 견딜 수 없는 것은 고문에 대한 생각이다. 나는 자부심을 가진 늙은 남자다. 그래서 고문에 대한 생각, 내 삶의 마지막에 나의 인격이 부서지리라는 생각은 나를 견딜 수 없게 한다. 그들은 나를 마치 가느다란 나뭇조각처럼 부숴버릴 것이다. 그러나 내가 죽임을 당하기 전에, 내가 먼저 죽여야만 할까? 내가 이미 순교에 대항하여 죽음을 택하였다면, 나의 죽음 하나로 충분하지 않은가? 함부르크의 그 부인은 자신의 죽음으로 충분했다. 이것은 신의 뜻일까? 나에게 내 죽음만으로 충분하지 않고, 누군가가 나를 죽이기 전에 내가 먼저 죽이려는 이 광포한 소원을 가진 것이?

목사는 신이 멀리 있다는 것을 알고 있었다. 신은 비록 어제, 내가 병원 차를 불러 도망가게 하지는 않았지만, 그는 생각했다, 그러나 그것은 여전히 그의 무관심한 움직임, 그의 측량할 수 없는 무정함의 하나로, 헬란더를 더 깊은 불행으로 몰아넣는 그런 것이 아닐까? 신은 가끔 그가 아직 존재하고 있다는 것을 거의 조롱조로 보여줄 수 있었다. 그러나 신은 자신의 인간들 편에 있지 않았다. 만약 그가 자신의 인간들 편에 서 있다면, 헬란더는 생각했다, 그는 다른 자들을 승리하게 하지는 않았으리라. 신은 찬송가에 있듯 굳건한 성곽이 아니었다, 신은 놀이꾼이었다. 그는 자신의 기분에 따라 왕국을 다른 자들에게 넘겨주었고, 그러나 어느 날 기분이 달라지면, 다시 자신의 인간들이 벌린 손안에 왕국을 넘겨주리라.

헬란더는 자신이 신에 봉기하고 있음을 인식했다. 그가 신에 분노를 느끼고 있기 때문에 살인하려 했던 것이 분명해졌다. 자살은 신의 불가해함에 대한 답이 아니었다. 목사가 결정을 하지 못하고 손에 권총을 쥐고 있는 동안, 그는 자신의 인간들 편에 서 있지 않는 신은 징계를 받아야 한다는 것을 깨달았다. 살인하지 말라, 저 멀리 있는 높은 신은 가르치게 했다. 그러나 모세조차도 이 계율을 지키지 못했다. 모세는 나처럼 성급하고 화를 잘 냈지, 헬란더는 생각했다. 그리고 모세의 노여움과 낡은 미신에 사로잡혀, 그는 생각했다, 나는 신을 징계하기 위하여 살인을 하리라.

그가 총알을 탄창에 밀어 넣었을 때, 그는 자동차 소리를 들었다. 다시 그는 목발을 짚고 몸을 흔들며 창가로 갔다. 그러나 이번에는 조금 천천히 갔다. 오른쪽 손에는 목발을 잡고, 동시에 권총을 쥐고 있었기 때문이고, 다리의 통증이 그를 불타듯이 뚫고 지나갔기 때문이었다. 그는 그곳에 도착해, 커다란 검은 리무진 하나가 교회의 옆문 앞에 정차하는 것을 보았다. 차는 섰고, 엔진이 여전히 돌고 있는 동안, 운전사는 앉아 있고, 남자 네 명이 차에서 내렸다. 그중 둘은 검은 제복과 긴 장화를 신고 있었고, 나머지 둘은 일반 복장을 하고 있었다. 그들은 두 줄 단추가 달린 검은 외투를 입고 모자를 쓰고 있었다. 무뢰한들, 목사는 생각했다. 무뢰한들이 저렇게 보이는구먼, 제복 속의 살덩어리, 모자 아래의 밀반죽 얼굴들. 상황은 그가 수백 번 상상했던 대로 진행이 되었다. 그가 이미 예상하고 있었으므로 교회는 열려 있었다. 그는 밤에 교회 문을 잠그지 않았다. 그들이 곧 들어가서 그「책 읽는 수도원생」이 이미 사라지고 없다는 것을 확인할 수 있도록 하기 위함이었다. 그는 그들이 그, 목사와 담판을 원하지 않는다는 것을 알고 있었기 때문이었다. 그들은 방자한 만큼 비겁한 자들이었다. 그들은 새벽의 잿빛 속에 소리 없이 리무진을 타고 나타났다. 그들은 대결과 밝은 낮을 피했고, 조용히 와서, 조용하고 말없이 체포하고 싶어 했다. 그들은 어떤 언어도 소유하지 못했고, 그들이 체포하는 사람들의 언어보다 더 증오하는 것은 없었다. 말에 대한 그들의 증오가 바로, 어째서 그들이 고문당하는 사람의 외침이 아니라면 자신의 무언(無言)에서 풀려나올 수 없는지를 설명하는 이유였다. 리무진과 고문대 사이에서 그 말이 없는 무뢰한들은 검은 옷 차림으로 왔다갔다했다.

목사는 그들이 교회 안으로 사라지는 것을 지켜보았다. 그들은 그곳에 꽤 오래 머물러 있었다. 그들은 다시 밖으로 나와서 한 무더기로 모여 서로 의견을 주고받더니, 그들 중 하나가 목사관을 가리켰다. 헬란더가 창에서 조금 거리를 두고 떨어져 있었기 때문에 그들은 그를 볼 수 없었다. 그들이 길을 건넜을 때, 잠시 후면 그들이 집으로 들이닥치리라는 것을 알았을 때, 그는 창에 등을 기댔다. 그는 그들을 기다렸다. 그는 그들이 벨을 울리고 문을 두드리는 소리를 들었다. 헬란더는 오른쪽 목발을 벽에 기대놓고, 몸은 창턱에 기댄 채 왼쪽 목발만 겨드랑이에 끼고 있었다. 아래층에서 잠에서 깬 가정부가 문을 열고는 그들과 실랑이를 벌이는 소리가 들려왔다. 그러고 나서 그는 무뢰한들이 2층으로 올라오는 소리를 들었다. 그는 등을 더 세게 창으로 밀었다. 창은 이미 그에게 창이 아니라, 교회 측면의 벽, 성 게오르크 교회의 거대한 붉은 벽돌벽이었다. 그는 등 뒤에 교회의 벽을 두고, 천천히 권총을 들어 올렸다.

그러자 갑자기 지난밤의 꿈이 다시 나타났다. 릴의 호텔 방과 자살하는 여인, 아주 부조리하고 완전히 황량한 꿈, 그 순간 목사는 왜 자신이 총을 쏘기로 결심을 했는지 알게 되었다. 권총을 발사함으로써 이 세계의 경직과 황량함을 폭발시킬 수 있기 때문이었다. 그의 권총에서 불꽃이 튀는 동안 세계는 단지 몇 초 동안이라도 생생하게 살아 있으리라. 나는 얼마나 어리석었던가, 목사는 생각했다. 내가 신을 징계하기 위해 총을 쏜

다고 생각하고 있었으니. 신은 삶을 사랑하기 때문에, 나에게 총을 쏘도
록 허락한 것이다.

맨 먼저 들어온 자는 일반 공무원 중의 하나였다. 헬란더는 즉각 그
를 쏘아 넘어트렸다. 그는 커다란 인형처럼 뒤로 넘어졌고, 그의 모자는
아래로 떨어져 천천히 방으로 굴러 들어왔다. 얼스터 외투를 입은 채 그
는 문지방 위에 누워 있었다. 그를 따라 들어오려던, 제복을 입은 두번째
남자는 이미 한 걸음 펄쩍 뛰어 뒤로 물러나 있었다. 헬란더는 흥분한 외
침 소리를 들었고, 가정부는 곧 소리를 지르기 시작했다. 그는 끝까지 침
착하게 사태가 어떻게 진행될 것인지 기다렸다. 그는 이제, 바다에서 돌
아오지 못한 어부들을 위해 교회 안에 편액(扁額)을 걸어야 하리라고 생각
했다. 편액 위에는 이름과 "장화를 신은 채 죽었다"는 글귀를 써넣어야
한다. 만약 그들이 나를 위해 편액을 걸게 된다면, 그는 희미하게 미소를
지으며 소원했다. 그들은 이렇게 써야 한다. 목사 헬란더— 장화를 신은
채 죽었다.

오 하나님, 그는 갑자기 회상했다. 글자들! 이제는 정말 나타나야 한
다. 내 교회의 벽에 씌어 있을 글자들. 내가 평생을 기다린 글자들. 그는
몸을 돌려 벽을 바라보았다. 그가 그 글자들을 읽는 동안, 불이 그의 몸을
뚫고 들어오는 것을 그는 거의 느끼지 못했다. 그 작고 뜨거운 불들이 그
의 몸 안에서 타는 동안, 그는 다만 생각했다. 나는 살아 있다. 그것들은
그의 온몸으로 날아들었다.

소년

　　오후 내내 그들은 쇼낸의 해변을 돌아 동쪽으로 물질을 했고, 크누트센은 처녀를 다시 갑판 위에 올라와 있도록 했다. 일은 성공적으로 진행되었고, 더 이상 위험은 없었기 때문이었다. 소년은 크누트센이 자그마한 부두 어디로도 들어가 정박하지 않고 그냥 지나가는 것을 알아차렸다. 그는 크누트센이 그런 모험은 할 수 없음을 알고 있었다. 그렇지 않으면 그는 배의 세관 절차를 밟아야 하기 때문이었다. 4시와 5시 사이에 크누트센은 어느 집에 속한 작은 판자 다리에 배를 댔다. 그 집은 촘촘한 방수격벽(防水隔壁)으로 둘러싸여 있었고, 소나무 숲과 몇 개의 회색 암벽 외에는 아무것도 볼 수 없었다. 소년은 다리 위로 뛰어내려 배를 묶었다. 크누트센은 그에게 배에 있으라고 지시하고, 처녀에게는, 스켈링에 근처까지 왔다, 스켈링에까지 안내해줄 테니, 그다음에는 그녀 혼자 가서 그 조각상을 스켈링에의 교총회장에게 전하라고 말했다. 그는 처녀와 떠났고, 주위가 조용해졌을 때, 소년은 그곳을 빠져나왔다.

　　얼마 동안을 걸은 다음 소년은 생각했다, 숲이 근사하군. 그런 종류의 숲을 그는 아직 본 적이 없었다. 나무들 밑에 회색의 바위와 쓰러진 나무들이 놓여 있었다. 그리고 저지(低地)에는 개울들과 작은 연못들이 있었고, 때때로 소택지의 풀밭이 나타났는데 길은 없었다. 단 한 번 소년은 도로와 마주쳤다. 그는 그것이 스켈링에로 향하는 도로일 것이라고 생각했다. 그러나 다른 쪽으로도 숲은 계속 펼쳐져 있었고, 소년은 며칠이라도 계속해서 그 숲을 걸어갈 수 있으리란 느낌이 들었다. 나는 벗어났어, 그는 생각했다. 그다음 그는 커다란 은회색 호수에 도착해, 그 앞에 보트와 함께 통나무 오두막을 발견하자, 오른쪽, 왼쪽 어느 쪽으로 돌아가야 할까 생각했다. 그는 그곳으로 가, 문을 열어보았다. 문은 열려 있었다. 우와, 그는 생각했다, 놀라운 나라야. 여기선 문 같은 것을 그냥 열어놓고 있잖아. 그는 안을 둘러보았다. 오두막 안에는 짐승의 털로 만든 이부자리와 벽난로가 있었고, 벽의 널빤지 위에는 접시와 프라이팬 그리고 냄비들이 놓여 있었다. 모두 아주 오랫동안 사용하지 않은 것들이었다.

그는 다시 밖으로 나가 배를 풀어 조심스럽게 호수 위를 저어 나아갔다. 그는 낚싯줄을 던졌고, 이, 삼 분 후에 커다란 황어 두 마리가 걸려들었다. 물고기들은 갈색과 은색으로, 바닷물고기보다 훨씬 싱싱하고 또 연해 보였다. 소년은, 만약 아무도 나타나지 않는다면, 이곳에 한동안 머무를 수 있겠다고 생각했다. 그는 배를 저어 다시 오두막으로 돌아왔다. 심지어 땔감도 있었다. 그는 벽난로에 불을 지피고, 그 위에 솥을 달아 물을 끓였다. 물이 끓자, 내장을 빼낸 물고기를 집어넣어 익혔다. 소금이 없었기 때문에 물고기는 아무 맛이 없었다. 그사이 밖은 어두워졌고, 그는 솥을 닦고, 불을 껐다. 그런 다음 그는 오두막 앞에 앉아 생각했다. 나는 빠져나왔다. 일이 놀랄 정도로 잘되었지. 나는 스웨덴에 있다. 며칠 더 여기 있다가, 어딘가 가서 신고를 하면서 말하자, 나는 정치 망명자입니다. 그렇게 계속하다 보면, 아메리카와 미시시피로 가거나 아니면 잔지바르와 인도양으로 가게 될 수도 있다.

밖은 조용했다. 한두 번 그는 물고기가 튀어오르는 소리를 들었다. 그는 전혀 피곤을 느끼지 않았고, 해변으로 돌아가 크누트센이 가버렸는지 확인하기로 마음을 정했다. 크누트센이 가버렸어야 나는 정말로 자유로운 것이야, 그는 생각했다. 그는 길을 쉽게 찾았다. 나무줄기 사이에는 혼란한 회색빛이 지배하고 있었고, 그는 다시 인적 없는 도로에 도착했다. 그러면 이제 얼마 남지 않았다. 그는 숲 사이에서 희미하게 빛나는 집을, 그

다음은 호수를 보았다. 그는 관목과 바위 뒤로 몸을 숨기면서 물가로 가까이 가 앞을 엿보았다. 판자 다리는 검은 물 위에 회색 띠처럼 놓여 있었다.

소년은 고기잡이배가 여전히 그곳에 정박하고 있는 것을 보았다. 그 뒤로 좀 멀리 바다는 푸르게, 검푸르고 차갑게, 별도 없는 회색의 단조로운 하늘 아래 펼쳐져 있었다. 배는 거의 움직이지 않았다. 검은색의 그 배는 조용히 기다리고 있었다. 소년은 크누트센이 갑판 위에 앉아 있는 것을 보았다. 그는 물통 위에 앉아 담배를 피우고 있었다.

소년이 다리에 발을 디뎠을 때, 그는 더 이상 숲을 돌아보지 않았다. 그는 마치 아무 일도 없었다는 듯이, 느릿느릿 배로 걸어갔다.

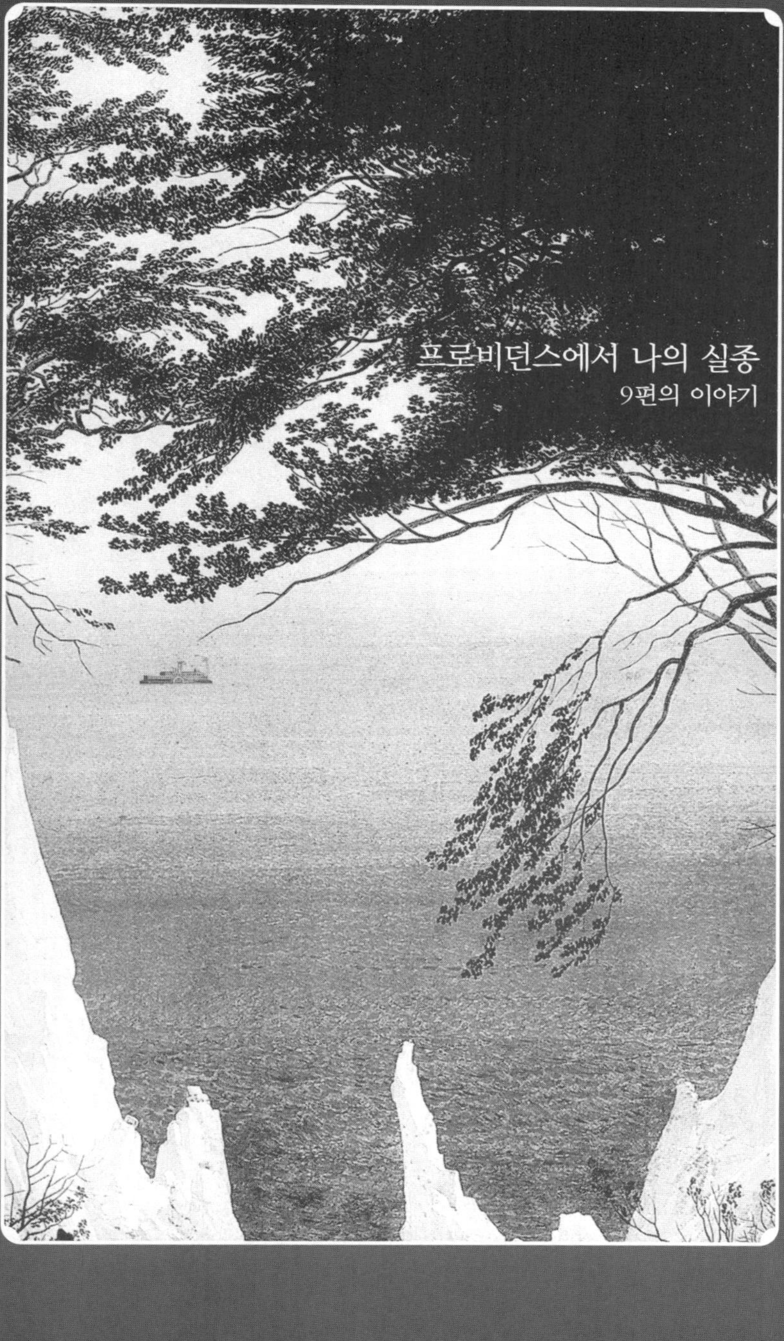

프로비던스에서 나의 실종

9편의 이야기

Mein Verschwinden in Providence —Neun Erzählungen

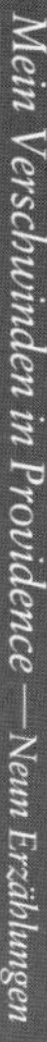

예술은 추상이나 최종적 이슈,
무한성이나 영원에 관한 것이 아니다.
예술은 단추들에 관한 것이다.
— 이드리스 패리Idris Parry

형제

키인 형제는 예니쉬 공원을 천천히 가로질러 벗어난 다음, 비어 있는 도로를 건너갔다.

"좀 봐, 차가 한 대도 없어!" 야콥이 말했다. "오늘은 사람들이 특별 보도를 놓치지 않으려고 모두 집 안에 있는 모양이군."

도로와 엘베 강 사이의 강변길에서 프란츠 키인은 강물이 흘러 내려가는 방향으로 길을 잡았다. 야콥은 그를 따랐다. 물은 밖으로 빠지고 있었다.

"썰물이야." 프란츠가 말했다.

"그래," 야콥이 말했다. "알고 있었어. 집에서 간만력을 보았거든."

그는 함부르크를, 북독일을 몹시 좋아했다. 프란츠도 그랬다. 그러나 야콥만큼은 아니었다.

그들은 무리지어 다가오는 일요일의 산책객들과 부딪혔다.

"보통 때보다는 적군." 야콥이 말했다.

"그럼에도 여전히 너무 많아."

"하젤 마을의 갯벌에는 아무도 없겠군."

그들은 평평한 풀밭, 고리버들, 그리고 배들이 썩고 있는, 갈대가 무성한 운하를 생각했다.

"배를 타고 나갔으면 좋았을걸." 프란츠가 말했다.

"그러려면 일찍 떠났어야 했지." 야콥이 말했다.

그들은 프란츠의 거처에서 오전 내내 라디오 앞에 앉아 있었던 것을 후회했다.

"여기도 아주 아름다워." 야콥이 말했다.

"에이, 시시해." 프란츠가 말했다.

태양은 흐르는 물의 건너편, 중천에 걸려 있었다. 그들은 걸음을 멈추었다. 야콥이 사진을 찍으려 했기 때문이었다. 그는 사진 두 장을 찍었다. 하나는 남서쪽으로 햇빛을 마주하고, 다른 하나는 해를 등진 동쪽의 항만 시설이었다. 그는 사진을 찍으며, 롤라이플렉스의 초점 유리를 내려다보았다. 첫번째 촬영에서, 멀리 바라보이는 알트 란트의 제방은, 그림의 상부에 회색으로 빛나는 물의 평면과 거의 흰색인 하늘의 평평한 사각형 사이에서 검은 줄로 놓여 있었다. 두번째 사진에서 발터스호프의 진수대와 도크의 벽은 항구의 깊은 안쪽에서 조명이 잘되어 있었고, 석유항의 기름 탱크들은 온통 푸른색의 가을 하늘 한구석에서 빨강, 붉은 녹빛, 그리고 검은색으로 서 있었다.

"이 사진은 흑백으로는 표현력이 별로 없지." 야콥이 말했다. "아직 유색 필름이 좋은 게 없어 유감이야."

프란츠는 동생이 결연한 자세로 초점 유리를 응시하고 있는 것을 바라보았다. 야콥은 프란츠보다 작고, 단단하고 우람했다. 그의 머리카락은 불그스름했고 얼굴도 그랬는데, 그것은 마치 늘 염증이 나 있는 것처럼 보였다. 야콥의 턱은 힘찬 사각형으로, 그가 무엇을 곰곰이 생각하거나, 지금처럼 어떤 대상을 살펴볼 때는 앞으로 나와 있곤 했다. 우리 가족 중에는 아무도 저런 턱을 가진 사람이 없다고 프란츠는 생각했다.

"넌 그림을 그려야 해." 그가 말했다. "왜 넌 회화반으로 가지 않는 거니?"

야콥은 셔터를 누르기 전에 화면의 영상을 필요 이상으로 오래 들여다보았다. 그러고는 파인더 구멍을 닫았다.

"그림은 그냥 그릴 수 있는 게 아니야." 그는 계속 걸으면서 말했다. "형은 몰라."

그는 주립미술학교에 다니면서, 활자, 인쇄술, 그래픽 기술에 관한 수업을 받고 있었다.

"네가 스케치라도 하면 좋으련만." 프란츠가 말했다. "너희들 나체 소묘반이 아주 우수하다고 하던데."

"그만 좀 해." 야콥이 말했다. "그것에 더 이상 관심 없으니까."

그들은 다시 걸음을 멈추고 비행 편대가 도시에서 나타나 엘베를 거쳐 남쪽으로 날아가는 것을 주의 깊게 바라보았다. 빠르게 지나가는 비행 편대 아래로 이미 며칠 전에 띄워놓은 계류기구(繫留氣球)들이 항만 주변에 원을 그리며 흔들림 없이 걸려 있었다. 비행기가 사라진 다음에야 그것들은 다시 움직이기 시작했다. 노란색의 계류기구들은 푸른 공기 속에 떠 있었다.

"전쟁은 이미 시작되었는지도 몰라." 야콥이 말했다.

"가능하지." 프란츠가 말했다.

"라디오 앞에 계속 앉아 있을 걸 그랬어."

"제때에 알게 될 거야."

“그게 시작되면 우리가 바로 징집이 되는 것인지 궁금해.”

“너는 징병검사 때 네 결핵을 끈질기게 주장해야 돼.” 프란츠가 말했다. “그게 아니라도 너는 너무 어려.”

야콥은 열일곱 살이었다. 그는 골수결핵으로 열 살부터 열두 살까지 2년 동안이나 침대에 누워 있어야 했다.

“12월이면 열여덟 살이 되잖아.” 그가 말했다. “그리고 결핵은 이미 완전히 나았고.”

프란츠는 더 이상 그의 말에 반대하지 않았다. 야콥처럼 건장하고, 거의 억세 보이는 남자를 그들은 전쟁에 유용하다고 판단할 게 틀림없다.

“아무튼 너는 기동대로 가게 될 거야. 나는 보병으로 끌어갈 게 틀림없고.”

“어쩌면 집단수용소에 가 있던 사람들은 징병이 되지 않을 수도 있잖아?” 야콥이 말했다.

“그게 사실이라면 정말 좋겠지만.” 프란츠가 말했다.

7년 전, 그가 지금의 야콥 나이였을 때, 그는 공산당 청년연맹의 일원이었다. 그 당시 키인 형제가 살던 뮌헨에서였다. 강의 수면을 바라보면서 그는 뮌헨의 한 변두리에서 지냈던 몇 해를 기억했다.

“확실히 함부르크가 뮌헨보다 낫지.” 그가 말했다.

“물론.” 야콥이 말했다.

“그러나 우리는 여기 오래 있게 되지는 않을 거야.” 프란츠가 말했다.

그들은 블랑케네제에 도착해 강변도로를 따라 걸었다. 카페에는 손님이 조금밖에 없었다. 위쪽 언덕에 있는 선장의 작은 가옥들은 하얀 유성 페인트로 두껍게 칠해져 있었다. 집들은 정원의 짙은 늦여름 초록 속에 통통하고 하얗게 웅크리고 있었다.

"어쩌면 그림을 그리기 시작할지도 몰라." 프란츠가 말했다.

그는 항상 야콥을 격분시키고 불안하게 만드는 말을 했다. 프란츠는 그림을 그리고 싶어 했다. 프란츠는 글을 쓰고 싶어 했다. 그러나 그 대신 그는 종이 공장 광고부의 직원이었고, 광고문을 썼다. 그뿐 아니라 그는 이미 결혼했고, 아이도 하나 있었다. 그는 결코 그림을 그리지 않을 거야, 라고 야콥은 생각했다.

머리로는 안 되지! 프란츠는 야콥보다 머리 하나가 컸고, 날씬했다. 그의 얼굴은 창백하고, 넓적했으며, 이마는 길었다. 그는 도수가 높은, 마이너스 10도나 되는 뿔테 안경을 끼고 있었다. 그들은 서로 다르게 보였지만, 닮은 점도 있었다. 예를 들어 갈색의, 꽤 작은 눈도 같았고, 짧고 뻣뻣한 머리카락도 그랬지만, 야콥의 경우는 붉은색이었고, 프란츠는 어두운 갈색이었다.

"내일 아침 일찍 뭐 하니?" 프란츠가 물었다.

"손 식자(植字)." 야콥이 말했다.

"재미있겠군!"

"상당히 지루한 일이야."

그는 프란츠에게 자신이 얼마 전부터 그래픽 과목들에 흥미를 느끼기 시작했음을 인정하고 싶지 않았다. 그가 그래픽 화가가 되어야 한다는 생각을 했던 것은 프란츠였다. 프란츠는 어머니에게 그녀의 연금에 보태기 위해 돈을 보냈는데, 그것으로 그녀가 야콥의 학비를 지불하도록 하기 위해서였다.

"내 시를 한번 식자해볼 수 있겠니?" 프란츠가 말했다.

그는 자신의 글이 인쇄되어 있는 것을 보면 어떨까 하는 상상을 해보았다.

야콥은 형의 시를 아직 한 번도 본 적이 없었다. 그는 뛸 듯이 기뻤다.

"그런데 아마 몇 달은 기다려야 할 거야." 야콥이 말했다. "내 실력이 아직 그 정도는 되지 못하거든."

"유감이다." 프란츠가 말했다. "그때까지 우리가 어디에 있게 될지 누가 알겠니."

"그렇다면 한번 시도해볼 수는 있지." 야콥이 말했다.

"이 주택가를 벗어나도록 하자." 프란츠가 말했다.

야콥은 카페에서 커피를 마시고 케이크를 먹고 싶었으나 아무 말도 하지 않았다. 지금처럼 썰물 때가 되면, 그들은 해변이 넓어지는 높은 해안의 기슭까지 가려고 했다. 그렇게 하자고 미리 말하지는 않았지만, 그것은 처음부터 너무나 당연한 일이었다.

"벌써 5시야." 프란츠가 말했다. 빛은 이제 낮게 내려와, 텅 빈 물위를 수평으로 가득 채웠다. 바람은 거의 없었다.

"결혼한 남자는 제시간에 집에 있어야 하잖아." 야콥이 말했다.

슈바이네잔트의 저쪽 편에는 핑켄베르트의 어선이 물결을 타고 밖으로 나가고 있었다.

"저들은 분명 저기보다 더 멀리는 나갈 수 없을 거야." 프란츠가 말했다. "북해 전체가 지뢰밭이 되어 있을 테니까."

산책하는 동안 그들은, 그들이 보통 일요일 오후에 하젤 마을의 갯벌을 돌아다닐 때면 볼 수 있었던 것과는 달리, 출항하는 배를 한 척도 보지 못하였다. 그곳에서 배는 마치 들판 사이로 운항하는 것처럼 보였는데, 제방 뒤 육지에서 바라보면 그 사이에 있는 엘베 강을 볼 수 없기 때문이었다. 여기 블랑케네제 뒤에는 제방이 없고, 그 대신 강물이 북쪽의 불모지에서 긁어 옮겨와 만들어놓은 언덕이 있었다. 야콥은 허물어진 언덕 가장자리에서 소나무들이 허리를 굽히고 있는 위쪽으로 시선을 던졌다. 그 중 몇 그루는 뿌리가 이미 공중에 걸려 있었다. 그는 사진을 찍을까 생각하다가, 그것이 그래픽의 관점에서 근사해 보였음에도 그만두었다.

그들은 썰물이 모랫바닥을 드러낸 곳으로 오자, 낮은 둑에 자리를 잡고 앉은 다음 파이프를 꺼내어 구멍에 연초를 채워 넣었다. 야콥은 가죽으로 된 잎담배 주머니를 가지고 있는 반면, 프란츠는 곽에서 잎담배를 꺼냈다. 프란츠는 라이터를 사용했다. 야콥은 성냥이 자꾸 꺼지는 바람에 파이프에 불이 붙을 때까지 상당한 시간을 소모했다. 프란츠는 그것을 바라보았다.

"어제 린데의『엘베 하류 지역Niederelbe』을 학교 도서관에서 가져왔어." 야콥은 드디어 파이프가 제대로 빨리자 말했다. "최고의 책이야! 사진은 오래됐지만, 아주 좋아. 형, 알아? 오래된 전축판의 녹음 같은 거. 요새는 그렇게 만들지도 않지. 형, 아주 근사한 갯벌이 있는 게 틀림없어. 특히 엘베 강 오른쪽 유역에. 빌스터 갯벌에 대해 들어본 적이 있어?"

"물론이지." 프란츠가 말했다. "그곳에는 아직도 오래된 풍차가 있어, 물을 한쪽 운하에서 다른 쪽으로 퍼내는 곳이지. 풍차들이 운하 옆에 열 지어 서 있어."

그는 언제나 모든 것을 알고 있다고 야콥은 생각했다.

잠시 후에 그가 물었다. "그렇지만 그곳에 가본 적은 아직 없지?"

"없어."

프란츠 키인은 2년 전에 함부르크로 이사를 했다. 그가 어머니와 야콥을 데려오기 전인 첫해에는 일요일에도 대부분 공장에 갔다. 그는 집보다 그곳에서 글을 쓰기가 수월했는데, 특히 아내가 임신을 하고 있을 때 그러했다. 가끔 그는 광고부에 있는 자신의 자리를 떠나 공장의 뜰을 내려다보거나, 아니면 기계가 있는 작업장으로 갔다. 종이는 롤러의 넓은 레인에 걸린 채 움직이지 않았다.

"우리 한번 같이 그곳에 가자." 야콥이 말했다. 그는 아직 여자 친구가 없었다.

"글쎄," 프란츠가 대답했다. "전쟁이 나면, 아마 난 전혀 그럴 의욕이 나지 않을 거야."

"그래도 나는 가고 싶어." 야콥이 말했다. "그리고 전쟁이 끝나면, 갯벌의 사진첩을 하나 만들 거야. 아니면 빌스터 갯벌만이라도. 만약 살아 돌아온다면 말이야."

키인 형제는 남독일 출신이었다. 그러나 그들의 조상은 북독일 사람이었다. 북독일, 슬라브족, 프랑스 사람들이었다.

"너는 조지프 콘래드를 꼭 읽어야 돼, 『바다의 거울』을!" 프란츠가 말했다. "특히 템스 강 하구를 묘사한 장. 전쟁이 끝나면 나는 템스 강 하구를 보러 갈 거야. 런던, 그리고 다른 몇 가지들을."

템스라고 엘베에 없는 것이 있을 리 없지, 야콥은 생각했다. 사람은 한 가지 일에 집중해야 돼.

야외에서 파이프의 잎담배는 빨리 탔다. 그들은 일어나 물이 있는 곳까지 모래 위를 어슬렁거리며 걸어갔다. 물은 여전히 빠져나가고 있었다.

그들은 조개를 찾았고, 자그맣고 허여스름한 껍질을 몇 개 주워 올렸다. 야콥은 섬세한 방사선 줄무늬가 있는 초록색이 섞인 노란 도낙스 조개껍질을 발견했다.

"암룸에서는 아주 다른 것을 발견할 수 있을 거야." 그는 말했다. "내년에 말이야."

"그렇게 되지는 않을 거야." 프란츠는 말했다.

이제 태양은 알트 란트 위에 낮게 떠 있었다. 그들이 걸어가고 있는 모래는 붉게 빛났다.

블랑케네제 역에서 기차를 탔을 때, 그들은 상당히 피곤했다. 알토나에서 그들은 차를 갈아타야 했다. 그곳에는 신문과 호외가 있었고, 그것을 통해 전쟁이 발발하였음을 알게 되었다. 모든 사람들이 그 소식을 읽은 다음, 그것을 접어 넣고는 기차를 타러 갔다. 프란츠는 담토어에서 내렸다. 그는 에펜도르프에서 살았다. 야콥은 전차로 갈아타야 하는 베를린 성문까지 더 타고 갔다. 그는 어머니와 호르너 벡에 살고 있었다.

플라이셔 대위를 위한 기념사

1

하적장 안의 불빛은 매우 밝았지만 차갑지 않았고 노란색이었다. 열린 큰 문 뒤쪽에는 밤이 검푸르고 투명한 심연으로 몰려들었다. 버지니아 쪽빛으로 이루어진 정방형 앞엔 눈부신 하얀 군모를 쓴 해군 장교 한 명이 서 있었다.

그들은 등에 흰색으로 전쟁 포로라고 씌어진, 입기 편한 올리브초록색의 훈련복을 받았다. 프란츠 키인은 프러스가 자신의 독일 군복 상의를 꼼꼼히 접어 해군 배낭 바닥에 집어넣는 것을 지켜보았다. 몇몇 다른 이들은 그 묵직한 상의를 버리기도 했다. 프란츠 키인은 자신의 군복 상의를 간직해야 할지, 잠시 생각했다. 군복에선 땀 냄새가 났다. 밤은 온기와 향기를 하적장 안으로 실어 보냈다. 생각 끝에 키인도 자신의 물건을 헌 옷가지와 군화가 쌓인 곳으로 가져갔다. 그 옆에서 미군 병사 하나가 가끔씩 소리쳤다. "모두 다 버려, 새것을 받을 테니!" 홈이 팬 고무창의 가벼운 신발을 신고 걷는 것은 유난히 편했다. 키인은 새 재킷의 가슴 부분에 달려 있는 깊숙한 주머니에 온갖 것을 다 집어넣었다. 메모장 한 권과 연필들, 파이프 두 개, 연초 한 봉지, 그리고 편지와 사진이 든 봉투 하나.

열차 한 대가 창고 안으로 들어왔다. 그들은 그날 밤 안으로 떠났다. 리치먼드는 어둡지 않았다. 낮에 그들은 프레데릭스버그, 알렉산드리아, 워싱턴, 볼티모어 등을 보았다. 먼저 해리스버그에 도착하기 전에 서스크헤나라는 넓은 회색의 강을 건너야 했는데, 강에는 섬과 두루미들, 나뭇가지로 엮어 만든 현수교가 있었고, 강가의 숲엔 기생식물들이 나무둥치를 휘감고 있었다. 워싱턴 역의 승강장엔 프란츠 키인이 상원의원님이라고 부르는 노인이 서 있었다. 상원의원님은 날씬하고 키가 컸다. 사각으로 자른 회색의 수염, 창이 넓은 모자, 금으로 된 회중시계 줄. 그는 줄로 묶은 아일랜드 세터 두 마리를 가까이 붙들고 있었다. 흑인들이 그의 옆을 지나갔다.

전쟁에서 탈출하는 데 성공한 다음, 프란츠 키인은 어느 날 아침 지브롤터의 암벽을 보았다. 노란회색 구름 아래 모래색이었다. 맞은편 아프리카의 산들은 산정에 하얀 요새들을 가지고 있었다.

밤마다 그들은 소파침대칸의 검은색 가죽의자에서 잠을 잤다. 열차는 점점 짧아져 마지막엔 그들이 탄 차량만 남게 되었다. 그것은 세인트루이스에서 정기운행을 하는 열차에 연결되었다. 프럭스가 그들 칸에 함께 타게 된 건 아마 착오 때문이었을 것이다. 독일 군복을 챙겨 넣었던 포로들은 다른 칸에 탔었다. 프란츠 키인이 탄 칸에 실린 배낭들은 덜 무거웠다.

세인트루이스에서 안개는 미시시피 강 위에 걸려 있었다. 미국 사람들은 통나무집과 베란다에 놓인 흔들의자에서 살았다. 카이로라는 이름의 장소에서 오하이오 강은 회검정색이 되어 얕은 곡선으로 어두운 활엽수 숲을 지나 더 밝은색의 미시시피 강으로 흘러들었다. 카본데일이란 이름을 가진 곳에서 그들이 탄 칸은 다른 칸과 분리되었고, 그들은 두 시간 동안 다른 열차를 기다려야 했다. 기다리는 동안 그들에게 오렌지가 가득 담긴 광주리 하나가 전달되었다. "카본데일의 아주머니들이 주시는 거야." 그들을 수행하던 상사가 알려주었다. "그분들이 지금 이곳에 포로 수송 열차가 서 있다는 말을 들었지."

그는 세인트루이스에서 구입한 독일어판 미국 신문 한 부를 돌렸다. 모두들 자기 차례가 오길 조급하게 기다렸다. 오직 프럭스만은 읽지 않고 바로 건네주었다. 이것을 보고, "딱해, 저 친구"라고 막심 레더러가 프란츠 키인에게 목소리를 낮추어 말했다.

그의 목소리는 늘 쉿소리였다. 그는 종종 헛기침을 했고, 늘 자신이 망명을 시도했을 때 일어났던 광기 어린 이야기들을 짤막한 폭소로 마무리하곤 했다. 자기는 프라하로 망명을 한 적이 있는데, 결국 굶어 죽기 전에 독일로 돌아올 수밖에 없었다고 주장했다. 키인은 그를 통해 공산당이 지난 몇 년 동안 어떻게 변했는지를 경험할 수 있었지만, 별로 관심은 없었다. 바깥 경치와 도시들을 구경하면서, 자기가 전쟁에서 탈출해 지금 미국 땅을 달리고 있다는 꿈같은 사실에 대해 생각하는 것만도 벅찼기 때문이었다. 막심 레더러는 거의 창밖을 내다보지 않았다.

그날 밤 그들은 멤피스를 통과했고, 다음 날 아침엔 잭슨 근교의 높은 다리를 통과하면서 미시시피를 건넜다. 미시시피 강변은 모래사장과 얕은 늪지대로 이루어져 있었다. 강둑 뒤엔 육지로 변한 물길들이 있는 습한 숲이 있었고, 그곳에서 두루미와 펠리컨들이 쭈그리고 앉아 있거나, 날아올랐다가 다시 내려앉기도 했다. 열차는 천천히 달렸다. 흑인 거주지에 있는 가옥들의 목재는, 문 앞에 서서 열차를 바라보는 육중한 노인들

의 얼굴처럼 풍우에 시달린 모습이었다. 그 후 그들은 루이지애나 지방의
마른 평지에 도착했다. 비어 있는 땅, 밟으면 바스락거리는 메마른 초원
의 잔디나, 발아래서 부서지는 소나무 숲처럼, 프란츠 키인이 즐기던 길
고 단조로운 산책을 할 수 있는 벌판이었다. 그들이 하차해야 했던 러스
턴에는 흰옷 차림의 기마사들이 텍사스 모자와 은빛 박차 사이에서 구부
정한 자세로 안장에 앉아 있었다. 갈색의 융단 같은 털을 가진 말들은 거
의 고개를 들지 않았다. 9월의 그날이 덥고 고요했기 때문이었다.

2

    너울 같은 안개구름 아래를 빙빙 도는 독수리는 프란츠 키인에게 자
유에 대한 갈망을 불러일으키지 않았다. 모든 은유의 법칙에 따르면, 저
위의 동물은 나를 미치게 하려고 존재한다고 프란츠 키인은 생각했다. 그
러나 그가, 남쪽 11월의 온화한 일요일, 오후의 햇볕을 쬐면서, 병원 막
사 뒤쪽 입구의 계단에 앉아 책에서 눈을 들어 바라보는 동안, 그는 오직
그 넓은 들판과 수용소 위를 비행하는 고요함을 느꼈다. 저 멀리 쳐져 있
는 철조망은 그저 무의미한 은사(銀絲) 울타리에 불과했다.

    그가 책을 계속 읽으려고 하자, 건물 안쪽에서 목소리와 발걸음 소리
가 들려왔다. 그는 책을 덮고 일어나 계단을 올라가서는 유리 대신 방충
막이 쳐진 흔들문을 밀쳤다. 키인의 등 뒤로 문이 닫히기 전에 돌쩌귀가
두 번 삐걱거렸다. 병동 안, 양쪽으로 늘어선 침대 사이의 중앙 통로에 미
군 보초 두 명과, 그들 사이에 프럭스가 두 손이 밧줄에 묶인 채 서 있었
다. 프란츠 키인은 사람이 포박당한 것을 처음 보았다. 병사 중 한 명이

프럭스를 어디다 눕히면 좋겠냐고 물었다. 프란츠 키인은 침대 하나를 가리켰다. 건물 안에 있던 환자 두 명이 일어나 침대에 앉아 있었다. 그때 막심 레더러도 들어왔다. 프럭스가 누우라는 말을 이해하지 못하고 머뭇거리자 병사들은 프럭스를 침대까지 떠밀고 가 그를 넘어뜨렸다. 그는 포박된 상태로 침대에 얼굴을 박으며 엎어져 꼼짝하지 않았다. 말을 계속하던 병사가 의사를 보내주겠다고 말하고, 먼저 가버린 병사의 뒤를 따랐다.

프란츠 키인과 막심 레더러는 프럭스를 돌아눕혔지만 그의 옷을 벗길 수가 없었다.

"우리 이 친구의 포박을 풀어야 하는 거 아냐?" 프란츠 키인이 물었다. "그런데 도대체 이 친구에게 무슨 일이 있는 거야?"

막심 레더러는 고개를 흔들었다. 그들은 프럭스에게 이불을 덮어주었다. 프럭스는 허공을 응시했는데, 자신이 어디에 있는지 의식하지 못하는 게 분명했다. 그는 셔츠 위에 스웨터를 입고 있었다. 일요일이었는데도 그는 혐오감을 불러일으키던 문제의 상의를 입고 있지 않았다.

"프럭스가 결국 돌아버렸어." 막심 레더러는 쇳소리가 나는 사무적인 목소리로 알려주었다. "하루 종일 식사하러 가지도 않고 침대에 누워 있다가 갑자기 날뛰기 시작했어. 그림들을 모조리 뜯어내고는 막사장을 공격했어. 그래서 사람들이 보초들이 올 때까지 꽉 붙잡고 있었다니까."

그는 모든 문장을 목청에서 울리는, 기쁨이 전혀 담겨 있지 않은 짤막한 폭소로 끝냈다. 남의 불행을 보고 고소해하는 것은 아니었다. 막심 레더러에게는 남들이 모두 프럭스를 싫어했던 이유를 제외하고는 따로 싫어할 이유는 없었다.

"그런데 왜 이리로 온 거야, 감방이 아니고?" 프란츠 키인이 물었다.

"내가, 그가 병이 났다고 했거든." 막심 레더러가 대답했다. "나도 다른 이들과 함께 그를 붙잡고 있었는데, 내가 보니까, 그렇더라고."

프란츠 키인은 프럭스의 체온을 쟀다. 열이 41.5도였다.

"그거 보라니까!" 막심 레더러가 말했다.

"이 친구, 오늘 종일 앓았던 게 틀림없어." 프란츠 키인이 말했다.

막심 레더러는 야간근무가 시작되는 밤 8시가 아직 멀었는데도 그냥 병원에 머물렀다. 그와 프란츠 키인은 수용소 병원에 자리가 나기까지 다른 사람들처럼 9월 내내 목화밭에서 일을 했다. 목화밭 일은 그리 어렵지 않았다. 그들은 끝없이 늘어선 목화 관목 사이로 다니면서, 벌어진 열매 껍질 속의 목화를 양손으로 따서 양쪽 어깨에 걸친 자루에 넣었다. 한낮에는 모두 농가 주변에 서 있는 나무들의 짙은 그늘에 누워 졸기도 했다. 농가는 한낮의 찌는 더위를 묵묵히 견디고 있었다. 얼음물을 가져온 흑인은 나무에 기대어 잠을 잤다. 그는 그들과 접촉이 있던 유일한 흑인이었고, 그를 제외하고는 멀리에서도 흑인들이 목화밭에서 일하는 것을 전혀볼 수 없었다. 목화를 따는 백인이 존재한다는 것을 흑인들이 보아서는 안 되기 때문이었다. 오후엔 모두 일을 계속했다. 가끔 프란츠 키인이 고개를 들어 바라보면, 포로들은 반짝이는 솜뭉치들의 바다 한복판을 움직이는 푸른 점들로 보였다. 시간이 지나면서, 키인과 막심 레더러는 이런 나날의 단조로움을 견딜 수가 없었다. 그사이 목화의 수확은 끝이 났고, 포로들은 이제 넓적하고 끝이 구부러진 칼, 머세티로 사탕수수를 베기 시작했다. 수용소로 돌아와서 그들은 밭으로 이송되는 도중에 트럭에서 보았던 흑인 처녀들에 대한 이야기를 주고받았다.

의사가 오기까지는 두 시간이 걸렸다. 일요일에는 언제나 의사들과의 연락이 어려웠다. 프란츠 키인이 가끔 프럭스의 맥박을 짚어볼 때마다 그것이 무섭도록 빨리 뛰는 것을 느꼈다. 그는 20년이 지난 후에도 그때 프럭스의 손목이 전해준 그 느낌에 대해선 기억을 했다. 그러나 프럭스 자체에 대해선 더 이상 기억할 수 없었다. 이상한 일이지만 20년 후, 키인은 프럭스의 모습을 전혀 기억해낼 수가 없었다. 그와는 반대로 그의 머리는 플라이셔 대위의 모습을 잘 기억하고 있었다. 예를 들면 키인은 그 장교급의 의사 플라이셔 대위가 바로 그 일요일의 황혼녘에 지프에서 내려, 초소를 지나, 보폭이 작고 정확한 걸음으로 병원을 향해 걸어오던 장면을 마치 영화 필름을 다시 꺼내 돌리듯이 기억해낼 수 있었다. 어쩌면 키인이 창밖을 내다보며 조급한 마음으로 플라이셔가 오기를 기다렸기 때문이었을까? 플라이셔는 걸을 때 왼손을 군복 재킷의 주머니에 넣고 있었고, 오른팔은 약간 흔들면서 오른손을 뻣뻣하게 뒤로 젖히곤 했다. 프란츠 키인은 그가 왼손으로 담배를 찾아 뒤지고 있음을 알고 있었다. 항상 그렇게 그는 담배 한 개비를 꺼내 입에 물었고, 불은 붙이지 않았다. 담배는 그의 갈색 얼굴에, 정성들여 다듬은 까만 콧수염 밑에 하얗게 걸려 있었다. 콧수염과 윗입술 사이엔 3밀리미터 간격으로 수염이 깎여 있었다. 플라이셔 대위는 모든 면에서 날씬했고 정밀했다. 수염 위의 코도 안경알을 싸고 있는 금테도 그러했다. 이런 정밀함 속에서 그는 흔들거리는 느긋함이나, 예를 들어 그가 걸을 때 오른손을 뒤로 젖힐 때처럼 여기저기에 뻣뻣한 모습을 취하기도 했다.

병원 부지 건너편엔, 끈끈한 남풍이 불어올 때면 항상 발생하던 녹색의 명암(明暗) 밑에 나지막하고 기다란 막사들이 열 지어 서 있었다. 몇몇 건물엔 벌써 불이 켜져 있었고, 건물 사이의 자갈길은 거의 텅 비어 있었다. 이 시간이면 포로들은 저녁 식사를 하러 가기 전에 몸을 씻었다.

프란츠 키인은 계급이 더 높은 의사인 몰튼 소령이 아니라 플라이셔 대위가 온 것이 다행이라고 생각했다. 플라이셔는 외과 의사인 몰튼 소령과 달리 내과의였다. 몰튼은 군의관이었던 반면 플라이셔는 뉴욕 시내에 개인 병원을 가지고 있었다. 그러나 그는 군복을 어려움 없이 착용했다. 프란츠 키인은 그가 군복을 맞춰 입었을 거라고 추측했다. 키인은 플라이셔를 대기실에서 붙잡고 보고했다.

"아! 그게 이 친구군." 플라이셔는 프럭스를 보자 말했다.

프란츠 키인은, 플라이셔가 수용소 안의 주거 지역에는 발을 디딘 적이 거의 없었고, 테일러 대령이 점호를 받기 위해 집합한 포로들을 사열하던 일요일에도 지휘관 사열대에는 아예 나타나지도 않았는데, 프럭스를 알고 있었다는 것을 의아해했다. 프란츠 키인은 플라이셔가 아마도 이 포로에 대해서 들은 적이 있어 한번 주시해 보았을 것이라고 생각했다. 프럭스는 매주 일요일 점호 때 독일 군복 상의를 입고 나타났던 유일한 사람이었다. 그는 수용소에 도착하자마자 군복을 빨아 다렸다. 그의 군복엔 병장 줄무늬 계급장, 낙하산 부대 표식, 2급 철십자 훈장의 희고 검은 줄무늬, 갈고리 십자 휘장을 가진 독수리가 달려 있었다. 점호 때 다른 포로들은 프럭스를 둘째 줄로 밀쳐냈지만, 테일러 대령은 곧바로 그를 다시 앞줄에 세운 다음 통역관을 손짓해 불러서는 프럭스와 자신의 군에서의 과거에 대해 대화를 나누었다. 그 후로 일요일마다 프럭스와 사령관이 한두 마디 말을 나누지 않는 경우는 거의 없었다. 그는 프럭스를 노동부대의 지휘자로 임명했다. 프럭스는 수용소에서 고립되었다. 그와 말을 나누는 사람은 한 명도 없었다.

플라이셔는 프럭스가 옷을 입은 채 침대에 누워 있는 것을 보며 놀라워했다. 그가 이불을 젖히자 포박된 게 보였다.

"지Gee." 그는 말했다.

그는 물고 있던 담배를 입에서 뺐다. 가끔 그가 의료 지시를 내리는 방식에는, 조용하면서도, 위험한 날카로움이 담겨 있곤 했다. 이번엔 버럭 화까지 낼 듯한 기세였지만 그는 금방 이성을 되찾으며 포박을 풀고 옷을 벗기라고 명령했다. 프란츠 키인은 플라이셔가 오기 전에 자기가 직접 그것을 하지 못했던 것에 화가 났다. 키인은 플라이셔가 그것 때문에 자기를 경멸한다는 것을 알았다.

프럭스는 거의 혼수 상태였고, 몸엔 열기가 느껴졌다. 그가 다시 침대에 눕자 플라이셔는 진찰을 시작했다. 그는 프럭스가 폐렴에 걸렸다고 말하고, 첫번째 페니실린 주사를 직접 준비했다. 주삿바늘을 불빛에 비춰 점검을 할 때, 그의 얼굴은 다시 진정을 되찾은 모습, 아니 거의 무관심한 표정이었고, 왼쪽 입가엔 담배가 다시 꽂혀 있었다. 자리를 뜨기 전에 그는 프럭스에게 물을 많이 마시게 하라고 지시했다.

프란츠 키인은 두 시간 더 병동에 머무르면서 막심 레더러로부터 그의 망명 시절의 광기 어린 이야기를 들었다. 막심 레더러는, 공산당은 프라하에서 내려오는 노선에 복종하지 않는 독일 내 조직들을 죄다 나치 비밀경찰에 고발해 붕괴시켰다고 주장했다. 만약 그 이야기가 사실이라면 그건 공산당 자체가 썩어 있었다는 뜻이었고, 만약 그게 사실이 아니라면 그런 이야기를 하는 사람에 대해서는 조심해야 한다는 결론이 나왔다. 레더러는 자신이 프라하에서 독일로 귀환한 것에 대해서는 말하려 하지 않았다. 프란츠 키인이 당시 그에게 무슨 일이 있었는지 물을 때마다, 그는 답을 피했다. 프란츠 키인은 어떤 고문을 당했거나 또는 대립된 두 전선 사이에 끼어 심문을 받게 되는 사람들에게는 상상 가능한 모든 일이 생길 수 있음을 알고 있었다. 수감소에서는 종종 하룻밤에 생사가 결정 나기도 했다. 프란츠 키인은 이런 불투명한 존재에게는 거리를 두어야 한다고 생각하기도 했지만, 막심 레더러의 절망적이고 사무적인 목소리, 모든 혁명의 문장들을 폐기하던 목소리가 마음에 들었다. 막심 레더러도 수용소의 다른 사람들처럼 자신의 개인적인 생활이나 미래의 계획에 대해서는 전혀 말을 꺼내지 않았다. 또 그의 특이한 점은, 그와 말을 나눌 때 상대방은 아무 때나 대화를 중단해도 괜찮다는 것이었다. 그럴 때 그는 전혀 불쾌 해하지 않으면서 바로 말을 끝내고, 창백하고 작은 그의 얼굴과 검은 뿔 테 안경 뒤의 눈을 돌리고는 신문을 다시 집어 들곤 했다.

프란츠 키인은 주거 막사로 돌아갈 때, 구름 긴 밤하늘 아래, 멕시코 해협에서 불어오는, 거세게 잡아당기는 듯한, 갑자기 솟아오르는 돌풍을 느꼈다. 그는 혁명에 대해서는 그다지 관심이 가지 않았다. 앞으로도 전 쟁은 있을 것이다. 분명히 폭력, 그리고 혁명도. 하지만 이 모든 것들은 별로 중요하지 않았다. 중요한 것은 이 밤이 존재한다는 것이요, 바람, 구 름, 독수리의 비행, 해협, 막사 안에서 잠자는 이들……

다음 날 아침에도 여전히 프럭스는 열이 40도가 넘었지만, 조용히 잠 들어 있었다. 막심 레더러는 플라이셔가 밤에 다시 와서 프럭스에게 페니 실린 주사를 한 번 더 놔주었다고 했다.

"프럭스가 수용소에서 무슨 역할을 하는지에 대해 내가 플라이셔에게 말을 했어야 했어." 막심 레더러가 말했다.

"아마도 그는 프럭스에게 정신과 치료를 받게 해야 하는지 생각을 할 거야." 프란츠 키인이 말했다.

"내가 플라이셔에게 우리 중에는 프럭스와 상대하고 싶어 하는 사람 이 하나도 없다고 얘길 했더니, 굉장히 화가 난 것 같았어. 나는 그에게, 프럭스가 스스로 자신을 고립시켰다는 것을 납득시키려고 노력했어. 그는 이 수용소에 잘못 들어온 거라고 말했지."

그는 밤에 읽었던 책과 신문들을 치웠다. 위생실 유리창을 통해 프럭스와 다른 환자 두 명이 누워 자고 있는 막사의 병실이 들여다보였다.

"망상에 빠진 이 유대인들." 막심 레더러가 말했다. "너 플라이셔가 가기 전에 뭐라고 한 줄 아니?" 그는 프란츠 키인이 되묻는 걸 기다리지 않았다. "그는 프럭스의 침대 옆에 서서 'It's easy to hate, easier than to love(증오는 쉬워, 사랑보다 더 쉽지)'라고 말했어."

그 말을 전하고 난 다음에도 막심 레더러의 폭소에는 악의나 경멸은 담겨 있지 않았고, 평상시처럼 짧고, 거칠게 사실을 밝히고 있었다.

프란츠 키인은, 플라이셔가 사랑하는 것보다 증오하는 게 더 쉽다는 말을 막심 레더러에게 했는지, 아니면 그때 잠들어 있지 않았으면 반(半) 혼수 상태에 빠져 있었을 프럭스에게 했는지 궁금했다. 그가 그때 둘 중의 한 명을 바라보고 있었을까, 아니면 침대 건너편의 벽을 바라보고 있었을까? 분명 그걸 눈여겨보지 않았을 막심 레더러에게 그것에 대해 물어본다는 것은 소용없는 짓이었다. 그 전에 주고받았던 모든 말들을 생각해볼 때, 키인은 플라이셔의 말이 스스로에게 한 말이라고 결론을 내릴 수밖에 없었다. 그런데 플라이셔가 이 사람도 저 사람도 아닌 자신을 두고 한 말이었다면? 프란츠 키인은 자문했다.

병원의 하루는 늘 있던 일들로 조용히 흘러갔다. 침대 정리, 체온을 재는 일, 식사를 가져오는 것. 환자 중 한 명은 맹장수술을 하고 난 직후라 아직 일어서는 것이 금지되어 있어 오줌 병을 사용하게 했는데, 그것은 프란츠 키인에게 아무렇지도 않았다. 다른 한 명은 매독 환자였고, 두 시간마다 근육에 소량의 페니실린 주사를 맞았다. 그는 엄살이 심해 겁을 먹고 둔부에 힘을 주는 바람에 프란츠 키인은 그가 방심하는 순간을 기다렸다 바늘을 꽂을 수밖에 없었다. 점심 식사 후 두 건의 응급치료가 있었다. 벌목에 동원된 그룹 중 두 명이 독성 참나무와 접촉이 있었기 때문이었다. 프란츠 키인은 그들의 다리와 손의 염증 부위에 팅크를 발라주었다.

오전에 프럭스는 임상 기록에 필요한 최소한의 사항들을 말할 수 있을 정도로 정신이 들었다. 그는 1923년 오이틴 근처의 마을에서 태어났고, 아직 직업을 가져본 경험이 없었다. 전쟁이 터졌을 때 그는 열여섯 살이었고, 1940년 말에 징집이 되었다. 그는 자신이 사관후보생이었다고 말했다. 그의 아버지는 군청 직원이었다. 그 정도의 진술도 그를 몹시 힘들게 했다.

오후에 프란츠 키인에게는 다시 독서할 시간이 있었다. 그는 15분 동안 병원과 철조망 사이, 수용소를 가리는 소나무들이 서 있는 부분, 남동쪽으로 산책을 갔다. 그는 붉은 포도주색과 녹색 잎들이 달린 관목 가지 하나, 창촉 모양의 잎이 달린 풀 줄기 두 개, 포도송이 같은 빨간 꽃들과 자색 꽃송이 하나가 가운데 달려 있는 녹색 가지의 식물 하나를 꺾어 모았다. 루이지애나에는 11월임에도 불구하고 꽃들이 피어 있었다. 구름 낀 하늘 아래, 따뜻하고 습한 공기가 가끔 돌풍에 흔들렸다.

5시, 오렌지주스를 먹이고, 주사를 놓고, 체온을 재기 위해 프럭스를 깨울 때, 키인은 언젠가 수용소의 영화관에서 「위대한 플라마리옹The great Flamarion」을 볼 때 프럭스 옆에 앉았던 기억이 났다. 위대한 플라마리옹은 프랑스의 장교였는데, 에리히 폰 슈트로하임의 영화 속에서 옛 유럽 전쟁사의 이 인물이 살아 일어나 아메리카의 세계에서 활약하는 것을 보는 것은 기이했다. 불이 켜지자 프란츠 키인은 황홀경에 빠진 프럭스의 얼굴 표정을 감지할 수 있었다. 이 기억이 그나마 나중에 프럭스의 용모를 기억할 수 있도록 할 유일한 것이었으나, 결국 마르고 견고한 골격의 청소년들이 일반적으로 남기는 불분명한 인상처럼 다시 흐릿해지고 말았다.

막심 레더러가 교대하러 오기 전에 키인은 어느 잡지에서 마스든 하틀리의 그림을 보고 있었다. 인쇄는 엉망이었지만, 프란츠 키인은 「가을의 카타딘 산」은 정말 그림이라는 것을 감지할 수 있었다. 마스든 하틀리는, "이 나라에는 산을 이해하는 사람은 둘 밖에 없다"라고 말한 적이 있는데, 그는 "……산에 대해 뭘 좀 아는……"이라고 표현하지 않았다.

플라이셔가 저녁 회진을 하러 왔다. 그는 이미 오전에 한 번 들러서 키인에게 페니실린 정맥주사 놓는 법을 가르쳐주었다. 프란츠 키인에게는 그것이 몹시 어렵게 느껴졌고, 처음 두 번 주사를 놓을 때 프럭스에게 심한 고통을 주었다. 플라이셔는 프럭스의 상태에 만족했다. 열이 39.5도로 떨어졌다. 그는 프럭스가 영어를 하느냐고 물었다. 프란츠 키인은 정확하게 알지는 못했으나, 테일러 대령이 프럭스에게 말을 걸면 통역관이 통역을 채 끝내기도 전에 프럭스가 먼저 대답하던 것을 보았었다.

플라이셔는 10월 초에 처음 수용소에 왔다. 낯설고 조용하면서 세련된 사람이었다. 그의 옆에서 몰튼 소령은 거칠고 군인다운 인상을 주었다. 사령관과 몰튼 소령은 아마도 플라이셔 대위가 자기 아내를 수용소에 데리고 와 건물과 시설을 보여주고, 병원 안에까지 안내를 하던 것을 달갑게 생각하지 않았을 것이다. 플라이셔의 아내는 믿을 수 없을 만큼 예뻤는데, 소녀도 아니고 숙녀도 아닌 젊은 여성, 까다로우면서 우아한 인물이었다. 포로들은 모두 그녀를 보고 넋을 잃었다. 그녀가 뉴욕의 패션모델이라는 소문이 돌았다. 그녀는 부드럽고 금발로 염색한 머리카락을 어깨까지 늘어뜨리고 있었다. 그런데, 그녀는 남편보다 먼저 상황의 부적절함을 의식했던 것 같았다. 프란츠 키인은 그녀가 의사의 그 특징적인 좁은 걸음 옆에서, 느슨하게 흔들다가는 결국 경직된 손동작으로 끝나는 그의 팔 옆에서——다른 손으로는 호주머니 안에서 담배를 뒤지고 있었고——병원으로 다가올 때, 그녀의 아름답고 부드럽게 도전적인 걸음걸이에 부자연스러움이 섞이는 것을 보았다.

그 부부가 병동을 방문한 후에 프란츠 키인은 환자 두 명이 플라이셔 대위와 그의 아내에 대해 이야기하는 것을 옆에서 들었다.

"그 여자 우릴 보고 상당히 흥분하던데." 그중 한 사람이 말했다.

"천만에!" 다른 사람이 반박했다. "오히려 쾌감을 느꼈던 사람은 플라이셔야. 자기 부인을 우리에게 보여주면서 말이지."

이런 야비한 논평 속에는, 적어도 플라이셔가 너무도 매력적인 자기 아내를 수용소에 데려옴으로써 정말 포로들을 기쁘게 해주려 했다는 정도의 진실은 들어 있었다. 그런 지적 수준을 가진 사람으로서는 엄청난 실책이었다고 프란츠 키인은 생각했다. 눈이 멀도록 사랑에 빠져 있는 상태라는 것으로만 그것을 설명할 수 있었다. 그는 플라이셔가 몹시 실망해하는 것을 알아챘다. 그의 부인은 환자들과 말을 나누지 않고, 그들에게 악수도 청하지 않으면서, 마치 조그만 위험의 징조라도 보이면 도주라도 할 듯, 그의 뒤에서 반쯤 외면한 자세로 서 있었다. 그녀는 두번째 방문 이후로는 다시 오지 않았다.

화요일이 되어서야 비로소 플라이셔는 프럭스와 말을 할 수 있었다. 프럭스는 아직 무감각증에 빠져 있었지만, 의식은 분명했다. 열은 더 내려가 있었고, 플라이셔는 페니실린 주사를 중단하고, 그 대신 황산암모니아 알약을 처방했다. 그는 의자를 하나 당겨 프럭스 침대 옆에 앉더니, 그가 일요일에 강둑이 무너진 걸 보려고 미시시피에 갔었기 때문에 그렇게 늦어진 것이라고 프럭스에게 이야기했다. 테네시 주에 비가 많이 왔다면서 강을 따라 흐르던 물줄기가 빅스버그의 둑을 무너뜨렸다고 했다. 그는 물의 사막을 묘사했다. 프럭스는 꼼짝 않고 그를 쳐다보고 있었지만, 프란츠 키인은 프럭스가 그 의사의 이야기를 정말 관심 있게 듣고 있는지는 알 수 없었다. 키인은 플라이셔에게 미시시피에 관해 궁금한 것을 이것저 것 물어보고 싶었다. 플라이셔가 미시시피를 잘 알고 있는 듯한 느낌이 들었기 때문이었다. 그러나 그는 지금 그 이야기가, 아주 우연히 꺼낸 주 제였거나, 어쩌면 플라이셔가 뉴욕, 또는 끝나가는 전쟁 등 그 무엇에 대 해 이야기를 했더라도 그것은 오직 프럭스를 위한 것이었음을 파악했다. 플라이셔는 조용한 그의 대화 스타일로 물이 흐르듯 말을 계속했다. 그가 가끔 말을 중단하더라도 그것은 그가 무슨 말을 해야 할지 몰라서가 아니 라, 자기가 무엇을 이야기했는가 아니면 무엇을 계속할 것인지를 생각할 시간을 가지려고 했기 때문이었다.

그렇게 이야기가 중단된 뒤 그는 "Can we go a way together(우리 가 길을 함께 갈 수 있을까)?"라고 물었다.

플라이셔가 가고 나자마자 프란츠 키인은, 그 전에 병동에 와서 프럭 스 침대 옆에 앉은 플라이셔의 독백을 함께 들었던 막심 레더러와 그런 식 의 질문이 독일어로도 가능한지에 대해 말을 주고받았다.

"아니, 하나님 감사하게도, 아니야." 막심 레더러가 말했다. "우리는 미국 사람들처럼 그렇게 감상적이지 않지."

"그가 말하는 식으로는 전혀 감상적으로 들리지 않던데." 프란츠 키 인은 반박했다.

그렇지만 프란츠 키인은, 플라이셔와 프럭스 사이에 성립된 관계 속 에서, **우리 길을 함께 갈 수 있을까**, 라는 문장은 독일어로는 견디기 힘들 정 도로 감정이 담긴 듯이 들린다는 것을 인정해야 했다. 프란츠 키인은 **증오 하는 것은 쉽다, 사랑하는 것보다 더 쉽다**, 라는 문장은 힘들긴 해도 상상이 가능했다. 그것은 그저 엄숙할 뿐이었고, 엄숙함은 다른 방법이 없는 한, 쓴 약처럼 삼킬 수 있었다. 그러나 어떤 경우에도 허용이 될 수 없는 것은, 그저 가볍게 친절한 마음으로 한 말을 번역을 통해 끈적거리는 무엇으로 만드는 일이었다.

막심 레더러는 프럭스의 침대로 갔다.

"너 플라이셔가 너한테 무슨 얘기를 했는지 다 알아듣기나 했니?"라고 물었다.

프럭스는 대답하지 않았다. 눈을 뜬 채 누워 앞만 바라보고 있었다.

"플라이셔 대위는 유대인이야." 막심 레더러가 말했다. "하하하, 진짜 유대인이라니까! 이건 네가 혹시 모르고 있을까 봐 말해주는 거야."

"그만 좀 해!" 프란츠 키인이 말했다.

플라이셔는 프럭스의 답을 기다리지 않은 채 일어나, 다른 환자들을 돌아본 후, 가기 전에 몇 가지 지시를 했다. 프란츠 키인은, 다음 날 몰튼 소령이 며칠 휴가를 떠난 플라이셔 대신 회진에 나타난 것을 프럭스가 실망스럽게 생각했는지, 확실히 알 수 없었다.

그가 다시 병원 막사의 뒤쪽 계단에 앉아 있을 때, 그는 방충망이 끼워진 흔들문의 돌쩌귀에서 삐걱거리는 소리를 들었다. 그는 플라이셔가 앉아 있으라고 말했지만, 당연히 일어섰다. 그 의사는 자신의 느긋하고 분명한 자세, 오른손을 뒤로 젖혀 뻣뻣하게 만든 자세로 계단 맨 위에 서서, 멀리 뻗어 있는 철조망을 바라보며 철조망에 반대한다는 발언을 하였다. 그는 이런 수용소는 철조망 없이 지어야 한다고 말했다. 그러고 나서 그는 다시 프럭스에 대해 말을 꺼내더니, 수용소 안에서 그가 부당한 대우를 받는 것에 격한 항의를 했다. 프란츠 키인은 그날 저녁, 그 당시 쓰고 있던 일기장에, 예를 들어, Nobody talks to him(아무도 그와 말하지 않는다), 그리고 He must be taken into the crowd, not segregate(그는 고립되지 않고, 무리 속에 받아들여져야 한다) 등을 기록했다.

그 자신은 그러나 플라이셔처럼 철조망을 바라보지 않았고, 그 뒤의 작은 계곡, 계곡이라기보다는 지형의 주름을 바라보았다. 그곳은 갈색과 노란색에 잠겨 있었고, 멀리 지평선에는 나무들이, 그 사이에는 여러 색의 빨래가 늘 널려 있는 흑인 농가들과 풀이 무성한 누런 황야에서 풀을 뜯는 검은 소들이 있었다.

3

프럭스는 다시 건강해져 일요일마다 자신의 독일 군복 상의를 입었다. 그는 유대인 수용소에 대한 필름을 보고 나서야 비로소 군복을 벗었다. 그 후 그는 아이펠 출신의 농부와 친해졌다. 그는 미개한 무정부주의자이며 괴짜라는 이유로 군사재판까지 받았던 노령의 남자였다. 사람들은 그 둘이 말을 나누며 울타리를 따라 긴 산책을 하는 것을 볼 수 있었다. 이때는 이미 휴전협정 이후였다.

프란츠 키인은 프럭스와 막심 레더러, 그리고 수용소의 모든 사람과 영영 헤어지게 되었다. 그가 수용소의 다른 포로 스무 명과 함께 북쪽에 있는 수용소로 옮겨졌기 때문이었다. 그들은 다시 정규 열차에 연결된 화물차량에 실려 갔다. 기차는 먼로 근처에서 레드 리버를 건넌 다음, 멤피스를 지나 다시 미시시피의 한 지역을 따라가다가 테네시의 평원으로 달렸다.

프란츠 키인은 가끔, 자기 자신이나 막심 레더러, 플라이셔 그리고 프럭스가 20년 후에는 어디에 있을 것인지 생각해보았다. 또는 그들이 목화를 딸 때, 점심에 그들에게 얼음물을 가져다주던 흑인, 20년 후 그들은 모두 어떻게 살고 있을까?

그는 혁명에 대해서는 한 번도 생각하지 않았고 나라들만 생각했다. 아메리카, 테네시, 지브롤터, 유럽. 나라들의 외로움에 대해서.

그는 노예의 옛 고장인 루이지애나에서 조용한 가을과 겨울을 지냈다.

그들이 어느 이른 아침, 테네시의 한 역에 정차했을 때, 선로작업원인 고령의 육중한 흑인 한 명이 선로 옆에 서 있었다. 그는 색이 바랜, 붉은 벽돌색의 셔츠를 입고 있었다. 프란츠 키인이 그를 주시하자, 그 흑인은 움직이지도 않고, 웃지도 않은 채, 오랫동안 프란츠 키인을 바라보았다.

역 건너편 어느 목조 가옥에는 칠이 벗겨지고 있는 가운데 Moses Playhouse Nice clean rooms Meals Cold drinks(모세의 플레이하우스 깨끗한 방 식사 냉음료)라는 글자가 씌어 있었다. 이른 아침이어서 창문과 문들은 모두 닫혀 있었다. 프란츠 키인은 그곳에서 방을 하나 잡기 위해 기꺼이 하차를 했을 것이다.

딸

다보스에 있는 한 병원의 방사선과 과장인 리하르트 벵거 박사와 그의 딸 테레즈는 오전 11시경에 칼레에 도착했다. 그들은 급행열차를 타고 12시 50분에 바젤을 떠나, 간이침대칸에서 밤을 지냈다. 절약을 위해, 교육을 목적으로 그리고 성탄절 휴가 때 그녀가 같은 기차의 같은 칸을 타고 여행을 하게 되므로, 미리 구간과 여행의 성격을 알아두도록 하기 위해 그는 1등 침대칸을 주문하지 않았다. 그런데 그들은 운이 좋았다. 한밤중에 메스에서 승차한 승객 한 명이 그 칸으로 들어와 불도 켜지 않은 채, 그저 조용히 위쪽의 자리에 몸을 뉘었다가는 릴에서 이미 내렸기 때문이다.

기차가 출발한 다음 벵거 박사는 잠시 『타임스』를 읽었다. 그는 런던에 무슨 일이 있는지 알아보려고 바젤 역에서 그것을 샀다. 테레즈를 옥스퍼드에 데려다 놓고 나면, 그는 자유로운 저녁 시간을 이용해 극장에 갈 수도 있었다.

그와 테레즈는 아래 침대에서 마주 보고 담요를 덮고 누웠다.

"이게 스키 오두막하고 어딘지 비슷하다고 느끼지 않니?" 그가 말했다.

"스키 오두막은 견딜 수 없어요." 테레즈가 대답했다.

그는 독서용 램프를 끄기 전에 그녀를 건너다보았다. 그녀는 잠들어 있었다. 그녀가 벽 쪽으로 몸을 돌리고 있었으므로 그는 그녀의 검은 머리카락 뭉치만 볼 수 있었다. 그 머리카락은 싸움이라도 해야 할 만큼 언제나 그녀에게 문젯거리였다.

오늘 아침에도 그녀는 머리 모양을 내는 데 많은 시간을 필요로 했다. 세면실에서 나와서 그녀는 물었다. "대디, 괜찮아 보여요?"

"그림처럼 예쁘구나!" 벵거가 대답했다.

"저보고 예쁘다고요?"

"그래 좋아, 너는 아주 밉게 생겼다."

"아니에요." 그녀가 대꾸했다. "밉게 생긴 것도 아니에요. 저는 그저 특별히 예쁘지 않을 뿐이에요."

그들은 통로에 서 있었고, 테레즈는 밖의 풍경을 통해 그녀의 외모로부터 주의를 돌리고자 했다. 그녀는 생토메르와 칼레 사이의 포장도로변에 서 있는 손수건만 한 가옥들에 큰 흥미를 느꼈다.

"저건 정말 집들이에요!" 그녀가 큰 소리로 말했다. "다보스에 있는 모든 샬레*처럼 바보 같지 않아요."

"우리 집도 바보 같아 보이니?" 벵거가 물었다. "그것도 샬레의 하나인데."

"대디도 참," 그녀가 말했다. "우리 집은 멋있어요. 특히 내부가요. 그게 샬레가 아니라면 좋겠지만! 샬레는 속물스러워요." 그녀는 잠시 말을 멈추었다. "그러나 엄마와 대디는 전혀 속물이 아니에요. 그리고 다보

---

* chalet: 알프스 지방이나 스위스의 시골에 퍼져 있는 목조 가옥.

스에서는 다르게 집을 지을 수 없다는 것도 물론 이해하고 있고요. 이곳의 평지는 참 근사해요. 저는 나중에 이런 평평한 곳에서 살고 싶어요.”

“너는 네덜란드 남자와 결혼해야겠구나.” 벵거가 말했다. “아니면 러시아 남자나.”

“러시아 남자와는 결혼할 수 없어요.” 테레즈가 단호하게 말했다. “그리고 저는 어떤 남자가 평지에 살고 있다는 이유로 결혼하지는 않을 거예요. 저는 누군가와 결혼한 다음에 그에게 말할 거예요. 땅이 평평한 곳으로 이주를 하자고.”

“그가 원하지 않으면?”

“그가 평지를 원하는지, 산악 지대를 원하는지는 미리 확인을 해놓을 것이니까요.”

기차가 해안으로 가까이 갈수록 날씨는 점점 더 아름다워졌다. 칼레의 승강장에서 그들은 바람을 느꼈다.

테레즈는 카페리를 가리키며 소리쳤다. “대디, 저게 우리 배예요?”

“그래,” 벵거가 말했다. “그런데 그렇게 항상 ‘대디’라고 소리치지 말거라.”

그들과 함께 여권 조사구로 가는 사람들은 대부분 영국인들인 것 같았고, 그래서 벵거는 테레즈가 그들이 들을 수 있도록 큰 소리로 대디라고 부르는 것이 민망했다. 그 애칭은 벵거 가족에게는 그가 영국을 좋아하는 박사였기 때문에 사용되었던 것이지만, 이곳 칼레에서, 그것도 여행하는 영국인들 사이에서는 갑자기 그를 불쾌하게 했다. 그들은 그를 미국화된 독일인 정도로 간주할 것이다. 실제는 그저 영국을 애호하는 스위스 사람일 뿐인데도. 그렇다고 그가 이 사람 저 사람에게 가 그 차이점을 설명할 수는 없었다.

그들이 배 위를 한 바퀴 돌아보는 동안, 히피 남자를 하나 만났다. 그는 흡연 살롱에 자리를 잡고서 크고 지저분한 선원용 배낭에서 물건들을 꺼내 펼쳐놓는 일에 열중하고 있었다. 그의 머리카락은 어깨까지 내려왔다. 그는 반짝이는 귀걸이를 달고, 긴 양털 외투를 안쪽이 바깥으로 나오게 뒤집어 입고 있었다.

벵거는 테레즈가 그 히피를 보지 않으려고 노력하면서 빨리 지나가는 것을 보았다. 대부분의 사람들은 걸음을 멈추고 그 젊은이를 생각 없이 바라보았다. 테레즈는 잡지나 비틀즈 앨범의 재킷에서 말고는 아직 실제 히피를 본 적이 없었다. 다보스에는 히피가 없었다.

날씨는 아주 맑아 그들이 갑판 위에 서 있을 때는 영국의 해안을 볼 수 있을 정도였다.

"바다를 건너갈 때 이런 날씨는 본 적이 없다." 벵거가 말했다. 그는 이런 맑음보다는 도버의 석회암 절벽이 천천히 안개 속에서 나타나는 흐린 날을 선호하는 것이 아닌가 하고 자신에게 물었다. 해협은 오늘 그에게는 너무 빨리 막을 올려버린 무대처럼 보였다.

"영국으로는 배 이외에 다른 것을 타고 가서는 안 돼." 그가 말했다. "섬으로 가고 있다는 것을 느낄 수 있어야 하니까."

그는 자신의 생각 없는 교육적 발언에 대해 짜증이 났다. 어쩌면 이 긴 여행은 테레즈에게 적당한 것이 아닌지도 몰랐다. 이런 긴 여행 후에는 옥스퍼드가 집으로부터 너무 멀리 떨어져 있다고 느끼게 될지도 몰랐다. 그녀는 처음으로 집을 떠나 곧 가늠하기조차 어려운 먼 공간에 도달한 것이 되리라. 그녀는 이제 겨우 열여섯이 되지 않았는가! 그는 차라리 그녀와 비행기를 탔으면 좋았을 것이다. 비행기로는 한 시간 안에 취리히에서 런던에 도달할 수 있었다. 테레즈에게 그것은 아무것도 아닌 것으로 보였을 것이다.

그녀는 내항을 넘어 바다를 바라보았다. "엄마가 저것을 볼 수 없어서 아쉬워요." 그녀가 말했다.

벵거의 아내 역시 의사였다. 그녀는 잘나가는 소아과 진료실을 운영하고 있었다. 리하르트와 마들렌 벵거는 다보스가 아주 조용해지는 초여름에나 함께 여행을 할 수 있었다. 그러면 그들은 대게 사르데냐(지중해의 섬)에 가서 같은 호텔에 몇 주 동안 머물렀다. 그들은 수영을 하거나, 아니면 산으로 가 차를 세워두고 마키아로 들어가서는 한동안 말없이 앉아 매미 소리에 귀를 기울였다. 10월 초에 여의사 벵거 박사는 업무에서 빠져나올 방법이 없었다.

"엄마는 이미 보았단다." 벵거는 말했다. "나는 네 엄마를 영국에서 알게 되었으니까."

그들은 둘 다 1947년 이미 교육 과정을 끝낸 의사로서, 소아과 **병원**에서 매슈 교수의 방사선학 강의를 들었다. 벵거는 그런 뒤에 방사선학을 계속했고, 그의 아내는 소아과 의사가 되었다. 그녀는 스위스로 국적을 바꾸었으나, 원래는 니용의 의사 집안 출신이었다. 그들은 1948년에 결혼했다. 1949년에 아들이 태어났고, 울리히라는 세례명을 받았다. 울리히는 지금 고등학교 졸업시험을 보고 있다. 테레즈는 오빠보다 2년 후에 태어났는데, 마들렌은 외할머니의 이름을 따 프랑스어 분위기가 있는 이 이름을 주장했다. 외할머니는 유명한 인물이었던 것이 분명했다. 테레즈는 니용 출신의 외할머니 테레즈 바디우에 대한 이야기라면 지칠 줄도 모르고 그저 귀를 기울였다. 마들렌은 특히 프랑스어로 이야기를 할 때는 대단한 이야기꾼이었다.

날카로운 동풍이 불고 있었으므로, 하늘은 몹시 푸르렀고, 테레즈는 뱃멀미를 느꼈다. 토할 정도로 심하지는 않았으나, 그래도 아래로 내려가야 했다. 테레즈가 어떤지 보려고 벵거가 찾아가자, 그녀는 흡연 살롱에 있었다. 그녀는 눈을 감고 소파에 누워 있었고, 멀지 않은 곳에 그 히피가 앉아서 기타를 뜯고 있었다. 그녀는 보통 때보다 훨씬 창백했다. 납빛이 된 그녀의 얼굴이 검은 머리칼의 둥지 안에서 쉬고 있었다. 포크스턴에 도달하기 직전, 그녀는 매무새를 가다듬고, 석회암 절벽의 아름다움을 감상할 수 있도록 알맞은 시간에 다시 나타났다. 절벽은 높이 솟아 정지된, 투명한 파동의 모습으로 북쪽을 향해 유령처럼 서 있었다.

그들은 시계를 한 시간 뒤로 돌렸다.

"최대한," 테레즈가 말했다. "한 시간을 벌었네요."

런던행 기차에 자리를 잡고 앉자마자, 그녀는 그 히피를 찾아 두리번거렸다. 그러나 그는 어디에도 보이지 않았다. 차가 거의 출발할 무렵 그는 경찰 한 사람을 동반하고 승강장을 걸어왔다. 그러나 그는 기차에 타지 않고, 어딘가에 있는 사무실로 끌려갔다.

"대디!" 테레즈가 소리쳤다. "보셨어요?"

벵거는 고개를 끄덕였다.

"그를 체포했어요! 왜일까요? 그가 히피이기 때문인가요?"

"그것 때문은 분명 아닐 게다. 그리고 그게 반드시 체포란 법도 없다. 어쩌면 그저 잠시 조사를 해보려는 것일 게다. 내가 알기로, 그들은 저런 사람들의 짐은 철저히 조사한단다."

"마약 때문에, 그렇지요?"

"잘 알고 있구나!"

"그는 절대로 마약을 가지고 있지 않아요. 제게 배낭 안에 있던 것을 다 보여주었거든요."

"테레즈!" 벵거가 말했다. "몸이 좋지 않은 거라고 생각했는데."

"좋지 않았어요. 아주 나빴지요. 저는 길어야 10분 정도 그와 이야기를 했어요. 그런 다음 누웠어요."

"그가 독일어를 하던?"

"프랑스어를 했어요. 별로 잘하지는 못했지만 그런대로요. 그는 여름 내내 프랑스와 북아프리카에 있었대요. 그가 제게 무얼 하나 선물했어요."

그녀는 가방을 열어 조개로 만든 짧은 목걸이를 꺼내 아버지에게 건네주었다.

"자패(紫貝) 껍질," 벵거가 말했다. "예쁘구나!"

그는 목걸이를 그녀에게 돌려주었다. 그녀는 바로 가방에 넣지 않고 잠시 그 목걸이를 바라보았다.

"그건 아주 끔찍한 일일 거예요." 그녀가 말했다. "1년 내내 떠돌아다닌다는 것은. 그는 집이 없대요. 그리고 전혀 갖고 싶지도 않다고 말했어요."

벵거는 그녀가 마침내 목걸이를 가방에 집어넣는 것을 바라보았다. 그녀는 다보스에 있는 고급 스포츠웨어 가게에서 산 갈색 재킷을 걸치고 있었다. 재킷 속으로는 밝은 파란색의 얇은 스웨터를 입고 있었다. 옷들은 그녀에게 잘 어울렸다. 그러나 조개 목걸이는 아무리 예쁘더라도 그 옷들과는 맞지 않을 것 같았다. 테레즈는 깔끔하고 교육을 잘 받은 아이처럼 보였으나, 그렇다고 개성이 없어 보이지도 않았다. 그녀의 어머니는 우아하지는 않았으나—그녀는 오히려 마담 퀴리 타입을 구현하고 있었다—, 자기 집안의 다른 여자들이 갖고 있는 제네바의 멋스러움을 딸에게 전할 줄 알았다. 벵거 박사는 딸의 모습이 만족스러웠다.

켄트를 지나갈 때 그녀는 생기를 되찾았다. 그녀는 초원과 가을 나무들, 용수철 모양으로 올라간 뾰쪽한 탑을 가진 농가들에 도취되었다.

"저것은 예전의 호프 저장고란다." 벵거는 그녀에게 설명해주었다. "요즈음은 대부분 런던에서 온 예술가, 작가 그런 사람들이 살고 있지."

"멋있어요!" 테레즈가 말했다. "옥스퍼드 근교도 저렇게 보이나요?"

"옥스퍼드셔는 사실 더 아름답지. 규모가 더 크다. 템스 계곡은 네 마음에 꼭 들 게다. 블렌하임 궁전에 있는 공원도 한번 꼭 보아야 해. 넌 아직 그런 나무들을 보지 못했지."

"마음에 드는 것은 모두 다 그럴 거예요."

"그러면 좋겠구나!"

테레즈는 다보스의 김나지움, 미술 과목에서는 언제나 최고였다. 지난해 겨울 그녀는 학생 실기대회에서 1등상을 탔다. 그 실기대회의 주제는 2000년의 다보스였다. 테레즈는 뛰어난, 그러나 조금은 불안해 보이는 미래의 스키 활강로를 그렸는데, 그것은 마천루 고층건물 사이에 놓인 심연으로 표현되어 있었다. 그 그림은 스위스의 폴크스방크(국민은행)의 한 진열창에 전시되었고, 사람들은 그 앞에 서서 처음에는 흥미를 보이다가 점차 당혹감을 느끼며 그림을 바라보곤 했다.

아쉽게도 그녀는 수학에서 완전히 낙제를 해, 교장이 벵거 가족에게 사무적인 어투로 테레즈가 졸업시험에 합격하지 못할 거라고 말하기도 했다. 그녀는 예술적 소양뿐만 아니라 언어적 소질도 물론 있지만, 순전히 논리적 사고를 요구하는 과목에는 전혀 적합하지 않다는 것이었다.

부모들은 테레즈의 예기치 않은 예술적 소양에 놀랐다. "그림을 그리는 아저씨가 우리 집안에 있는데," 여의사 벵거 박사는 기억을 더듬으며 말했다. "그러나 그저 취미로 그렸을 뿐이야." 그들은 어떻게 해야 할지 알아보았고, 소묘 선생과의 대화 후에 테레즈를 취리히 공예학교의 예비

코스에 보내기로 결정했다. 그러나 그 코스는 부활절이 되어야 시작했기 때문에, 그때까지 테레즈는 영어를 배워야 했다. 그녀는 지금까지 라틴어와 프랑스어만을 배웠기 때문이었다. 벵거는 지금과 같은 시대에 영어를 할 수 없다는 것은 일종의 문맹이란 견해를 가지고 있었다. 그는 편지를 썼고, 강의 요강을 점검했고, 소개장을 받아 온 뒤에 옥스퍼드에 있는 세인트 시드웰스 홀St. Sidwells Hall이라고 부르는 학교로 결정했다. 그와는 달리 그의 아내는 그 아이디어를 달가워하지 않는 것 같았다.

"여기 다보스에도 아이에게 개인교습을 해줄 만한 사람이 분명 있을 거야." 그녀는 반대했다.

"그것은 영국에서 영어를 배우는 것과는 같지 않아!"

"그런데 당신은 그 애가 아직은 좀 어리다는 생각이 안 들어?"

"그 애 나이의 여자 아이들이 수천 명씩 반년 정도 영국으로 가고 있어."

그녀는 더 이상 반대하지 않았다. 테레즈 자신은 영국으로 가는 것을 기뻐하는 것 같았다.

"적어도 올 겨울에는 스키를 탈 필요가 없군요." 그녀는 고개를 돌렸다. 말들이 초원에 서 있었고, 그 위로 차장미색의 구름이 떠 있었다. 그녀는 기차가 지나가는 그 풍경을 가능한 한 오래 관찰하려고 했다.

"너는 그게 그렇게도 싫으냐?" 벵거가 물었다.

"정말 싫어요!"

"우리가 그것을 네게 강요한 적은 없지 않니!"

"그렇지만 그것 말고 할 게 뭐가 있어요?" 그녀가 말했다. "겨울에 다보스에서. 그러나 그것은 역겹도록 지겨워요!"

"그런 표현은 안 쓰는 게 좋겠다!"

"죄송해요, 대디! 그냥 말이 나와버렸어요. 여기는 겨울에 눈이 많이 올까요?"

"영국의 남쪽에는 대부분 눈이 전혀 내리지 않는단다."

"최고네요!"

"기다려봐라. 여기서 일주일 내내 비가 내리고 안개가 끼어 있으면, 다보스가 그리울 게다."

"비와 안개가 아무리 많아도 괜찮아요. 비와 안개가 해와 눈보다 훨씬 좋거든요!"

이제 런던의 남쪽이 나타났다. 조밀하게 줄지어 있는 연립주택과 템스.

그들은 택시로 커즌 스트리트에 있는, 벵거가 항상 머무는 호텔로 갔다. 그는 매번 그 호텔이 더 낡아버린 것 같다고 느꼈다. 호텔은 이제 거의 누추한 상태가 되고 있었다. 그는 3년 전에 마지막으로 런던에 왔었다. 그들은 방에 오래 머물지 않고, 서둘러 아직은 밝은 늦은 오후의 거리로 나왔다.

테레즈는 피커딜리에서 소녀들이 입은 미니스커트의 길이에 정신을 잃을 정도였다.

"멘쉬,* 대디!" 그녀가 말했다.

"그래, 나는 멘쉬다." 벵거가 말했다. "그러나 그걸 그렇게 지나치게 강조하지 않는 게 좋겠다."

그는 침착한 태도를 보였으나, 자신도 그 유행에는 좀 혼란스러움을 느끼는 것을 인정했다.

---

* 인간이란 의미로 감탄을 나타내는 말로도 쓰임.

이번에는 테레즈가 그의 훈계를 귀담아들은 것 같지 않았다. 그녀는 점점 우울해졌다.

"내 옷은 전부 다 갖다버려야 할 것 같아요."

"너 정신 나갔니?" 벵거는 이제 정말로 화가 났다. "너는 여기 있는 모든 여자 아이들보다 옷을 더 잘 입고 있어."

테레즈는 걸음을 멈추었다. 그녀는 거의 울 지경이 되었다. "저는 촌스럽게 입었어요!" 그녀가 말했다. "촌스럽게, 촌스럽게, 촌스럽게!"

처음으로 벵거는 아내에게 테레즈를 영국으로 데려가라고 설득하지 못한 것을 후회했다. 마들렌은 부드러운 태도로 딸과 이야기하면서, 그녀의 옷을 하나씩 점검하고, 옷에 대해 이런저런 가능한 변화를 고려하면서 그녀를 진정시킬 수 있었으리라. 아버지로서 그리고 남자로서 그는 딸과 유행에 대해 이야기를 나누고 싶은 생각이 전혀 없었다. 그는 눈길로 다리의 선을 따라 허벅지까지 훑어보지 않을 수 없었는데— 게다가 그것은 그들이 서 있는 가죽제품 상점의 진열창에도 반사되었다—, 만약 테레즈가 저런 옷을 입고 다닌다면 자신에게 몹시 불쾌한 일이 될 것이라고 생각했다.

다행히 그녀는 다시 마음을 가다듬고 아버지에게 매달렸다. 그녀는 점차 그 거리가 마음에 들기 시작했다. 그들은 포트넘 앤 메이슨Fortnum & Mason에 들어가 가게의 부드러운 휘황함 속에서 이것저것 보고 다니다가 차 한 통을 샀다. 피커딜리 서커스에 가기에는 아직 날이 너무 밝았다. 그들은 카너비 스트리트를 찾았다. 벵거는 테레즈에게 그곳에 갈 것을 약속했기에 가능한 한 그 임무를 빨리 수행하고 싶었다. 그들은 좁은 골목을 발견하고 그 안의 여러 상점을 둘러봤다. 그들이 어느 상점에서 나왔을 때 테레즈가 말했다. "대부분은 키치예요."

그녀는 몹시 실망했다. 그녀는 플래카드, 단추들, 찻주전자, 옷을 뒤적거리며 처음에는 열광하더니 점차로 시들해졌다.

"포트넘 앤 메이슨도 키치예요." 그녀가 말했다. "진짜 키치예요."

그리고 그녀가 소유하고 있지 않은 비틀스 레코드판도 찾을 수 없었다. 그러나 적어도 다보스에는 없는 밥 딜런의 판은 상당수 발견했다. 그들은 **존 웨슬리 하딩**이란 타이틀의 판을 한 장 샀다.

"밥 딜런이 차라리 비틀스보다 낫다." 벵거가 말했다. "비틀스의 경우 가사는 정말 좋지. 그러나 음악은 아니다. 반면에 밥 딜런은 가사와 음악이 다 좋아."

테레즈는 아무 대꾸도 하지 않았다. 그녀는 비틀스 음악만으로도 족했다. "그것이 네가 영어를 배워야 하는 이유 중의 하나이기도 하지"라고 박사는 이미 몇 번이나 그녀가 벵거 가의 샬레, 그녀의 지붕 밑 방에서 비틀스의 앨범을 듣고 있는 것을 볼 때 말했었다. "너는 가사는 전혀 이해하지 못하지 않니. 네가 따라 부르는 것은 그저 속임수에 지나지 않지. 너는 네가 부르는 노래의 내용을 전혀 모르고 있어."

그러면서 그는 가끔 그녀의 옆, 바닥에 쭈그리고 앉아 노래의 가사를 몇 개 번역해주곤 했다. 처음에 그는 비트 음악에 전혀 관심을 가질 수 없었다. 그는 구식의 재즈 팬이었다. 그러나 그가 테레즈에게 가사 몇 개를 번역하고 나서는, 그가 인정을 한 바이지만, 흥미를 가지고 들을 수밖에 없었다.

저녁 식사를 하기 위해 그들은 셰퍼즈 마켓 근처의, 벵거도 이미 알고 있는 한 식당으로 갔다. 변한 것은 없었다. 벵거는 지쳤다고 느꼈고, 그것은 그에게 자신의 병원과 일을 생각하도록 했다. 후식을 먹을 때 그는 갑자기 여행 출발 전까지 그가 다루던 한 환자의 사례를 이야기하기 시작했다.

“언짢은 이야기야!” 그는 그 이야기를 중단하지 못했다. “내 직장 동료에 관한 것인데, 그는 나이가 많은 의사란다. 그는 내게 와서 가슴 한 부분에 고통을 느낀다고 하소연했지. 그리고 내게 한번 진찰을 하고 사진 몇 장을 찍어주었으면 한다고 부탁했어.”

뱅거는 테레즈가 별로 주의 깊게 듣는 것 같지 않다고 느꼈지만——그녀도 이제는 상당히 피곤할 게 틀림없었다——이야기를 계속했다. 그 이야기는, 자신의 가정대로, 차라리 자신에게 하고 싶은 것이기 때문이었다.

“그래서 나는 엑스레이 사진을 몇 장 찍었단다. 사진이 나왔을 때 나는 불안했지. 결과는 아주 나빴단다. 보통은 그런 사진을 보게 되면, 큰 문제가 되지 않는단다. 환자들은 전문가가 아니니까 그 사진을 평가하지 못하지. 그래서 그저 이런저런 이야기를 하면 된단다. 그러나 그 경우는 나를 곤란하게 만들었지. 내가 그 동료에게 사진을 보여주어야 하는 순간을 생각하면 말이다. 그는 의사고, 그것도 아주 훌륭한 의사라, 자신이 어떤 상태인지 금방 알아보게 될 것이니까.”

뱅거는 테레즈가 아이스크림을 다 먹지 않았는데도 숟가락을 내려놓는 것을 보았다. 이제 이야기를 중단한다는 것은 아무 의미도 없었다.

“그런데 놀라운 것은, 그가 와서 그 사진을 보더니, 모든 것이 아주 좋아 보인다, 어두운 부분도 별 문제가 되지 않는다는 등등의 말을 하는 것이었지. 어처구니가 없었다. 때때로 인간은 원하기만 하면 얼마나 자신을 잘 속여 넘길 수 있는지, 믿기 어렵지.” 그는 잠시 쉬었다가 말을 계속했다. “네가 짐작할 수 있겠지만, 나는 정말 마음이 가벼워졌단다.”

“확실해요?” 테레즈가 물었다. “그분이 그저 그런 것처럼 행동한 게 아니고요? 어쩌면 그가 아빠 앞에서 자제한 것이 아닐까요?”

“그럴 리가 없어. 나는 똑똑히 관찰했지. 그것은 완벽한 자기기만이었다."

"얼마나 더 살 수 있는데요?"

"3개월에서 6개월까지."

"아버지," 테레즈가 물었다. "아빠가 그분에게 사실을 말해주는 것이 좋지 않았을까요?"

그것은 그런 이야기를 들은 모든 비전문인들이 하는 질문이었다. 그래서 그런 이야기는 하지 않는 것이 좋았다. 그렇지 않으면, 의사의 책임이나 그와 비슷한 테마에 관한 이야기들을 끝도 없이 하게 되기 때문이다. 의사는 병을 치료하는 것이지, 마지막 질문에 대답을 하기 위해 있는 것이 아니었다. 다행이 그런 것에 대한 습관적 대답이 있었다.

"그것은 아주 어려운 문제란다, 얘야!" 그는 말했다.

그는 말하는 동안, 이번에는 그녀가 그에게 **대디** 대신에 **아버지**라고 말하는 것을 알아챘기 때문에, **얘**란 말을 덧붙였다. 그는 그녀가 그에게 만족하지 않고 있음을 느꼈다. 그렇긴 해도 그녀는 아이스크림을 끝까지 다 먹었다.

진료소에서 있었던 일을 가족에게 이야기하는 것은 그의 습관이 아니었다. 가끔 마들렌과 경험을 교환할 뿐이었다. 그런데 왜 오늘 그는 이 규칙을 어긴 것일까? 호텔로 가면서 그는 언짢은 기분에서 풀려나지 못했다.

그는 이 여행에 많은 시간을 할애했다. 옥스퍼드에서 학기가 시작되기 전에 테레즈에게 하루 동안 런던을 보여주기 위해서였다. 그는 링컨즈 인 필즈 그리고 뉴스퀘어에서 시작했다. 테레즈가 런던에 관심을 갖도록 하려면 트라팔가 광장이나 버킹엄 궁전으로부터 시작해서는 안 된다는 것을 모를 만큼 그녀에 대해 무지하지는 않았다. 그럼에도 그는 11시에는 그녀가 **위병 교대식**을 볼 수 있도록 일정을 조정했다. 테레즈는 아이로서 인형뿐만 아니라, 월리 오빠의 납으로 만든 병정에도 관심이 매우 컸기 때문이다. 그리고 실제로 그녀는 아름다운 말 위에 앉아 있는 궁정 기마 병정의 검푸른 자두색 망토와 붉은 장식깃털을 보는 순간 눈길을 뗄 수 없었다.

그러나 화이트홀을 지나갈 때, 그녀가 탄성을 지른 것은 조지 시대의 양식을 온전히 구현하고 있는 광장이나 기마병이 아니라, 타고 내려간 지하철역의 엘리베이터였고——"이건 이렇게 깊게 내려가네요!"라고 그녀는 목청을 높였다——그리고 런던의 거리에 있는 많은 유색인들이었다.

"옥스퍼드에도 인도 사람과 흑인이 있나요?" 그녀가 물었다.

"그럴 게다." 벵거가 말했다. "옥스퍼드에는 많은 유색인이 공부하고 있단다."

그는, 그녀가 계속해서 내일의 일을 생각하고 있고, 학교에서 명랑한 모습을 보이도록 노력해야 한다는 것을 알고 있었다. 그는 그녀를 위해 웨스트민스터 사원과 국회의사당을 보는 것을 포기하고, 세인트 제임스 공원을 가로질러 호텔로 향하는 길로 들어서서, 오리와 펠리컨 그리고 버킹엄 궁전의 전면을 지났다. 오후에는 킹스 로드. 테레즈는 킹스 로드에서는 카너비 스트리트에서처럼 그렇게 실망하지 않았다. 적어도 이곳에는 유별나게 옷을 입은 여러 무리의 남자와 여자가 있었기 때문이었다. 그녀는 어제의 그 히피가 있는지 둘러보았으나 찾아내지 못했다. 벵거 박사는 만약 자신이 몇 주 후에 테레즈가 옥스퍼드의 기숙학교에서 도망해, 킹스 로드의 사람들에 섞여 다른 삶을 살기 시작했다는 소식을 듣게 되면 어떻게 행동을 할 것인가를 생각해보았다. 그에게는 가끔 파국적 재앙을 떠올리는 경향이 있었다. 날이 기울기 시작하자 그들은 첼시의 조용한 거리에서 산보를 마쳤다. 그곳에는 예술가들의 아틀리에가 있었고, 칼라일과 오스카 와일드가 살았던 황폐해진 정원과 집들이 있었다.

"오늘은 내내 아버님 생각을 하게 되는구나." 벵거가 말했다. 그들은 잿빛노랑색이 되어 있는 템스를 바라본 뒤에 체인 워크Cheyne Walk의 녹지에 있는 긴 의자에 앉았다.

"그는 쉽게 화를 내는 성격이었고, 병이 깊었다." 그가 말했다. "내 생각으로는 할아버지가 너를 매우 귀여워했을 것 같구나. 할아버지에게는 아들만 셋이 있었고 딸이 없었거든."

"우리는 아주 가난했다." 그가 말했다. "아주 끔찍하게 가난했지. 너는 상상도 할 수 없을 정도였다. 할아버지가 돌아가신 다음 내게 대학 공부를 하게 한 것은 한스 아저씨였단다."

"가끔 저는 우리가 가난했으면 좋겠다고 생각해요." 테레즈가 말했다. "저는 비틀스가 부자가 된 것을 좋아하지 않아요."

"그런 소원은 갖지 않는 게 좋아!" 그는 다시 어제저녁처럼 이야기를 하기 시작했다. "나는 우리가, 그러니까 아버지와 내가 내 생일에 시내에 갔던 일을 기억하고 있단다. 나는 작은 선물을 몇 개 받았지. 그리고 오후에 아버지와 나는 동물원에 가려고 했단다. 도중에 우리는 큰 영화관을 지나게 되었는데, 그곳에서는 바젤 시내 전체에 화제가 되었던 「스콧 선장의 마지막 항해」란 영화가 상영되고 있었다. 우리 반 아이들은 모두 그 영화를 보았는데, 나만 보지 못했지. 극장 갈 돈이 없었던 거야. 아버지는 내가 플래카드를 뚫어지게 바라보는 것을 눈치 채고 가던 걸음을 멈추고 말씀하셨다. '이제 둘 중에 하나를 선택하게 해주마. 우리가 함께 동물원에 가든지, 아니면 너에게 이 영화를 보여주겠다'고."

옆에 있던 테레즈가 흥분해서 말했다. "대디, 아빠가 할아버지와 함께 동물원에 갔었기를 바라요!"

그는 고개를 흔들었다. "아니란다. 바로 그것이야. 나는 할아버지가 표를 사시도록 했단다. 그것은 동물원 입장료의 두 배였지. 그런 다음 우리는 헤어졌고, 할아버지는 전차를 타고 집으로 가셨다. 우리는 그때 리엔에 살았거든."

테레즈는 그의 옆에서 몸을 똑바로 가눈 채 움직이지 않고 앨버트 브리지의 철근 구조를 바라보았다. 그것은 누군가가 저녁 하늘에 무질서하게 박아놓은 검은 띠의 뭉치였다.

"나는 그 영화에 도무지 즐거움을 느낄 수가 없었단다." 벵거가 말했다. "영화관에 앉아 있는 동안 아버지가 나와 동물원에 가고 싶어 했다는 생각을 계속했지. 그것이 지금도 머릿속을 떠나지 않는단다."

"할아버지는 장사를 하셨지요, 그렇지 않아요?" 테레즈의 음성은 그녀가 그저 무엇인가를 말하기 위해 질문하고 있음을 느끼게 했다.

"그래, 그러나 성공적이지 못했지. 그는 항상 자신이 거상이라 믿고 있었지만, 작은 상인도 되지 못했단다."

킹스 로드에서 그들은 다시 값싼 체인점 식당으로 들어가고 말았다. 어제저녁 벵거는 친한 동료 한 사람에게 전화를 했다. 설리번 박사는 말했다. "내일 저녁 테레즈를 데리고 꼭 우리 집에 와야 하네. 우리가 지금 이사를 하고 있어 자네를 저녁 식사에 초대할 수는 없네만." 벵거는 거절하려 했으나, 설리번은 막무가내였다. 그들은 몇 년 전 암스테르담에서 열렸던 한 의학자 대회에서 알게 되었고, 그것을 계기로 두 사람은 동료로서 가까워졌다. 설리번과 그의 가족은 다보스로 벵거 가족을 한 번 방문했었다.

식당에서 테레즈는 갑자기 우울증세를 나타냈다. 그녀는 아무것도 먹지 않았고, 킹스 로드의 밤거리만 뚫어지게 내다보다가 말했다. "런던에서는 죽게 될 것 같아요."

벵거 박사는, 베이클라이트 플라스틱 접시에 담아 그의 앞에 가져다 놓은 고깃덩어리의 화학적 구성을 규명해보려던 것을 포기했다.

"말도 안 되는 소리야." 그는 낙관적인 자세를 보이려고 노력하면서 말했다. "내가 너에게 너무 많이 보여주었던 게다."

햄스테드에 있는 설리번의 집은 상자와 바구니 그리고 천으로 덮은 가구들로 어지러웠고, 그것들 사이에 키 큰 설리번 박사는 늘 그렇듯 좀 산란한 머리 모양을 하고 그의 아주 작은 아내와 서 있었다.

"내가 자네를 안 뒤에 벌써 두 번이나 주소를 바꾸는군." 벵거가 말했다.

"그거야 별 특별한 일도 아니지." 설리번은 의아하다는 듯이 포도주를 따르면서 말했다. "두 아들이 대학 공부를 하기 시작한 후로 그 집은 우리에게 너무 커져버렸지. 우리는 그 집을 팔고, 위치가 좀더 편안한 곳에 있는 작은 집을 구입했네."

벵거는 자신과 아내에게는 집을 판다는 것이 엄청난 일이 되리라고 생각했다.

설리번은 독일어로 말했다. 설리번 부인은 독일에서 온 이주민이었다. 그녀는 즉각 테레즈를 옥스퍼드 학교에서 외출이 허락되는 첫 주말에 런던에 있는 그들의 집으로 초대했다.

설리번 박사는 그날 저녁을 위해 옥스퍼드에서 공부하는 큰아들 존에게도 점호를 위해 소환을 명령했노라고to call in for roll-call, 눈을 찡긋거리며 군대식으로 말했다. 존이 테레즈에게 도움이 될 만한 것을 알려줄 수 있을지도 모른다고 생각했다는 것이었다.

벵거는 설리번 부부와 대화를 나누는 동안, 가끔씩 서로 프랑스어로 대화를 하고 있는 테레즈와 젊은 청년을 바라보았다. 설리번의 아들은 키가 작고, 낮은 목소리에 조용하며 자의식에 차 있었다. 벵거는 그 청년이 처음에 테레즈를 향해 드러냈던, 재미있다는, 얕보는 듯한 태도가 점차 사라지는 것을 보았다.

호텔로 가는 택시 안에서 테레즈는 흥분해 있었다. "제가 프랑스 말을 잘한대요." 그녀가 말했다. "그는 크라이스트처치 칼리지에서 경제학을 공부해요. 그의 3학기가 월요일에 시작되는데, 오후에 제 학교로 와서 제가 곤경에 처하지 않도록 해주겠다는 거예요. 대디, 그게 대체 무슨 뜻일까요?"

"그에게 물어보지 않았니?"

"물어봤지요. 하지만 그걸 말하려 하지 않았어요. 그는 자기 칼리지를 보여주겠다고 했어요."

"너에게 아주 잘된 일이구나. 그것은 옥스퍼드에서 가장 아름다운 건물 중의 하나란다."

"그가 또 뭐라고 했는지 아세요? 저의 칼리지는 여학생이 많이 있어 남학생들에게 인기가 아주 많대요."

"너에게 공부할 시간이 있기를 바란다"고 벵거는 말하면서 '완고한 아버지'인 척했다. 그는 가끔 그런 연기를 했고, 그럴 때 아이러니와 협박의 중간쯤 되는 목소리로 말하는 방법을 알고 있었다. 오늘 그는 그 협박의 음색을 생략했다. 저녁 시간이 테레즈의 기분을 풀어준 게 기뻤기 때문이었다.

그들은 옥스퍼드의 기차역이 누추하고 낡은 것에 놀랐다. 출구로 나가는 지하도 벽은 여기저기 시멘트가 파손되어 있었다. 역한 냄새도 났다.

벵거는 그 전에 두 번 옥스퍼드에 온 적이 있었다. 한 번은 학술대회 때문이었고, 한 번은 관광객으로서 왔었다. 그러나 매번 자동차를 이용했다. 그는 아름다운 도시가 기차 여행객을 어떻게 맞이하는가를 보고서는 머리를 흔들었다. 바젤에서 맡긴 테레즈의 가방은 이미 도착해 있었다. 그들은 오랫동안 택시를 기다려야 했다. 화물역 구역을 넘어 저쪽으로 유명한 탑들 중 몇 개가 역광 속에서 회청색으로 서 있는 것이 보였다. 택시는 빌라촌을 통과하여 그들을 학교로 데려다주었다. 벵거는 이미 집에서 블루가이드의 지도를 가지고 학교가 어디 있는지를 찾아보았었고, 유감스럽게도 그것이 시의 중심, 중세적 칼리지의 구역에 있지 않고, 북쪽의 시외로 빠지는 대로에 있는 것을 확인했었다.

"버스를 타면 시내까지 몇 분 안에 올 수 있다." 그가 말했다. 테레즈는 대답하지 않고 말없이 자그마한 빌라들과 그 정원들을 바라보았다.

세인트 시드웰스 홀은 신고딕 양식으로 된, 두 개의 꽤 큰 벽돌빌라가 합쳐진 건물이었다. 입구는 가방을 든 소녀들로 혼란스러웠다. 학적과의 여직원은 친절했지만 사무적이었다. 그녀는 벵거와 그의 딸이 옆 건물의 미스 매버다인에게 가야 한다고 말했다. 그러나 그녀를 찾을 수가 없었다. 옆 건물에는 기숙사가 있었고, 소녀들이 그 안에서 왔다갔다하며 자신의 침대를 고르고 있었다. 그들 중 몇 명은 어머니를 동반하고 있었으나, 대부분은 혼자였다. 벵거는 자신이 이곳에 전혀 어울리지 않는다고 생각했다. 그의 아내가 테레즈를 옥스퍼드로 데려왔어야 했다고 그는 생각했다. 테레즈는 어느 독일 소녀와 말을 나누기 시작하더니, 그들은 나란히 침대를 정했다.

벵거는 그 소녀의 어머니, 바덴바덴에서 온 부인과 몇 마디 말을 나누었다.

"저는 이 학교에 대해 좀 다른 상상을 하고 있었습니다." 벵거가 말했다.

"정말 그렇게 말할 수 있겠어요." 그 부인은 거만하다기보다는 걱정스러워하며 대꾸를 했다.

기숙사는 깨끗했으나, 너무 낡아 개선의 여지가 없었다. 벽들은 중간 정도까지 갈색의 유성 페인트로 칠해져 있었고, 나무 바닥에는 밀랍으로 반복해서 덧칠한, 깊이 긁힌 자국들이 보였다. 옷장과 커튼은 마치 동일한 회색의 물질로 이루어져 곧 부서져 내릴 것만 같았다.

"내 생각은, 우선 네가 이곳에 자리 잡고 정리를 하는 것이 좋겠다. 그러면 나는 두 시간 후에 너를 데리러 오마." 벵거가 말했다. 그는 테레즈가, "전 여기 있지 않을 거예요"라고 대답할 것에 대한 마음의 준비를 하고 있었다. 그러나 그녀는 그런 말은 하지 않았다. 나가기 전에 그는 테레즈와 잠시 실제적인 일들에 대해 말을 나누었다.

만약 그녀가 여기 있지 않겠다고 했다면, 내 입장이 매우 곤란해졌으리라, 그는 택시를 타고 마이터 호텔로 가면서 생각했다. 그는 이 오래된 호텔과의 재회가 기뻤다. 그러나 그가 자신의 방, 창문 앞에 서서 하이 스트리트를 내다보고 있자니, 갑자기 그게 별게 아니라는 생각이 들었다.

"있잖니," 그는 테레즈를 데려오면서 말했다, "내 생각에는 우리가 스위스적인 상상을 하면서 온 것 같다. 이런 수준의 기숙학교가 스위스에 서라면 어떻게 보일 것인지는 너도 알지 않니."

그는 **이런 수준**이라고 말하면서, 학비를 생각하고는 절로 한숨이 나오는 것을 숨길 수 없었다. 세인트 시드웰스 홀은 결코 싸지 않았다. 벵거 박사의 친(親)앵글로 성향은 이 경우 상당한 대가를 치러야 했다.

"그래요." 테레즈는 말했다. "2년 전에 제가 몬태나의 하계 코스에

졌던 것, 기억나세요? 거긴 달랐어요."

"내가 미리 알아서 네게 준비를 시켰어야 했다." 벵거가 말했다. "영국의 기숙학교는 정돈이 좀 안 되어 있지만, 그 대신 아늑하다고 알려져 있단다."

그럼에도, 그는 생각했다, 그 양탄자 정도는 바꿀 수 있으련만. 아니면 차라리 그것을 거둬버리고 그 대신 제대로 된 바닥을 깔든지. 그들은 입구의 홀에 앉아서, 언제 원장과 말을 나눌 수 있는지 사무실의 대답을 기다렸다. 학교의 원장은 그때까지도 나타나지 않았다. 그녀는 마치 일부러 숨어 있는 것 같았다.

테레즈는 세인트 시드웰스 홀에서 조금이나마 아늑한 점을 발견할 수 있었는지에 대해서는 말이 없었다. 그러나 그녀는 그사이 짐을 풀었음이 분명했다. 그녀는 옷을 갈아입고 있었다. 초록색 모직 옷이었는데, 그것은 그녀를 창백해 보이게 했다. 테레즈는 원래 좀 창백한 타입이었는데, 지금은 그 어느 때보다 더 창백해 보였다. 밝게, 광대수염꽃 색으로 그녀의 여린 얼굴은 검고 거친, 모양을 내기가 어려운 머리카락과 윤기가 없는 초록의 옷 사이에서 움직였다. 그 외에도 그녀는 다시 눈 주변에 화장을 진하게 하고 있었다. 벵거는 그것이 마음에 들지 않았으나, 아무 말도 하지 않았다. 다보스에서는 그녀가 푸른색으로 눈꺼풀을 칠하고 나타나면, 그는 그것을 나무라곤 했었다. 그녀는 이성적으로 행동했다. 의심스러울 정도로 이성적이라고 벵거는 생각했다.

"여긴 레코드판이 많아요." 그녀가 이야기했다. "비트판도요. 당연히 텔레비전도 있고, 어학실습실도 있어요. 여자아이들의 반은 영국 애들인데, 그 애들은 여기서 졸업시험을 준비한대요. 기숙사에는 여자애들만 있어요. 하지만 수업에는 남자애들도 온대요. 그런데 미스 매버다인은 아주 친절해요. 그녀는 기숙사 사감이에요. 그녀는 즉시 팻과 나에게 차를 마시러 오라고 했어요."

"그런데 팻이 누구니?"

"미국 아이예요. 저는 그 애가 있는 방으로 옮겼어요. 그 애는 아주 좋아요. 우리는 셋이 함께 있는데, 팻과 저 그리고 플로렌스에서 온 이탈리아 애예요. 아빠, 그 애는 얼마나 예쁜지 몰라요! 그렇게 예쁜 애를 대디는 본 적이 없을 거예요."

벵거는 자신의 딸에게 다른 소녀들의 아름다움에 대해 듣는 것을 좋아하지 않았다. 그는 그 말에 대꾸하지 않았다.

"그런데," 그가 말했다, "너도 예쁘지 않은 것은 아니지 않니."

"그 애 옆에 있으면 저는 아무것도 아니에요!" 테레즈가 말했다.

그는 이 기회를 이용하기로 결심했다. "당연히 네가 훨씬 더 예쁠 게다." 그가 말했다. "네가 눈을 그렇게 칠하지 않는다면 말이지."

그녀의 대답에는 짜증이 섞여 있었다. "아빠가 보셔야 해요." 그녀는 말했다. "여기 있는 애들이 어떻게 화장하는지요. 저 혼자 그렇게 고루한 속물처럼 하고 다닐 수는 없거든요."

"나는 모두가 화장을 하는 것이 속물스럽다고 생각한다."

그것은 남자가 할 대화가 아니었다. 다행히 여비서가 와서 10분 후에 원장과 이야기할 수 있다고 전하며 그들의 대화를 중단시켰다. 그녀의 거주지가 바로 옆이라고 말했다.

그들은 테레즈가 옮긴 방으로 올라갔다. 그는 내일 아침 일찍 출발할 예정이어서, 세인트 시드웰스 홀에는 다시 오지 않을 것 같았기 때문이었다.

"아빠가 엄마에게 내가 어떤 곳에 있는지 알려줄 수 있어야지요." 그녀가 말했다.

학교는 이제 거의 비어 있었다. 방 안에는 그 이탈리아 소녀만 있었는데, 그녀는 침대에 누워 책을 읽고 있다가 황급히 일어났다. 그녀는 어린, 거무스름한 피부의 깎아 다듬은 듯한, 아주 아름다운 소녀였다. 그러나 벵거는 이런 상황에서는 그저 부성적 느낌 외에는 아무것도 느낄 수 없었다.

테레즈는 창 옆의 한구석에 자리를 잡고 있었다. 옷장 위에는 그녀의 가방이 놓여 있었다. 소녀들은 각자 작은 책상 하나씩을 차지하고 있었는데, 다른 두 소녀의 책상 위는 물건들이 어지럽게 놓여 있었으나, 테레즈의 책상은 이미 정돈이 되어 있었다. 그녀는 연필과 색연필 몇 개를 잔 하나에 꽂아놓았고, 그 옆에는 그녀가 이미 집에서도 물감 튜브를 보관하던 양철통이 놓여 있었다. 그리고 새 도화지철이 오랜 시간 학생들에 의해 닳아버린 책상의 나무판 위를 덮고 있었다. 테레즈는 벽에다 셀로판 띠로 그녀의 부모와 오빠의 사진을 붙여놓았다. 벵거는 그것을 유심히 바라보았다. 그것은 그와 아내 그리고 윌리가 파르젠 산행 중 전나무 아래서 대화를 나누며 쉬고 있는 모습이었다. 그 사진은 테레즈가 찍은 것이었다.

"윌리도 너에게 가능한 한 자주 편지를 쓰도록 하게 하마." 그가 말했다.

그는 그녀가 자패 껍질로 만든 목걸이를 침대 귀퉁이 나무 하나에 걸어놓은 것을 보았다.

그는 다시 벽의 갈색 유성 페인트가 마음에 들지 않는다고 느꼈다. 머릿속으로 재빨리 학교의 수익금을 계산해보고 나서, 그는 이 학교가 밝은 색으로 벽을 칠을 할 정도의 재정은 있으리라고 생각했다. 그로 인해 좀 더 자주 칠을 해야 하겠지만.

책과 그림 그리고 자기로 가득 찬 방에서 그들은 잠시 원장을 기다려야 했다. 창을 통해 그들은 달리아꽃이 꼼꼼하게 나무 막대기에 묶여진 채로 활짝 피어 있는 좁은 정원을 바라보았다. 원장은 휠체어에 실려 들어왔다. 벵거는 그녀의 다리가 없는 것을 보고 충격을 받았다. 그녀의 다리가 있을 자리에는 격자무늬의 숄이 놓여 있었다. 사고 때문이었나 보다, 라고 벵거 박사는 생각했다. 의사로서 그는 이 부인이 두 다리를 완전히 제거해낸 다음에, 예를 들어 혈액순환 등에서 어떤 고통을 느껴야 했을지 알 수 있었다. 원장인 엘던 부인은 높이 말아 올린 머리 모양 아래 자존심 강한 창백한 얼굴을 가진 여성이었다. 당연히 그녀는 스위스를 알고 있었고, 높이 평가했다. 그녀는 테레즈에게 특별한 주의를 기울이겠다고 했다. 상냥하고 차갑게 그녀는 테레즈와 잠시 프랑스어로 말을 나누었다. 그녀는 벵거에게, 그도 옥스퍼드 대학과 관련이 있는지를 물었다.

"의과에 아는 친구들이 있습니다." 그가 대답했다. 그러나 그는 이번에는 그들을 방문하지 않을 것이라는 말을 덧붙이려다가 그만두었다. 갑자기 그에게, 그가 옥스퍼드의 동료들과 가까운 관계를 유지하고 있다는 인상을 엘던 부인에게 받게 하는 것이 테레즈에게 손해 볼 일이 아니라는 생각이 들었기 때문이었다.

"우리 학교는 그 대학과 항상 관계를 가지고 있습니다." 엘던 부인이 말했다.

그녀는 차를 대접하겠다고 했으나, 벵거는 이제 그만 헤어지는 것이 마땅하다고 생각했다. 그러자 그녀는 종을 울리더니 자신을 밀어 나가도록 했고, 그래서 벵거와 딸은 방을 나가기 전에 잠시 둘만 남게 되었다. 그들은 정원의 달리아와 서로를 말없이 바라보았다.

그녀의 학교가 대학의 칼리지가 되지 못한 것, 그것이 바로 그 부인의 근심거리였군, 벵거는 딸과 버스 정류장으로 가면서 생각했다. 어떤 이유에선지 세인트 시드웰스 홀은 제대로 된 칼리지의 위상을 획득하지 못했고, 예비학교로 남아 있어야 했다. 그러나 그는 테레즈에게 자신의 추측을 전하지 않았고, 단지 이렇게 말했다. "그런 상태에서 학교를 이끈다는 것은 대단한 능력이다."

테레즈는 그저 고개만 끄덕였다. 그는 그녀가 다리 없는 그 부인을 생각하면서 어깨를 들썩이는 것을 보았다고 믿었다. 이상한 일이야, 그는 생각했다. 엘던 부인 같은 사람에게 동정심 외에 다른 것을 느끼게 된다니.

그들은 카팩스에서 내렸다. 오후 4시의 거리는 오가는 사람들로 인해 북적거렸다. 벵거는 테레즈가 이제야 처음으로 옥스퍼드에 왔다는 생각이 들었다. 그는 그녀와 세인트 알데이츠를 걸어, 크라이스트처치 칼리지의 안마당으로 들어섰다. 고딕 양식의 건물들이 넓은 빈 마당에 은회색으로 낮게 서 있었다.

"너에게 이곳을 다 보여줄 필요는 없겠다." 벵거가 말했다. "그 친구가 약속을 지킨다면 아마도 젊은 설리번이 하게 될 테니 말이다."

이 데이트에 대한 기억이 테레즈의 얼굴을 밝게 만들었다. 흑인 학생 세 명이 톰 쿼드를 건너 어슬렁거리며 다가오자, 그녀는 벵거의 팔을 건드렸다.

갑자기 벵거에게 그런 오래된 건물들 말고, 강가의 잔디밭을 보여주자는 생각이 떠올랐다. 그는 크라이스트처치 메도로 나가는 길을 찾아냈다. 그들은 높은 가을 하늘 아래 템스 강으로 갔다. 칼리지에 속한 보트들은 올리브초록색의 강 위에 떠 있었으나 그것들은 마치 한 번도 사용하지 않은 것처럼 보였다.

그곳에는 그들뿐이었다. 테레즈는 걸음을 멈추고 마치 납빛의 종이에서 잘라낸 것 같은, 잔디밭 맞은편에 있는 도시의 실루엣을 관찰했다.

"여기는 아름다워요." 그녀가 말했다. "여기 자주 와서 그림을 그리게 될 거예요. 아니면 그냥 책을 읽든지요."

그녀는 초록색 원피스 위에 밝은색의 레인코트를 입고, 검은 머리카락이 흐트러지지 않도록 갈색의 비단 끈으로 머리를 묶고 있었다. 광대뼈가 높은 그녀의 얼굴은 늘 그렇듯 창백했으나, 10월의 울긋불긋한 나무 그늘에 의해 생기가 돌고 윤곽이 뚜렷해져, 벵거는 이 아이가 몇 년 후면 여성으로서 어떻게 보일지 알 수 있을 것 같다고 생각했다.

우리가 그때 정말 테레즈를 포기했다면, 그래서 그녀가 존재하지 않는다는 상상을 한다면, 그는 생각했다. 테레즈는 그와 그의 아내가 아주 힘들었던 시기에 생겼었다. 마들렌은 그 전 해에 큰 병을 앓았고, 그들에게는 가난한 보조의사로서 어려웠던 시기였다. 다시 임신을 한다는 것은 그들에게 생길 수 있는 최악의 경우나 마찬가지였다. 그는 아내에게 수술에 동의해달라는 부탁을 했고, 그녀도 결국은 포기를 했었다. 그러나 그들을 도와주기로 했던 외과 의사가 갑자기 여행을 떠나야 했고, 그가 없는 동안 마들렌은 마음을 바꾸었다.

그래서 테레즈가 존재하게 되었고, 16년 후 지금 그는 그녀와 처웰 강을 따라 길게 늘어진 버드나무 아래를 걷고 있는 것이었다.

강변의 길을 따라 걷다가 그들은 마들렌 칼리지 근처에서 다시 시내로 들어왔다. 테레즈는 종탑에 감탄했다. 그녀는 입구의 게시판에 쓰인 칼리지의 이름을 소리 내어 읽었다.

"**마들렌**이라고 읽는다." 벵거가 말했다.

"그러면 엄마에게 이 칼리지가 들어 있는 엽서를 하나 보내야겠어요." 테레즈는 말했다.

그들이 하이High를 따라 걷는 동안 그녀는 산만한 듯했으나, 어느 쇼윈도 앞에 서서 그 안에 전시된, 칼리지 각각의 고유한 색채로 이루어진 목도리들에 감탄했다. 어느 옷가게 앞에서는 진열장 안에 있는 원피스 하나를 보더니 정신을 잃을 정도가 되었다.

"대디!" 그녀가 큰 소리로 불렀다.

그녀는 그것을 오래 바라보더니 말했다. "7파운드밖에 하지 않아요. 저걸 사도 될까요?"

"너는 정신이 나간 게로구나!" 벵거는 야한 색으로 된 미니 넝마라고 말하고 싶었지만, 그 옷에 대한 비판을 삼가고, 단지 주의를 주었다. "내가 너에게 용돈으로 10파운드를 주지 않았니. 그 옷을 사면, 너는 한 달 동안 겨우 3파운드밖에 쓸 게 없다."

"그걸로 얼마든지 한 달을 버틸 수 있어요!"

그는 그녀가 그것으로 버티지 못하리라는 것을 알고 있었다. 테레즈는 그녀의 어머니와 마찬가지로 절약하는 스타일이 아니었다. 벵거는 그것을 조금도 비난하지 않았다. 그는 절약하는 여자들을 좋아하지 않았다. 여자는 낭비할 수 있어야 했다. 남자를 파산으로 몰아갈 정도는 곤란하지만, 그래도 남자가 값싼 여자와 산다는 그런 의심을 하지 않을 정도는 되어야 했다.

그러나 테레즈가 옥스퍼드의 첫날부터 옷을 사고 싶어 하는 것은 당연히 있을 수 없는 일이었다. 누가 뭐래도 결국 원칙, 행동규율은 있는 것이고, 그것 때문에 예를 들면 바젤에서 칼레까지 침대칸이 아니라 간이침대칸을 주문한 것이 아닌가. 벵거는 그럼에도 자신이 테레즈에게 그 옷을 선물할 것인지를 잠시 저울질하는 것에 놀라움을 느꼈다. 한순간, 그가 나중에 환했던 순간이라고 표현했는데, 그는 그녀에게 바로 오늘 옷이,

그리고 어쩌면 바로 이 옷이 필요하다는 것을 이해했다. 그러나 그 순간
은 지나가버렸다. 테레즈는 이성적으로 행동했고, 더 이상 불만을 드러내
지 않고, 실망하는 모습조차도 보이지 않으면서, 오히려 그들이 콘마켓
스트리트로 접어든 다음에는 길을 따라 늘어선, 이미 불이 켜진 가게들과
단일 가격 상점들의 내부를 지루한 표정으로 바라보았다.

이제 차를 마실 시간이었다. 그들이 들어간 음식점은 쇼핑을 한 여자
들과 학생들로 —아직 3학기가 시작되지도 않았음에도— 넘쳐나고 있었
다. 벵거는 차라리 다시 나가고 싶었으나, 자리 두 개를 발견했다. 그들은
탁자와 사람들 사이에 끼어 앉아 거의 움직일 수가 없었다. 벵거가 차를
주문했을 때, 여종업원은 그들에게 묻지도 않고 크고 두터운 잔 속에 밀
크티를 부어 넣었다.

그들은 그 음료를 들여다보았다.

"영국 사람들은 차에 우유를 넣어 마신단다." 벵거가 말했다.

"그런데 오늘 점심 식사는 최고였어요." 테레즈가 이야기했다. "으깬
감자와 송아지구이 그리고 샐러드, 그다음에 푸딩이었지요."

"원 세상에," 벵거가 말했다, "그걸 좀더 일찍 말해주었어야지."

"그건 그렇게 중요하지 않아요." 테레즈가 말했다.

벵거는 그녀의 어투와 음색에서 애어른 같다는 인상을 받았다.

"학교는 우리가 상상했던 것과 다르구나." 그가 말했다. "그러나 너는
학교를 편안하게 느끼게 될 게다. 전형적인 영국식으로 편안하게 말이다."

그는 음식점을 둘러보았다. 그것은 식탁과 의자만으로 이루어져 있었
다. 벽은 삭막했고, 밝은 회색의 네온 불빛이 지배하고 있었다. 테레즈와
마이터에 갔어야 했어, 그는 생각했다. 그곳에서는 차를 마실 수 있었을
텐데. 그가 다시 그녀에게 눈길을 보냈을 때, 그는 그녀의 눈에서 눈물을

보았다.

"애야," 그가 말했다, "성탄절에는 다시 집으로 오게 되지 않니!"

그는 완전히 속수무책이라고 느꼈다. 그 음식점은 정말로 형편없었다. 테레즈는 엄지와 검지로 눈초리를 잡았다. 그것은 그녀가 눈물이 나오려는 것을 막을 때의 전형적이고도 단호한 몸짓이었다. 이런 몸짓은 그녀를 성년의 여자로 만들었다. 손을 떼었을 때, 그녀는 다시 침착해져 있었다.

"그래요." 그녀는 말했다. "방학에는 항상 집으로 갈 거예요. 옥스퍼드에서, 취리히에서."

그녀의 말에 반대할 명분이 딱히 없었다. 벵거는 그녀가 부활절부터 취리히에서 대학을 다니게 된다면, 주말에도 집에 오는 것에 대해서는 반대를 하고 싶었다. 취리히는 기껏해야 다보스에서 기차로 세 시간 거리에 있을 뿐이었다. 그러나 그는 그런 것은 언급하지 않았고, 그 대신 자신이 생각한 것을 말해버리고 싶은 충동을 맹목적으로 따랐다.

"사람들이 항상 함께 있을 수는 없단다." 그가 말했다.

그러고 나서 충격적인 것은, 눈에 눈물이 고인 것은 바로 자신임을 느낀 것이었다. 경악감이 그를 사로잡았다. 하나님 맙소사, 그는 생각했다. 지금 기적이 일어나지 않으면, 나는 울어버릴 것이다. 이것은 완전히 미친 짓이다. 어린 시절이 지난 다음 나는 울어본 적이 없다. 테레즈가 이것을 알아채지 말아야 할 텐데.

그의 팔과 다리는 뻣뻣해졌고, 그의 온몸은 그를 덮칠지도 모르는 장면을 막기 위해 경직 상태가 되었다. 공공 음식점에서, 그것도 영국의 어느 음식점에서 히스테리를 부리는 모습이라니. 그는 자신의 머리를 돌리는 데 성공했다.

"아버지," 그는 테레즈가 말하는 것을 들었다, "제 말은 그런 뜻이 아니었어요."

그는 건물들과 콘마켓 스트리트 사이에 걸려 있는 황혼을 내다보았다. 얼마 후 그는 그것이 푸른 회색이라는 것을 지각할 수 있을 정도로 마음을 추스렸다.

드디어 그가 다시 딸에게 주의를 돌릴 수 있게 되었을 때 그는 결심했다.

"그렇다면 좋아." 그가 말했다. "네가 원하면 내일 너를 다시 집으로 데려가마."

테레즈는 아무런 대답도 하지 않았다. 단지 거의 알아볼 수 없을 정도로 고개를 흔들었을 뿐이었다. 그녀는 일어서서 나갔다. 그녀가 다시 돌아왔을 때, 눈가의 검은색은 옅어져 있었고, 눈꺼풀도 이른 오후처럼 그렇게 파랗지 않았다.

마이터에서의 저녁 식사는 아주 화목하게 진행되어, 마치 그들이 가족 여행을 와 있는 듯이 보였다. 호텔의 작은 식당 안에 있는 모든 식탁에서는 작별의 식사가 진행되고 있었다. 학생들은 그들을 옥스퍼드로 데려왔던 가족들에 둘러싸여 있었다.

"유감이구나, 내가 하루 더 머무를 수 없는 것이." 벵거가 말했다. "너에게 옥스퍼드를 좀더 보여줄 수 있으면 좋았을 텐데."

"그렇게 안 될 텐데요." 테레즈는 이해심을 보이며 말했다. "벌써 내일부터 하루 종일 수업이 있거든요."

나는 아무 문제 없이 하루 더 있을 수 있다고 벵거는 생각했다. 클로텐으로 가는 비행기는 모레 오전으로 예약이 되어 있었다. 테레즈에게는 이미 칼레로 오는 기차 안에서, 런던에서 업무상 처리할 일이 좀 있다고 말했었다. 그는 이제 그런 핑계가 필요하지 않았음을 알았다. 그와 마찬가지로 그녀도 이 여행이 너무 오래 지속되고 있다는 것을 파악했다.

그들은 반 시간을 더 그림자들로 넘치는 저녁의 시가지를 걸었다. 테레즈는 그에게 매달렸다. 세인트 피터 교회와 퀸스 칼리지의 높은 벽 아래로는 어둠의 덩어리들이 가로등 사이에 자리 잡고 있었으나, 올 소울즈의 안마당 위로는 갑자기 보름달, 무거운 정령이 걸려 있었다. 이야기가 그 주변을 감돌고 있었다. 이야기들이. 셀 수 없이 많은 목소리들이 셀 수 없이 많은 이야기를 들려주었다. 소리 없이, 영원히 분리되어, 입술만 여전히 움직이고 있었다. 벵거는 그것에서 무엇을 끌어내야 하는지 제대로 알지 못했다. 그는 테레즈에게 뭐라고 말했던가? **사람들이 항상 함께 있을 수는 없단다.** 좋아, 그러나 그가 그녀를 그런 낯선 장소에 혼자 내버려두는 것이 필요했단 말인가? 집에서 그렇게 멀리 떨어진 곳에, 갈색의 유성 페인트로 칠해진 방에, 다리가 없는 여자에게 맡기는 것이? 그것은 부조리했다. 그는 테레즈가 추위에 떠는 것을 느끼면서, 검은색과 은색의 미로에서 나와 브로드 스트리트에서 택시를 하나 발견했다.

그녀는 택시에서 내리기 전에 어머니와 오빠에게 안부를 전해달라면서 그에게 입을 맞추었다. 택시가 방향을 바꾸는 동안 그는 학교의 입구로 걸어가는 그녀를 보았다.

런던에서 그는 길을 걷고, 쇼윈도 안을 들여다보고, 사람들을 관찰하면서 하루를 보냈다. 그는 어느 서점에서 두 시간을 머물면서 책을 몇 권 샀다. 5시에 그는 학교로 전화를 걸어 테레즈와 연결시켜달라고 했다.

"할로." 그는 그녀가 말하는 걸 들었다.

"미스 벵거." 그가 말했다.

"대디!" 그녀는 몹시 기뻐하는 것 같았다.

“어떠니?” 그가 물었다.

“최고예요.” 그녀가 말했다. 그녀는 그에게 이런저런 이야기들을 늘어놓았다. 분명히 그녀는 만족하고 있는 것 같았다. 어쩌면 그는 쓸데없는 걱정을 했는지도 몰랐다.

“지금 뭐 하고 있었니?”

“팻에게 우리가 런던에서 산 밥 딜런의 디스크를 들려주고 있었어요. 존 웨슬리 하딩. 그건 정말 기막힌 디스크예요! 팻이 가사를 설명해주었어요. 그 애는 최고예요!”

모든 것이 잘되었다. 그들은 작별 인사를 하기 전에 이런저런 잡담을 나누었다. 그럼에도 벵거는 전화기를 내려놓기 전에 그녀가 먼저 전화기를 내려놓기를 기다렸다. 그녀는 즉시 전화를 끊지 않았다. 벵거는 그녀의 숨소리를 들었고, 손으로 빠르고 조심스럽게 수화기를 감쌌다. 테레즈가 자신의 숨소리를 들을 수 없도록 하기 위해서였다. 그녀가 결국 전화를 끊자, 그는 호텔 침대에 몸을 누이고 방의 천장을 응시했다. 그곳에서는 흰 면 외에 아무것도 보이지 않았다. 전혀 아무것도.

호텔에서의 저녁 식사 후에 그는 옥스퍼드 스트리트에 있는 영화관을 가보리라고 결심했는데, 제임스 조이스의 소설을 영화화한 「율리시스」가 상영되고 있었다. 그는 그 상영 광고를 이틀 전 간이침대칸에서 표시를 해두었었다. 이제는 그러나 어디를 가고 싶은 기분이 조금도 들지 않았으나 그는 스스로를 부추겼다. 런던에서의 하룻밤을 호텔 라운지에서 빈둥거릴 수는 없는 일이었다. 택시 안에서 그는 자신이 20년 전에 조이스의 책을 읽었다는 생각을 했다. 처음에는 그것에 역겨움을 느꼈으나, 얼마가 지난 다음 그의 기억 속에서 점차 그것이 맛깔스럽게 느껴지는 것을 발견했다. 그는 그런 효과의 역설적 비밀스러움을 밝혀보려고 때때로 책을 다시 잡아보기도 했지만, 매번 그는 펼친 책장 앞에서 당혹감을 느꼈다. 그 서늘한, 거듭해서 냉소주의를 분출하는 문장들은 그에게 남겨진 분위기, 어둠, 밤, 바람, 멜랑콜리의 분위기와는 아무런 관련이 없는 것 같아 보였다. 묘한 것은 영화의 감독도 그와 비슷한 느낌을 받은 것 같았는데, 그가 뭔가 아주 어두운 면을 영상화했기 때문이다. 당연히 그 책을 영화로 만드는 것 자체가 무의미한 착상이었다. 예리하게 잘린, 어두운 장면들의 연속은 결국 몰리 블룸의 거대한 독백으로 종결되었다. 몰리 블룸의 연기자는 벵거 박사가 이 작중 인물에 대해 가졌던 상상과 꽤 정확히 일치했다. 그녀가 말을 계속할수록, 화면의 영상들은 그저 신체, 침대, 밤, 사물들이 되어갔고, 그것들로부터 거대한, 외설스런 단어들이 옥스퍼드 스트리트에 있는 영화관 안으로 쏟아져 나왔다. 2천 명의 관객은 그 안에 앉아 거의 숨을 쉬지도 못하면서 단어들의 밀도를 느끼고 있었다. 갑자기 벵거 박사는 두려움을 느꼈다. 그는 더 이상 그 목소리를 듣지 않았고, 영상들의 어둡고, 움직이는 구성 요소들만을 보았다. 그것들은 그에게 어제, 옥스퍼드의 밤을, 퀸스 레인의 심연을, 달 아래 있던 올 소울즈의 은빛 그림자 덮인 안마당들을 기억하게 했다. 그는 갑자기 자신이 테레즈를 유령들의 세계로, 돌이 된 몸짓과 골렘, 원귀들, 백색의 여자들, 흡혈귀들, 프랑켄슈타인들의 세계로 내던졌다는 상상을 했다. 그래, 옥스퍼드는 프랑켄슈타인이었고, 테레즈는 그림자 언어의 폭력 안에 있었다. 그는 벌떡 일어나 좌석의 열을 헤치고 나왔다. 그는 즉각 테레즈를 데려와야 했다.

그는 사람들로 채워진, 번쩍이는 옥스퍼드 스트리트에서도, 호텔로 가는 길에서 그가 꺾어 들어간 조용한 거리들에서도 마음을 진정시킬 수 없었다. 도중에 한번 그는 걸음을 멈추고 서서 이미 불이 꺼져 있는 쇼윈도에 비친 자신의 모습을 관찰했다. 레인코트를 입고 있는 평균 키의 남자, 모자를 쓰지 않은, 비만해지려는 경향을 보이나 어느 정도는 신체를 단련하고 있는 남자. 그 영상은 아무것도 보여주지 않았다. 엑스레이 사진이 차라리 무엇을 보여주지, 그는 생각했다. 아니면 조이스의 책을 원본으로 만든 영화 같은 것이든지. 거울이나 사진 같은 것들은 아무것도 보여주지 않는다. 아버지도 유령도, 단지 빈 껍질 외에는.

그러나 다음 날 아침에는 그저 거울만 있었고, 그 앞에 서서 그는 면도를 했다. 히드로의 스위스행 비행기는 9시에 출발이었다. 의무가 그를 부르고 있었고 벵거 박사는 급히 짐을 싸야 했다.

첫 시간

수위가 소음을 내며 그의 뒤에서 닫아버린 것은 출입문도 대문도 아
닌, 철제의 커다란 문, 무쇠의 사각형에 불과한 것으로, 벽돌 장벽 가운데
끼워 넣은 것이었다.

"그럼 잘 살게 엘러스!" 수위가 그에게 말했다.

"이왕이면, 엘러스 씨라고 불러주시오!" 그가 대답했다.

그러고는 문소리. 그 소리가 그를 불쾌하게 만들지는 않았다. 그는
이미 그것에 익숙해져 있었다. 저 안에는 죽음 같은 정적 아니면 소음만
있었다. 그곳에서는 쿵쾅거리는 문, 공간을 울리는 발소리나, 양철 그릇
의 딸그락 소리, 고함만이 있었다. 그리고 그사이에 아무것도 들을 수 없
는 시간들. 아무것도. 단지 작업장에서의 작업만이 대패와 톱의 일정한
소리, 짧은 단어로만 이루어지는 의사 전달, 표식과 눈길을 강요했다.

그 소음이 사라지자, 그는 이 밖에서 듣게 될 것에 귀를 기울였다. 그
는 멀리서 기계톱이 잉잉거리다 견딜 수 없는 고음으로 올라갔다가는 다
시 사라지는 것을 들었다.

그가 서 있는 쪽으로는 장벽이 길게 뻗어 있었다. 맞은편에는 낡은 4층짜리 임대주택이 있었다. 거리는 비어 있고, 자동차 세 대만이 띄엄띄엄 주차되어 있었으나 그것들은 마치 몇 년 동안 계속 거기에 있었던 것처럼 보였다.

50미터 앞 오른쪽에서 길은 다른 길로 접어들며 끝나 있었다. 그는 모퉁이에서 풍우에 바랜 독일 고딕체로 된 선술집의 이름을 읽었다. 그 선술집을 그는 재범들이 늘어놓는 이야기들을 통해 알고 있었다. **신선천.** 석방이 되면 그들은 거의 모두 우선 그 선술집으로 갔다.

그때 한 여자가 모퉁이에 나타났다. 그녀는 장바구니를 들고 있었다. 그녀의 겨울 외투는 그녀를 볼품없이 만들고 있었다. 그가 아직 철제문 앞에 서 있었으므로, 그녀는 걱정스런 얼굴로 호기심을 가지고 그를 건너다보았다. 그가 그녀를 응시하자, 그녀는 눈길을 돌리고 급하게 어느 집 입구로 사라졌다. 여기 있는 집들에는 문이 없었고, 커다란 출입구, 뒷마당으로 가는 어두운 통로들만 있었다.

1970년 1월 12일, 일요일, 오전 10시, 그는 생각했다.

날씨는 회색이었고, 그리 차지 않았다. 적어도 비는 내리지 않았다. 마지막 몇 년 동안 그의 큰 근심은 이날 비가 내리는 것이었다. 그래서 날씨가 그를 빨리 그곳을 떠나도록, 어쩌면 비를 피하기 위해 어딘가로 뛰거나, 급히 가까운 곳의 괜찮은 카페를 찾도록 강요하는 것이었다. 비는 모든 것을 망가트렸을 것이다.

그는 드디어 걷기 시작했다. 가능한 한 천천히.

그들은 그에게 새 양복 한 벌과 외투를 주었다. 20년 전에 그가 벗었던 옷은 더 이상 몸에 맞지 않았기 때문이었다. 그는 그 당시, 서른일곱 살로 허약한 편이었다. 키는 컸으나 마른 체형이었다. 그것에 비하면 그는 지금 육중하고 윤곽이 없는 남자였다.

그는 양복의 바짓가랑이가 너무 좁은 스타일이라고 항의를 했었다.

"이건 도관처럼 보이는군." 그가 말했다.

"요새는 이런 것을 입어." 의류 보관실의 간수 보조가 대답했다. "자네가 옛날의 그 넓은 통바지를 입고 나간다면, 금방 사람들 눈에 띌 걸세."

게다가 그것은 허리도 맞지 않았다. 그의 옛날 윗도리는 몸이 거의 들어가지 않을 정도였다.

그는 새 와이셔츠, 속옷과 양말, 파란색과 갈색의 줄무늬로 된, 그의 마음에 들지 않는 넥타이 그리고 구두 한 켤레도 받았다. 새 구두는 예전 것보다 앞부분이 뾰족했다. 자신의 낡은 구두는, 간수 보조가 통 속으로 던져버리기 전에 잠시 펑퍼짐하고 낡은 모습으로 새 구두 옆에 놓여 있었다. 그에게 제공된 모자를 그는 사양했고, 그 대신 우산을 하나 부탁했다. 그는 그것을 나중에 감방에서, 그가 검게 칠을 한 로이코 반창고 한 줄을 가지고 돌돌 만 형태로 만들었다. 자신의 옛 물건들 중에 그가 도로 가진 것은 검은 양털 목도리 하나뿐이었다.

그는 맞은편으로 길을 건너, 집들을 따라 걸었다. 어느 집 1층 창문 앞에 서서 그는 창턱에 놓인 알프스제비꽃 무늬의 꽃병과 항아리를 관찰했다. 꽃병은 배가 불룩했고, 보라색 꽃무늬가 그려져 있었으며, 먼지가 쌓인 채 금이 가 있었다. 알프스제비꽃은 알프스제비꽃 같았다. 그는 오랫동안 두 물건을 바라보다가, 창 뒤 보일천 커튼의 유리로 된 회색 안에 그림자처럼 한 남자가 서 있는 것을 발견했다. 그도 그처럼 꽃병과 항아리를 관찰했음이 분명했고, 이제 그를 뚫어지게 바라보고 있었다. 그는 짙은 회색의 외투를 입고 검은 양털 목도리를 두르고, 두 손을 외투 주머니 속에 넣고 있었으며, 오른팔 손목에는 가늘게 말린 우산의 손잡이가 걸려 있었다. 그의 얼굴은 거의 알아볼 수 없었다. 그것은 단조롭고, 어쩌면 이미 늘어진 얼굴인 것 같았다. 단지 코만이 높고 곧은 콧등으로 인해 선명하게 솟아, 변화에 저항하고 있었다. 그리고 그의 머리는 여전히 숱이 많았고, 오른쪽에 가르마가 타져 있었다. 마지막 몇 주 동안 그는 다시 머리카락을 길러도 되었다. 예전에 그의 머리카락은 검은색이었다. 이제 그의 새 머리카락은 무쇠의 회색이 되어 있었다.

그는 몸을 돌렸다. 장벽 아래가 아니라 여기에 와서 서자, 그는 교도소 건물 전체를 바라볼 수 있었다. 그는 오래 서 있지는 않았다. 모든 감방이 건물 안마당의 사각형 본체를 따라 자리 잡고 있었기 때문에, 이곳에서는 자신의 감방 창을 볼 수 없다는 것을 그는 알고 있었다. 그렇기 때문에 그는 단 한 번도 교도소 주변의 길거리를 내다볼 수 없었던 것이다. 다른 감방의 창 이외에 다른 무엇을 볼 수 있으리란 희망을 가지고 철창을 기어 올라가는 것은 아무 의미도 없었다. 그럼에도 그가 때때로 그렇게 한 이유는, 하늘을 바라보려 했기 때문이었다. 특히 흥미로운 구름 모양이 형성되거나, 소나기가 지붕 위로 떨어질 것이란 추측이 드는 때였다. 마지막 몇 년 동안은 기어오르기를 포기했다. 그것은 그에게 너무 힘겨운 일이 되어버렸다.

모퉁이에 도달해서 그는 거리 표지판의 이름들을 읽었다. 교도소의 장벽을 따라 나 있는 거리 이름은 앙거 슈트라세*였고, 그곳에서 끝나는 다른 거리 이름은 푈니츠 슈트라세였다. 그는 몇 번이나 그 이름을 소리 없이 머릿속에서뿐만 아니라, 크지 않은 목소리로 반복해서 발음해보았다. "앙거 슈트라세, 푈니츠 슈트라세." 그 이름들이 그가 소리 내어 말한

---

* 슈트라세는 거리라는 의미이자 앙거 슈트라세의 예가 보여주듯이 고유명사로 쓰인다.

첫 말들이었다. 거리의 등불은 회색의 겨울 하늘 아래, 낡은 셋집들 사이에서 석탄으로 인해 얼룩진 갈색으로 변해 있고, 그 속의 석회로 줄이 져 있었다.

그는 출소할 때 반드시 누군가가 동반해야 한다는 규정을 거부하는 데 성공한 것을 생각하면서 만족감을 느꼈다.

"당연히 우리는 당신이 여기를 떠나기 전에 방과 일자리를 마련해줄 것이오." 소장은 그에게 그의 종신형이 20년으로 감형되었다고 알려주면서 말했었다. "그리고 당신을 인도해갈 사람을 붙여주겠소."

"출소하게 되면, 저는 누구와도 함께 가고 싶지 않습니다."

그가 대답했다.

"유감스럽군. 그러나 그것은 규정이요!"

소장의 목소리는 금방 다시 날카로워졌다. 그는 자신이 의자까지 권한 남자가, 사면을 받았다는 소식을 듣고도 기쁨이나 감사함의 흔적도 보이지 않는 것에 기분이 상했는지도 몰랐다.

"혼자서 나갈 수 없다면 아예 그만두겠습니다!"

그는 그들이 전혀 예상하지 못했을 게 뻔한 그 고집스러움이—그들은 그를 말없고 모든 것에 순종하는 타입으로만 알고 있었다—그의 출소를 몇 주 연장시키리라는 것을 알고 있었다. 그 20년은 1월이 아니라, 이미 12월 말로 만기가 되었어야 했다. 결국 그들은 포기를 했다. 그는 그들이 그를 더 오래 잡아둘 수 없다는 것을 알고 있었다. 그는 사면을 받은 것이 아니었다. 20년은 종신형을 받은 자가 치르는 최장의 형기였다. 감형이란 것은 말도 되지 않았다.

그들이 그에게 붙여준 어떤 인간과 함께 이 길을 걷는 것을 상상하는 것! 어쩌면 그와 말을 나누도록 강요를 받았을지도 몰랐다!

그 동반자는 아마도 그가 서 있던 그 주점에서 맥주를 마시고 싶은지 물어보았을 것이다. 그런 사람들은, 사회복지요원이든 무엇이든, 스스로 심리학적으로 훈련이 되어 있다고 여기면서 이해심을 가진 척했을 것이다. 자신은 술집을 드나드는 사람이 아니라는 그의 대답은 동반자에게 호의적으로 받아들여졌겠지만, 그가 여기 잠시 서서 호프집 간판의 글자들을 꼼꼼하게 속삭이듯 읽는 것에 대해 큰 인내심을 보이지는 않았을 것이다. 그에게 필요한 만큼의 시간은 아니었을 것이다.

그는 드디어 몸을 움직여 걷기 시작했다. 여전히 천천히, 망설이며 앙거 슈트라세와 똑같아 보이는 푈니츠 슈트라세를 따라 걸었다. 도중에 그는 한번 몸을 돌려 교도소 장벽과 건물을 바라보았다. 마지막으로 그는 그것을 푈니츠 슈트라세의 끝에서 바라보았다. 이제 교도소는 작아져서, 검붉은 장벽과 거리를 점령하고 있는 시멘트색 블록, 차가운 1차원적 면적으로, 낡은 셋집들의 두 열 사이의 배경에 걸려 있는 붉은색과 회색의 깃발로 보였다. 그가 모퉁이를 돌자 모든 것이 사라졌다. 그는 다시 모퉁이로 되돌아가, 모든 것이 그곳에 여전히 있는지 확인을 한 다음에야 세 번째 거리로 꺾어들었다. 그는 그 거리의 이름도 읽었으나 곧 잊어버렸다. 도중에 그는 몇몇 사람들과 부닥쳤다. 그는 그들이 그를 훑어보는 것을 알아차렸고, 그가 꼼짝 않고 그들을 응시하자 모두가 시선을 내리까는 것을 볼 수 있었다.

이 슬럼가 변두리, 교도소 지역은 그가 상상한 그대로였다. 그것은 그를 실망시키지 않았다. 그 세번째 거리가 끝나는 곳에서 뭔가 수평적인 빠른 움직임, 영상이면서 동시에 소음인 회색의 물체가 획 지나가는 것을 지각했을 때 그는 자신이 새로운 것, 그가 알지 못하는 어떤 것에 직면했음을 느꼈다. 그는 교도소에서 시의 지도를 보게 해달라고 요청한 적이 있었다. 그래서 그가 지금 넓은 시외로 빠지는 도로에 도착했음을 알았다. 전차 종점에 도달하려면 그곳에서 몇백 미터 정도 왼쪽으로 걸어가야 했다. 그러나 그의 출소를 처리한 젊은 실습생이—소장은 더 이상 나타나지 않았다—그에게 설명해준 지도에서는 예전의 이 포장도로가 넓은 흰 선으로 그려져 있어 묘하게도 조용하고 비어 있을 것이란 인상을 받았었다.

대단한 오류였다! 그것이 바로 그가 놓쳐버린 것이었다! 1948년 그들이 그를 데려왔을 때, 그 당시 교통상황은 아주 달랐다. 다가왔다가는 다시 사라져가는 뜸한 소음이었지, 이렇게 한결같이 지속되는 쇄쇄거림이 아니었다. 사람들은 이제 더 아름답고, 매끄럽고, 미끈한 자동차를 소유하고 있었다. 화물차는 저음으로, 어둡고 둔탁하게 노래하는 괴물이었다. 잠시 그는 이 움직임으로 넘쳐나는 거리 전체에 경이감을 느끼라고 자신에게 강요했다. 추월 신호의 전형적인 반짝임, 브레이크 신호의 좀더 긴 박자는, 움직이는 궤도의 회색 사이에 붉은빛의 음악 같은 것을 만들어내고 있었다. 어쨌거나 그는 그런 것을 아직 본 적이 없었다. 그는 그것에 압도당해야 했다. 여기 이것은 별로 크지도 않은 어느 도시의 오전 교통상황에 불과하지 않은가! 그러나 그는 차갑게 그 부산스러움을 바라보았다. 그는 자신에게 물었다. 이 자동차의 세계가 형성되는 것을 보지 못했기 때문에 거부감 외에 아무것도 느낄 수 없는 것인가? 그는 질투심을 느꼈던가? 그는 알지 못했다. 그는 젊은 견습생이 그에게 한 말을 기억했다. "엘러스 씨, 밖으로 나가시면 주의하십시오! 조심하셔야 합니다! 아주 새로운 세상으로 나가시는 겁니다." 그 젊은이는 언제나, 그리고 아주 당연하다는 투로 그를 "엘러스 씨"라고 불렀다. 그가 새로운 세상을 말했을 때, 그는 이런 단조롭게 달려 지나가는 양철통을 의미했던 것일까? 그 안에 몸의 상체 윤곽만으로 이루어진 듯한 인간들이 앉아 있는?

그가 계속 걸어가면서 시선을 거리로 던지지 않자, 세상은 잠시 옛날 그대로였다. 조금 전과 같은 집들, 그리고 그것들이 끝나는 곳에 공터, 가지들이 잘려 나간 키 큰 포플러들로 둘러싸인 그곳에는 구식 전차, 연노랑색으로 칠해진 전동차와 연결차량들이 기다리고 있었다. 그것은 그가 기대한 바로 그대로였다. 포플러가 있는 주말 농장의 풍경 속, 어느 종착역에서, 연노랑으로 정교하게 그려져 있는 전차.

그는 전동차와 연결차량 중에 어느 곳으로 올라타야 할지 생각하다가 전동차를 택했으나, 뒤쪽의 승강단에 서 있기로 했다.

안쪽에는 여자 두 명이 앉아 있었다. 여자 검표원이 다가오자 그가 말했다. "시내 한 장, 부탁합니다!"

그는 이 말을 미리 정해놓았었다. 그것은 습관적이고 사소하게 들릴 것이었다. 그러나 그것은 제 역할을 하지 못했다.

"그런데 시내 어디요?" 여자 검표원이 물었다.

"어디라니, 시내 중심 말이오." 그가 대답했다. 그는 첫 단추를 잘못 꿰었다. 그는 고개를 숙이고 외투 주머니 속에서 잔돈을 찾아 2마르크짜리 동전 하나를 꺼냈다.

"니콜라이 광장까지 가세요!" 여자 검표원이 잠시 후에 말했다. 그사이 그녀는 그를 살펴보았음이 틀림없었다. "거기가 시내 중심가입니다. 그곳에 도착하면 알려드리지요."

그녀는 그와 같은 승객을 자주 만났음이 틀림없었다. 여기 이 외각에는 시의 변두리와 교도소밖에 없었다. 변두리의 길거리에서 부딪힌 사람들도 그를 즉시 알아보았었다. 사람들이 그를 응시하거나 적어도 그가 어디에서 나왔다는 것을 짐작할 수 있다면, 그는 아직도 온전하게 출감된 것이 아니었다.

"고맙습니다!" 그가 말했다.

그녀는 그에게 거스름돈을 내주었다. 그녀가 전차 안쪽으로 들어간 다음에야 그는 그녀를 관찰할 용기를 낼 수 있었다. 그는 그녀를 서른 살 정도로 짐작했고, 예쁘다고 생각했다.

만약 그녀가 이 사실을 안다면, 그는 생각했다, 그가 20년 만에 처음으로 몇 마디 말을 나눈 첫번째 여성이 그녀라는 것을!

20년 전, 그가 말을 나눈 마지막 여자는 하숙집 여주인의 딸이었다. 그는 그녀를 살해했다. 어느 날, 그가 더 이상 견딜 수 없었을 때, 그는 그녀를 붙잡았다. 그녀는 소리치기 시작했다. 그는 그녀의 입을 막았으나, 그녀는 계속해서 소리를 질러댔고, 결국 그는 그녀의 목을 쥐었다.

겨울의 주말농장, 그리고 주택가가 시작되기 전에, 도시가 있는 협만으로 던지는 첫 시선. 그는 부둣가에 배들이 정박해 있는 것과, 맞은편의 빌라와 수관(樹冠)이 이어진 언덕을 보았다.

그는 1~2분 동안, 그녀가 그의 팔 안에서 축 늘어졌을 때, 죽었다는 것을 파악하지 못했다. 그는 그녀를 흔들면서 기절했다고 믿었다.

20년이 흐르는 동안, 그는 그 그림이 떠오르면 그것과 마주하는 연습을 하곤 했다. 그는 그것을 회피하지 않았다. 그리고 이 첫 시간에 그것이 떠오르리라는 것을 예상하고 있었다. 그런데 그 그림은 그리 적당하지 못한 순간에 등장했다. 그는 그것이 바람이 자고 있는 1월의 만(灣) 위에서 빛이 바래지다가는 아주 사라져버리는 것을 곧바로 알 수 있었다.

정류장마다 사람들이 올라탔으나 그들은 그에게 관심을 보이지 않았다. 점차 그는 그처럼 침묵하고 있는 사람들 사이에 끼인 채 서 있었다. 여자 검표원이 정류장 이름을 외쳤다. 그는 여기서 내려야 했다. 그들은 킬 시에 일자리 하나와 그곳으로 가는 기차표를 그에게 마련해주었다. 그들은 그가 지체하지 않고 킬로 갈 것을 기대하고 있었다.

그가 1년 이상 그 집에 기거하고 있었기 때문에 그들은 그에게 과실치사를 인정하지 않고, 살인으로 판결했다. 고의적이진 않았으나, 범죄 용어에 따르면, 충동범죄로 살인이었다. 그때에는 법정이 그를 목매달아버렸다 하더라도 그는 완전히 동의했었을 것이다. 그러나 그 후 곧 그는 사형이 폐지된 것에 감사함을 느꼈다. 그는 자신의 범죄에 대해 분명한 입장을 정리했다. 언젠가 한번 그는 법리에 밝은 다른 죄수와 그것에 대해 이야기를 한 적이 있었는데, 그는 이야기 끝에 소리쳤다. "그것 때문에 종신형이라니! 맙소사, 자네 진짜 멍청이를 변호사로 두었던 게 틀림없어!"

"그녀가 살았다면." 그가 대꾸했다.

15년이 지난 다음 그는 소장을 찾아가 자신의 형량이 감소될 수 있는지 물었다.

"흠, 살인이라," 소장이 말했다. "그것도 충동살인. 한번 물어볼 수는 있겠군."

그는 실수를 범했다.

"소장님," 그가 말했다, "제가 여기 있는 동안 세 사람을 알게 되었는데, 그들은 2천, 3천 그리고 1만7천 번의 살인공범죄로 형을 받았습니다."

"그런데? 그게 어쨌다는 건가?" 소장은 작은 일에도 금방 신경질을 내는 것으로 유명했다.

그는 그에게 가능한 한 부드럽게 설명하려고 노력했다. "그들은 저보다 훨씬 늦게 들어와 훨씬 일찍 나갔습니다."

"그런 태도로 나온다면……" 그것으로 그 상담은 끝이 나버렸다. 그는 자신의 청원에 대해서 5년이 되도록, 결국 그의 차례가 될 때까지 아무것도 들을 수 없었다.

여자 검표원은 승강단으로 와 그에게 신호를 보냈다. 그는 고개를 끄덕였다. 전차가 서자, 그녀는 그가 사람들 사이를 뚫고 문으로 나가도록 도와주었다. 그녀는 그를 마치 상이군인처럼 다루었다.

전차에서 내린 다음, 그는 인도에서 전차가 떠날 때까지 기다렸다. 그는 첫걸음을 떼기 전에 그 여자 검표원이 사라지는 것을 확인하고 싶었다.

니콜라이 광장은 좁은 장방형의 공간으로, 그 소도시의 중심거리가 분명한, 긴 거리 끝에 있었다. 그는 우산을 왼쪽 손목에 건 채, 양손을 다시 주머니 속에 넣고 거리를 살펴보았다. 도처에 사람들이 있었으나, 혼잡한 흐름이라고는 말할 수 없었다. 자동차들이 그를 지나쳐 갔다. 좀 전의 외각으로 빠지는 찻길에서처럼 차가 많지는 않았으나 그래도 그에게 습관이 되었던 것보다는 훨씬 많았다. 그는 이미 모든 습관을 상실했고, 그래서 그것을 다시 획득해야 했음에도, 생각 속에서는 여전히 습관이란 표현을 사용했다.

여기라면 아무도 그를 알지 못하고, 아무도 알아채지 않을 것이었다.

그는 다시 걸었다. 왼쪽으로. 그 방향으로 거리가 더 길게 나 있고 활기가 있어 보였기 때문이었다. 그러나 그는 곧 신문판매대 앞에 섰다. 그것은 그가 가장 구체적으로 상상했던 장면 중의 하나였다. 어느 신문판매대 앞에 서서 신문을 산다. 교도소에도 신문은 있었다. 그러나 그것을 얻기 위해서는 약삭빠르게 굴어야 했다. 간수에게 구걸을 한다거나, 그것을 찾아 복잡한 사냥을 해야 했다. 교도소는 무엇보다 미로이기도 했다. 그런데 그는 신문 구입을 너무 쉽게 상상했었다. 그는 자신이 신문을 달라고 하기 전에, 걸려 있는 화보 신문의 표지들을 한참 멍하게 바라보아야 할 것이라고는 계산하지 못했었다. 표지들은 벌거벗은 또는 거의 다 벗어 버린 여자들의 사진으로 인쇄되어 있었다. 그것에 대해 그는 준비가 되어 있지 않았다. 언제부터 저런 것이 있었단 말인가? 그 전에도 작고 지저분한 잡지에 그런 사진이 들어 있었으나, 그것은 판매점의 은밀한 한쪽 구석에 걸려 있었다. 지금은 판매점의 전체 벽면에, 시의 가장 활기찬 장소에 크게 걸려 있었다. 미쳤다. 그것이 그 젊은 견습생이 그에게 경고한 새로운 세상이란 말인가? 그는 조심스럽게 주위를 둘러보았다. 사람들은 판매점을 지나갔으나, 그 사진에는 주목하지 않았다. 그들은 미친 게 틀림없었다. 아니면 완전한 위선자들이거나. 어쩌면 양쪽 다로, 미쳐버린 위선자들이었다.

나무로 된 상점 안의 남자가 그를 관찰하고 있다고 느끼자, 그는 급하게 신문을 한 부 샀다. 그는 1면 기사의 제목을 읽었다. **종말의 비아프라. 비아프라**라는 말은 그에게 아무것도 말해주지 않았다.

그는 신문을 주머니에 찔러 넣었다. 이 시간이면 그는 교도소의 가구 작업장에서 일했다. 오후에는 다시 감방에 앉아 있을 것이었다. 몇 년이 지난 후 그들은 그에게 감방 안에 사진 거는 것을 허락했다. 그는 단 한 장, 그가 어느 신문에서 잘라낸 바다 풍경을 벽에 붙였다. 그리고 라디오도 결국은 그에게 주어졌으나, 그것은 낡고 금속성의 소리를 냈기 때문에 그는 그것을 거의 켜지 않았다. 그는 책을 많이 읽었다. 8시 소등 전 저녁에, 그리고 일요일에. 6시에 기상이었다. 그 긴 시간 동안 그는 그저 두 번 소리를 지르고, 울었고, 감방 문을 두드렸다. 그러면 그들이 와서 그에게 주사를 놓았다.

이제 그는 중앙로를 따라 걸었다. 온통 회색인 하늘 아래, 사람들을 지나, 그리 춥지 않은 날 속으로.

그는 10시에 423마르크 70페니히를 가지고 있었다. 20년의 노동 후에 그들은 그에게 그 액수를 지불하였다. 전차는 80, 신문은 40페니히였다.

미니스커트를 입은 소녀들의 등장에 그는 이미 준비가 되어 있었다. 최근 몇 년 동안 새로 들어온 죄수들의 음담을 통해서 그는 그런 것이 있음을 경험했다. 그들은 그가 서 있던 가구점 쇼윈도의 커다란 유리 앞에 처음으로 나타났다. 그는 몸을 돌리려 했다. 그러나 한 무리의 나이 든 여학생들이 멈추어 서서 떠들기 시작했으므로, 그는 차라리 그냥 서서 눈치 채이지 않고 그들을 관찰하기 위해 창을 응시했다. 한 여학생만이 그의 마음에 드는 길고 날씬한 다리를 가지고 있었다. 그의 생각으로 다른 여학생들은 차라리 허벅지를 덮는 게 좋았다. 그들 뒤로 자동차들이 창 위로 지나갔다. 그는 자동차와 소녀들, 다른 사람들과 자신 그리고 가구들을 보았다. 그는 자신에게 가구들을 보라고 다그쳤다. 대부분은 그의 마음에 들었다. 요즈음은 흰 폴리에스터 판을 입혀 가구를 만들었다. 그 인공 재료는 가치 없는 나무판자 위에 붙여졌다. 오늘날은 물건의 재료가 아니라, 당연하지만, 디자인에 값을 지불했다. 그도 역시 그 얇은 흰 판을 절단기 아래 집어넣었었다. 잘라낸 부분을 탁자의 판자나 장의 문 또는 책장 판자에 붙이면, 매끄러운 물건이 만들어졌다. 가구점 안쪽 깊숙이, 화장대의 거울에 갑자기 예쁜 여학생의 길고 날씬한 다리가 아주 선명히 보였다가 사라졌다. 그는 사무원이었다. 어느 기계 공장의 회계원이었다. 교도소에서도 그는 사무실에서 일해야 했다. 2년이 지난 후 그는 목공 일을 배우게 해달라고 요청했다. 그들은 처음에 그를 비웃었다. 서른아홉 살에는 아무도 그런 어려운 수공 일을 배울 수 없다는 것이었다. 그는 꿋꿋이 버티면서 점점 더 졸랐다. 몇 년 후 그는 최고 목공수의 한 사람이 되었다. 그는 자신이 사무 일을 계속해야 했으면, 살 수 없었으리라고 말하곤 했다. 무엇보다도 그는 출감 후에 사무실에서 일할 수 있으리라고는 상상할 수 없었다. 그가 마침내 몸을 돌리자, 소녀들도 막 헤어지는 참이었다. 그들은 경계석 가까이 차들을 따라 인도를 걸어가거나, 아니면 차도를 건너갔다. 그는 그 모든 것이 서로 관련이 있다는 것을 알아챘다. 앉아 있는 상체가 들어 있는 양철통, 배회하는 벌거벗은 허벅지들, 자동차와 허벅지가 반사되어 보이는 쇼윈도, 눈길을 고정시켜 바라보면 그것들 앞에서 움직이던, 반사된 영상들이 사라지면서 나타나는 상품들.

어느 담배 가게 앞에서, 전시된 파이프를 관찰하면서 그는 다시 담배를 피울 것인지 생각했다. 교도소에서 그는 그 습관을 버렸다. 그는 결정을 나중으로 미루었다.

그는 마음에 드는 여자들을 많이 보았다. 그러나 그에게 여자는 더 이상 고려의 대상이 아니었다. 그는 서른일곱 살에도 미혼이었는데, 무엇 때문에 쉰일곱에 결혼을 할 것이며, 그게 아니더라도 고정된 관계만이라도 시작을 할 이유가 있을 것인가? 그뿐 아니라 그는 여자들에게 전혀 인기가 없었다. 여자들은 그에게 전혀 반감을 느끼지 않았다. 그를 좋아하지도 않았고, 싫어하지도 않았다. 여자들에게 아무런 관심을 불러일으키지 않는 그 무엇이 그에게 있었다. 그런데 이것을 확인할 시간이 그에게는 2년, 1947년에서 1949년까지밖에 없었다. 그 전에 그는 군인이었고 전쟁포로로 러시아에 있었다. 이제 몇몇 여자들이 그에게 관심을 갖게 될지도 모른다. 그는 살인자였다. 그들은 실망할 것이다. 그는 정말 충동범죄자가 아니었다. 교도소에서 그는 수음을 가끔 했을 뿐이었다. 그의 살인은 소리 지르는 인형 같은 여자로 인해 발생한 어처구니없는 우연일 뿐이었다.

이제 그만! 그는 자신을 혼란스럽게 만들었다. 바로 그것을 그는 피하고자 했었다. 그는 옆길을 통해 협만 쪽으로 내려가면서, 자동차들이 다시 밀집하여 빠르게 달리고 있는 해안가의 찻길을 조심스럽게 건넜다. 자동차 한 대가 바짝 그의 옆으로 섰다. 차 안에 앉아 있던 남자는 유리창을 내리더니 소리쳤다. "이보쇼, 보행자 줄무늬가 있단 건 들어봤겠지?"

그는 화가 나 굳어진 얼굴을 보았다. 그가 무엇이라고 말하기도 전에 그는 이미 사라져버렸다. 건너편 길에서 이곳저곳을 둘러보다가 그는 그 남자가 지적했던 것을 발견했다. 찻길에 노란 줄이 그려져 있고 그 옆으로 신호등이 있었다.

그는 모든 것이 한가하게 진행되는 부둣가를 이리저리 돌아다녔고, 선원들이 기중기로 회색의 화물선에서 들어 올린 상자들을 선창에 쌓는 것을 바라보았다. 배들 사이에 항만의 물이 있었다. 물과 하늘은 곧 눈이라도 내릴 듯이 보였다. 무슨 그런, 그는 생각했다. 나는 날씨에 관해서는 전혀 이해하지 못하잖아.

여기였다. 교도소가 그에게 처음으로 인형의 집처럼 보였던 곳이. 갑자기 그것은 그에게 아주 작은 장난감처럼 보였고, 그래서 몸을 굽혀 내려다볼 수 있을 것 같았다. 그 안에는 작은 난쟁이, 작은 요정들이 소형 통로를 타박거리면서 다른 난쟁이들이 움직이지 않고 앉아 있는 작은 감방을 지나갔다. 그들은 오그라들어 무엇으로도 마술에서 풀려나오지 못할 것 같았다.

시내 중앙로로 돌아가는 길에 그는 걸려 있는 사진을 보고 여행사 앞에 멈추어 섰다. 사람들은 이제 정말 모든 곳으로 여행을 할 수 있는 것일까? 사무실이 사람들로 가득 차 있어 그는 용기를 내 안으로 들어갔다. 그는 한 무리의 사람들 사이에 섞여, 어느 남자가 모로코 여행을 예약하고, 한 소녀가 스위스의 스키 여행을 예약하는 것에 귀를 기울였다. 그런 다음 그는 눈에 띄지 않게 옆으로 나와, 책상 위에 놓인 여행 안내서를 집어 반으로 접은 다음 밖으로 나왔다. 그들이 그에게 외국 여행을 허락하기까지는 오래, 어쩌면 몇 년이 걸릴지도 몰랐다.

그는 주머니에서 신문을 꺼내 안내서와 함께 모든 것을 손에 쥐었다. 신문과 여행 안내서, 말아 접은 우산, 도관 모양의 바지, 어두운 색의 외투와 검은 목도리 등으로 그는 이제 그들 중의 한 사람으로 보인다고 느꼈다. 그의 머리카락은 무쇠 같은 회색이었으나, 숱이 많았고 오른쪽 가르마를 타고 있었고, 그의 콧등은 여전히 높고 곧았다. 그는 자신의 나이에도 불구하고 얼굴이 몸 전체의 살처럼 모든 의미를 상실하지 않았다면, 그런 대로 보기가 괜찮을 것인가란 생각을 했다. 그것은 늘어져 있었다.

드디어 그는 자신이 계속 찾고 있던 것을 발견했다. 커다란 카페. 그가 안으로 들어가 보니, 두 개의 공간이 연속으로 붙어 있고, 뒤쪽은 앞보다 높이 위치해 계단 두 개를 올라가야 했다. 카페에는 사람들이 띄엄띄엄 앉아 있었다. 그는 앞의 공간을 택했다. 깊이 들어가고 싶지 않았다. 그는 외투를 벗고, 창 가까운 곳에 자리를 잡았다. 그는 카페의 달콤하고 따뜻한, 밝은 향기를 맡았다. 그가 앉은 자리의 둥근 탁자는 갈색과 붉은 색이 섞인 대리석으로 만들어져 있었다. 탁자 위에는 재떨이와 은을 입힌 자기 설탕 그릇이 놓여 있었다. 사람들은 이제 설탕 같은 것은 간단히 탁자 위에 놓아둔다는 뜻이었다.

여종업원이 그에게 다가왔다. 그녀는 푸른 원피스를 입고 흰 앞치마를 두르고 있었다. 그는 커피 한 잔을 주문했다.

기다리는 동안 그는 윗도리 주머니에서 쪽지를 꺼냈다. 거기에는 킬의 일자리와 주소 두 개가 타자기로 적혀 있었다. 그는 킬로 가지 않을 것이라고 단단히 결심했었다. 그것은 '여기서 혼자 나가든지, 아니면 그만두겠습니다'라는 문장과 '이왕이면 엘러스 씨'라는 문장처럼 그의 프로그램에 속했었다. 그들이 킬을 말했었기 때문에 그는 즉시 함부르크를 생각했었다. 그가 그곳에서 일자리를 마련하게 되면, 그들이 그에게 별로 반대할 이유가 없었다. 기껏해야 경찰 감시를 강화하겠다고 협박할 것이었다. 그는 갑자기 자신의 의도를 포기했다. 그가 목공소에서 일하고, 셋방에서 거주하게 될 것이므로, 목공소나 방이 킬에 있건 함부르크에 있건 아무래도 마찬가지였다. 그것은 나중에 그들의 동의를 받아 바꿀 수도 있었다. 그가 눈에 나지 않게 행동하면, 그들은 어쩌면 여권을 발급해줄지도 몰랐다. 그래, 그는 나중에 역으로 가서 기차를 타고 킬로 갈 것이다.

교도소에서 무엇도 받아가길 거부했기 때문에, 그는 그 전에 물품을 좀 구입해야 했다. 비누, 면도기, 갈아입을 내복과 양말, 그리고 그 모든 것을 담을 수 있는, 작은 값싼 가방 하나.

여종업원이 커피를 가져왔다. 그녀는 쟁반 위의 잔을 들어 그의 앞으로 내려놓았고, 은으로 된 생크림 용기를 그 옆으로 갖다놓았다.

잔은 누르스름한 자기로, 푸른색의 넝쿨무늬가 그려져 있었다. 잔 옆으로는 은도금 숟가락이 받침잔 위에 놓여 있었다. 커피는 진한 검은색이었고, 잔 가까이에는 갈색이었다. 커피에서 김이 올라왔다. 냄새가 좋았다.

그는 받침잔에서 숟가락을 들어 그 옆, 밤색의 대리석 위에 놓았다.

그의 왼쪽 의자에 그의 외투가 놓여 있었다. 그 위에 그는 신문과 여행 안내서를 올려놓았다. 의자의 팔걸이에는 그의 우산이 걸려 있었다.

그는 먼저 잔을 돌렸다. 한 번, 두 번, 그러고는 푸른 넝쿨무늬가 검은 원 주위, 밤색 위에서 도는 것을 바라보았다.

그러고 나서 그는 잔을 탁자의 맞은편 끝까지 밀었다. 그것은 역광 속에서 어두운 그림자처럼 보였다. 자동차들이 그 뒤에서 지나갔다.

그는 푸른 옷과 하얀 앞치마가 옆에 있는 것을 알았다.

"커피가 맛이 없습니까?" 그는 여종업원이 말하는 것을 들었다.

"아니, 아닙니다." 그는 방해받았다고 느끼며 말했다. "초콜릿케이크 한 조각 주십시오!"

그녀가 가자, 그는 잔을 다시 자기 앞으로 끌어왔으나 커피에는 입도 대지 않았다.

초콜릿케이크가 왔다.

"커피 한 잔 다시 주십시오!" 그가 말했다. "저 커피는 이미 식어버렸습니다."

"그러나 커피 값은 다시 지불하셔야 합니다."

"알았으니, 염려 마시고!"

"왜 커피를 식도록 놔두셨습니까?" 그녀가 물었다.

그는 그녀를 쳐다보았다. 그녀는 사십 혹은 그보다 더 돼 보였는데, 높이 올린 머리 스타일을 하고 있었다. 아무튼 그녀는 그냥 여종업원은 아니었다. 그녀는 저항할 능력이 있었다.

"그냥." 그가 말했다. "나 자신도 왜 그랬는지 모르겠군요."

그녀는 머리를 흔들었으나, 그에게 친절함을 느끼게 했다. 어쩐지 그 대답은 그녀에게 충분한 듯했다. 어쩌면 그 대답이 그렇게 조용히 흘러나왔기 때문인지도 몰랐다.

그는 초콜릿케이크를 먹었다. 그는 그것을 단지 잔과 잠시 혼자 있기 위해 주문한 것은 아니었다. 이곳으로 오는 동안 내내 그는 초콜릿케이크 한 조각을 먹겠다고 예정하고 있었다. 그것은 그가 상상한 초콜릿케이크 맛과 대체로 비슷한 맛이었다.

두번째 커피의 잔은 첫 잔과 똑같아 보였다.

그는 크림을 조금 넣고, 커피 속에서 크림의 구름이 올라와 퍼지는 것을 관찰했다. 그는 설탕통을 끌어당겨 각설탕 두 개를, 싸고 있는 종이를 벗겨낸 다음 조심스럽게 잔 속에 넣었다. 그는 숟가락을 넣어 저었다. 그가 그 모든 것을 한 이유는, 여종업원이 좀 떨어진 곳에서 곁눈질하며 그를 관찰한다는 것을 알았기 때문이었다.

커피를 마신 후에 그는 신문을 펼치고 읽어보려 했다. 그러나 그렇게 되지 않았다.

그 대신 그는 창밖을 내다보았다.

그는 담배를 피우고 싶었다. 그는 카페에서 담배 한 갑을 살 수도 있었다. 그러나 왜 그 간단한 생각을 하지 못했는지, 나중에 그는 그것을 전혀 이해할 수 없었다.

예수 킹 두취케[*]

발터 하이스트Walter Heist를 위하여

"이것은 파열상일 뿐이야." 카를라는 마르셀의 머리를 살펴보면서 말했다. "그저 외상."

가로등 불빛으로 가늠이 가능한 정도에서 그녀는 그의 검은 머리카락을 헤치고 상처를 살펴보았다. 마르셀은 가로등의 기둥에 기대 서 있었고, 얼굴 위로 두 줄의 피가 흘러내렸다. 피가 눈으로 흘러 들어오면, 그는 그것을 조심스럽게 닦아냈다.

"상처는 붕대로 싸매야 돼." 카를라가 레오에게 말했다. "내가 있는 병원이 가장 좋을 것 같군. 그런데 여기 어디서 택시를 구해올 수 있을까?"

---

[*] 알프레트 두취케(Alfred Willi Ridi Dutschke, 1940~1979): 마르크스주의 성향의 사회학자로 1960년대 독일 학생운동의 주동자. 보수우익의 표적이 되어 있던 두취케는 1968년 4월 요셉 바하만에게 총격을 당했다. 바하만은 히틀러를 숭배하는 극우주의자로 추정되는 노동자였다. 이 총격에 분노하게 된 학생들은 슈프링거 언론사의 선동에 책임을 돌리면서 언론사 건물을 공격하고, 신문 우송 차량을 불태우는 등 격렬한 시위를 벌였다. 이 단편은 당시 일어난 대학생들의 대대적인 항의 시위를 배경으로 하고 있다.

카를라는 의대생이었다. 그녀는 모아비트의 병원Moabiter Krankenhaus에서 실습 과정을 막 끝낸 참이었다.

"너는 먼저 집으로 가서 옷을 갈아입는 게 좋겠어." 레오가 말했다. "살갗까지 완전히 젖어버렸을 테니까."

그녀는 고개를 흔들었다. "필요 없어." 그녀가 말했다. "외투가 대부분 막아주었으니까. 병원에 갈아입을 것이 있어."

마르셀의 머리카락처럼 검은 그녀의 머리카락은 머리에 착 달라붙어 있었다. 그녀는 밝은 레인코트를 입고, 허리띠를 매고 있었다.

레오가 자신에게 마르셀의 피가 수염으로 흘러 스며드는 것을 관찰하도록 강요하는 동안, 자신의 등 뒤에서 코흐 슈트라세를 통해 물러나는 시위 군중의 발걸음 소리를 들었다. 그들은 더 이상 달리지 않았다. 경찰이 샬로텐 슈트라세 구석까지만 공격을 했기 때문이었다. 그 거리는 이미 비어 있었으나 그곳에 있던 물대포는 여전히 작동하고 있었다. 레오는 카를라와 마르셀에게 등을 돌리고 물줄기를 바라보았다. 그것은 장벽 너머의 탐조등으로 인해 밝게 빛났다. 갑자기 등이 꺼졌다. 몇 초 동안 완전한 침묵과 젖은 차도의 어두운 광택이 모든 것을 지배했다. 점차 거리의 후면에 있던 경찰들이 보였다. 투구와 외투로 무장한 그들은 창마다 불이 환하게 켜진 신문사 주변에서 우글거리고 있었다. 물대포에서 백 미터쯤 앞에, 체크포인트 찰리Checkpoint Charlie* 부근의 귀퉁이에 한 남자가 보도에 얼굴을 바닥으로 향한 채 누워 있었다. 관할 지역 검문소를 겹겹이 봉쇄한 경찰이 통과시킨, 의사인 듯한 시민 한 사람이 누워 있는 남자에게로 갔다.

---

* 베를린의 장벽 중 미군이 감시하던 검문소.

이러한 혼란에도 불구하고 코흐 슈트라세 지하철역 앞에는 택시가 한 두 대 서 있을지도 모른다고 레오는 생각했다. 그러나 이 방향으로 간다는 것은 경찰의 수중으로 바로 걸어 들어감을 의미했다.

"가자!" 그는 말했다. "아스카니셔 플라츠*에는 택시가 있을 거야."

그들은 그 장소를 떠난 마지막 사람들에 속했다. 그들이 안할터 슈트라세를 통과할 무렵, 밤은 베를린 4월의 어느 밤처럼 서늘하고 비어 있었다. 그들이 원형의 불빛에 다다를 때마다, 카를라가 마르셀을 주의 깊게 살피는 것을 그는 알 수 있었다. 그녀는 피가 갑자기 쏟아지기 시작하지 않을까 염려하는 것이 분명했다.

아스카니셔 플라츠의 녹색 원형 공간에는 택시 한 대가 서 있었다. 운전사는 운전대에 팔을 걸고 그 위에 머리를 얹고 있었다. 그는 자고 있는 것 같았다. 그러나 레오가 택시 문의 손잡이를 잡자, 그는 자세를 바꾸지도 않고 말했다. "그 손 좀 치우시지. 난 대학생들은 안 태워."

레오는 항상 자신에게 이런 비슷한 일이 생기면, 아는 사람들이 그를 황소라고 부를 정도로 강한, 자신의 곰 같은 힘을 생각했다. 그의 체격으로 보면, 그는 운전사를 단번에 자동차에서 끌어낼 수 있었다. 그러나 운전사 옆 좌석의 문을 잡으려고 하는 순간, 그는 바로 30분 전, 마르셀의 머리를 때려 맞춘 그 공격을 방어하지 못했다는 사실을 기억했다.

"여기 부상자가 있어요." 카를라가 말했다. "가능한 한 빨리 치료를 받지 않으면 안 돼요."

그 남자는 대답을 하지 않고, 차창의 손잡이를 돌려 창을 올렸다. 그들은 그가 통신기의 마이크를 잡는 것을 보았다.

---

* 플라츠는 광장이라는 의미이자 아스카니셔 플라츠의 예가 보여주듯이 고유명사로 쓰인다.

"할레쉐스 토어* 쪽으로 가자!" 레오가 제안했다. "지하철로 베딩까지 가서 그다음에 푸트리츠 슈트라세로 가는 선으로 바꿔 타자."

"그럼 거기서 다시 한 번 지하철을 갈아타야 해." 카를라가 말했다. "차라리 걸어서 티어가르텐**을 가로질러 가면 더 빨리 도착할 수 있어."

레오는 그녀가 옳다는 것을 인정해야 했다. 그는 지금 그저 할레쉐스 토어에서 지하철을 타고 베딩으로 가고 싶었다. 이 노선의 전차들은 프리드리히 슈트라세 아래로 동독 지역을 통과하는 동안 정차하지 않았다. 대부분 거의 비어 있는 찻간의 불빛은 약해졌고, 사람들은 무채색의 흐린 빛 속에 앉아 있었다. 그러는 동안 정류장이 노란 타일을 입힌 구름처럼 나타나곤 했다. 슈타트미테,*** 프란최지셰 슈트라세, 오라니엔부르거 토어. 역의 선로에는 늘 인민경찰 두 명이 어깨에 총을 메고 나란히 서 있었다.

그들은 란트베어카날에 도달해서 오른쪽으로 돌았다. 라이히피츠우퍼Reichpietschufer라고 레오는 읽었다. 이 밤은 정말 살인의 냄새가 나야 해, 그는 생각했다. 쾨비스와 라이히피츠,**** 그리고 립크네이트와 룩셈부르크*****의 냄새가, 정당한 권리를 위하여 이 밤은 소리쳐 도움을 청해야 하는 밤이어야 했다. 그러나 밤은 조명도 제대로 안 된, 그저 4월을 나타낼 뿐이었고, 운하의 물은 밝은 돌의 제방 사이에 밀폐되어 아무것도 말

---

* 성문 이름.

** 동물원.

*** 시의 중심을 나타내는 정류장의 이름.

**** 알빈 쾨비스(Albin Köbis, 1892~1917), 막스 라이히피츠(Max Reichpietsch, 1894~1917): 사회주의 선동 혐의로 사형당한 독일 해군

***** 칼 립크네이트(Karl Liebknecht, 1981~1919), 로자 룩셈부르크(Rosa Luxemburg, 1871~1919): 독일 마르크스주의 혁명가. 1919년 1월 베를린에서 혁명을 기도하였으나 실패한 뒤 살해당했다.

하지 않았다. 가끔 자동차가 우퍼 슈트라세*의 도로 바닥 위에서 미미하게 흔들리는 빛의 원형들을 통과해 달려갔다.

오른쪽으로 다시 장벽이 서 있었다. 그것은 때로 그저 창고의 벽들을 연결하는 부분이었다가는 다시 온전한 벽으로 이어지곤 했다. 그들은 북쪽을 향한 인적이 없는 긴 도로, 링크 슈트라세로 꺾어들어 장벽을 따라갔다. 장벽 뒤로 빛이 혼란스러웠다. 그것은 그들이 걷고 있는 장벽 이쪽을 더 어둡게 만들었다.

링크 슈트라세에서 마르셀은 처음으로 입을 열었다.

"부하린에 대한 루카치의 비판은 틀렸어." 그가 말했다. "부하린은 이미 그때 루카치가 아직 보지 못한 것 몇 가지를 먼저 보았지."

"아니, 그럼 너는 부하린의 책을 손에 넣었단 말이야?" 레오가 물었다.

"그래," 마르셀이 말했다. "플렌스부르거 슈트라세에 있는 헌 책방에서. 난 처음 내가 잘못 본 것이라고 생각했지. 1922년 독일어판."

"기가 막히는군!" 레오가 말했다. "언제 그것을 얻어 볼 수 있니?"

"당분간은 안 돼. 우리는 그것에 관해 우선 세미나를 한번 할 거야."

마르셀은 사회학을 공부했다. 그 사회학과가 끝장이 나버린 후에는 학생들이 당분간 세미나의 주제들을 결정했다.

"부하린은 테크놀로지의 역할을 보고 있는 유일한 사람이지." 마르셀이 설명했다. "그가 말하는 것은 '이미 주어진 사회적 테크닉의 시스템이 인간 사이의 노동 관계 시스템도 결정한다'는 것이야. 그리고 바로 그렇기 때문에 루카치가 그를 공격하지. 그는 부하린이 생산력과 테크닉을 동일시한다고 주장했는데……"

---

* 'Ufer'는 '물가'라는 뜻으로 운하 곁으로 펼쳐진 거리를 의미함.

"그렇게 틀린 말은 아닌 것 같군." 레오가 그의 말을 중단시켰다. "우리 건축학에서는 양자가 동일하다고 나는 주장하고 싶어."

"좋아," 마르셀이 말했다. "그러나 부하린은 그렇게까지 가지는 않아. 그는 그저 사회의 발전은 테크닉의 발전에 달려 있다고 말하지. 그리고 루카치는 그것을 '그릇된 자연주의'라고 부르고."

그들은 갑자기 말을 중단했다. 경찰 지프 한 대가 그들 옆으로 와 섰기 때문이었다. 운전석 옆자리에 앉아 있던 경찰관은 차에서 뛰어내리더니 그들에게 다가왔다.

"신분증 좀 봅시다!" 그가 말했다.

"아니, 왜요?" 레오가 물었다. "이리로 가면 안 됩니까?"

"문제를 만들 생각이면, 곧바로 차에 타는 게 좋겠군요!" 그 공무원이 말했다.

레오는 베를린의 신분증명서를 꺼내서 그 남자에게 주었다. 그들은 대학생으로서 이유 없이 검색을 당하는 데 익숙해 있었기 때문에 항상 증명서류를 몸에 지니고 다녔다.

경찰관이 마르셀을 유심히 보았다.

"무슨 일이 있습니까?" 그가 물었다.

"넘어져서 머리를 다쳤어요." 카를라가 말했다.

"그래요?" 경찰관이 말했다. "그냥 넘어졌다."

"아닙니다." 카를라가 말했다. "그냥 넘어진 게 아니라, 정말 넘어진 것이라구요. 그런 경우가 있어요. 제가 모아비트 병원에서 일을 하는데, 우리가 지금 그를 거기로 데려가고 있는 중입니다."

그녀는 그에게 서독의 여권을 주었다. 그는 기록부를 꺼내 그들의 이름을 적기 시작했다.

"우리 이름을 적을 권리가 없을 텐데요." 레오가 말했다.

"내가 무엇을 할 권리를 가지고 있는지 아시면 놀랄 겁니다." 그는 아주 조용하게 말을 받았다.

레오는 자신의 어깨에 카를라가 손을 올려놓는 것을 느꼈다.

"걱정하지 마십시오." 그가 크게 말했다. "그에게 아무 짓도 안 할 겁니다."

경찰관이 그를 응시했다. "당신이 조금 전에 택시 운전사를 위협했다고 하던데." 그가 말했다.

"그건 사실이 아닙니다." 카를라가 말했다. "그는 우리를 태우지도 않았어요. 우리는 아무 말도 하지 않고 그냥 지나갔어요. 그가 대학생들은 태우지 않는다고 말을 했음에도, 우린 아무 말도 안 했다구요!" 그녀는 거의 소리를 지르고 있었다.

그 경찰관조차도, 여기서 누군가 자신의 권리를 찾고자 하는 것에 귀를 막을 수 없었다. 그는 레오에게서 물러났다.

"당신의 증명서도!" 그는 마르셀에게 말하면서, 카를라와 레오에게 증명서를 돌려주었다.

마르셀의 스위스 여권을 보자, 그는 부드러워졌다.

"원하시면 당신을 가까운 응급실로 데려가겠습니다." 그가 말했다.

"제가 원하는 것은," 마르셀이 말했다. "제 이름도 당신의 기록부에 기입하는 겁니다."

"그럴 필요는 없습니다." 그가 말을 받았다.

마르셀은 경찰관의 손에서 자신의 여권을 잡아채고는 몸을 돌려 걸어갔다.

그자를 그곳에 그냥 세워두고 간 것은 현명한 퇴장일 뿐 아니라, 최상의 전략이라고, 레오는 카를라와 함께 마르셀을 따라가면서 생각했다.
내가 저 경찰들과 더 오래 대적했다면 무슨 일이 생겼을지 알게 뭐람. 무
슨 소리야, 그는 곧 생각했다. 이건 허풍이야. 나는 허풍쟁이다. 아무 일
도 일어나지 않았을 거야. 아마도 마르셀은 그것을 알고 있을 거야. 아까,
그가 얻어맞기 전에 주변에서 무슨 일이 일어나고 있는지 관찰할 수 있었
다면, 그것을 알 수밖에 없었지. 그리고 그는 내가 입으로만 위험을 무릅
쓰는 것을 듣기가 민망해서 먼저 빨리 가버린 거야. 그저 입으로만.

그러나 마르셀은 전혀 다른 것을 생각하고 있는 것 같았다. 그들이
등 뒤에서 지프가 방향을 바꾸어 출발하는 소리를 듣는 동안——그 소음
은 마치 저주처럼 들렸다가 밤 속에서 사라졌다——그는 벌써 말을 잇고
있었다.

"부하린은 사회적 프로세스의 속도를 예언할 수 있다는 것은 부인했
어." 그가 보고하듯 말했다. "그는 사회학에서 자연과학을 만들어내고자
했지. 그 점에 대해선 한번 토론을 해야 해. 그런데 우리 학과의 학생들은
대부분 이미 그를 반대하고 있지. 그들에게 그는 너무 조심스러워하는 듯
이 보여. 상당수는 심지어 그가 비관주의자라고 말해. 그들은 루카치에 동
의하는데, 루카치는 당연히 부하린의 위험스러운 점을 분명히 인식했고,
그래서 레닌과 함께 그를 때려눕힌 것이야. '혁명가 중에는 상황에서 빠져
나올 수 있는 길이 전혀 없다는 것을 증명하려는 사람이 있다. 그러나 이
것은 오류다. 결단코 출구가 없는 상황이란 존재하지 않는다'고 말이지."

"레닌이 부하린에 반대해서 그렇게 말했니?" 레오가 물었다.

"무슨 소리야, 말도 안 돼. 루카치는 레닌의 연설 하나에서 그냥 인용
했을 뿐, 그 연설은 부하린과 아무 관계도 없는 것이었지. 그러나 그 인용
은 천재적이었지. 루카치는 언제나 천재적으로 인용을 해."

그가 갑자기 멈춰 섰다.

"레오," 그가 물었다. "우리는 출구가 전혀 없는 상황에 있는 것이니?"

"그 반대야." 레오가 대답했다. "우리가 이미 움직이도록 한 모든 것들을 생각해봐. 그저 대학에서 소란을 좀 부리고, 데모 몇 번밖에 한 게 없음에도 말이지. 우리는 이제 시작하고 있는 거야."

그는 깊게 생각하지 않고 대답했다. 그러나 그것은 곧 그에게, 자신이 아주 정직하지 않았고, 그저 마르셀을 진정시키려고 말했던 것처럼 보였다. 그럼에도 그것은 정말 자신의 견해였고, 이제 얼굴에서 피가 마르기 시작하는 마르셀을 위하여 그저 해버린 말은 아니었다. 그들이 앞으로 계속 걸어가는 동안, 그는 그의 관심을 돌리기 위해 말했다. "그럼 루카치는 좀 놔두자. 그런데 그는 아주 훌륭한 것을 썼거든. 넌 「서술이냐 묘사냐」를 알고 있니?"

마르셀이 모른다고 하자, 레오는 그에게 루카치의 「서술이냐 묘사냐」의 좋은 점을 설명하고자 했다. 그러나 카를라가 그를 중단시켰다.

"부하린이 어떻게 죽었는지, 너희들 정말 알고 있니?" 카를라가 물었다.

"물론 알고 있지." 레오가 대답했다. "스탈린, 공개재판 등등."

"단어들," 카를라가 말했다. "스탈린, 공개재판 그런 것은 비어 있는 말의 껍질이야."

"무슨 뜻이야?"

"부하린은 법정에서 자신을 범죄적 성격의 소유자라고 묘사했어. 그는 트로츠키를 부정했지. 총살당하는 날 아침, 사람들은 처량하게 흐느끼는 살덩이를 감방에서 끌어내야 했어. 마지막에 그는 사형집행관에게 살려달라고 애걸하기까지 했어."

"말도 안 돼." 마르셀이 말했다. "부하린에 대한 재판이 어떻게 진행되었는지를 알고 싶다면, 메를로-퐁티를 읽어봐."

"그것도 읽었어." 카를라가 격하게 대답했다.

그들이 언쟁을 하는 동안 레오는 길에 있는 돌멩이를 차기 시작했다. 그는 무엇인가를 해야 했다. 이 밤은 완전한 재앙이 되어버렸다. 그는 돌멩이를 찾아 달려가 그것을 발로 차버리고는 서서 기다렸다.

"그런데 너는 왜 우리와 함께하니?" 그는 대략 1년 전 카를라를 알게 된 직후 그녀에게 한번 물어보았다. 그녀는 분명한 이유를 말할 수 있었다. 그녀의 아버지는 두이스부르크에 있는 어느 병원의 원장으로 외과 의사였다. 카를라도 외과의가 되려 했다. 그가 청년이었을 때 잠시 집단수용소에 수용된 적이 있었다. 그는 카를라에게 상당히 원시적인, 그러나 효과적인 저항의 이론을 가르쳐주었다. "우리는 그 당시 모두 순종적이었단다." 그는 말하곤 했다. "모두, 예외 없이. 우리는 모두 토끼처럼 그냥 잡혀갔지. 아무도, 이걸 강조하고 싶은데, 정말 아무도 폭력에 대해 폭력을 사용할 수 있다는 생각을 하지 못했다. 아무도 투쟁하지 않았지. 손에 무기를 든 그런 실제의 투쟁 말이다. 전망이 전혀 없다고 항상 말하곤 했단다. 카를라야, 너는 여자지만, 폭력에 맞서 싸우는 사람들의 편이 되어라!" 그 노인장은—그러나 그는 이제 겨우 50대 초반이었다—지금까지도 시종일관의 자세를 보였다. 그는 딸에게 깊은 이해를 담은 편지를 썼고, 그녀가 어리석은 실수를 하지 않도록 전략적인 문제를 놓고 그녀와 의논했다. 카를라는 확실한 경우다, 레오는 생각했다. 그녀는 완벽한 초-자아, 그녀의 아버지를 소유하고 있다. 카를라는 신뢰할 수 있다. 자신의 부모들이 속물이라며 우리에게 오는 다른 모든 학생들보다 카를라는 훨씬 더 신뢰할 수 있다.

그들은 여전히 장벽을 따라 걸었다. 그러나 이제 왼쪽으로 비스듬히 필하모니, 샤로운*의 돌로 만든 천막이 서 있었다. 레오는 그 건물을 볼 때마다 늘 경이감을 느꼈다. 하얀 빛으로 둘러싸여 그것은 베를린 장벽을 그저 하나의 장벽으로 만들었다.

"미안하다." 마르셀이 말했다. "잠시 앉아야 할 것 같다."

그는 보도에 앉았다. 카를라는 곧장 그의 옆에 무릎을 꿇었다.

"누워." 그녀가 말했다. "그리고 숨을 몇 번 크게 쉬어봐!"

그는 몸을 죽 뻗었고, 카를라는 그의 머리를 팔로 받혔다. 레오는 그녀의 젖은 양말과 신발을 보았다.

"하나님 맙소사, 카를라. 너 감기 걸리겠다." 그가 말했다.

그녀는 그저 머리만 흔들고는, 마르셀의 상처에서 다시 피가 흘러나오지 않도록 그의 머리를 받혀 올리면서 그가 숨 쉬는 것을 관찰했다.

레오는 근처를 이리저리 돌아다녔다. 그는 자신이 아무것도 할 수 없는 것이 무안했다. 잠시 후에 그는 장벽에서 글자를 발견했다. 이곳에서 장벽은 필하모니에서 오는 불빛으로 희미하게 빛났다.

"세상에," 그가 소리쳤다. "이리 와봐!"

마르셀은 이미 몸을 일으켜 앉아 있었다. 카를라는 그가 일어서는 것을 도왔다. 그들은 레오가 서 있는 곳으로 갔다. 그들은 누군가가 장벽에 붉은 분필로 한 줄의 대문자로 써놓은 글자를 읽었다. 예수킹두취케 JESUSKINGDUTSCHKE. 누군가가 이름 세 개를 띄지 않고 붙여 써버려, 그것은 하나의 이름이 되어버렸다.

"우리들 중에 돌아버린 자들이 있군." 레오가 말했다. 그는 웃음을

278

터뜨렸다.

두 사람은 그러나 묵묵히 서 있었다. 잠시 후에 카를라가 말했다. "있잖니, 나는 그렇게 정신 나간 일이라고는 생각이 안 돼."

마르셀은 어두운 표정으로 그 글자들을 응시했다.

"이 모든 비폭력의 선지자들!" 그가 말했다.

"그러나 너도 두취케를 그들의 동류라고 생각할 수는 없잖아." 레오가 항의했다.

"두취케 이야기는 그만 해!" 마르셀이 말했다. "그는 그저 제도를 관통하는 긴 행진에 대해 지껄일 뿐이야. 지금까지 그것 이상으로 그에게 떠오른 생각은 없지."

레오는 폭력과 비폭력에 대해 토론하려 했다. 그러나 그가 다시 걷기 위해 몸을 돌리자, 필하모니 옆 켐퍼플라츠에 서 있는 택시를 보았다. 그는 그쪽으로 달려갔다.

차 안에서 마르셀은 기진맥진해 눈을 감고 한쪽 구석으로 머리를 기대고 있었다.

레오는 운전사 옆자리에 앉아 있었다. 그는 몸을 반쯤 돌려 팔을 뒤쪽으로 뻗었으나, 카를라는 그의 손을 잡지 않았다.

"아니," 그녀는 나지막하게 말했다. "지금은 안 돼."

티어가르텐 안은 어두웠고, 그들에게는 마치 밤에 야외를 달리고 있는 것 같다는 느낌이 들었다.

레오는 팔을 접고, 똑바로 앉았다. 그는 오늘 이미 한번 자신의 팔을 접었었다.

그는 다시 경찰관이 마르셀에게 다가오는 것을 보았다. 마르셀은, 경찰이 공격을 시작해 다른 학생들이 모두 달아나고 있었음에도, 여전히 목표를 향해 정신없이 돌을 던지고 있었다. 그들이 모두 달려서 도망친 것은 잘한 일이었고, 마르셀이 서 있으면서 돌을 계속 던진 것은 매우 어리석은 일이었다. 그 경찰관은 몽둥이를 치켜들고 마르셀을 향해 뛰었고, 그가 가까이 왔을 때, 마르셀 옆에 서 있던 레오는 그저 그 경찰관을 방어하기 위해 손을 쓰기만 하면 되었다. 레오는 내리치려고 올린 경찰관의 팔을 잡아 그것을 빠르고 억센 동작으로 뒤로 돌려 어깨에서 빠지게만 했으면 되었다. 그랬으면 그는 통증으로 울부짖으며 바닥에서 뒹굴었으리라. 그러나 레오는 그렇게 하지 않았다. 그가 팔을 뻗기는 했으나 너무 느린, 계산이 된 느린 동작이었다. 그는 팔이 너무 늦게 도달하리라는 것, 그래서 그가 경찰관이 아니라, 몽둥이에 맞은 마르셀의 팔을 잡게 되리라는 것, 그가 마르셀을 잡아채 뒤로 끌어내어 짊어지고 가리라는 것, 그럴 때 경찰관들이 그를 방해하지 않으리라는 것을 알고 있었다. 레오는 그들이 자신을 공격하지 않는 것에 이미 습관이 되어 있었다. 그는 키가 거의 2미터나 되는 운동선수의 체격을 소유한 탄력 있는 거구였다. 그는 황소가 아니었다. 그는 실제로 운동선수였고, 포환던지기와 투해머가 전문이었다. 트레이너는 그에게 정치 문제에 관여하지 말라고 간청했다. 그는 만약 레오가 포환던지기에만 집중을 한다면, 1년 안에 세계 정상급에 도달할 것이라고 말했다. 레오는 금발의 뻣뻣한 머리카락을 짧게 자르고 있었다. 그의 고슴도치 머리 스타일과 얼굴을 싸고 있는 안면 근육의 형태로 인해 사람들은 대부분 그를 미국인으로 간주했다.

"그건 정말 너무나 잘한 일이었어." 그는 카를라가 말하는 것을 들었다. "네가 마르셀 곁에 있다가 그를 빼내온 것 말이야."

그는 안도감을 느꼈다. 그러니까 그들은 실제 무슨 일이 일어났는지 보지 못한 것이었다. 아무튼 그가 마르셀 곁에 남아 있었다는 것, 그것은 사실이었다. 다만 그가 공포심을 느꼈다는 것, 아주 일반적인 물리적 공포, 그렇다고 정신을 잃을 정도가 아니라, 계산할 수 있는 공포였다. 그는 만약 자신이 그 공격자의 무기를 빼앗아버린다면 어떤 일이 생기게 될지를 날카롭게 계산했었다. 그들은 다섯 명, 열 명으로 달려들어 완전히 그를, 그리고 마르셀 또한, 때려눕혔을 것이었다. 그것에 비하면, 몽둥이가 마르셀의 머리를 후려치도록 내버려둔 것은 작은 악이었다. 그 모든 과정이 그의 의식 속에서 전개되었었다. 그것은 마치 그가 호흡이 제대로 되지 않거나, 오른쪽 다리에 힘이 제대로 들어가지 않음을 알고 포환을 던지지 않고 손바닥에서 모래로 떨어뜨릴 때와 같았다.

한자Hansa 지역의 조명탑들. 도시철도-지하도. 병원 앞에서 그들은 마르셀이 차에서 내리도록 설득해야 했다. "앉아 있게 내버려둬." 그가 말했다. "여기가 아주 좋아!" 카를라는 근심스러워하는 것처럼 보였다.

응급실은 거의 비어 있었다. 사실 이런 공간에는 바퀴 달린 다리로 된 진찰대, 약장, 의자 세 개 이상은 필요하지 않다고 레오는 생각했다. 레오는 마르셀 옆에 앉았다. 카를라가 나가면서 그에게 "그가 쓰러질 수도 있으니 옆에 앉아!"라고 말했기 때문이었다. 그는 완전히 기능성만을 가진 공간에 대해 생각했다. 이 진찰대, 이 약장은 그저 진찰대와 약장이라는 것 외에 다른 것은 상상할 수 없게 했다. 그런 물건, 그런 공간은 그의 건축에 대한 이해, 집과 공간은 스스로 존재를 규정한다는 생각에 부합했다. 그것들은 물신숭배적이 아니었다.

"끔찍이 힘들어!" 마르셀은 거의 정신을 잃을 정도여서, 그것을 스위스 독일어로 말했다. 그는 '꿈직이'라고 말하고 히를 호의 구강음으로 발음했다. 레오는 납처럼 창백한 그의 얼굴을 보았다.

다행히 카를라가 돌아왔다. 그녀는 의사를 한 명 데려왔다. 그녀는 단지 몇 분 정도 나가 있었지만, 그사이 완전히 다른 모습으로 바뀌어 있었다. 그녀는 이제 흰 가운과 운동화를 신고 있었고, 머리를 말려 빗질을 하고는 의사까지 구해왔다. 레오는 그녀가 일하는 곳에서 그녀를 본 적이 없었다. 그녀는 이곳에서 다른 때보다 좀더 닫혀 있고, 빈틈이 없어 보이고, 굳건해 보였다. 그는 그녀를 만져보고 싶었다.

의사는 키가 큰 마른 타입으로, 그로 인해 어깨가 약간 앞으로 구부러진 40세 정도의 남자였다. 그는 곧바로 마르셀에게로 다가가 질문 없이 상처를 살피고 만져보면서 마르셀의 반응을 지켜보았다. 레오는 마르셀이 의사의 마음에 들었다는 인상을 받았다. 마르셀은 일반적으로 인기가 있었다. 그는 이미 1년이나 베를린에 있었음에도, 마치 취리히의 오데온 카페에서 이제 막 온 사람처럼 보였다. 그는 수염을 마구 자라게 내버려두고, 그것이 거칠게 보이도록 노력을 하고 있었음에도 스마트해 보였다. 심지어 이 순간에도, 레오는 생각했다, 그의 얼굴은 마치 첼레스티노 피아티*가 고안해낸, 어느 책표지의 창백한 표정으로 피를 흘리며, 불꽃처럼 피어오르는 젊은 남자처럼 보인다. 그러나 마르셀은 응용미술을 위한 모델과는 전혀 관계가 없었다. 그는 체계적 전략을 구비한 작은 투사로, 고집스럽고 끈질긴, 정의감에 상처를 입은 스위스 사람이었다.

그들은 지난 가을, 레오가 건축사 졸업논문을 쓰고 있을 때, 공과대학 도서관에서 알게 되었다. 그는 자기 자리에 필요한 책들을 쌓아놓고 있었다. 마르셀은 언제나 11시와 12시 사이에 나타나, 레오 옆 오른쪽이나 왼쪽에 자리가 비어 있으면 앉아서 신문을 읽었다. 가끔씩 그는 종이쪽지에 메모를 하기도 했다.

---

* Cellestino Piati(1922~2007): 스위스의 화가, 그래픽 화가, 책 디자이너.

“방해가 된다면 미안한데.” 어느 날 그가 레오에게 말했다. “「인줄레 Insulae」가 무슨 뜻이니?”

그는 레오의 논문 제목을 가리켰다. 그러니까 그가 항상 레오의 옆자리를 찾아 앉도록 만든 것은 바로 호기심이었다. 그는 그것을 인정했다.

“그 단어가 나를 따라다녔지.” 그가 말했다. “그것을 네게서 본 이후로 말이야. 인젤(섬)에 대해 논문을 쓰니?”

“아니야,” 레오가 말했다. “‘인줄레’는 고대 로마에서 임대 집단주택이란 뜻이었어.”

“집 이름치고는 이상하군.”

“‘인줄레’는 최초의 대형 거주 건물이었지. 이 건물은 각각 길거리와 공지를 통해 분리되어 있었는데, 그곳에 거주하고 있는 플렙스*를 통제하려는 목적이었지. 가장 큰 인줄레는 네로 때 생겨났지. 오늘날 거의 확실한 것은, 포룸 주변의 슬럼들을 없애버리려고 불을 지르게 했다는 것이야. 슬럼들이 정글처럼 되어버려 그곳에 살던 플렙스를 감시할 수가 없어졌거든.”

그들은 도서관의 규정대로 속삭이는 목소리로 말을 나누었다.

“너는 로마에 가본 적이 있니?” 마르셀이 물었다.

“그래, 여름 내내.” 레오가 대답했다. “나는 이 논문을 위해 이탈리아의 장학금을 받았거든.”

모든 사람들이 그러하듯 레오도 마르셀에게 끌렸기 때문에, 그는 물었다. “그런데 너는. 너는 뭘 하는데?” 그는 어쩌면 좀 무시하듯 마르셀의 신문을 가리켰다.

---

* plebs: 로마 시대 천민이란 뜻으로 쓰임.

마르셀은 그에게 자신의 쪽지를 밀어주었다.

"여기," 그가 말했다. "오늘 내가 찾아낸 거야. 오늘 하루, 단 한 호에서."

레오는 그 쪽지를 들어, 마르셀이 선이 곧고 단정하게, 알파벳 아랫부분을 잘라버린 듯이 쓴 글씨를 놀라움을 가지고 읽었다. 할 일 없는 자-불량자-질서교란자-천민-나치돌격대방법-극단적 불순분자들의 폭력 욕구-폭력분자-괴수-정치적 환상-정치적 무력주의-선동자-불량 혼란분자-폭도-테러-탈선-범죄자. 그것에서 조금 떨어져, '선량한 사람들' 그리고 '강력하고 단호하게'와 같은 말이 씌어 있었다.

"나는 살인 선동에 대한 언어심리학적 조사를 하고 있어." 마르셀이 속삭였다. 제목은 "인종 박해 전. 언어를 통한 게토 설치의 테크닉에 관하여"

레오는 쪽지를 응시했다. "너는 현 상황을 이렇게 어둡게 보니?" 레오가 물었다.

"너는 그렇게 보지 않아?" 쪽지를 가리키며 마르셀이 물었다. "이것이 살인을 선동할 것은 틀림없지."

의사는 마르셀의 진찰을 끝내고는 어깻죽지를 들썩했다.

"아무튼 사진을 찍어야겠어." 그가 말했다.

그는 레오에게 마르셀이 옷을 벗도록 도와줄 것을 부탁하였다. "먼저 상처를 소독해야겠어." 그가 카를라에게 말했다. "수술실 2호가 비어 있는지 가서 볼게."

그가 나가자 카를라가 마르셀에게 말했다. "반신 마취를 해야 돼. 너는 아무것도 느끼지 못하게 될 거야."

마르셀은 관심을 보이지 않았다. 온기 속에서, 눈부신 회색 불빛 아래 그는 자신의 옷이 벗겨지는 동안 관여하지 않다가, 속바지와 셔츠 차림이 되자 혼자서 진찰대로 가 누웠다. 그들은 그의 몸이 마르고 연약한 것을 보았다. 카를라는 그의 몸에 담요를 덮어주었다.

"그러니까 타박상으로 끝난 게 아니란 뜻이야?" 레오가 낮은 목소리로 물었다.

"이런 경우에는 항상 골절의 위험이 있어." 카를라가 말했다.

그녀는 레오가 "너 흰 가운을 입고 있으니 아주 멋있게 보인다"라고 말하자 불쾌한 듯 머리를 흔들었다.

의사가 돌아와서 수술실이 10분 후에 비게 될 것이라고 알려주었다. 그는 다시 한 번 마르셀의 맥박을 짚어본 다음, 의자에 앉았다. 그는 피곤한 기색이 역력했다.

그들은 갑자기 의사의 말소리를 들었다. "너희들은 개혁의 빵 대신 혁명의 사탕을 손에 넣으려고 하지."

레오의 입안에 날카로운 대답이 맴돌았으나, 그는 카를라를 곤란하게 만들고 싶지 않다고 생각했다. 어쩌면 그녀는 이 의사에게 잘 보여야 하는지도 몰랐다. 레오는 창턱에 앉았다. 그곳이 가장 어두웠기 때문이었다. 이 진료실에서 그는 자신이 지나치게 커다란 통나무처럼 느껴졌다.

이런저런 생각을 하지 않고 대답을 한 사람은 카를라였다.

"우리는 더 이상 이 사회의 똥 덩어리를 집어삼키지 않으려는 것뿐입니다." 카를라가 말했다.

레오는 의사를 건너다보았다. 그가 불쾌감이나 역겨움을 나타내 보일까? 그러나 그는, 길게 늘어뜨린 검은 머리와 창백한 얼굴로 인해 낭만적으로 보이는 이런 젊은 여성이 저속한 표현을 입에 담는 것에 이미 익숙해 있는 듯했다. 그는 다시 피곤함 속으로 빠져드는 듯이 보였다.

"사회는," 그가 잠시 후에 말했다. "어떤 사회에 사는가는 아무 상관이 없어. 사회질서에서 중요한 것은, 양식이 있는 사람이 만드느냐, 없는 사람이 만드느냐에 달려 있을 뿐이야."

"맙소사." 카를라가 말했다.

레오가 끼어들었다. "그러니까 꼭대기에 괜찮은 사람 몇 명만 있으면, 우리는 벌써 양식 있는 자본주의를 갖게 되는 것이군요. 그걸 정말 믿으세요?"

"아니면 양식 있는 공산주의." 의사가 대답했다. "그래, 그것이 바로 내 생각이야."

"쓸모없는 엘리트 이론이군요." 레오가 말했다. "그건 모든 자유주의적 헛소리처럼 그럴듯하게 들립니다."

간호사가 들어와 그의 말이 중단되었다. 그녀는 수술실이 준비되었다고 보고했다. 카를라와 함께 그녀는 마르셀이 누워 있는 진찰대를 밀고 나갔다. 의사는 레오가 그들을 따르자 미소를 건넸다. 레오는 그에게 헛소리란 말을 해버린 것을 약간 후회하였다.

레오가 집으로 돌아왔을 때, 그의 아버지는 아직 깨어 있었다. 그들, 그와 그의 아버지는 랑크비츠의 연립주택에서 살았다. 그의 어머니는 그를 낳을 때 죽었다. 그의 아버지는 1933년에서 1945년까지 집단수용소에 있었다. 그가 그곳에서 나왔을 때, 그에게는 아이를 만드는 일보다 급한 것은 없었고, 그것 때문에 전쟁과 기다림으로 쇠약해 있던 아내는 죽었다. "느가 어떤 키다리가 되었는지 느 어머니가 안다면!" 레오의 아버지는 가끔 말하곤 했다. 그 자신은 작고 마른 편이었다. 이제 그는 예순다섯 살에 불과했지만, 레오의 아버지가 아니라 할아버지처럼 보였다. 그는 지멘스 사의 금속공이었다. 3년 전에 그들은 그를 작업반장으로 은퇴시켰다. 그가 집단수용소에서 보낸 시간에 대한 배상금으로 그는 레오에게 대학 공부를 시켰다. **베를린의 모델**이 주는 180마르크와 함께 생활이 빠듯하게 유지되었다.

"아버지의 오라니엔부르크 12년을 저가 보상하게 할 꺼구만요." 레오는 말한 적이 있었다. 집에서 레오는 아버지와 베를린 사투리로 말했다.

"나두라, 그런 생각 허지 마라!" 그의 아버지는 대답했었다. "그리 될 수밖에 없었으니께."

그러나 사실 그는 그 일이 그렇게 될 수밖에 없었다고 생각하지 않았다. 그가 1935년 베를린 웨딩 지역에서 독일공산당 지도부의 당원이었다는 것이 그에게 12년의 대가를 치르게 했었다. 당에 대한 그의 입장을 그는 한 문장으로 표현하곤 했다. "당은 이론에서야 언지나 위대혔지." 덧붙여 그는 말했다. "모든 것을 정확허이 예언하는 것, 그것이 다가 아니여."

레오는 그에게 프레스하우스 앞의 데모를 상세히 늘어놓았다. 그는 인정한다는 듯이 고개를 끄덕였다.

"느들이 그란 것들을 혔다니, 대단타." 그는 말했다. "그라고 모든 것을 맨손으로, 조직도, 당도 없이!"

그들은 부엌에 앉아 있었다. 오후부터 아무것도 먹지 못한 레오는 소시지 빵을 먹고, 맥주를 마셨다.

"우리가 위험헌 일을 감행허기 전에 얼매나 꼼꼼시 따져보곤 혔는지 생각허면." 그의 아버지는 말했다.

그는 휘어진 파이프를 피우면서 회색의 연기를 뿜어냈다.

"느들이 거의 따져보지 않는 거이 좋은 일인지 모르겄다. 느들은 지금 느들이 상대허는 자들을 잘 모를 끼란 생각이 든다. 루디 두취케 가도 아마 잘 모를 끼다."

레오는 집단수용소의 트라우마가 그의 모습을 변화시키는 것을 보았다.

"아버지." 그가 말했다. "그거이 아무 도움이 안 되는디요. 우리는 우리 스스로 경험을 허야 되니께요."

"그려, 안다." 그의 아버지는 마음을 가다듬고 나서 대꾸했다. "이자 느들이 패배길로 들어서고 있는 거이 분명허다."

레오는 승리나 패배 등에 대해 토론하고 싶은 생각이 조금도 없었다. 그의 아버지는 그가 아주 다른 생각을 하도록 했다. 만약 위대한 혁명적 당이, 레오는 생각했다, 무언가 위험을 감수하기 전에 너무 오래 따지면서 고민을 했다면, 그렇다면 친구 하나가 위험에 처해 있기 때문에 정신없이 공격을 하기 전에, 그도 한번 숙고해볼 일이고, 그 결과를 따져보고, 보다 적은 해악을 선택할 일이었다.

그러나 그런 검토가 모든 것을 변화시켰다는 것.

그는 이 물음을 마르셀에게 제시해야 했다. 마르셀이 골절상을 입은 것이 아니라면, 그는 생각했다, 나는 내일 그에게 가서 그가 당한 몽둥이질을 막을 수 있었다는 사실을 말할 것이다. 그는 마르셀이 어떤 반응을 보일지 상상해보았다.

"그건 전혀 중요하지 않아." 아마도 그는 그렇게 대답하리라. "모든 투쟁에는 이리저리 바뀌는 주관적 상황이 있으니까."

레오는 가능한 한 모든 인내심을 가지고 그에게 설명하려고 노력할 것이다. "나는 폭력을 두려워하고 있었어." 그는 자신이 말하는 것을 들었다. "나에게 더는 용기가 없어 할 수 없는 폭력 행사를 다른 사람들에게 하라고 요구할 수 없어. 그리고 나는 더 이상 네가 비폭력의 사도들이라고 부르는 그들 편도 될 수 없겠어. 비겁하기 때문에 온순한 것, 그러니 이제 끝이야!"

마르셀은 그 말에 대해 뭐라고 대응할까? 레오에게는 마르셀의 입장이 되어 할 수 있는 적당한 말이 떠오르지 않았다. 물론, 마르셀은 방법적 연설을 하겠지. 폭력의 객관적 의미에 대하여, 심리에 의한 혁명적 사고의 해체에 대해. 그리고 그 모든 말은 레오를 위로하거나, 레오에게서 수치심을 덜어주려는 것이 아니라, 그가 정말로 객관적 인식의 힘을 믿기 때문이고, 그것에 비해 주관적 약점들은 전혀 무게를 지니지 못하기 때문이었다.

혁명의 긴 역사 속에서 한순간에 일어나는 단 하나의 실패가 무엇을 의미할 것인가? 아무것도.

마지막으로 그는 사랑하는 메를로-퐁티를 인용할 것이다. "그 열정적인 혁명가는 에피날*의 사진 공장 출신이야." 그는 말할 것이다.

그의 아버지가 잠자리로 가자, 레오는 병원에 전화를 걸었다. 카를라를 전화기로 불러오기까지 아주 오래 기다려야 했다.

"마르셀은 괜찮아." 그녀가 말했다. "골절상은 아니야. 그는 2~3일 동안 병원에 있기만 하면 돼."

그녀는 그에게 면회시간을 알려주었다. 그의 느낌으로는, 그녀가 그로부터 무언가 약속의 말 같은 것을 들으려고 기다리는 것 같았다. 그녀는 아까처럼 그렇게 거부하는 것 같지 않았다.

전화기를 벽에 걸어놓은 다음 그는 「인줄레」 논문을 위해 몇 가지 자료가 부족하다는 사실을 생각해냈다. 오스티아에는 그가 아직 조사하지 않은 집들이 있었다. 그의 아버지는 그에게 여행에 필요한 돈을 줄 것이다. 돈이 많이 필요하지는 않았다.

---

* Epinal: 로트링겐 지방의 도시.

바닷가의 오전

그들은 휴가 동안 일찍 일어나기로 했다. 그리고 아침에 사람이 전혀 없더라도, 바닷가로 나가리라고 계획을 세웠지만, 늦게까지 자고 아침도 아주 늦게 먹었다. 그들은 반수면 상태에서 아이들이 먼저 일어나 집의 뒤뜰에서 노는 소리를 들었다. 뜰이라고 해야 그저 벌목한 숲에 관목 몇 그루 심어놓고 철조망으로 울타리를 두른 것에 불과했다.

아침 식사 후에 그의 아내는 네 살과 다섯 살짜리 어린 딸을 데리고 해변으로 갔다. 그는 그녀가 커다란 빨간 목욕 수건을 집어넣는 것을 건너다보았다. 그녀는 푸른색의 짧은 원피스를 입고 있었고, 그녀의 머리색과 같은 빛바랜 블론드색의 아마(亞麻) 신발을 신고 있었다. 그녀의 팔과 다리는 갈색으로 햇볕에 타 있었다.

그들이 빌린 집이 있는 강베타 광장은 광장이 아니라, 그저 모래로 된 넓은 공간이었고, 소나무들이 서 있었다. 그 밑을 지나서 아내와 아이들은 모래 언덕을 향해 갔다. 소나무들이 그들 위로 옅은 그림자를 드리웠다. 아이들은 몇 번 그를 향해 몸을 돌렸고, 무슨 말인지 소리쳤다. 그의 아내도 한 번 그에게로 몸을 돌려 손을 흔들었다. 그녀는 크고 검은 선글라스를 끼고 있었는데, 그것은 햇볕에 그을린 그녀의 갈색 얼굴을 평소보다 더 작고 단단하게 보이도록 했다.

그는 책을 가져오기 위해 집 안으로 들어갔다. 실내의 가구들에서는 취향이라고는 조금도 찾아볼 수 없었다. 새 유행의, 가식적 곡선을 낸 무쇠 의자와 값싼 인조품의 가구들. 그 집은 3주에 1천5백 프랑이나 했다. 그의 아내는 그것이 너무 비싸다고 여겼으나, 그는 그 정도는 지불할 수 있음을 그녀에게 증명해 보였다. 그는 토목기사였고, 도르트문트의 건설국 관리였다. 그는 이 대서양 해변으로의 휴가 여행을 위해 이것저것 다 합쳐 월급을 조금 초과하는 금액을 지불해야 했다.

그는 집 앞에다 파라솔을 조정하여 그늘을 만든 다음, 그 아래 긴 레저용 의자를 가져다놓고 누웠다. 그는 해수욕장에서 휴가를 보내는 일을 피하고 싶었다. 민감한 피부 때문에 그는 하루 종일 해변에 있을 수는 없었다. 그밖에도 모래 위에 타월을 깔고 누워 있는 것은 지루한 일이었다. 그는 여러 번 몸의 위치를 바꾸었고, 모래알이나 햇볕에 시달려 자주 일어나, 잠시 쓸데없이 서성여야 했다. 그러나 수영은 그를 즐겁게 했다. 반대로 그의 아내는 해수욕장과 바다를 사랑했고, 작은 두 딸들에게는 그보다 더 좋은 것은 없었다.

책을 읽기 전에 그는 광장을 지나 해변으로 가는 프랑스 사람들을 바라보았다. 그들은 가족끼리 또는 소속 단체의 그룹으로 나타났다. 혼자인 사람은 없었고, 부부만인 경우도 거의 없었다. 그들의 태도나 목소리는 독일 사람들보다 날카롭고 자의식에 넘쳐 있었다. 그들은 하나의 국가였다. 그는 자신이 한 국가에 소속된다는 생각을 거의 하지 않는 것을 다행으로 여겼다. 숲 속의 휴가 캠프에서 나온 프랑스 어린이들이 질서정연한 그룹으로 노래를 부르며 강베타 광장을 지나갔다.

그는 중세의 한 종파, 순결파Katharer를 다룬 책을 읽었다. 얼마 전 그가 텔레비전에서 프랑스 남쪽 순결파의 종교 유적지에 대한 방송을 보고 난 뒤 카타리즘에 관심이 생겼기 때문이다. 순결파는 악이 존재하는 이유를 설명했다. 그들의 믿음에 의하면, 창조는 신이 아니라 악마에 의해 이루어진 것이었다. 그들의 믿음은 그러나 과거형에 불과했다. 이미 오래전에 그들은 절멸되었기 때문이다. 내가 종교적이라면, 나는 순결파가 되었으리라고 그는 생각했다. 그가 그 책을 가지고 온 이유는, 바로 그들이 가려는 해수욕장이 순결파의 믿음이 지배하던 곳임을 알았기 때문이었다. 그러나 그가 그 지역을 차로 한번 둘러보았을 때, 그 과거를 상기시키는 것은 전혀 발견할 수 없었다. 어쩌면 그는 그 지방의 사학자를 찾았어야 했는지도 몰랐다. 그러나 그도 그의 아내도 프랑스어를 거의 하지 못했다.

그는 몇 쪽을 읽었으나, 책의 내용에 집중할 수 없었다. 소나무 꼭대기 위의 하늘은 너무 눈부셨고, 너무 푸르고, 너무 평면적이었다. 그리고 해수욕객들, 자전거를 타는 청소년들, 자동차들은 그 주제와 어울리지 않았다. 그는 집 안으로 들어가, 갈증을 느끼지도 않았지만 광천수 한 잔을 마셨다. 식탁에 앉아, 값싼 인조 제품으로 덧입힌 표면 위에 놓여 있던 여행용 타자기를 가까이 끌어당겨 자신이 거래하는 은행에 편지를 쓰기 시작했다. 그는 지불해야 하는 계산서를 여행 전에 처리할 시간이 없었다. 그가 수행해야 했던 계산은 다음과 같았다. 1970년 후반기 전기료 231마르크 50페니히, 도르트문트의 교외에 있는 집의 은행 융자금 이자와 상환액을 합하여 4,880마르크, 자신의 자동차(폴크스바겐 1500, 주행거리 2천 5백 킬로미터) 점검 요금 115마르크 20페니히, 전화요금 72마르크 80페니히, 그리고 몇 개의 소액 월부금. 그는 무엇보다 집의 상환금을 곰곰이 생각해보았다. 그는 집을 사기 위해 은행에서 8만 마르크의 저당융자를 받아야 했다. 조건은 8퍼센트의 이자로, 반년에 한 번 3천2백 마르크의 이자와 반년치 상환금 2천 마르크를(이 금액은 시간이 지나면서 그리 큰 차이는 아니지만 조금씩 적어졌다) 지불하는 것이었다. 3년 전 그가 집을 사기로 결심하자, 아내는 그것을 말렸다. 그러나 그는 그녀에게 계산을 해보이며 말했다. 이자 지불금을 임대료라고 생각하면 한 달에 겨우 533마르크야, 2년 동안 융자 상환금을 지불하고 나면 480마르크가 되고. 그래, 그러나, 그녀는 말했다. 이자만 전부 합쳐도 융자금보다 더 많아지고, 결국 당신은 집을 위해 실제 가격의 최소한 배는 지불하게 되잖아. 그의 아내는 결혼 전에 비서였다.

그는 명세서를 작성하고, 봉투 위에 주소를 쓴 다음 그것을 봉했다. 그는 자신이 지불해야 하는 모든 것을 월급의 적립금에서 정규적으로 처리할 수 있는 것에 자부심을 느꼈다. 그는 자신에 대해, 그리고 완벽하게 정리 정돈이 되어 있는 분명한 재정 상태에 자부심을 느꼈다. 그는 비록 공과대학이 아니고 엔지니어 직업학교를 졸업했음에도 시 건설국에서 하급이 아닌 지위를 차지하는 데 성공했다. 언젠가 그는 공무원의 지위도 획득하게 될 것이었다. 자격시험을 통과한 뒤 그는 몇 년 동안 개인 건설 회사에서 일을 했다. 그러나 그 회사의 탐욕스러운 이윤 추구가 그에게 역겨움을 불러일으켰고, 그는 거의 본능적으로 안전함을 추구했다. 그의 견해에 의하면 전체 건설업은——융자은행도 포함하여——철도나 우체국처럼 국가의 대형 관청으로 탈바꿈해야 했다. 이런 이유 때문에 그는 사민당 당원이었고, 당의 계획 속에 그런 것이 전혀 들어 있지 않았지만, 이런 자신의 생각은 사민당 속에서 더 잘 반영된다고 느꼈다.

그는 바지를 벗은 다음 수영복을 입고, 그 위에 다시 바지를 입었다.

문을 잠그고 샌들을 신은 다음 해변으로 향했다. 모래 언덕 위에 서서 그는 매일 만족감을 가지고 바라보았다. 해변이 광활했기 때문에 아무리 성수기가 되어도 해수욕객들로 꽉 채워질 수는 없었다. 그들은 그저 여기저기에서 몸과 파라솔의 집합인 작은 무더기를 이루며 조금씩 위치나 모양을 바꾸고 있을 뿐이었고, 그 무더기 사이의 누르스름하고 하얀 면적은 비어 있었는데, 그것은 남쪽과 북쪽에서 밝은 회색의 물면지로 이루어진 수평선 속으로 사라져 있었다. 바다는 오늘 띄엄띄엄 몰려오는 몇몇 긴 파도 위에 물거품을 배열하고 있었고, 하얀 거품을 일으키는 물갈기의 높이는 그가 서 있는 곳에서는 짐작할 수 없었다. 그러나 해변 감시원들이 사무소 옆의 마스트에 수영을 허락하는 초록 깃발을 올려놓은 것을 보면 물결이 그리 위험하지는 않은 모양이었다. 그는 잠시 대서양의 실제 빛깔을 보려고 선글라스를 이마 위로 올렸다. 그건 그저 강철의 거대한 덩어리였다. 실제 아무 색깔도 지니지 않은 그것은, 젖빛 유리의 하늘 밑에서, 모래사장으로부터 들려오는 아이들의 외침처럼 텅 비고 무의미했다.

그는 그들이 임대한 푸른 파라솔 아래, 늘 아내와 아이들이 있던 곳에서 그들을 다시 찾아냈다. 그가 다가가자 아이들이 기뻐하면서 뛰어왔고, 그는 아이들과 반 시간 정도 해변을 산책하면서 그들이 조개 줍는 것을 도와주었다. 그들이 돌아왔을 때, 아내는 일광욕을 하고 있었다. 그는 옷을 벗고 파라솔의 그늘에 앉았다. 그들은 아이들과 근처에 앉아 있거나 누워 있는 해수욕객에 들리지 않도록 소리를 낮춘 채 이야기를 주고받았다. 그는 서른다섯이었고, 1935년생이었다. 그는 아내를 7년 전, 그러니까 1963년에 알게 되었고, 결혼은 5년 전에 했다. 그녀는 이제 서른이었다. 여전히 날씬했고, 머리 색깔도 변하지 않았다. '말총'처럼 뒤로 묶은 머리카락은 색이 바랜 듯한 금발로 갈색의 어깨 위로 늘어져 있었다. 어디선가 읽은 그의 기억에 의하면, 그런 머리털을 가진 여자를 **아마 빛 머리의 소녀**fille aux cheveur de lin라 불렀다. 그걸 읽고 난 얼마 후에 그는 라디오에서 같은 제목의 드뷔시 피아노곡을 들었다. 그는 그 곡의 레코드판을 하나 구입했고, 한동안 그들은 그 곡을 자주 들었다. 그는 여행에서 돌아가면, 다시 그 판을 찾아내 그녀에게 들려주리라고 마음먹었다.

그녀는 이미 수영을 하고 왔기 때문에 그는 혼자 물가로 갔다. 어린 딸들만이 그를 쫓아왔다. 그는 두 명의 해변 감시원 옆을 지나갔다. 그중 한 명은 구조반 수영 코스를 마친 사람으로 둘은 모두 툴루즈 시의 경찰관이었다. 그들은 늘 그렇듯이 팔짱을 끼고 서서 바다를 바라보고 있었다. 두뇌 없는 신들의 조상. 그중 한 명이 그에게 말했다. "조심하십시오. 무슈!" 그는 몸을 돌렸고, 그사이 마스트에는 노란 깃발이 올려져, 해수욕객에게 주의를 주고 있는 것을 알게 되었다. 그는 고개를 끄덕였다. 어린 두 딸은 모래사장에 부서진 흰 거품 앞에 머물러 섰다.

그는 첫번째, 어쩌면 마지막일지 모를 물결이 멀리서 거대한 크기로 올라오는 것을 보았다. 그는 단호한 자세로 그것을 향해 갔다. 오늘은 무조건 수영을 하고자 했다. 노란 깃발이 나부끼면 수영은 원래 금지되어 있었다. 그는 이런 파도를 이미 경험한 적이 있었고, 그것을 이겨내려면 잠수를 해야 한다는 것도 알고 있었다. 잠시 그는 물결이 얼마나 높이 있는지 관찰하였다. 그런 다음 물의 떼가 안쪽에서 다시 몸을 일으키자 그는 수직으로 녹색의 바다를 향해 몸을 던졌고, 몇 초 동안 흡인력의 무게를 느꼈으나 바로 그것에서 해방될 수 있었다. 그는 곧 두번째 파도를 준비한 다음, 그것을 통과하여 바다 한가운데로 나아갔고, 더 이상 어려움은 없었다. 조심스럽게 그는 낮은 곳에서 높은 곳으로 물결에 몸을 실었다. 해변으로 향하는 것은 매우 위험한 일이라는 것을 그는 알고 있었다.

그 순간을 늦추기 위해 그는 계속해서 서쪽으로 수영해 갔다. 돌아갈 때, 해변에서 반대로 움직이는 물살의 흡인력을 어떻게 이겨낼 것인지 방법을 생각해보았으나 결론을 얻을 수 없었다.

밖에서 파도는 이제 거대한 물결로 변해 있었고, 그 위에서 해변은 아주 멀리 있는 가느다란 선, 파라솔과 그림자로 이루어진 가늘게 떠는 수평으로 보였다. 그는 돌아가리라고 결심했다. 그러나 갑자기, 해변의 파도가 형성되는 곳에서 멀리 떨어진 바다 한가운데에서, 격랑이 등을 때리면서, 부서져 내리는 물의 폭포 속으로 그를 끌어들이자, 그는 매우 놀랐다. 그는 물을 먹었다. 그는 그것에서 빠져나오기는 했으나, 곧 그다음의 거대한 물벽이 그를 덮치려 하는 것을 인식해야만 했다. 그것은 그를 바닥으로 내리눌렀고, 그는 경악하며 자신의 몸이 돌기 시작하는 것을 느꼈다. 그는 방향감각을 상실했다. 한번은 바다 밑의 모래를 감지했으나, 이제 그의 주변에는 오직 물뿐이었다. 흐르는 무거움, 그의 눈은 초록색으로 채워졌다.

더 아름답게 살기

기본 사항

알베르트 린스가 누구인가? 그는 지난 금요일, 1965년 9월 24일, 아일랜드 남쪽, 코네마라Connemara 해안에 있는 별장 고틴 하우스를 샀다. 그는 테오 마우러와 함께 슈투트가르트에 강철 제품 공장 '마우러&린스 주식회사'를 소유하고 있다. 공장의 주요 생산품은 양동이와 냄비. 두 사람에게 속한 액면 주식 자본 20만 마르크 중 절반이 그의 것. 1963년 총 판매액 2,590만 마르크. 1964년 3,120만 마르크. 1965년에도 계속적인 상승이 예상됨. 1963년의 공개된 순이익금 230만, 1964년은 270만 마르크. 결산에서의 실제 이익금은 불투명(감가상각, 투자, 예비비).

1948년 린스와 마우러는 몇만 마르크의 자본금을 가지고 포이어바흐에 있는 파괴된 작은 공장에서 시작하였다. 공학석사이며 슈바벤 지역 출신인 마우러는 기술을, 베를린의 변호사 아들이며, 그 자신도 법학박사인 린스는 영업을 맡았다. 은행의 융자는 그사이 모두 상환되었다. 린스는 디자인에 대한 확실한 감각을 가지고 있었고, 실력 있는 디자이너들을 끌어와 M+L 냄비는 현대적 디자인의 대표적 이름이 되었다. 린스와 창의력에 넘치는 광고 컨설턴트는 제품의 모양과 시각적 커뮤니케이션을 융합시켜 M+L 이미지를 만들었다. 특이한 운영과 판매 방법은 도매상과 소매상에게 크레디트를 주고, 스스로 부품업체에 참여하는 것이었다. 1964년의 시장점유율 32.4퍼센트. 전체 생산 중 수출은 약 30퍼센트. 생산 공장의 계속적 확장, 생산품의 일부를 합성수지로 전환, 새 사옥을 건설하고 있음(7층 건물로 곡면콘크리트, 건물 일부는 임대 예정). 종업원 수 1948년 38명, 1965년 581명. 린스는 마우러의 반대를 꺾고 최고 임금을 지불. 직원연금기금. 알베르트 린스는 독일연방공화국에서 가장 사회적인 기업가 중의 한 사람으로 인정받고 있다.

이 두 백만장자의 개인 자산은 토지와 저택뿐 아니라 증권에도 투자되어 있고, 린스는 그림도 가지고 있다. 현금은 낮은 이자율로 슈투트가르트의 뷔르템베르크 은행과 스위스의 취리히 은행의 예금계좌에 들어 있다.

사업자 계약은 항목 5, 세목 b에서, 소유주 관계의 변경에는 사업자 두 사람의 동의가 필요함을 명시하고 있다.

브리티시 레이싱 그린
British Racing Green

그는 자신의 사랑하는 TR4, 1964년 제품, 그러니까 여전히 살로 만든 바퀴가 달린, 지금 항구의 인부들이 밧줄로 감고 있는 자동차의 색을 그저 어두운 초록이라고 하지 않고, 트리움프 회사가 카탈로그에 사용하고 있는 바로 그 표현으로 말하였다. 당연히 그는 자신이 이 자동차를 보여줄 때 사람들이 비아냥거린다는 것을 알고 있었다.

"린스가 그 차를 어떻게 부르는지, 당신 들었어?"라고 그 사업상의 친구는 집으로 돌아가는 길에 아내에게 물을 것이다. 그는 손님을 초대했던 주인의 영어 발음을 흉내 내보려 할 것이다.

"트라이엄프! 브리티시 레이싱 그린!"

"그런 작은 무개 스포츠카를 타기에 그는 너무 늙지 않았어?"

"물론이야! 곧 예순이잖아. 그리고 그 물건은 다림대처럼 딱딱해. 척추를 생각하면 그런 건 나에게 전혀 쓸모가 없는 물건이지." 조롱 후, 그의 목소리에는 세상의 그 많은 불공평함에 대한 한탄의 음색이 섞일 것이다. "린스는 속물이니까"라고 그는 말할 것이다.

표정이나 몸짓으로 그 부인은 자신의 동반자에게 동의한다는 표현을 해 보일 것이다. 그러나 아마 속으로 그녀는, 거의 예순에도 척추에 아무 문제가 없고, 거친 스포츠카를 타고 달릴 수 있는 남자라면 그저 비판보다는 훨씬 나은 평가를 받아야 하는 것은 아닐까라고 생각할 것이다. 경영의 차원에서 어느 방문객의 비판적 질투심은 린스에게는 어차피 아무 의미도 없는 일이었다. 그는 대부분 TR4-쇼를 킬레스베르크에 있는 자신의 빌라 차고에서 벌였다. 그 안에는 작은 영국의 썰매 옆에 대형 메르세데스 2대가 있었고, 그것은 그가 유행의 첨단에 있음을 아무도 의심할 수 없게 했다.

기중기의 팔은 그의 차를 높이 들어 올렸다. 그것은 잠시 공중에 매달린 채 그 규정하기 어려운 초록색으로, 냄새나는 리피 강과 그 도시 위에 펼쳐진, 노란빛이 끼어든 파란 저녁 하늘에서 배 안으로 이륙하기 전에 잠시 흔들리고 있었다. 긁히지 말아야 할 텐데, 라고 린스는 생각했다.

그는 내년부터는 현대적 카페리가 아일랜드와 영국 사이에 있을 것이란 말
을 들었다.

"저지대와 고지대 사이 절벽의 돌출부에서
In a coign of the cliff between lowland and highland"

17시, 태양의 위치는 아직도 높음(그리니치에서 서쪽으로 9도). 이제
그는 고틴 하우스의 열쇠를 주머니에 넣고 있었다. 그가 예상했던 대로
그 열쇠는 인버벡에 있는 객줏집 주인이 가지고 있었다. 오른쪽으로는 수
위가 낮은 인버벡의 만(灣). 편편한 바위 위에 코코아 빛의 진창을 이루고
있는 해초. 고틴 하우스에서 정원의 시작은 검은 구멍이었다. 그는 선글
라스를 벗어야 했다. 격자대문에는 비바람에 시달린 집 팝니다For Sale의
간판(그리고 아직은 읽을 수 있는, 더블린에 있는 그레고리의 집주소와 전화
번호), 대문기둥 옆의 틈, 그 사이로 그는 조금 전 몸을 밀어 넣었었다.
대문 뒤 찻길 위에 붉은 솔잎의 부드러운 빛. 자전거의 흔적은 없었다.

들어가기 전에 신발 닦기

고틴 하우스는 8천 파운드였다. 9월 23일 목요일, 린스는 더블린 셀
번 호텔의 5층 자기 방에서 마우러에게 전화하여 그 금액을 전보로 그레
고리의 계좌에 지불해달라고 부탁했다. 린스가 그 집의 결함을 숨기지 않
았음에도, 마우러는 그 값이면 거저나 마찬가지고 했다. 그러나 그 집은

슈투트가르트에서 너무 떨어져 있다고. "비행기로 한 시간 반" 린스는 대꾸했다. 그는 고틴 하우스가 회사에서 그저 한 시간 반의 거리를 의미하는 것이 아님을 마우러에게 인식시키는 일은 그가 돌아간 다음에 하기로 했다. 마우러는 린스에게 혹시 아일랜드의 프로-포마Pro-forma에 출자하는 식으로 해서 세금 감면을 받을 가능성이 있는지 찾아보라고 사주했다. 린스는 자신도 이미 아일랜드의 부동산 구입을 투자로 보이게 하는 방법이 있는지 생각해보았음을 인정했다. 예를 들어 그가 방문했던 밸리코니리의 양탄자 직조공장을 활성화한다면? 공장 주인은 수동 베틀 열 대를 가지고 있었으나, 다섯 대만 사용하고 있었다. 직물 디자인에 대한 지식을 좀 가지고 있는 린스는 이 허름한 공장의 제품과 비교할 만한 것을 거의 본 적이 없었다. 그 물건은 대륙으로 운반하기만 하면 되었다. 건축과 예술 잡지 등에 세심하게 짧은 정보를 흘리면——처음에는 소문의 형태로 알려야 한다!——그것이 비싸더라도 불티나게 팔릴 것이다(아일랜드는 아직 공동 시장에 속해 있지 않기 때문에). 그러나 그는 전화를 끝낸 다음, 위클로 산의 세인트 스티븐스 그린의 나무들을 바라보는 동안 그 생각을 접었다. 그 뒤로 멀리, 서쪽 저편에, 내일 오전부터 그에게 속할 그 집이 있었다. 지불금이 그레고리의 은행에 들어오면, 즉시 서로 손을 마주쳐 확정한 판매 계약에 사인. 린스는 고틴 하우스를 어떤 술책이나 장난을 치지 않고 사기로 결심했다. 고틴 하우스를 그는 슈투트가르트의 세무국과 거래할 대상으로 전락시켜선 안 되었다.

프시-감마-현상

"그러나 값이 얼마가 되든, 내가 그 집을 사기로 결정한 것은, 집의 열쇠를 받아 둘러본 다음이 아니라, 그저 인디언처럼 그 집 주위를 돌면서 창문으로 처음 안을 들여다볼 때였어."

귀갓길에 린스는 슈투트가르트에서 이 말로 대화를 시작하리라고 생각했다. 유쾌한 일은 아닐 것이다. 그렇기 때문에 그는 마우러와 말을 시작하자마자, 그 집의 구입은 논리적 탐색의 결과가 아니라, 논리 이전의 행동으로 그것에는 어떠한 항변도 가능하지 않음을 분명히 해야 했다.

민법
Code civil

린스는 1906년 베를린에서 태어났다. 1925년에 아비투어(인문계 고등학교에서). 1926년부터 1932년까지 베를린, 하이델베르크, 본, 빈에서 대학 수업. 학우회에는 가입하지 않았다. 법학, 예술사(아돌프 골트슈미트와 카를 노이만에게서), 철학(니콜라이 하르트만과 모리츠 슐릭에게서). 사법고시. 특허권 분야에서 박사학위. 1933년 옥스퍼드에 장기간 체류. 1934~1939년 베를린의 법률사무소에서 아버지의 주니어 파트너. 린스 시니어는 1933년부터 나치당에 가입, 나중에 **독일 법보존 연맹**의 의장단('지도부')의 일원으로 활약. 아버지와 아들 사이의 의견 충돌. 젊은 린스는 "나치와는 아무것도 함께할 수 없다"며 그의 아버지에게 시민적 교류 형식이 잠식되고 있음을 지적했다. 1939년 그는 공군(지상업무 요원)의 통신부대에 징집되도록 배경을 이용했고, 1942년까지 장교 수업 과정에 지원해, 원하지 않는 전쟁의 최전선에 투입되는 것을 피해왔다. 그는 중위로 총알 한 발 쏘지 않은 채 영국군의 포로가 되었다. 1942년부터 1945년 말까지 캐나다의 장교 수용소에 수용됨(장교는 제네바 협약에 의해 강제노동을 하지 않아도 된다). 수용소에서 계속 미술사와 철학 공부(포로들은 몬트리올과 토론토 대학에서 책을 빌릴 수 있었다). 사고(思考)의 휴식. 린스는 사민당원인 다른 포로 한 사람에게서 프란츠 메링이 쓴 마르크스 전기를 빌렸고 『자본론』의 둘째, 셋째 권의 내용(로자 룩셈부르크의 저술)에 몰입했다. 그는 개별 자본과 평균 이윤율의 끊임없는 순환운동의 법칙을 파악했다. 법률가로서 그는 전쟁이 끝나면 기대되는 시민 민주주의(사유재산의 보호)의 법규범이 특정한 그룹의 사람들에게 큰돈을 만들 수 있게 하리라는 것을 이미 보고 있었다. 단순히 중개하고 분석하는 변호사의 활동은 그에게 완전한 만족을 주지는 못했다. 그는 자유로운 경제계로 옮겨가, 잉여가치의 부분을, 그의 가장 깊은 내면의 성향에 부응하는, 자유로운 문화에 투자한다는 목표를 세웠다. 법률사무소를 떠난 다음 그는 동베를린에 있던 가족의 부동산(초도비키와 단치거 슈트라세에 있는 임대주택)을 국영화가 되기 직전에 팔 수 있었다. 그 돈으로 그는 포이어바흐에 있는, 전혀 가치가 없어 보이는, 공장의 폐허 부지를 매입했다.

신페인
Sinn Fein

그가 애비 극장에서 나왔을 때, 그는 도시가 동요하고 있음을 느꼈다. 그는 **감화원 소년**Borstal Boy의 공연을 보면서, 반(反)영국의 구호가 들려오기 전까지는 잠시 그것을 이미 오래전에 과거가 된 자유 투쟁의 역사극으로 간주하고 있었다. 그는 머리를 흔들었다. 린스는 정치적인 동요에 대해서는 전혀 관심이 없었다. 이미 극복이 된 상태에 대해 흥분하는 것은 그에게 부조리하게 보였다. **셸번**Shelbourne 앞에는 경찰관 몇 명이 서 있었고, 호텔은 어둠에 잠겨 있었다. 그의 질문에 대한 대답은, "그들은 보통 우리의 유리창을 깨버린다"는 것이었다.

> "바람이 불어오고 가는 사이 바닷가 아래 귀퉁이에서
> At the sea-down's edge between windward and lee"

격자대문에 달린, **집 팝니다**란 간판을 그는 언뜻 차로 지나가면서 보았다. 왼쪽으로는 여전히 담벽, 그러나 오른쪽으로는 시야가 트여 다시 만, 늪지대, 그리고 7~8마일쯤 떨어진 곳에 투명한 원추형의 산들이 나타났다. 전면으로는 여우 털 회색, 그리고 푸른 간격. 비어 있음. 그는 멈추었다. 섬 하나에서 바닷새들이 소란스러웠다. 담벽 뒤로는 이제 공원의 나무는 보이지 않고, 그 대신 만병초덤불과 그 위로 걸려 있는 마지막 장미들. 그 집은 길에서는 보이지 않았다. 그는 차를 돌려 다시 격자대문을

향해 운전했다.

소리의 흔적

실제로 한 시간 후에 라운지의 커다란 창유리가 부서졌다. 시위 군중은 메리언 스퀘어에서 영국 공사관의 유니언잭 기를 끌어내려 불태운 다음 그곳으로 몰려왔다. 린스는 궁형 램프로 둥글게 비추어진 그림자의 소동을 내려다보았다. 단단한 유리면이 크게 부서지는 소리, 그것은 일종의 날카롭고 잘라내는 외침이었고, 그 뒤로 마치 물에 쓸려 구르는 작은 조약돌 같은 소리가 따랐다. 부동산 중개업자인 그레고리는 그다음 날 그에게 설명했다. **셸번**은 앵글로-아일랜드인과 개신교파의 아성이라고. 그들이 계약서의 초안을 살펴보는 동안, 그는 그곳에서 무엇을 먹고 마시기를 거부했다. "난 저주받을 이곳의 프로테스탄트들의 커피는 마시지 않습니다." 린스는 웃고 말했다. 그에게 고틴 하우스를 가져다줄, 법률 사무소의 종이가 만들어내는 금속성의 소리는, 지난 밤 그를 생각에 잠기게 했던, 그 크리스털 밤의 소리들을 덮어버렸다. 그리고 결국 그 저주받을 프로테스탄트들의 커피란 표현은 기이한 아일랜드의 일화 이상은 아니었고, 그것은 그가 슈투트가르트에서 들려주기에 대단히 적합한 이야기였다.

방자함
Désinvolture

린스는 큰 사업의 계약을 회의나 컨퍼런스에서 맺기보다는, 밖으로 드라이브를 나가거나 저녁에 킬레스베르크에 있는 자신의 집에서 식사를 하면서 체결하는 것을 선호했다. 공식적 협상은 우선 여성 건축가를 시켜 만든 고급스러운 마우어&린스 주식회사의 회의실에서 이루어지도록 하였고, 그것은 교황 선출 비밀회의실의 장엄한 성격을 부여하여 상대방에게 매우 중요한 일이란 느낌을 갖게 하였으나, 정작 핵심적 결정은 열어 놓도록 했다.

그는 이것을 놀랍게도 작은 모임에서 실행하였는데, 마치 즉흥적으로 모인, 유쾌한 사적 모임 같았다. 그는 그들 사이에 그리고 사업상의 친구 사이에서도 엘리트들끼리 모여 있다는 분위기를 만들어냈다.

골프공에 대해 운을 떼다

그는 그레고리에게 더블린 어디에서 골프치기가 가장 좋은지 물어보았고, 그 부동산 중개업자는 놀랍게도 그를 말라하이드Malahide 섬에 있는 회원제 포트마녹 클럽으로 초대했다. 그레고리는 그보다 잘 쳤는데, 그건 그레고리가 그보다 필드를 더 잘 알고 있기 때문은 아니었다. 그러나 퍼팅에서만은 그가 나았다. 그에게 새로운 것은, 묻지도 않았는데 캐디가 어떤 골프채를 사용할 것인지 조언하는 일이었다. 그는 그것을 못하게 하려다 말았는데, 그레고리가 자신의 캐디와 진지하게 말을 주고받는 것을 알아챘기 때문이었다. 마지막에 그의 성적이 아주 나쁘지 않았던 것은 그 젊은이 덕이었다. 그리고 세번째 홀에서 그레고리가, "나와 승부하려 하지 말고 필드에 대항하시오"라고 말했기 때문이었다. 그레고리는 땅딸막하고, 대머리에 갈색으로 그을어 있었고, 후추회색의 트위드 바지와 땀에 젖은 폴로셔츠에 낡은 골프화를 신고 있었다. 한번은 그가 4백 미터 거리에서 두 타 만에 공을 그린까지 쳐냈다. 그 후에, 바에서 린스는 고틴 하우스의 가격 문제에 대해 운을 뗐다. 그는 고틴 하우스가 팔리지 않을 집인 것 같지만, 현금으로 지불하겠다고 넌지시 알렸다. 그레고리는 한 푼도 깎아주지 않았다. 그는 고틴 하우스가 매물로서 적당하지 않은 점은 이미 가격에 반영되어 있다고 말했다. 린스는 정치적 위험성을 지적하면서 그가 인버벡에서 본 플래카드에 대해 이야기했다. "우리는 빈둥거리는 부자가 아니라, 가난한 농부를 위해 땅을 원한다." 그레고리는 고틴 하우스에 속해 있는 바다와 돌들은 아무도 원하지 않는다고 말했다. 린스는 포기했다. 그는 한 여성이 몹시 마음에 들었다. 그녀는 날씬했고, 투명한 갈색 피부에 주근깨가 좀 있었고, 아주 길지는 않은 검은 머리와 서늘하고 밝은 눈을 가지고 있었다. 그리고 얇은 천연 가죽 치마와 재킷은 끝도 없이 오래 입었던 것처럼 보였다. 포트마녹 클럽의 골퍼들 사이에서 린스는 마치 껍질 벗긴 달걀처럼 말쑥했다.

"내륙의 섬사람으로서 바위로 벽을 두르고
Walled round with rocks as an inland island"

그 집은 팔려고 내놓았지만, 누군가 살고 있을 수 있었다. 그는 무슨 소리가 들리는지 오래 귀를 기울였지만, 아무것도 듣지 못했다. 새소리나 나뭇잎이 바스락거리는 소리도 없었다. 그는 용기를 내어 들어가기로 했다. 이제 그는 두번째로 언덕 위의 길을 걸었다. 여전히 자신도 모르게 조용히, 그러나 바지 주머니 속에 있는 열쇠가 그를 안심하게 했다. 그 전에 그는 커튼이 젖혀 있던 단 하나의 창문을 통해 방 안으로 한 번 눈길을 던질 수 있었다. 그는 셰러턴 의자들에 둘러싸여 있는 타원형의 탁자를 보았다. 건조한 불투명한 빛, 그림을 떼어낸 벽의 밝은 사각형. 집 뒤에서 그는 햇볕의 웅덩이들 위에 떠도는 파리 떼를 놀라게 했다.

더블린의 컴포스트 리페
Compost liffe in Dublin

계약의 완결과 여행의 출발을 기다리면서 그는 더블린 시를 돌아보는 것밖에 할 일이 없었다. 그는 두 번이나 국립박물관에 갔었고, **켈스의 책** Book of kells을 관람했다. 그 도시는 더러움으로 넘쳤고, 그 유명한 리피 강은 지독한 악취를 풍기고 있어 강가를 산책하기는 불가능했다. 린스는 가끔 걸음을 멈추고 서서 종이쪼가리, 깡통, 담배꽁초와 유리병 조각들로 뒤덮인 거리를 흥미롭게 바라보곤 했다. **지하층-수직 통로의 바닥은 쓰레**

기 구덩이의 역할을 하고 있었다. 수백의 형체가 무료 숙박소에서 나와 오코넬 다리의 북쪽 거리를 지나갔다. 그는 조지 지역으로 피해 가서, 고 아한 벽돌 건물의 전면을 따라 프리츠윌리엄 스트리트의 색칠한 문들을 지 나가다가 차가 들어가는 입구를 통해 갑자기 그 뒷마당으로 들어가게 되 었고, 건물의 붕괴 상태를 보았다. 균열된 벽에 칠해진 타르와 거무스름 한 모르타르의 부식, 텅 빈 채 녹슬고 있는 슬럼 공장은 허물어질 위험이 있었다. 그는 한 남자가 자동차의 범퍼를 망치로 두드려대는 것을 보았다.

리비도

　1876년생인 린스의 어머니는 아이를(단 한 명) 낳을 때 서른이었다. 결혼 전의 이름은 폰 자노테(프로이센으로 이주한 위그노파 출신, 가장 낮은 서열의 공무귀족). 그녀는 지금 89세의 노인으로 서베를린의 양로원에서 살고 있다. 린스는 그녀가 편안함 이상의 수준인, 슈투트가르트에 있는 아들의 집에서 지내기를 거부했을 때 다행이라고 생각했다. 그녀는 한 번도 부드러운 어머니인 적이 없었다. 아이와 동물적인 접촉을 거부했다. 심지어 아이가 젖먹이일 적에도 그랬다. 반듯한 등받이를 가진 딱딱한 의자에만 앉는, 이 나이 든 부인은 좀더 나이 들 결심을 한 것 같았다. 린스는 1936년 자신보다 세 살 아래의 여배우와 결혼했고, 그녀는 직업을 포기했다. 1938년 아들이 태어났다. 그는 사업에는 기질도 타고난 능력도 보이지 않았고, 의학을 공부하고 있다. 1941년에는 딸이 태어났는데, 그녀는 글을 쓰면서 지금은 독일 출신의 화가와 함께 결혼도 하지 않은 채 런던에서 살고 있다. 캐나다에서 돌아온 후 린스는 자신이 아내와 접촉할 기분이 전혀 없음을 알게 되었다. 그녀는 1947년 이혼을 요구했고, 다시 목사와 결혼하여 그와 함께 동독에 살고 있다. 린스는 1948년 마우러&린스 회사의 열정적인 설립 기간에 여비서와 관계했다. 1956년 50세의 나이로 스위스 사업 친구의 스물두 살짜리 딸과 결혼했다. 그녀는 사무실의 견습생으로 그에게 왔었다. **살로메**라는 이름은 스위스에서 진귀한 이름이 아니다. 1959년 헤어짐. 그가 함께 잠을 잔 여자들을 세어보면 11이란 숫자가 된다. 마지막 성관계는, 오르가슴도 없이 1962년 취리히에 있는 나이트클럽의 스트립걸과 이루어졌다. 그는 바에서 그녀와 말을 주고받게 되었다. 가격은 150 스위스 프랑. 제펠트 숙소의 그녀 방에는 역겨운 달콤함을 가진 거대한 인형들이 가득 차 있었고, 그녀의 설명에 의하면, 그녀는 그것을 무엇보다 사랑했다.

슈바벤 거울

린스가 사업에서 물러나고자 한다고 말하면, 마우러는 가만히 있지 않을 것이다. 시간을 벌기 위해 그는 우선 집에 대한 린스의 집착에 대해 말할 것이다. 테오 마우러는 슈바벤 지역 출신이어서 원래대로라면 집 짓고 사는 것을 좋아해야 했지만, 킬레스베르크에 저택을 소유하고 있는 알베르트 린스와는 달리 슐로스가르텐 근처의 비싼 독신자 아파트에 살았다. 그것에 대한 보상이라도 되는 듯, 그는 공장에 매달렸고, 공장에 대해 자주 자신과 알베르트의 업적이라고 말했고, 심지어 가끔은 **인생의 업적**이라는 표현까지도 사용하면서, 자신의 동업자가 그의 말을 부정하고 삶에는 양동이나 냄비 이외에 다른 것도 있다고 설명하면 매우 싫어했다. "내도 이미 안다." 테오는 언제가 한번 다투기라도 할 듯 말했다. "니한텐 책과 그림이 더 중요하재. 그런데 넌 양동이나 냄비 없이는 니가 그 예술품이라 부르는 것들을 가질 수 없음을 잊고 있데이!"

"정원의 유령은 바다를 향하고 있다
The ghost of a garden fronts the sea"

그는 그 장방형 단층 건물의 회색 회칠을 벽에서 뜯어내도록 해야 할 것이다. 그러면 그 속에 있는 오래된 갈색 벽돌이 드러날 것이고, 그것을 그대로 둔 채 초벽이 가능할 것이다. 창문은 가늘게 자른 접착테이프로 붙여 끼워 벽에서 튀어 나와 있지 않고 벽면과 같은 깊이로 되어 있었다. 조화이론에 따라——이미 2백 년 전에 사라져버린 것이라고 그는 자신에게 말했다——창들은 벽 속에 자리 잡고 있었다. 불규칙한 석판으로 이루어진, 지나치게 수평적이지도 뾰족하지도 않은 지붕은 앞으로 나와 있지 않고 벽의 모서리에 붙어 있었는데, 손상을 입고 구멍이 나 있었다. 정원은 그 집을 자신 속에 묻어버리려는 목표를 가지고 있었으나, 아직 완전히 그것을 이루지는 못하였다. 고목만은 잔디밭 사이 여기저기 좀 남겨두고, 나무를 베어내는 것이 필요하리라. 그는 집을 바다와 늪에 돌려주어야 했다. 그 집은 그것들을 위해 지어졌기 때문이었다. 그림자를 잘라내는 것. 그는 처음에 왔을 때처럼 테라스의 돌난간으로 가서 그가 차를 돌렸던 길모퉁이를 내려다보았다.

더 아름답게 살기 311

상부구조 1

이미 열여섯의 나이에 린스는 자신의 용돈으로 렘브란트 풍경 에칭의 제국 판화들을 산다. 그는 그것을 아직도 가지고 있다. 1946년부터는 본격적인 수집. 린스는 그래픽에 집중하여, 그 후에도 유화는 20여 점 정도만 산다. 그는 방향을 정하지 않고, 과거와 현재의 미술품을 사들이지만 한 시대(매너리즘과 로코코)는 제외한다. 4백여 점이 넘는 광범위한 그래픽 수집품 중 최고의 가치를 가진 것들은 다음과 같다. 헤르쿨레스 제거스Hercules Seghers의 판화「네 탑의 도시」— 녹색의 종이에 초록과 홍갈색으로 인쇄된 것으로, 멀리 대기와 풍경의 중간 배경은 푸른색이다. 그리고 뭉크의 유채색의 목판화「달빛」한 장(1896년 첫 판). 수집품 중에는 또 초기의, 색칠해진 1장—인쇄의 목판화, 놀이카드 마이스터의 동판화, 그리고 히르쉬포겔Hirschvogel, 피라네시Piranesi, 고야, 메리옹Meryon, 뷔야르Vuillard, 엔소르Ensor, 피카소, 모란디Morandi의 그래픽도 있다. 린스는 시장가치로 작품을 사지 않고, 그의 마음에 드는 것을 산다. 유화의 경우 그의 취향은 그래픽의 경우처럼 확실하지 않다. 그는 르누아르의 작품 중 질이 좀 떨어지는 것 한 점과 반 동겐Van Dongen의 평범한 작품 하나를 소유하고 있다. 그의 가장 큰 실수는 벨기에의 초현실주의자 폴 델보Paul Delvaux의 대형화「멜랑콜리 찬양」이었다. 그는 그것을 윌체Oelze의 작품 한 점과 바꾸고 싶어 한다. 그러긴 해도 그는 옛 독일 화가의 훌륭한 작품 몇 점, 시로니Sironi의 작품 두 점, 마그리트의「영혼의 현존Présence d'Esprit」, 드 스탈de Stael의 작품 하나, 그리고 발렌티Valenti의「섬」—그림 중의 한 점을 가지고 있다. 린스는 미술가와 개인적 접촉에 전혀 가치를 부여하지 않아 아틀리에에서 사지 않고, 좀더 높은 가격을 지불하게 되더라도 이름 있는 화상을 통해서만 구입한다.

상부구조 2

린스의 도서관은 약 7천 권 정도의 책을 소장하고 있다. 주요 영역은 정신과학, 산문, 운문. 영어권과 프랑스어의 작가들은 원서로, 초판본이나 자필본 같은 것에 대한 욕심은 없다. 그는 원전 고증 자료가 들어 있는 완판본을 선호한다. 특히 스피노자, 19세기 후반기 프랑스 문학, 사르트르. 근대 작가 중에서는 사르트르와 존 카우퍼 포이스*가 린스의 애호 작가다. 그리고 방대한 예술사 분야. 린스가 항상 찾는 책들은, 그 속에서 물체와 존재가 완전히 물체처럼 그리고 존재하는 것으로 나타나고, 단어와 문장이 "사물 자체로 돌아가는"(메를로-퐁티, 『지각의 현상학』) 그런 것들이다. 린스는 본능적으로 모든 의미론을 거부한다. 비록 (또는 그렇기 때문에) 그가 사업에서 의미론적인 과정을(M+L-이미지) 행하고 있지만. 그는 자신이 이와 관련한 자신의 생각을——지식인임에도 불구하고——표현할 수 없다고 추측하기 때문에, 학자들이나 작가들과 교류하는 것을 기피하고 있다. 그는 종교의 필요성을 느끼지 않는다.

---

* John Cowper Powys(1872~1963) : 영국 웨일스 출신의 시인이자 소설가.

상부구조 3

　　킬레스베르크의 집을 린스는 1945년에 자신의 수집품을 위해 지었다. 그때 그는 독신이었다. 아이들은 기숙학교에 있다. 슈투트가르트의 부자들은 대부분 킬레스베르크에 산다. 린스는 건축가에게 킬레스베르크의 전형에서 벗어나라는 과제를 준다. 그다지 크지 않은 정원에 커다란 창문을 가진 집들, 그곳에 사는 사람들은 그다지 크지 않은 정원에서 커다란 창문을 가진 집들을 바라본다. 집 안에는 소파 세트, 바닥에 세우는 화병, 서가, 술병 진열장, 스타일 가구, 그랜드피아노, 텔레비전이 있다. 건축가는 그에게 이렇게 설계해준다. 작은, 거의 장방형의 본체, 1층 높이까지는 창이 없고, 지붕 아래는 전체를 창으로 두르고, 안에는 층의 구별이 없다. 그러니까 건물 위에서 빛이 들어오는 단 하나의 공간으로, 그래픽 수집품을 보관하는 나지막한 장들 위로 그림이 걸려 있다. 2년 후에 살로메는 이 공간을 박물관이라 부르며, 항상 발끝으로 지나다닌다. 주거는 남쪽으로 뻗어 있는 거주 공간에서만 주로 하며, 차고 위에 방을 하나 꾸민다. 그렇게 하여 그녀는 비록 인적이 없긴 하지만 길을 내다볼 수 있다. 이 거주 공간에는 침실들과 부엌 외에도 커다란 **리빙룸**이 있고, 린스가 그곳에서 손님들을 맞이할 수 있기 때문에, **리빙룸**은 '박물관' 옆에 있어 거의 자동적으로 예술에서 사교로 건너가게 되는데, 결과적으로 그 집은 전형적인 킬레스베르크 하우스가 된다. **리빙룸** 앞의 잔디밭에는 바바라 헤프워스Barbara Hepworth의 중간 크기의 석상이, 뒤엔 잡목들이 있다. 그 뒤에는 잘 알려진 변호사의 집이 있고, 린스와 살로메는 1959년에 이혼할 때 그에게 서류 작업을 맡긴다.

상부구조 4

린스의 집에는 린스 외에 나이 든(62세), 날씬하고 보기 좋은 가정부가 살며 집안일을 한다. 월급은 2천 마르크, 뛰어난 요리사다. 그녀는 거주 공간의 2층에 자신의 방 두 개, 텔레비전을 가지고 있다. 차는 없다. 그녀와 린스 사이에는 서로 엄격한 존댓말을 사용. 린스는 자신이 그 집을 포기할 것이란 말을 그녀에게 해야 하는 게 난감하다. 운전사는 정원도 가꾸는데, 공장 부지에 있는 아파트에서 산다. 그의 아내는 일주일에 세 번 청소하러 온다. 린스는 아일랜드에서 어떻게 집의 고용인 문제를 해결할 수 있을지 궁금하다. 그는 고틴 하우스를 위해 버틀러를 생각한다.

사회에서의 소식들

그는 자동차를 세울 자리는 하나 얻었으나, 자신에게 필요한 침대는 이미 없었다. 매일 밤 더블린에서 리버풀까지 굴러다닌 낡은 자동차를 바라보면서 그는 불편한 밤이 전개되리라는 것을 예감했다. 배는 8시나 되어 부두를 떠났다. 그 전에 그는 해변도로를 걸어가 오코넬-스트리트에서 밤을 지내기 위해 신문과 범죄소설을 한 권 산 다음, 택시로 **셸번** 호텔로 갔다. 우선 마지막으로 바에서 무엇을 좀 마시기 위함이었다. 그곳에는 이미 친숙한 얼굴들, 남자들이 있었고, 그들은 그를 바라보았다. 트위드 양복을 입고 조끼에 금시곗줄을 늘어뜨리고 있는 사람들로 모두 그에게 아일랜드에 대해 설명해줄 준비가 되어 있을, 잠재적 친구들일 것이었다.

우연히 포트마녹 클럽에서 본 여성이 승마복 차림으로 기수 두 명을 동반하고 들어왔다. 그녀는 서늘하고 밝은 눈으로 그를 바라보았다. 어쩌면 그는 나중에 그녀를 소개받을 시간을 가질 수 있을 것이다. 그는 아직 말을 탄 적이 없었다. 고틴 하우스에서 그는 처음으로 개를 한 마리 소유하게 될 것이다. 그는 아마도 슈투트가르트에서 전문가들에게 여러 종류의 개의 특성을 알아볼 것이다.

그는 협상의 상대로 마우러를 과소평가해서는 안 되었다. 그가 계산해야 하는 것은, 마우러가 그의 마음을 돌리기 위해 처음에는 결코 사업적 근거를 말하지 않고, 그 대신 린스가 살로메와의 일을 극복하지 못하여 어딘가로 잠적하려는 게 아니냐고 운을 뗄 것이라는 점이었다. 마우러는 아직 실패로 끝난 린스의 두번째 결혼생활에 대해 한 번도 자신의 생각을 말한 적이 없었으나, 파트너를 잃게 될 위험 앞에서 그는 망설이지 않고, 품위 없는 행동도 서슴지 않을 것이다. 린스는 그에게 고틴 하우스의 구입 결정에서 한순간도 살로메를 생각하지 않았다고 맹세하게 되리라. 마우러의 어깻짓. 그런 경우는 항상 남자가 성적 낙오자로 간주된다는 것을 린스는 알고 있다. 50대 남자와 스물두 살짜리 여자의 부부생활. 그가 아는 모든 사람들은 그가 멀리 있는 켈트족의 나라로 옮겨 가는 것을 마우러처럼 해석하리라. 그가 여기저기 다니며, 살로메와의 생활은 결혼 1년 후에 이미 그녀와 마찬가지로 자신에게도 지루한 일이었다고 설명하더라도 아무도 믿지 않을 것이다. 어쩌면 마우러의 추측에 이의를 제기하지 않는 것이 가장 손쉬운 방법일 수 있다. 마우러는 잠시 투덜대겠지만, 처음부터 졌다는 듯이 행동하리라. 아마도 근절되지 않는 심리의 메커니즘에 의해, 그의 요구를 달성하기 위한 모든 이유 중에서 낭만적이고 에로틱한 이유가 모든 사람들에게 여전히 가장 그럴듯해 보일 수 있다. 린스는 그렇게 값싸게 그것에서 빠져나오고 싶지 않았다.

"알아?" 그가 테오 마우러에게 말했다. "살로메와의 잠자리에서 나는 그리 나쁘지 않았어."

어떻게든 그는 테오에게 자신에게 무엇이 중요한가를 분명히 하고자 했다.

리벨스토크 백작의 만수무강을 위하여!

붕괴에 직면해 있는 이 도시를 벗어나기 위해 그는 가끔 TR4를 호텔 지하주차장에서 꺼내 글렌달로를 향해, 위클로 산과 보인벨리로 차를 몰았다. 그곳에서 그는 아일랜드가 시간을 초월하여 아름답다는 확신을 다시 할 수 있었다. 덤불 뒤, 말들로 둘러싸인, 물을 가득 머금은 초원 위로 인디언 섬머, 푸른 베일에 싸인 붉은 신이 전개되어 있었다. 고틴 하우스를 산 것은 참으로 잘한 일이었다! 어제 출발 전에 그는 하우스Howth 절벽 위의 길을 따라 산책했다. 바다 위 새들의 아우성은, 여전히 귀에 남아 있는 어젯밤 데모 군중의 아우성과는 완전히 달랐다. 길모퉁이를 돌자 그 섬이 나타났다. 그것은 해안에서 그리 멀지 않은 곳에, 바다 가운데의 붉은 산으로 우뚝 서 있었다. 망원경을 통해 그는 섬이 비어 있음을 확인했다. 붉은색으로, 나무 한 그루 없이 완전히 비어 있었다. 그러니 집도 없었다. 그 섬의 이름은 람베이Lambay였다. 저녁에 바에서, 블루 가이드를 통해 알아낸 바에 따르면 그 섬은 리벨스토크 백작의 소유였고, 섬 안으로 발을 디디려면 그의 허가장이 있어야 했다. 그래서 람베이는 비어 있고, 자연 그대로이며, 바다 가운데 전설 같은 위용을 지니고 있었다. 그

섬은 사유재산이었다. 누군가 저 멀리 아일랜드 바다 속에 서 있는 이 반암산(班岩山)의 신화적 성격을 가장 단순한 방법, 즉 그가 이 섬을 사버림으로써 이 세상으로부터 보전한 것이었다. 마호가니, 놋쇠와 거울에 둘러싸여 린스는 리벨스토크 백작의 만수무강을 위하여 위스키 한 모금을 마셨다.

물신적인 것을 위한 금고, 아니면 예술의 보존?

홀에는 가구가 전혀 없었다. 완전히 비어 있었다. 빛은 킬레스베르크에 있는 그의 집에서와 거의 마찬가지로 위에서 쏟아져 들어왔고, 박물관의 빛이었다. 그러나 이곳의 나무기둥은 휘어진 계단을 받치고 있었고, 흰색으로, 색이 바랜 채, 장엄하게 회랑의 반을 형성하고 있었다. 기둥 사이에 그는 드 스탈의 큰 그림, 초록과 파랑색의 해변 풍경을 걸 것이다. 그 풍경은 그곳에서 깊은 빛의 조명을 받아, 마치 무대 배경처럼 보일 것이다. 오른쪽의 비어 있는 벽에는 통액자 속에 들어 있는 도나우미술파의 작은 (동방)박사 3인의 그림이 걸릴 것이다. 그것은 드 스탈의 그림과는 달리 그 섬세한 소묘가 진가를 발휘하도록 거의 입체적으로 앞으로 나와 있어야 할 것이다. 홀에는 이 두 점 외에는 아무것도 없어야 한다. 그는 홀의 오른쪽과 왼쪽에 있는, 1층의 큰 방으로 나 있는 양쪽 문을 열고 왔다갔다하다가, 양쪽에 면직 커튼을 쳤다.

증거물

Corpus delicti

린스는 심하게 아픈 적이 없었다. 1958년 급성 담낭염 때문에 잠시 병원에 입원한 게 고작이었다. 특실에서의 요양, 수면제, 지나친 독서, 창밖 응시 등에 따른 잠깐 동안의 쇠약함. 그렇다고 그는 자신의 건강을 과시하는 타입도 아니었다. 골프 외에 다른 운동은 하지 않는다. 일광욕에는 전혀 관심이 없다. 수영은 즐기는 편이고 낚시질도 기꺼이 할 것이며, 모든 공놀이(보치아, 부울, 볼링)에 매력을 느끼나 직접 하지는 않는다. 장시간 산책을 하며, 혼자 하는 것을 즐긴다. 50대에는 그도 한동안 독일인의 나쁜 습성에 빠져 과식을 하다가 갑자기 정신을 차리고는 면밀한 식이요법의 도움으로 182센티미터의 키에 82킬로그램의 몸무게를 유지하고 있다. 비흡연자. 술은 저녁 식사 때만 마시는데, 건조한 보르도나 스위스산 백포도주를 마신다. 잠자기 전, 손님이 있을 때는 위스키 한두 잔 정도.

예술을 위한 예술 또는 소문과의 작별

그곳에도 역시 가구가 없었다. 왼쪽으로 난 작은 홀에만 이미 그가 밖에서 보았던 타원형의 탁자와 의자가 놓여 있었다. 물론 그것은 세러턴 의자의 모조품에 지나지 않았다. 그는 회색 대리석으로 된 벽난로, 창턱에 놓여 있는 망가진 꽃병을 쓰다듬었다. 그는 두 공간 중 한 곳에 책들을

보관하게 되리라. 천장까지 닿는 서가, 거기에 자신의 책상이 들어올 것
이다. 다른 공간에는 장들을 가져다놓아, 높이가 낮고 폭이 깊은 서랍에
는 소묘, 동판화, 석판화 그리고 목판화를 보관하게 될 것이다. 이 장들은
높이가 1미터밖에 되지 않아 장 위, 하얀 칠이 된 벽은 전시 공간으로 사
용할 수 있으리라. 그러나 그 전시품들은 그 자신 외에는 다른 누구도 관
람하지 않는다. 어쩌면 가끔은 옆집의 아일랜드 사람들이 방문할 수도 있
으리라.

민족주의적 관찰자

　　인버벡에 있는 음식점 겸 호텔의 주인인 아서 바이런은 고틴 하우스
의 열쇠를 가져간 독일 신사가 해변길을 건너 자신의 자동차로 가는 것을
바라보았다. 그는 스포츠카의 팬으로, 자신도 이곳저곳 수도 없이 뜯어고
친 오래된 로터스Lotus를 소유하고 있었다. 그는 이 외국인이 어떻게 자신
의 TR4를 출발시킬지 궁금했다. 당연히 그는 잘못하고 있었다. 이런 자동
차는 시동을 걸자마자 몇 번 힘차게 가스를 뿜어주어야 했다. 모터가 아
직 정지하고 있는 상태에서 회전수를 크게 높인 다음 차를 재빨리 단 한
번에 밀어내야 했다. 그래서 차가 쏜살같이 달려 나가도록. 그렇게 다루
지 않으면 그런 차는 특히 1단이나 2단에서는 덜덜거릴 뿐 아니라, 그런
차의 즐거움이란 바로 그런데 있으니 말이다. 그런 재미를 원하지 않았다
면, 그는 편하게 앉아 있을 수 있는 리무진 같은 것을 샀어야 했다. 아서
바이런은 그 방문객이 TR4의 모터를 천천히 조심스럽게 회전시킨 다음
후진 기어를 넣고 신중히 거리로 나가 만(灣)을 따라 북쪽을 향해 출발하

는 것을 보며 괴로움을 느꼈다. 그것도 2단 기어로, 기껏해야 2단 기어를 넣고서. 그 남자는 그런 자동차를 몰기에는 너무 늙었다.

그 독일 남자가 그에게 남긴 인상을 생각하면서, 바이런은 지금까지 그보다 더 말끔한 신사 차림을 한 남자는 본 적이 없다는 결론에 도달했다. 모린이 사무실에 앉아 있던 그에게 와 누가 그를 찾는다고 말했다. 그녀는 그 방문객이 마음에 든 듯 "어떤 귀한 손님!"이라고 덧붙였다. 그 방문객의 영어는 흠잡을 데가 없었다. 브리튼 섬에서는 그 누구도 구사하지 않는, 소위 티끌만 한 흠도 없는 영어였다. 그는 파란색의 블레이저에 회색의 플란넬 바지를 입고 있었다. 그런 옷을 영국인들은 대부분 휴가철에나 입는데, 그에게는 다른 효과를 주고 있었다. 그것은 보다 부유하고 충만하게, 그의 신체와 뼈대를 드러내기보다는 더 많이 감싸고 있었다. 그 옷은 새것처럼, 벼락부자의 차림새처럼 보이지 않았다. 단지 너무 고급 천으로, 너무 잘 만들어져 있었고, 너무…… 그래, 너무 말끔했다. 큰 키의 비대하지 않은 남자, 갈색으로 태우지 않은, 약간 노란빛으로 물든 얼굴—바이런은 간에 문제가 있다고 추측했다—, 윗부분이 검은 뿔테 안경 뒤의 푸른 눈, 뒤로 세심하게 빗어 넘긴 회색의 긴 머리카락. 그는 몸 상태가 좋아 보였다. 그가 건강하다면 그것은 타고난 강인함 때문이 아니라 마사지 덕분일 것이었다. 세월의 흔적을 거의 느낄 수 없는, 언제나 앞서가는 남자, 그는 고틴 하우스로 무얼 하려는 것일까? 아서 바이런은 그에게 경고를 해야 한다고 생각했다.

"오그래디 가족은 이미 20년 전에 그 집을 포기했습니다." 그가 말했다. "상당히 쇠락했지요."

"아, 괜찮습니다." 알베르트 린스가 대답했다. "아무튼 그 집의 위치만은 비교할 수 없이 훌륭하니까요."

　이렇게 돈 냄새가 나는 사람들은 무슨 짓을 할지 전혀 예측할 수 없다고 바이런은 생각했다. 그는 아드모어 카슬, 바닷가의 거대한 성을 사서 수리한 다음 1년에 14일을 그곳에서 지내는 영국의 은행가를 떠올렸다.

나투라 모르타Natura Morta 또는 정물화?

　잠은 위층에서 자리라. 침실은 2층에 있었고, 그 외에 방이 몇 개 있었다. 사실 그 집은 그에게 너무 컸다. 그럼에도 그는 모든 방을 사용할 수 있도록 만들고 가구도 갖추리라. 아이들이 가끔 그를 방문할 것이고, 어쩌면 테오 마우러도 한번 올지 모른다. 각 방에는 자신이 가진 그림 중에서 한 점씩 걸 것이다. 마그리트 방, 시로니 방 그런 식으로 되리라. 인버벡의 술집 주인은 그에게 그곳은 거의 겨울 내내 비가 내린다고 말해주었다. 그런 날이면 그는 서가에 앉아 일을 하리라. 당분간 그는 고틴 하우스와 관련해서 일하다란 개념의 의미를 적용하지 않았다. 겨울 저녁, 비가 내리붓고, 밤이 흘러다니는 짙은 안개로 채워지면, 그는 카드의 패를 늘어놓으리라. 고틴 하우스를 위하여, 그가 아직 가져본 적이 없지만, 없어서는 안 될 물건은 재깍거리는 벽시계다.

꿈의 검열

　린스는 대체로 평범한 꿈을 꾸었다. 억제 당하거나 시험에 관련된 꿈들. 그는 급히 여행을 떠나야 해서 가방을 챙기기 시작하지만, 끝을 내지 못하는데, 결국은 아무것도 할 수가 없다. 또는 그가 계단을 올라가는데 그것은 끝이 없다. 시험에 관련된 꿈은 아비투어나 국가고시에 관한 것이 아니라 사업의 진행에 관한 것들이다. 예를 들어 그는 꿈속에서 계약서 하나도 작성하지 못하는데, 그것은 얼마 전 여비서가 받아쓰는 데 10분도 안 걸린 것이었다. 그리고 자주 반복되는 데자부의 체험. 그가 한 번도 본 적이 없음에도 다시 알아보게 되는 전원 풍경이나 도시의 장면. 그는 모든 데자부의 꿈은 어머니의 성기로 돌아가고 싶은 욕망이라는 프로이트의 가설을 틀린 것으로 여기고 있다. 그리고 꿈의 언어는 부정적 개념을 알지 못한다는 프로이트의 주장도 거부한다. 그는 꿈속에서 이미 몇 번 "나인nein (아니요)" 또는 "니히트nicht (전혀)"*를 말한 적이 있음을 맹세할 수도 있다. 자유로운 성적인 꿈이나, 잠 속에서의 오르가슴 같은 것은 없었다. 가끔 반복되는, 아주 기분 좋은 꿈속에서 린스는 베를린의 안할터 기차역으로 뻗어 있는, 고서적 서점이 늘어서 있는 거리를 걸어가는데, 그곳의 진열창에는 아주 진귀한 책들이 전시되어 있다. 꿈속에서 린스는, 자신이 실제로 이 거리에 있는 것은 아니라며, 그러나 다음에 베를린에 오면 꼭 찾아오리라고 혼잣말을 한다. 그가 꿈에서 깨어 일어나 자신이 꿈꾼 거리가 베를린에 존재하지 않는다는 것을 확인하며 실망하는 데는 몇 분이 필요하다. 이런 꿈에도 불구하고 그는 꿈속에서 자신의 비밀스러운 소원들이 이루어지는 것이라고는 믿지 않는다. 오히려 그는 꿈이 자신을 벌하기 위해 찾아온다는 주장을 믿는 경향이 있다.

---

* 동사를 부정하는 부사.

허제스트의 붉은 책에서

그 가톨릭 부사제를 그는 절대로 잊지 못할 것 같았다. 바다는 매끄러웠고, 서쪽의 노란 하늘 때문에 노란색으로 물들어 있었다. 하늘 아래 산들, 위클로 산악과 미트의 구릉이 검게 밤을 그려내고 있었다. 람베이는 반암(斑岩)으로 이루어진 산이었다. 그 부사제는 살롱에 있는 사람들에게 신경을 쓰지 않고 이미 사제의 겉옷을 벗어버린 채, 둥근 칼라의 흰색 셔츠와 멜빵 달린 바지를 입고 있었다. 그는 검은 옷을 입고 있는 한 무리의 성직자들 사이에서 유난히 하얗게 보였고, 알베르트 린스가 그의 근처에 자리를 잡자, 그에게 건배의 잔을 들어 올렸다. 린스는 그가 술에 취해 있고 겉옷을 벗고 있었음에도 다른 성직자들이 그의 말에 귀를 기울이고 있음을 보았다. 그는 그들에게 전설을 들려주고 있었는데, 린스는 나중에 그것이 웨일스 지방의 전설임을 확인했다. 케리드웬Ceridwen과 귀온Gwion의 이야기. 그는 가끔씩 말을 멈추고 린스에게 건배를 했다, 지식을 갖춘 아일랜드 사제가 지식을 갖춘 이방인에게. 린스는 그에게 답례의 포즈를 취하지 않고, 『아이리시 타임스』만 계속 들여다보았다. 관광객들은 이미 증기선의 낡은 살롱을 떠나 객실로 돌아갔다. 그 취한 아일랜드 사람이 동행한 부인들에게 성가시게 굴었기 때문이었다. 웃으면서, 머리를 흔들면서 그들은 그곳을 떠났다. 린스는 자신이 만약 단 한 번이라도 건배에 맞장구를 치면, 밤새도록 그 유리처럼 번쩍이는 눈과 함께 결코 끝나지 않을 이야기의 홍수 속에서 꼼짝하지 못하리라는 것을 알고 있었다. 그는 슬라이고와 골웨이의 객줏집에서 이미 그런 경험을 한 적이 있었고, 켈트 신화에 정통한 사람이나 예이츠 전문가의 주량, 또는 지칠 줄 모르는 수

사적 표현에 자신은 도저히 상대가 되지 않음을 확인했었다. 처음에는 언제나 근사하게 시작했지만 늘 악몽으로 끝나고 말았다. 그가 고틴 하우스에서 살게 되면, 그런 과도함은 피해야 할 것이다. 술에 취한 부사제는, 닭으로 변한 케리드웬이 낟알로 변한 귀온을 삼켜버린 다음 인간의 몸으로 돌아옴과 동시에 임신이 된 대목을 이야기하고 나서 갑자기 일어섰다. 몸을 가누지 못하며 그는 살롱의 맞은편 구석에 앉아 있던 몇 명의 수녀들에게 음란한 말로 소리를 질러댔다. 그러나 아무도 항의하지 않았다. 술을 마시며 소리를 좀 높여 노래하던 상당수의 남자들은 거의 다 그쪽으로 고개를 돌리지 않았다. 수녀들은 빙 둘러 앉은 채로 뭐라고 속삭이면서 무거운 분위기로 앉아 있었고, 결국 나이 든 수녀가 오만한 얼굴로 성직자들에게 사인을 보내, 그 외설스러운 신의 충복을 갑판 아래로 데려가게 했다. 한밤중이 지나 린스는 다시 한 번 갑판으로 나가 강렬한 빛을 뿜어대는 오른편의 표지등을 보며 그것이 홀리헤드의 불빛이 틀림없다고 생각했다. 그는 사제 한 사람이 설화를 이야기하다 말고, 수녀들에게 예수의 창녀라며 차라리 자기와 성관계를 갖는 게 좋으리라고 소리를 지르는 일이 생기는 나라로 가는 것이 위험하지 않을까, 곰곰이 생각했다. 밖은 얼음처럼 차가웠고, 그는 다시 맥주와 땀 냄새 가득한 곳으로 내려가야 했다. 그 밤은 정말 온갖 불쾌함 속에서 지나갔고, 그는 잠깐씩 잠이 들기도 했다.

그가 승리에 찬 이곳에서 모든 일이 불분명하다
Here now in his triumph where all things falter

그는 정원으로 들어가기 위해 대나무와 만병초의 거친 덤불 사이를 뚫고 가야 했다. 덤불은 소나무와 떡갈나무 아래서 자라고 있었고, 그가 정원을 정리하지 않으면 나무들은 죽게 되리라. 그러나 만병초의 무리들은 그대로 두어, 5월에 붉은색과 보라색의 꽃들이 잔디 위, 소나무의 진한 초록 아래서 빛날 수 있도록 할 것이다. 그는 벤치에 앉아, 떼로 몰려드는 날것들에서 해방시킨, 말끔히 수리된 조지 양식의 집 뒷면을 바라보리라. 파란 앞치마를 걸친 버틀러의 아내는 열쇠를 손에 들고 집 밖으로 나와, 먹이를 주기 위해 개를 부를 것이다. 정원이 끝나는 곳에서 야생의 대지가 시작되었다. 이끼 덮인 땅과 나무가 없는 암석, 무너져 내리는 돌담과 후크시야 잡목이 깔린, 이제 해가 깊숙이 내려 앉아 작은 호수를 노란색 비단으로 덮어버린 그곳(이틀 후에 그에게 더블린의 그레고리는 토지대장에서 이 부분의 호수가 고틴 하우스에 속하는 것임을 보여주었다). 그는 그러니까 긴 고무장화를 신고 자신의 호수 가장자리를 걷게 되리다. 이미 자신이 정해놓은 공간에 그는 낚싯대 한 벌과 어망을 준비해놓았을 것이다. 그리고 낚싯바늘과 부표, 줄과 바늘줄, 날개, 주파발신기Wobbler, 인조 미끼를 넣을 서랍장 하나. 꽃과 송어들. 이끼와 새 울음. 비와 생각들.

스틱스에서 보내는 정겨운 인사

　그는 시든 달리아꽃을 잘랐다. 그곳은 킬레스베르크에 있는 자신의 집 정원도 고틴 하우스의 정원도 아니었다. 그러나 아무튼 집은 분명했는데, 그 안에서 그는 혼자 살고 있었다. 그가 꽃을 정리하는 동안, 누군가가 지하실에서 정원으로 나오는, 반쯤 열려 있던 문의 안쪽에 회색 카드를 붙여놓은 것을 깨달았다. 이상하단 생각이 들어 그는 문으로 가까이 가서 무엇이 씌어 있는지 보기 위해 카드를 향해 손을 뻗었다. 그 순간 그는 자신의 손 위에 낯선 손이 얹히면서 자신의 손을 밀어내는 것을 느끼고 경악했다. 동시에 그는 희미한 도장 자국 외에는 아무것도 읽어낼 수 없는 그 회색 카드가 죽음의 경고를 나타내고 있음을 알았다. 그것의 의미는 그가 집 안으로 다시 들어가면 살해되리라는 것이었다. 그는 그 낯선 손을 붙잡기 위해 몸을 돌렸으나, 그것은 이미 사라지고 없었다. 어찌할 바를 모른 채 그는 잠시 정원을 배회했다. 그는 19세기 후반에 지어진 그 빌라 안으로 들어가야 한다고 스스로를 채근하지 않으면서 집 주변을 돌았다. 그는 도움을 청하기로 결심하였으나, 길에는 아무도 없었다. 그가 만난 한 사람은 어깨를 들썩이며, 그가 집 안으로 들어가면 살해될 것이 분명하다고 말했다. 결국 그는 다시 집으로 가, 문 앞의 정원을 지난 다음 출입문의 손잡이를 아래로 내렸다. 문은 바로 열렸다. 그가 잠에서 깨었을 때, 살롱의 둥근 창 뒤에는 밤이 아니라, 지하실 문에 붙어 있던 카드의 색과 같은 회색이 펼쳐져 있었다. 그는 바닥에 누워 자고 있는 남자들의 몸을 넘어 갑판으로 나갔다. 배는 이미 머시의 하구에 도착했다는 것을 알 수 있었다. 낮게 깔린 안개 때문에 물은 볼 수 없었고, 거의 소리

없이, 그 죽음의 배가 안개 사이를 지나갔다. 그 위로 구름 덮인 날의, 빛도 없는 이른 아침, 주변에는 리버풀의 탑들이 거미줄로 이루어진 기념물처럼 걸려 있었다.

노획물을 향해 손을 뻗어 자신의 손이 벌어지다
Stretched out on the spoils that his own hand spread

종종 그는 바닷가를 돌아다닐 것이다. 밀물이 만든 물구덩이 속의 게들을 관찰하고, 절벽을 때리는 파도 소리를 들으며, 망원경으로 가마우지를 관찰하리라. 그들은 판자 모양의 바위에 앉아 있거나, 모래 만(灣)에서 벗어나 녹회색의 하늘 밑 차가운 물속에서 헤엄치리라. 만약 그가 바다와 늪들의 광활함에 싫증이 나면, 계곡에 숨어 있는, 제임스 1세 양식의 집인 코핑거 저택Coppinger's Court의 폐허를 찾아가, 그 옆으로 흐르는 시냇물에서 수달을 바라볼 것이다. 그는 전에 한 번 수달이 물가의 꽃박하Gravel root 아래에서 검고 매끄러운 몸으로 분주히 움직이는 것을 본 적이 있다. 그런 소풍 후에 그는 집으로 돌아오리라. 자신의 책과 그림으로, 그가 방금 읽던 책과 메모를 하던 공책 외에는 아무것도 놓여 있지 않은 책상으로, 그가 이탈로 발렌티Italo Valenti의 화지를 꺼낼 장으로. 좀 전에 그레이트먼스 베이의 만(灣), 모래밭 위에서 깃털 모양의 물자국이 눈에 띄었을 때 그는 그것을 꺼내보리라는 생각을 했다. 그는 그것을 꺼내어 살펴보고 다시 집어넣으리라.

카산드라

아침 회색빛에 잠긴 리버풀의 부두에서, 테오 마우러와의 결정적인 대화를 생각했다. 배 안에선 아직 모두 잠들어 있었다. 부두 노동자들이 7시 전에는 하적을 시작하지 않으리라는 것을 알기 때문이었다. 린스는 혼자 육지로 내려왔다. 그는 추위에 얼어붙었다. 그는 선창으로 열려 있는 화물 창고를 이리저리 걸어 다니며, 간판을 읽었다. 던독Dundalk, 뉴리Newry, 드로이다Drogheda. 머시는 안개에 싸여 있었다. 이상한 갈회색의 빛 속에서 테오는 그에게 고틴 하우스의 수리와 실내의 설비가 끝나면 그가 죽도록 지루해질 것이라고 예언했다. 그런 예언을 들으며 일하는 것은 부당했다. 그가 흥분하여 그의 말을 부정하는 주장 이외에는 아무것도 할 수 없었기 때문이었다. 그런 다음 그는 테오가 결정할 수밖에 없는 상황으로 몰아갔고, 테오는 슈바벤 지방의 사투리로도 전혀 부드러워질 수 없는 말들을 뱉어냈다.

"자넨 책을 읽고, 그림을 들여다보았지. 가끔 자넨 내게 사르트르가 무엇을 썼는지 말해줬네. 아니면 어느 삽화에서 어느 선이 왜 반드시 그렇게 진행될 수밖에 없는지를 보여주기도 했어. 그것이 전부였네. 운영자로서 자네는, 그래 한 이름 하지. 그러나 문학과 미술의 전문가로서? 알베르트! 나 정말 한마디해야겠는데, 자넨 딱할 정도로 지루한 사람이야. 그런데 이제 자네가 스스로 은퇴한다고 그게 달라질 수 있겠나? 자네는 지루해질 거야, 자네가 지루한 사람이기 때문이지."

실제로는 그러나 테오와 경영 문제에 대한 협상만 하게 될 것이다. 마지막으로 변호사가 함께한 자리에서 동업자계약의 5조 b항에 대해 논쟁이 크게 벌어질 것이다. 가끔 물 위의 안개가 엷어지면, 그는 얼어붙은 채로, 상자의 판자, 신문, 오렌지 껍질이 머시의 밀물에 표류하는 것을 바라보았다.

자세가 형식이 된다면

　지붕 수리, 회벽을 긁어내고 다시 칠하는 것, 칠과 목공일, 목욕탕 시설과 난방 시설, 공원의 간벌, 정원 설치 등으로 1만5천 파운드, 그러니까 집을 제대로 정비하기 위해서는 집값의 거의 두 배가 들 것이다. 그는 그 지방의 수공업자와 건설업자를 아는 그 지역의 건축가를 고용해야 할 것이다. 모든 일이 끝나면, 고틴 하우스는 서부 아일랜드에서 가장 정교하고 작은 조지언 하우스가 될 것이다. 린스는 **조지언 하우스**Georgian house란 명칭을 **브리티시 레이싱 그린**British racing green이란 말을 사용할 때처럼 말하겠지만, 그것에 대해 조롱하며 그를 속물이라고 부를 사람은 없게 될 것이다. 그런데 그가 정말 속물이 되려면, 나중에 크리스토Christo*에게 집 전체를 포장하게 하면 될 것이다. 코네마라에서 그것은 여전히 센세이션이 될 것이다. 린스는 그러나 그런 행동과는 거리가 멀다. 그는 독일산업연방연맹 문화조직의 회원이다.

---

* 기획예술가로 건물을 싸매어 대상을 주목하게 한 적이 여러 번 있음.

시골에 사는 한 신사의 삶의 그림들

헤르쿨레스 제거스*의 전 작품 카탈로그 구성을 시도. 마지막에 출간된 것은 1907년에 만들어진 것으로 완전히 낡아버렸다. 그 일을 위해 암스테르담, 뮌헨, 빈으로의 짧은 여행이 필요하다. 『웨이머스의 모래 벌판 *Weymouth Sands*』과 『글래스턴버리 로맨스 *A Glastonbury Romance*』**를 독일어로 번역, 그는 자신이 있었다. 그런 다음 (자신이 재정 지원을 한) 어느 독일 출판사에서 상당히 방대한 간행본들로 출간. 그 책들이 출판되고 나서 30년 또는 40년 동안 독일어로 번역이 되지 않았다는 것은 용서할 수 없는 일이었다. 상이한 철학사전에서 개념 정의를 비교하는 작업, 그것은 일종의 해학적 텍스트를 만들어낼 것인데, 단지 인용으로만 이루어진, 그러니까 자신이 직접 저술하는 수고는 필요하지 않다. 자신이 사용하기 위해 선집을 구성, 예를 들어 구름의 묘사나 불과의 만남, 또는 의식 발생의 형태들에 대한 카탈로그의 모음집. 정원을 위해서는 아마도 아이리스 종류만 집중적으로. 그것을 위한 조건들(습기, 토양)이 아일랜드에서는 이상적임에 틀림없었다. 당연히 조류학적 관찰, 그가 상상하고 있는(모든 종류의 곡선들, 하강의 각도, 비행 연구) 필름을 만들고자 하는 젊은이를 찾아내는 경우, 영화의 재정을 담당할 가능성. 지리학적인 것. 섬들. 강력한 모터보트 한 척. 낚시. 골프.

---

* Hercules Seghers(1590~1638) : 네덜란드의 화가.
** 영국 웨일스 출신의 시인이자 소설가인 존 카우퍼 포이스의 작품.

단지 회원만

　　이제 들어오고 있는 도크 노동자들 사이에서 린스는 자주 숀 오케이시*와 비슷한 얼굴들을 확인했다. 곧은 코, 길고 얇은 입술, 볼의 경사면, 금속테 안경 뒤의 단단한 눈. 그들은 허연색이나 푸른색 바지 위에 회색 아니면 갈색 상의를 입고 있었다. 차양 모자 밑으로 보이는 그들의 머리카락은 회색이거나 흰색이었다. 그들은 마르고 늙은 남자들로, 침착하고, 조용하고 끈기 있는 사람들이었다. 그들이 차를 담아가지고 와서 잔에 따르던 병은 흰 에나멜로 된 것이었다. 물 위는 밝아졌다. 검정, 하양 그리고 빨강으로 줄이 그려진 마운트스튜워트Mountstewart란 이름의 유조선 한 척이 지나갔고, 멀리서 창고의 문들은 짙은 초록으로 빛났다. 밤을 지새운, 몸이 언 린스는 기꺼이 우유를 탄 뜨거운 차를 한 컵 마시고 싶었으나, 무리지어 있는 사람들 중의 누군가에게 다가갈 용기를 내지 못했다. 그는 자신이 마우러&린스 주식회사의 직원들을 한 번도 지금 리버풀의 이 부두 노동자들처럼 가까이에서 관찰해본 적이 없음을 시인했다. 어쩌면 그는 한 번도 제대로 바라본 적이 없었을 것이다. 갑자기 누가 지시를 내린 것도 아닌데 도크 노동자들은 일을 하기 시작했다. 그들이 더블린의 밤배에서 꺼내온 첫 자동차는 다레살람Dar es Salam의 번호를 달고 있는 하얀 메르세데스였다.

"신으로서 자신의 낯선 제단에서 자살

As a god self-slain on his own strange altar"

더 이상 자신의 발걸음 소리가 듣고 싶지 않아 그는 의자에 앉았다. 그는 테라스를 바라보며, 집의 전면이 북동쪽을 향하고 있음을 의식하게 되었다. 아일랜드의 서쪽 해안에 있는 집치고는 기이한 위치였다. 그러나 집은 이렇게 해서 바람길의 반대로, 소택지들 위로, 서풍에 숨겨져 있었다. 소택지들의 갈청색 지대는 장미덩굴이 시야를 가리고 있기 때문에 여기서는 보이지 않았다. 덩굴은 쳐내야 할 것이다. 시야가 자유로워지면, 그는 책에서 눈을 들어 가끔 야생의 백조들이 날아가 소택지로 내려앉는 것을 볼 수 있을 것이다. 방에서 밖을 향한 시야와 밖에서 방으로 향한 시야가 일치했다. 밝은 빨간색의 장미는, 그가 고틴 하우스의 열쇠를 아직 주머니 속에 넣고 있지 않았을 때 창문에 반사되었던 것처럼, 자연빛과 조명의 혼미함 속에서 뒤섞였다. 유리에 비친 장미 뒤로 그는 자신의 미래를 보았었고, 그 시간은 이 순간 이미 과거가 되었다. 그로부터 남는 것이 하나도 없을 것이기 때문에, 부자가 되기 위해 그가 자신의 생에서 최고의 시간을 양동이와 냄비를 생산하는 공장을 세우는 것에 소비했기 때문에, 그가 정신의 삶을 믿지 않아, 그것이 물질적으로 획득한 것들의 한 구석에 존재했기 때문에, 그는 그래도 관찰자로서 이 작은 홀에 앉아서 바라볼 수 있었다. 어떻게 소택지가 책과 섞이는지, 어떻게 그의 그림들이 새들의 비행 속에서 자유로워지는지, 구름의 그림자가 자신에게 떨어지는 것을 견뎌내는 문장들이 있는지. 어쩌면 자신의 그림자를 구름에 던지는 문장. 그것은 완전히 이기적 삶이었다. 확실하다. 그러나 그가 스스로 구름과 새들의 비행을 만들어내지 못했으니, 그에게 다른 무엇이 남았던가? 그는 그저 수집을 할 뿐이었다.

"죽음은 죽은 듯이 거짓말을 한다
Death lies dead"

　'집 팝니다'의 간판을 흘낏 보고 나서 그는 차를 돌려 격자대문으로 다시 왔다. 결국 그는 용기를 내며 안으로 들어갔다. 그런 다음 장미가 반사된 유리창을 통해 방 안을 들여다보았다. 타원형의 탁자, 의자들, 그림이 걸려 있던 밝은 사각의 흔적을 가진 벽. 고틴 하우스는 완전히 죽어 있었다. 완전히 죽어 죽음조차도 수용하지 못했다. 그것은 비어 있었다. 그가 고틴 하우스를 구입했더라도, 그래서 10년, 15년 또는 심지어 그에게 남은 20년을 그곳에 살았더라도, 20년이나 1백 년 후에는 다시 누군가가 이 창을 통해 들여다보면서, 그가 사용했던, 남아 있는 몇 가지 물건들에게서 어쩌면 동일한 무-존재함의 느낌을 갖게 될지도 모른다. 그럼에도 자신이 죽은 다음에는 자신의 집에 전혀 손을 대지 못하도록 유언장으로 확정해놓는 것이 가능할지 의심스러웠다. 사유재산의 권리는 매우 강력하였으나, 죽은 소유자를 살아 있는 자에게서 보호할 만큼 그렇게 강력하지는 않았다. 어쩌면 그저 잊혀진 작위와 유산이 있을지 모른다는 생각이 드는 것은 이곳이 아일랜드이기 때문일 것이다. 최소한 유산 상속자를 지정하여, 그가 고틴 하우스를 보존한다는 조건으로 그의 모든 것, 재산과 미술품들을 남길 수 있을 것이다. 그러나 무엇 때문에? 그가 **누군가 여기 있었다** Kilroy was here와 같은 것 외에는 아무런 흔적도 남기지 않을 것임을 알기 때문에? 그건 바보 같은 짓이었다. 이런 사람들은, ──이름이 무엇이었더라? 인버벡에 있는 주점의 주인이 이름을 말해주었는데── 흔적 없이 고틴 하우스에서 사라졌다. 오그레디 사람들. 여기에는 아무도 없었다. 아무도. 그 집은 비어 있었다. 빈집. 불멸은 존재하지 않았다. 그는 무조건 고틴 하우스를 갖고자 했다.

연금의 형이상학으로

린스는 그가 고틴 하우스로 칩거한다면, 생산수단의 소유자에서 자본의 연금생활자로 변신한다는 것을 분명히 알고 있다. 그는, 만약 마우러가 찬성한다면, 최소한 마우러&린스 회사의 비경영 소유주로 계속 있어야 할 것인지를 생각한다. 그건 절반의 해결이다! 만약 마우러가 경영에서 린스가 보여준 것처럼 유능함을 증명하지 못한다면, 회사는 린스가 개입하도록 강요할 것이다. 이런 종류의 문제가 생겨 그가 경영에 나서게 되면, 고틴 하우스에서의 그의 삶은 광대극이 되고 만다. 그리고 그런 일은 일어날 것이다. 린스는 속으로 자신이 없어서는 안 되는 사람이라고 생각하고 있기 때문이다. 그래서 그는 회사 내의 자신의 몫을 유가증권, 부동산 그리고 은행권의 장기 예금으로 투자하리라고 결심한다. 정신분열증은 일으키지 말 것! 그에게는 생산자 집단에서 연금자 집단으로 자리를 바꾸는 것이 비교적 쉬워 보인다. 그는 자신에게, 기존 사회 안에서 절대적 자유의 상태란 충분한 연금을 가져야만 도달할 수 있다고 말한다.

알베르트 린스는 누구인가?

승객들은 이미 다 가버렸다. 자동차는 한 대씩 배에서 내려져 부두를 떠났다. 10시경에는 린스 혼자 남아, 지붕 없는 창고에서 초조하게 기다리며 자신의 차 TR4를 육지로 끌어내는 마지막 남은 노동자들을 바라보았다. 다시 기중기의 팔은 자동차를 창고의 시멘트 바닥에 내려놓기 전에 한동안 공중에 매달아놓았다. 끈을 풀던 노동자는, 내년부터는 현대적인 **카-페리**가 영국과 아일랜드 사이를 오간다고 말했다. 린스는 그를 저주했다. 그와 그의 카-페리를. 린스는 그 자동차를 더블린의 어느 주차장에 세워놓고, 슈투트가르트로 비행기를 타고 갈 생각을 하지 못했기 때문에 멍청이 노릇을 하고 있다. 그는 신경질적으로 출발했다. 차는 세 번을 시도하고 난 후에 발동이 걸렸다. 운전은 그를 곧 진정하게 했다. 우리는 잠시 그가 리버풀 시를 통과하여, 워링턴에서 아침을 먹고, 중부 지역의 교통을 피하기 위해 웨일스 방향으로 길을 잡는 것을 본다. 그곳 웨일스 지방의 덤불 사이에서 우리는 그를 시야에서 놓치고 만다.

바람 부는 섬들

프란츠 키인은 너무 일찍 왔다. 어제 오후 늦게 독일박물관 출구에서 토머스 윌킨스 경은 그에게 오늘 2시까지 호텔 '사계절'로 오라고 부탁했다. 그러나 그가 오데온플라츠에서 전차에서 내렸을 때는 겨우 1시밖에 되지 않았다. 그에게는 1마르크 70페니히가 있었고, 그는 로텐회퍼 카페에서 커피를 한 잔 마시기로 했다. 저녁이 되면 그 영국인으로부터 두 번의 도시 안내를 해준 봉사료를 받을 것이다. 20이나 30마르크가 되기를 바랐다.

그는 카페가 있는 레지덴츠 슈트라세로 바로 걸어 들어가지 않고, 테아티너 슈트라세와 비스카르디가세로 돌아서 갔다. 이렇게 하여 그는 나치의 경고비를 지나가면서 독일식 경례로 팔을 들어야 하는 것을 피했다.

그 시간의 카페는 거의 비어 있었다. 여자들 몇 명. 탁자 하나에는 나치돌격대원들이 앉아 있었다. 프란츠 키인은 여기서 아는 사람을 보게 되리라고는 기대하지 않았다. 지난가을에만 해도 로텐회퍼 카페는 청소년동맹의 '그의' 친구들의 아지트였다. 프란츠 레너, 루트비히 케셀, 겝하르트

호몰카 그리고 몇몇 다른 동무들과 여자 동무들. 아델하이트 젠하우저, 소피 베버와 엘제 라우프. 프란츠, 루트비히, 겝하르트 그리고 다른 모든 친구들은 아직도 다하우*에 수용되어 있다. 여자 동무들 중 아델하이트는 여성 감옥 어딘가에 있다. 프란츠 키인은 엘제 라우프를 찾아가 보았으나 그녀의 어머니는 아파트 문을 조금 열고는 화가 나서 낮은 목소리로 말했다. "무엇을 원해? 가요! 우린 경찰의 감시를 받고 있으니까!"그녀의 말투에는 게슈타포의 이 조처가 마치 프란츠 키인의 책임이라는 억양이 들어 있었다. 그는 갑자기 볼프강 피셔를 보았다. 그는 카페 뒤쪽의 탁자에 앉아, 프란츠 키인이 알지 못하는 젊은 남자와 이야기를 하고 있었다.

그는 기뻐하면서 피셔에게 다가가 손을 내밀었다.

"세상에! 볼프강!" 그가 말했다. "너를 여기서 만나다니 정말 거짓말 같군!"

볼프강 피셔는 공산주의자는 아니었고, 국제 사회주의 투쟁연맹ISK의 회원이었다. 프란츠 키인은, 공산주의와 사회주의 그룹에 아직도 소수가 불법적으로 남아 활동하고 있음을 알고 있었음에도, 벌써 너무나 당연한 듯이 이었다고 생각했다. 청년 공산주의자들의 시선으로 국사투ISK는 좀 이상한 종교 단체처럼 보였다. 국사투의 사람들은 고기를 먹지 않고, 술도 마시지 않고 아주 순결하게 살았다. 그들은 마르크스주의자가 아니었고, 하이델베르크의 철학자인 레오나르트 넬손Leonard Nelson의 추종자들이었다. 그들이 스스로를 엘리트로 느끼고 있음은 분명지만, 밖으로는 겸손한 자세를 취했고, 눈에 띄지 않게 행동했다. 그것이 그들을 매력적으로 보이게 만들었다. 그들은 청년 공산주의자들과 가까이 지내면서, 함께 소

---

* Dachau: 나치가 만든 뮌헨 근처의 집단수용소.

풍을 가기도 했고, 함께 토론하기 위해 그들의 대회에도 참가했다.

볼프강 피셔는 고개를 들어 그를 쳐다보았다. 그는 프란츠 키인의 손을 잡지 않았다.

"그래, 그렇지 않은가?" 그가 말했다. "유대인을 본다는 것이 거짓말 같지."

볼프강 피셔는 프란츠 키인보다 몇 살 위였다. 그는 뮌헨 대학에서 화학을 전공했다. 그는 중간이 좀 못 되는 키에, 기운 센 사각의 몸을 가진 남자로 여우 털처럼 붉은 머리카락을 짧게 깎고, 몸에는 붉은 주근깨가 있었다. 그의 모든 것이 단단했다. 작은 푸른 눈과 그 위의 붉은 눈썹, 근육과 뼈를 싸고 있는 피부도 그러했다. 그는 장거리주자로서 노동자 스포츠 분야에서 한 역할을 했다. 프란츠 키인은 그가 1만 미터 달리기에서 달리는 것을 본 적이 있었다. 그는 마치 기계처럼 달리다가, 그보다 이미 한 바퀴 또는 그 이상 뒤처진 사람들을 다시 한 번 추월하기 위해 마지막 5백 미터에서 속도를 올렸다. 그는 전혀 지친 기색도 없이 달리기를 끝냈다. 그는 윤리적 신념에서 사회주의자였다. 프란츠 키인과의 대화에서 그는 자신의 입장을 드러냈다. 사회주의는 승리할 것이다, 변증법적 과정이 필연적으로 전개될 것이기 때문이 아니라, 그것이 올바른 것에 근거하고 있기 때문이다, 라고 말했다. 그는 객관적으로, 겸손하게 그리고 조용히 프란츠 키인에게 칸트와 레오나르트 넬손 학설의 정수를 알려주었다. 열여덟 살의 나이에, 이제 마르크스주의의 초보자에 불과했던 프란츠 키인은 그와 당당하게 토론할 처지가 되지 못했었다. 그의 느낌으로는, 만약 볼프강 피셔가 옳다면, 사회주의를 선택한 것이 순수한 의지의 결정이었다면, 그는 순수한 의지에 대해서는 거의 본능적으로 가치를 별로 인정하지 않았다. 그러나 그는 볼프강 피셔에게 끌리는 것을 느꼈다. 에너지가 넘치는 의지의 인간, 참을성 있게, 친절하게, 조용히 그를 대하던 인간.

그런데 이런 말을 그에게서 들으리라고는 전혀 예상하지 않았다. 너무나 놀라워서 그는 어떻게 말을 해야 할지 알지 못했다. 당황해서 얼굴이 붉어지는 것을 느끼며, 그는 천천히 자신의 손을 뒤로 뺐다.

"도대체 무슨 뜻이야?" 그가 결국 물었다.

그는 그 옆의 빈자리에 앉으려고 했고, 그것을 그는 당연한 일로 여겼다.

"내 말이 무슨 뜻이냐고?" 그에게 대답하는 볼프강 피셔의 억양은 그에게는 아주 낯설었다. "모르는 척하지 마! 너희 독일 사람은 우리 유대인에 대해서는 모두 같은 생각이잖아."

그는 프란츠 키인을 비껴서 쳐다보지 않은 채로 말했다. 그가 나중에서야 설명이 가능했던 어떤 이유에서, 프란츠 키인은 그에게 자신이 올해 초에 집단수용소에서 지냈었다는 것, 여전히 일주일에 한 번은 게슈타포에 가서 신고를 해야 한다는 설명을 하지 못했다.

어쩌면 그가 자리를 잡고 앉는다면 볼프강 피셔에게 그 말을 하기가 수월할지도 모르겠다고 그는 생각했다. 그러나 선 채로, 얼굴이 벌겋게 되어 그는 겨우 몇 마디를 더듬거렸다. "너 좀 이상해진 거 맞지!"

"유대인에게는 이제 누구나 그런 말을 할 수 있지." 볼프강 피셔가 즉각 대답했다. 그는 어깻짓으로 그의 옆에 앉아 당황한 얼굴을 하고 있는 젊은 남자를 가리켰다. 그 상황이 그를 곤란하게 만든 것이 분명했다. "부탁인데, 사라져주라. 우리는 며칠 후에 팔레스티나로 가는데, 할 이야기가 많거든."

프란츠 키인은 급히 몸을 돌려 나갔다. 그는 혼란스러워서 우선 왼쪽으로 길을 꺾었다. 그러나 다행히 곧 경고비 옆에 움직이지 않고 서 있는 친위대원들을 보았고, 길을 돌아갔다. 그는 막스-요제프-플라츠Max-Joseph-Platz 방향으로 레지던츠 슈트라세를 따라 걸으면서, 자신이 원래 커피 한 잔을 마시고자 했던 것을 기억했다. 그런데 피셔가 그를 카페에서 몰아냈다. 점차로 자신이 어떻게 그에게 대답을 할 수 있었는지 생각났다. 예를 들면 그는 이렇게 말할 수 있었다. "국사투ISK 사람들은 체포되지 않았어. 다하우에는 국사투 사람들이 한 명도 없지. 국사투의 유대인 조직원조차 없어. 다하우에는 공산주의자, 공산주의자, 공산주의자만 있을 뿐이야." 그러다가 그는 다하우에 있었던 뉘른베르크 출신의 유대인 부르주아들이 생각났다.

그는 아직 한 번도 들어가본 적이 없는 다른 카페로 갔다. 그것은 호프테아터Hoftheater(호프극장)의 맞은편에 있었고, 아주 작은 공간으로 이루어진 카페였다. 그는 커피 한 잔에 곁들여 비넨스티히(벌침) 케이크 한 조각을 먹고 싶었으나, 돈이 모자랐다. 그때 그는 아직 담배를 피우지 않았다. 시간이 좀 지나면서, 볼프강 피셔와의 사이에서 벌어진 일에 대해 되새겨볼 수 있었다. 그것은 어처구니가 없었다, 기가 막히는 일이었다! 커피를 마신 다음 그는 케이크를 먹지 못한 탓에, 약하지만 지속적인 허기를 느꼈다. 그러나 그가 집에서 이미 충분히 점심을 먹었기 때문에 실제로는 그럴 이유가 없었다. 그렇지 않으면 그는 오후 내내, 그가 토머스 윌킨스 경과 시내를 돌아다니는 동안 계속 허기를 느낄 것임을 알고 있었고, 계속해서 윌킨스가 도시 구경을 중단하고 그를 초대해 커피와 케이크를 대접하기를 바라게 될 것이었다. 그는 프란치스카너 옆의 빵가게에서 작은 빵 두 개를 사서 어느 집 현관 앞에 서서 먹었다. 그러자 배가 부르다고 느꼈다.

"'경'이란 호칭을 가진 영국인에게는 이 호칭을 항상 이름에 붙여 부르게 되어 있어." 그의 형이 그에게 강조했다. 그래서 그는 어제 독일박물관에서는 토머스 윌킨스 경과의 대화에서 그의 이름을 직접 부르는 일을 삼갔다. 토머스 윌킨스 경은 그저께 프란츠 키인의 형에게서 바그너의 악보를 사면서 그에게 대학생이나 교육을 받은 청년 중에 뮌헨을 안내해줄 사람을 알고 있는지 물었다. 프란츠 키인의 형은 막스밀리안 슈트라세에 있는 악보 가게에서 일을 하고 있었으나 프란츠 키인은 여전히 무직자였다. 그는 이미 3년이나 놀고 있었다.

"뮌헨을 어떻게 안내해야 하는지 나는 전혀 문외한이야." 그는 거부했다. "그리고 난 영어를 못해."

"그 신사는 독일어를 해." 그의 형이 대꾸했다. "넌 뮌헨을 잘 알잖아, 노력해봐. 토머스 경은 영국의 식민지 고위공무원이야. 그런 사람은 매일 만날 수 있는 게 아니다. 그리고 무엇보다 그건 짬일이잖니."

그때에는 잡이라고 말하지 않고 짬일이라고 말했다. 그러고 나서 호칭에 대한 가르침이 따랐다. 프란츠 키인은 형이 가능하다면 그 영국인을 직접 안내하고 싶어 하는 것을 눈치 챘다.

"나는 관심이 전혀 없어." 그가 말했다.

"네가 한다고 벌써 알렸어." 그의 형이 대꾸했다. "내일 아침 11시 호텔 '사계절'에서." 그는 동생을 시험하듯 바라보았다. "네 머리카락은 이제 충분히 자랐어. 아무도 너를 이상하게 보지 않을 거야."

프란츠 키인은 다하우에서 삭발을 당했고, 그것이 제대로 다시 자라기까지는 이상하게 시간이 많이 걸려, 거의 여름 한 철이 필요했다.

그는 저녁 내내, 어떻게 뮌헨을 보여주어야 하는지, 곰곰이 생각했으나 떠오르는 것이 없었다. 마치 모든 생각에 못질을 한 듯했다.

별 방책도 없이 그는 이방인 앞에서 시내를 둘러볼 수 있는 몇 가지

가능성을 늘어놓았다. 윌킨스는 갑자기 머리를 들고, 호텔 로비의 창을 통해 비 내리는 밖을 내다보더니, 독일박물관으로 가고 싶다고 했다. 그런데 점차 드러난 사실은, 20년대였긴 하지만, 그가 이미 몇 번 뮌헨에 온 적이 있었다는 것이었다. 그가 뮌헨에 대한 전문적 지식을 가지고 있었기 때문에, 프란츠 키인은 그가 어째서 안내인이 필요한지 자신에게 물을 수밖에 없었다. 비가 오는 날 별로 다른 것은 할 수 없기도 했지만, 프란츠 키인은 마치 그 영국인이 당황해하고 있는 자신을 구해주려 한다는 인상을 받았다. 그는 마음이 가벼워져서, 박물관을 방문하는 데는 정말로 안내인이 필요 없을 것이란 이유를 대며 작별하려 했다. 그러나 그 노신사는 친절하지만 분명한 어조로, 당연히 함께 박물관으로 가야 한다고 말했다. 그는 택시를 불렀다. 프란츠 키인은 아주 오랜만에 택시를 탔다. 그는 윌킨스가 광산 분야를 관람하는 데 관심이 없어 기뻤다. 독일박물관에서 광산분실을 관람하는 것은 지루한 일이었다. 윌킨스는 그에게 물펌프로 된 1813년형 와트의 형정기계를 설명했다. 베세머식 전로에서 순수한 강철을 얻는 절차 및 몇 가지 자연과학적 과정이었는데, 그것에 대해 프란츠 키인은 전혀 아는 것이 없었다. 영어식 악센트가 있긴 해도 그의 독일어는 우수했다. 그는 1888년 드레스덴에서 공부했다고 말했다. 1933년 가을에 1888년이란 숫자는 프란츠 키인에게 마치 전설처럼 느껴졌다.

　2시에 윌킨스는 무엇을 좀 먹자고 제안했다. "뮌헨의 객줏집에서 뮌헨 음식을 먹고 싶다"며, 그가 기억하고 있는 음식 두 가지, "레버캐스*나 슈바인스뷔어스틀**"을 말했다. 박물관 근처에서는 음식점을 찾기가 어려

---

* Leberkäs: 소시지를 만드는 고기 반죽을 큼직한 직육면체 통에 넣어 구운 다음 토스트 빵처럼 잘라 먹는 것.
** Schweinswürstl: 바이에른 주 소시지의 일종으로 구워 먹는 것.

웠다. 잠시 후 그에게 파울라너플라츠의 식당 하나가 생각났는데, 그곳은 당원들이 자주 가던 주점이었다. 영국인의 커다란 검은 우산 아래 그들은 함께 빗속에서, 초록으로 거품을 내고 흐르는 이자 강의 다리를 건너, 아우 지역의 거리 몇 개를 지나갔다. 주점은 그 시간에 완전히 비어 있었다. 주인은 키인을 알아보고 말했다. "아니, 자네 다시 왔군!" 그러나 그 말 뿐이었다. 어쩌면 그도 엘제 라우프의 어머니처럼 프란츠 키인이 다시 나타난 것이 마음에 들지 않았는지도 몰랐다. 그러나 그는 내색하지 않았고, 그 문제는 전혀 관여하지 않았다. 그가 영국인이 있는 자리에서 어떤 질문도 하지 않는 것이 프란츠 키인에게는 당연히 만족스러웠다.

식당에는 레버캐스도 슈바인스뷔어스틀도 없었으나, 주인은 부엌에 신선한 밀츠부어스트*를 가지고 있었다. 그래서 그들은 문질러 닦은 식탁에 앉아 구운 밀츠부어스트와 감자샐러드를 먹고 맥주를 마셨다. 식사를 하면서 토머스 윌킨스 경은 자신이 마지막에는 말타의 민간총독이었고, 그 전에는 윈드워드 제도의 총독, 또 그 전에는 동아프리카에서 판사였다고 이야기했다. 그는 프란츠 키인이 민간총독과 군총독의 차이를 이해하는 것에 큰 가치를 두는 듯했다. 그는 윈드워드 제도에 대해 가장 길게 말했다. "나는 그레나다의 세인트 조지에 집을 가지고 있었지." 그는 이야기했다. "그리고 요트를 타고 이 섬 저 섬을 돌아다녔네. 그러나 할 일이 별로 없었지. 사람들이 별로 다투지도 않았고." 그는 말을 멈추었는데, 마치 꿈을 꾸는 것 같았다. 그러다가 그는 다시 말을 이었다. "그러나 그곳은 아주 더웠다네. 내 여동생은 항상 뜨개질을 했는데, 털뭉치가 바닥에 떨어져 내가 그것을 주우려고 몸을 굽히면 온통 땀투성이가 되곤 했지."

---

* Milzwurst: 밀츠는 비장(脾臟)이란 뜻으로 이것의 조각을 소시지의 반죽에 넣어 만들었기 때문에 밀츠부어스트라고 부른다.

여동생을 언급하는 것이 프란츠 키인에게는 이상스럽게 느껴져서 그는 윌킨스에게 결혼을 했는지 묻기까지 했다.

"아, 물론이지." 윌킨스는 기꺼이 대답했다. "아이가 둘이야. 다 컸지. 아내는 런던에 살아. 우리는 가끔씩 만나고. 몇 년 전부터 여동생이 집안일을 돌보고 있네."

지나가듯, 아무렇지 않게 그는 설명했다. "사람이면 무조건 결혼은 한번 하는 것이 좋아. 그렇다고 죽을 때까지 그렇게 살 필요는 없고."

그들은 다시 박물관으로 돌아왔다. 윌킨스는 천문관에 도취되었다. 그는 프톨레마이오스와 코페르니쿠스의 천문관 사이를 계속 왕래하면서 프란츠 키인에게 차이점들을 설명하고, 그와 함께 움직이는 모델 밑에서 지구의 궤도를 추적할 수 있는 차를 탔다. 프란츠 키인은 그때까지 독일 박물관의 천문관에 별다른 흥미를 느낄 수 없었다. 내부를 지배하는 어둠과 빛의 효과에도 불구하고 그는 그 공간이 무미건조하고 지루하다고 생각했다. 그리고 밤하늘에서 별자리를 찾아내는 일에 한 번도 흥미를 느낀 적이 없었다. 열여섯 살부터 그는 거의 대부분 정치 문제에 관심을 쏟았다. 그는 무직자였다. 다하우에서는 어둠이 내리면 수감자들이 막사를 벗어나는 것이 금지되어 있었다.

밤에 그는 지도를 가져와 윈드워드 제도를 찾았다. 그는 독일어로 된 그 지도에서 그곳이 '바람 부는 섬들'이라고 표시되어 있음을 확인했다. 그것들은 서인도 제도의 최남단 군도를 형성하고 있었다.

그는 오늘은 '안녕하세요, 토머스 경!'이라고 인사할 마음을 먹고 있었으나, 그 영국인이 호텔 로비에 나타났을 때 그저 말없이 다시 고개만 숙였다. 윌킨스는 그에게 얕보는 음색 없이 간단하게 '프란츠'라고 불렀다.

"프란츠, 오늘은 무엇을 보여주려나?" 그가 물었다.

"제가 어제 선생님께 무엇을 보여드리기라도 했던가요?" 프란츠 키인이 말했다. "선생님께서 제게 독일박물관을 보여주셨지요."

윌킨스는 미소를 지었다. "오늘은 날씨가 아주 좋군." 그가 말했다. "오늘은 자네 차례네."

그날은 정말 아름다웠다. 늦은 9월의 이른 오후. 프란츠 키인은 윌킨스를 호텔 뒤에서 바로 시작하는, 거의 인적이 없는 좁은 길을 통해 레헬의 성 안나 교회Kirche Sankt Anna im Lehel로 인도했다. 그는 윌킨스가 교회나 미술에 관심이 있는지 알지 못했지만, 그 이방인에게 자신의 고향에서 마음에 드는 몇 군데를 보여주리라고 단단히 결심을 했다. 교회 안에서 그는 마치 여행 가이드처럼 요한 미하엘 피셔Johan Michael Fischer와 아삼Asam 형제에 대해 설명을 했다. 그는 바이에른의 바로크 양식이 그 영국인에게 어떤 인상을 주는지 알 수 없었다. 바그너의 악보들을 사는 사람에게! 토머스 윌킨스 경은 타원형 공간 속의 긴 의자에 앉아, 아삼의 프레스코를 바라보지 않고 똑바로 앞을 바라보았다. 프란츠 키인은 의자 옆에 서서 기다렸다. 그 영국인은 좁은 교회의 의자에 자리를 잡기 위해서는 긴 팔다리를 접어야 했다. 그는 윗입술 위에 회색의 영국식 수염을 기르고 있었다. 그가 좀 방심하고 있는 지금과 같은 상황에서도 그의 눈길은 여전히 친절함을 담고 있었다. 좀 떨어진 앞쪽에서 한 여성이 무릎을 꿇었다.

갈레리 슈트라세를 통과하며 푸른색의 전차가 종을 울렸다. 그들은 그때에는 보리수나무가 아직 잘려지지 않았던 호프가르텐에 도착했다. 음악대를 위한 정자는 늦여름의 나뭇잎 아래 누렇게 계절을 견디고 있었다. 그들은 아치 밑을 걸어갔고 프란츠 키인은 로트만의 프레스코 앞에 섰다. 그리스의 전원 풍경이 점점 희미해지는 파랑과 갈색 그리고 빨강으로 된 벽면에서 소멸하고 있었다. 그것들이 오래가지 못하리라는 것을 알 수 있었다. 윌킨스는 그리스가 실제로 저렇다고 말했다. 그는 말타에서 그리스 섬들로 갔던 짧은 여행에 대해 이야기했다.

그들은 오데온 플라츠로 들어섰고, 윌킨스는 그곳을 잘 기억하고 있었다. 그들은 그곳에서 처음으로 다시 갈색 제복을 입고 있는 나치대원을 보았다. 독일박물관에도 몇 명이 있었다. 프란츠 키인은 윌킨스가 그것에 대해 무엇인가 알아차리기를, 심지어 어쩌면 독일의 정치적 상황에 해당하는 질문을 할지도 모른다고 기대했다. 그러나 그는 아무 말도 하지 않았다. 그는 프란츠 키인에게 직업을 갖지 못한 지가 얼마나 되었는지 물었다.

프란츠 키인이 그에게 상황을 설명하고 나자 그는 "영국에도 경제 위기가 심각하네"라고 말했다. "그러나 이제 끝나가고 있지. 곧 나아질 걸세, 어디서나. 자네도 곧 일자리를 찾게 될 게야."

그는 다른 모든 것을 관찰하는 평정심과 곧은 시선으로, 갈색과 검은색의 제복도 관찰하는 듯이 보였다. 프란츠 키인은 계속해서 그에게 다하우에서 있었던 일을 말해야 할지 스스로 질문했지만, 결정을 내릴 수가 없었다.

그는 윌킨스가 경고문을 보지 못하도록 펠트헤른할레*를 지나 테아티너 슈트라세로 방향을 잡는 것에 성공했다. 페루사 슈트라세에 도착하여 그는 멈추어 서서 말했다. "똑바로 계속 가면, 시청입니다. 그것은 흉측합니다. 오른쪽으로 꺾으면 성모성당Frauenkirche으로 가게 됩니다." 잠시 머뭇거린 다음에 그는 덧붙여 말했다. "실은 그것도 흉물스럽습니다. 구

---

* Feldherrnhalle: 1844년에 완성된 오데온 플라츠 남쪽 끝에 있는 로지아loggia. 나치는 이 곳에 자신의 정권 획득을 위해 희생되었다는 3월 희생자의 경고문을 세우고 지나가는 행인에게 경례를 하도록 강요했다. 패전 후에 미군에 의해 경고문은 제거되었다.

경하시겠습니까?"

월킨스는 웃었다. "아니, 그게 흉물스러우면 당연히 아니지." 그가 말했다. "좀 아름다운 것을 보여주게!"

프란츠 키인은 페루사 슈트라세를 통과하여 하우프트포스트Hauptpost를 지난 다음 알터 호프Alter Hof(옛 궁정)로 그를 데려갔다. 그는 아주 오랫동안 이곳에 오지 않았었고, 그의 기억 속에서 그것은 실제보다 더 의미 있고 비밀스럽게 보였었다. 그러나 실제로 그것은 그저 오래된, 비교적 제대로 지어진 임대가옥처럼 보이는, 관청이 입주해 있는 사각의 건물에 지나지 않았다. 최소한 '황금 지붕'을 가진 돌출창이 있었다. 프란츠 키인은 당황하여 월킨스 옆에 서 있었다. 그는 웃음거리가 된 기분이었다. 그러나 월킨스는 그 알터 호프가 예쁘다며, 그 집들이 어딘지 에든버러의 중세 저택들을 연상하게 한다고 말했다. 어쩌면 그를 좀 혼란스럽게 만든 그 자신 없음 때문에, 그가 원래 계획했던 대로 월킨스를 고(古)-시청Altes Rathaus으로 그리고 빅투알리엔마르크트Viktualienmarkt로 데려가지 않고, 그와 함께 가까이 있는 막스-요제프-플라츠로 걸어갔다. 유감스럽게도 월킨스는 그곳에서 주정부 청사에 관심을 갖기 시작했다. 그는 건물의 남쪽 전면을 관찰했고, 프란츠 키인은 그가 건물의 서쪽으로 가는 것을 저지할 수 없었다.

그들이 로텐회퍼 카페의 맞은편에 도달하자 프란츠 키인은 멈추어 섰다. 그는 길 건너편을 가리키며 말했다. "저것은 프라이징-궁전Preysing-Palais입니다. 뮌헨에서 제일 아름다운 로코코 궁전이지요. 저 앞의 펠트헤른할레의 벽에 나치는 기념 편액을 만들어 붙였습니다. 저기 친위대가 서 있는 곳이요."

월킨스는 레지덴츠 슈트라세 출구의 풍경을 관찰했다. 길 왼쪽에 움직이지 않는 물체 두 개가 서 있었고, 심지어 그들이 쓰고 있는 철모도 검은색이었다.

"기념 편액?" 그가 물었다. "무엇을 기념하기 위해서?"

"1923년 히틀러의 전복 시도지요." 프란츠 키인이 말했다. "그때 나치들이 권력을 획득하려고 처음으로 전복을 꾀했습니다. 그들은 데모를 했고, 경찰은 그들에게 총을 쏘았습니다. 몇 명이 죽었지요."

"기억하네." 윌킨스가 말했다. "루덴도르프 장군도 거기에 참가했지, 그렇지?"

"그렇습니다." 프란츠 키인은 자신이 "그는 경찰이 총을 쏠 때 꼿꼿하게 서 있던 유일한 사람이지요"라고 말했을 때, 자신의 말에서 조롱의 음색이 들리는지 알지 못했다.

"경찰은 분명히 그를 쏘지 말라는 명령을 받고 있었겠지." 윌킨스가 말했다. 그리고 그는 덧붙였다. "그러나 내 말은 루덴도르프 장군이 용감하지 않은 사람이란 뜻은 아닐세."

프란츠 키인은 로텐회퍼 카페의 입구를 건너다보았다. 볼프강 피셔는 이미 가고 없을 것이다. 프란츠 키인은 토머스 윌킨스 경에게 히틀러의 전복 시도가 있던 밤에 대해 이야기할 수도 있었을 것이다. 그의 아버지는 히틀러의 전복 시도에 루덴도르프 장군의 추종자로 참가하기 위해 한밤중에 보병 중대장 제복을 입고 나갔다. 부르주아들이 살던 근교의 임대주택이던 그들의 집은 얼마나 짙은 잿빛으로 죽은 듯이 남아 있었던가! 프란츠 키인은 그때 아홉 살이었다. 그날 밤 그는 아버지가 승리자가 되어 돌아와, 복도에 있는, 어둠에 쌓인 옷장의 거울이 다시 생명으로 채워지기를 희망했다. 그러나 사흘 뒤 그가 돌아왔을 때, 그는 말없이 제복을 벗었다. 그리고 몇 년 후에 그는 죽었다. 그는 죽기 전에 프란츠가 공산주의자가 된 것을 체험했다. 프란츠는 죽은 아버지를 생각했다. 아버지는 다하우에 대해 무엇이라고 했을까? 가끔 그는 아버지가 다하우를 용인하지 않았을 것이라고 자신을 기만하곤 했다. 특히 그곳에서 무엇이 일어났는지를 그가 자신의 아들을 통해 경험을 했다면 말이다. 그러나 그의 아버지는 유대인을 증오했다. 그는 루덴도르프식의 반-유대인주의자였다. 그런데 볼프강 피셔는 이제 이민을 갈 것이다. 팔레스티나로.

"내가 보니, 모든 사람들이 편액에 경례를 하는군." 윌킨스가 말했다.

"그건 명령입니다." 프란츠 키인이 대꾸했다.

그는 영국인이 당연히 경고비 앞을 지나가고 싶은 마음은 없으리라 여기고 비스카르디가세를 가리켰다.

"그곳을 지나갈 필요는 없습니다." 그가 설명했다. "경례를 하고 싶지 않은 사람들은 이 골목길을 통해 오데온 플라츠로 갑니다. 그저 조금 도는 길입니다."

"이 골목길을 뮌헨에서는 모두 꽁무니 빼기 골목길이라 부릅니다."

"꽁무니 빼기 골목길?" 윌킨스가 반복했다. "아, 이해하겠네."

잠시 생각한 후에 그가 말했다. "아닐세, 오히려 똑바로 가고 싶네."

그 후에 그는 토머스 윌킨스 경과의 그날 오후를 자주 반추하면서, 그가 그 순간에 말을 꺼냈어야 했다고 느꼈다. 그저 몇 마디만 했으면 되었는지도 몰랐다. "이 짧은 구간을 동행하지 못하더라도 용서하여주십시오. 오데온 플라츠에서 곧 다시 뵙겠습니다." 어쩌면, 아니야 분명히 윌킨스는 즉각 이해하면서, 더 이상 질문하지 않거나, 아니면 아주 상세히 물어보았을 것이다. 프란츠 키인은 그러나 자신이 말하는 내용에 그가 어떻게 반응을 하게 될지 전혀 짐작할 수 없었다. 그가 독일 내 나치의 지배를 괜찮은 것으로 보고 있을 가능성도 있을 터였다. 그가 나치에 동조할 가능성이 전혀 배제되어 있던 것은 아니었다. 그러나 공산주의자들에게 동조할 마음이 없는 것은 확실해 보였다.

프란츠 키인의 대응력은 충분하지 못했다. 그는 다시 침묵했고, 그 결과 월킨스 옆에서 계속 앞으로 걸어가야 하는 상황이 되고 말았다. 침착하게 대응하면서 말을 해버리는 대신, 그는 그저 만약 월킨스가 경고비를 지나가며 경례를 하기 위해 팔을 올리지 않는다면 무슨 일이 일어날 것인지, 쓸데없는 생각만 했다. 프란츠 키인은, 경고비 맞은편의 청사로 들어가는 대문 입구에 서 있는, 사복 차림의 게슈타포 두 명이 월킨스에게로 와서 해명을 요구했다가, 만약 그가—최대한으로 거만한 태도를 취하면 좋을 것이다—자신의 영국 여권을 보여준다면, 사과를 하면서 물러서리라는 것을 알고 있었다. 그러나 그의 상상은 아무 소용이 없었다. 프란츠 키인이 값싼 승리를 상상하고 있는 동안, 그 영국인이 벌써 독일식 경례를 하기 위해 자신의 오른팔을 들어 뻗는 것을 보았기 때문이다. 그는 그것을 따라했다. 아주 기계적으로 하면서 거리 맞은편의 편액을 건너다보지 않고, 월킨스의 왼쪽에서 걸으며 그의 얼굴을 관찰했다. 그는 그의 얼굴에서 라헬의 세인트 안나 성당에서 본 것과 같은 무표정, 그가 팔다리를 접어 교회의 긴 의자에 앉아 앞을 똑바로 바라보던 몇 분 동안의 그 무표정을 다시 확인했다.

그들은 동시에 팔을 내렸다. 월킨스는 안나스트에서 차를 마시자고 제안했다. 그들은 테아티너키르헤와 브리엔너 슈트라세의 입구가 보이는 창가에 자리를 잡았다.

프란츠 키인이 그 영국인이 독일식 경례를 실행한 이유가, 그가 신사로서 꽁무니 빼기 골목길을 걸어가는 것은 명예롭지 못한 일로 보였기 때문일까라고 생각하고 있는 동안, 월킨스가 말했다. "나는 외국에서는 그곳에 사는 사람들이 하는 것은 모두 기꺼이 따라 하네. 그들의 관습을 받아들이면 더 잘 이해할 수 있지."

"영국인은 어디를 가나 영국인이라고 저는 들었습니다." 프란츠 키인이 말했다.

"아, 그래. 우린 항상 영국인이지." 윌킨스가 말했다. "우리는 그저 이해하고 싶은 것이네."

프란츠 키인은 말타의 민간총독, 윈드워드 제도의 총독, 동아프리카의 판사였던 그를 관찰했다. 무표정한 얼굴로 원주민의 관습을 연구하는 영국인. 말타와 윈드워드, 동아프리카와 뮌헨의 관습을. 이 사람은 아마도 더 이상 지배하고 싶지 않았을지도 모른다. 그저 자신의 총독 요트를 타고, 요구가 있을 경우, 이 섬에서 저 섬으로 다니며 분쟁을 해결하는 것으로 충분했을 것이다. 어쩌면 그는 조정할 수 없는 분쟁을 상상할 수 없었을 것이다. 그에게 다하우에 대해 이야기한다는 것은 의미가 없었을지도 모른다.

의미가 있었을지도 모른다고 프란츠 키인은 이미 너무 늦어버렸을 때 생각했다. 토머스 윌킨스 경은 프란츠 키인이 그에게 말한 내용을 자신의 정부에게 비밀리에 털어놓았을지도 몰랐다.

윌킨스는 그에게 1백 마르크짜리 접은 지폐를 건넸다.

"이건 너무 많습니다." 프란츠 키인이 말했다.

"너무 많지 않네." 윌킨스는 프란츠 키인과 독일박물관으로 함께 가겠노라고 말했을 때의 그 억양으로 대꾸했다. 그는 프란츠 키인에게 자신의 명함을 건네주었다. 명함에는 단지 그의 이름만 적혀 있었고, 오른쪽 구석에 "세인트 제임스 클럽, 런던 S. W. 1"이라고 적혀 있었다.

"나는 자주 여기저길 다니네." 그가 말했다. "프란츠, 만약 자네가 내게 편지를 쓰고 싶으면, 이 주소로 보내게."

프란츠 키인은 그에게 편지를 쓰지 않았다. 전쟁 후, 그가 처음 런던에 갔을 때 그는 세인트 제임스 클럽을 찾아갔다. 프런트의 남자는 클럽 명단을 가져와 말했다. "유감입니다. 토머스 윌킨스 경은 1941년 3월 5일에 돌아가셨습니다."

프란츠 키인에게도 그것은 유감스러운 일이었다. 세인트 제임스 스퀘어로 발걸음을 옮기며 그는, 토머스 경이—이제 그는 머릿속에서 그를 그렇게 불렀다—광장의 한복판에 있는 원형의 녹지를 지나, 팔말 지역의 입구에서 그의 시선을 벗어나는 것을 상상할 수 있었다. 그것과 비슷한 모습으로 그는 뮌헨에서 프로메나데 플라츠의 녹지를 지나 그의 시야에서 사라졌다. 얇은 레인코트를 입은 키가 훌쩍 큰 노인, 그는 꼭꼭 접은 검은 우산을 쥐고 있었다. 프란츠 키인은 전차를 타고 집으로 갔다. 그는 다시 한 번 지도를 가져와 바람을 상상해보려고 했다. 그것이 얼마나 강력했으면 그 섬의 이름이 그곳을 지배하는 더위에도 불구하고 그런 이름을 가지게 된 것일까.

프로비던스에서 나의 실종

어쩌면 소설의 구상일

볼프강 쾨펜Wolfgang Koeppen을 위하여

1

비밀통신문으로서의 소설. T는 베니핏 스트리트에 있는 그 집에 감금되어 있는 동안 그것을 구상한다. 나는 그 종이쪽지를 윌리엄의 책상 위에서 발견한, 오렌지색 포장지로 된 큰 봉투에 넣고 그 위에 적는다. To whom it may concern(관계가 있을지 모를 사람에게).

2

T는 1970년 10월 17일 토요일 오전 8시 반에 가드너 하우스를 떠났다. 그 이후로, 케네디 플라자의 에이비스-자동차 임대 기록 카드와 그것을 통해 그날 그가 빌린 자동차 닷지를 오후 4시경에 반납했다는 것 이외에 그의 자취는 전혀 알 수 없다. T의 행동에는 에이비스의 종업원이 그를 거의 기억하지 못할 정도로 눈에 띄는 점이 없었다.

3

자동차 임대료를 T는 다이너스클럽 신용카드로 지불했다. 그가 더 이상 나타나지 않으면 다이너스클럽은 그 금액을 떠맡아야 한다. 베를린에 살고 있는 T 부인은 이미 2년 전에 그와 헤어졌는데, T가 남긴 계산서의 지불을 거부한다.

4

식민지 시대의 우아한 벽돌집인 가드너 하우스는 브라운 대학의 객사로 사용되고 있다. 나는 그곳에서 며칠을 지냈다. 낡은 가구들이 있는 어두운 방, 그곳에는 천개(天蓋)가 달린 침대, 책들, 뉴잉글랜드의 지방신문들과, 여행 중인 작가의 외로움도 포함되어 있었다. T는 10월 19일 월요일, 대학생들과 독일학과의 교수들 앞에서 자신의 작품을 낭독했어야 했다.

5

T는 그가 가드너 하우스의 흰색 칠이 된 문을 잡아당겨 등 뒤로 잠갔을 때 "예감"은 전혀 느끼지 못했음을 지적해야 한다. 그 대신 그는 예기치 않았던 10월 17일의 냉기가 1970년의 인디언섬머를 뼛속으로 얼어붙게 한다고 기술했듯이 냉기에 관심을 기울이고 있었다. 내가 수갑에 채워진 채, 창 뒤에 앉아서 일라이자와 윌리엄 집의 정원을 내다보며 확인했듯이, 17일에 비교하면 18일에 단풍은 이미 그렇게 붉지 않았고, 떡갈나무도 노랗지 않았다.

6

프로비던스의 언덕에 자리 잡은 대학가의 역사적 아름다움. 조지 왕 시대의 양식, 오래된 나무들, 곡면공법 콘크리트로 된 도서관. T는 얼어

붙은 채 배회를 한다. 그가 어제 주문한 자동차를 가지러 가기 전에 스웨터를 하나 사도록 해야 할까? 그러나 그는 그럴 의욕이 없다.

7

T는 인적이 드물고, 그로 인해 단조롭기 그지없는 미국 도시들의 거리에다 자신의 실종과 관련하여 큰 의미를 부여하는 듯하다. 거리에는 보행자들이 거의 없다. 역 앞에 있는, 도시의 중심인 케네디 플라자에서 보행자 다섯 명을 세었지만, 조지와 콜리지 스트리트에서는 아무도 보지 못했다.

8

T는 평균적 인지도를 가진 (서)독의 작가다. 그는 그런 작가들이 미국 내 몇 개 대학의 **독일학과**를 순회하는 일반적 낭독 여행에서는 미국 내 몇 개 대학의 **독일학과** 외에는 별로 다른 것은 보지 못한다는 것을 알게 되었기 때문에 기분이 좋지 않다. 그 여행은 (서)독의 괴테 인스티튜트가 비용을 댄다.

9

그는 내러갠싯Narragansett 만의 하구 근처의 해안 지대를 찾아가려고 자동차를 빌렸다. 25년 전, 1945년 여름과 가을에 그는 전쟁포로로 그곳에서 지냈다. 살아 있는 동안 그 장소를 다시 한 번 찾아보려는 바람은 나에게 고정관념이 되어버렸다. 솔직히 말하자면, 미국의 초대를 받아들인 것은 이 짧은 외출을 할 수 있다는 이유 때문이라고 말해야 한다.

10

그 자동차는 완전히 새것인 닷지의 오토매틱이어서 차는 클러치를 풀지 않으면 즉각 움직이기 시작했다. 정면의 유리는 차를 모는 사람이 계속해서 푸른 하늘 아래 운전하고 있다는 인상을 주기 위해 윗부분이 푸른색으로 되어 있었다. 10월 17일의 하늘은 그렇지 않아도, 자르듯 날카로운 동풍이 불어대는 날 위에서 푸르고 또 푸르렀다.

11

몇 주가 지난 다음, 일라이자는 그에게 T에 대한 그동안의 소득 없는 추적 결과들을 모은 서류철을 보여주었다. T에게는 그가 10월 16일, 셔츠 두 벌, 속옷 두 벌, 양말 두 켤레를 테이어 스트리트에 있는 세탁소에 맡겼음이 눈에 띈다. "그건 이제 필요 없겠어." 일라이자는 웃으면서 말하고는 세탁소의 반환표를 찢어버린다.

12

그리고 T의 짐가방도 가드너 하우스의 방에 그대로 있었다. 자신의 손님이 사라진 것에 대해(사고? 범죄?) 큰 걱정을 하고 있던 카버 교수는 그가 남긴 것을 경찰을 통해 보관하게 했다. T의 짐가방은 그리 크지는 않았고, 밤나무색 인조 가죽으로 된, 드러나지 않는 우아함을 지니고 있었는데, 이제는 빛도 없는 경찰의 보관소에서 천천히 먼지에 쌓이고 있다.

13

T는 자동차에 앉아, 자신이 전쟁포로로 수용되었던 장소를 찾아가는 것에 더 이상 관심이 없음에 놀라움을 느낀다. 그는 50대 중반이다. 이 나

이에는 하릴없음, 무의미 그리고 무관심의 감정이 강하게 엄습하곤 한다.

14

단지 기억을 뒤적거리기 위해 그 자동차를 이용한 것은 유감스러운 일이었다. 그 차가 내 소유가 아닌 것, 그리고 내게 돈이 충분하여 그 도움으로 괴테 인스티튜트에서 벗어날 수 없었던 것이 아쉽다. 그랬다면 나는 이미 지나간 유토피아의 무대로 가는 대신, 탈루라Tallulah나 아니면 한니발Hannibal로 차를 몰았을 것이다.

15

선더스타운Saunderstown을 지나 중앙로에서 뻗어난 사우스페리 로드South Ferry Road를 따라 달리면서, 나는 포트 커니Fort Kearney의 하얀 막사들이 서 있던 장소를 쉽게 찾아냈다. 길은 자갈의 소로로 끝났고, 그것은 상당한 급경사를 이루며 해안으로 떨어져 내렸다. 배의 왕래는 없었다. 어쩌면 한 번도 없었는지 모른다.

16

사우스페리 로드의 양쪽에는 내러갠싯 만에서는 어디에나 볼 수 있는 빌라나 여름별장 등이 전혀 없었고, 오래된 농가와, 덤불로 뒤덮인 채 풍우에 시달리는 나무집들이 수확이 덜 된 밭들에 둘러싸여 있었다. 그것들은 우리가 1945년 덮개로 덮인 화물차에 태워져 수용소로 이송되었을 때 이미 그곳에 존재했음이 틀림없었다. 이상한 것은, 내가 포로로 해안 언덕의 기슭에 살 때는 보이지 않았던 그 지역, 즉 포트 커니의 주변을 내가 드디어 1970년 10월 그날 본 것과 꼭 같이 이미 상상하고 있었다는 사실이었다.

17

T가 1971년 어느 봄날 저녁, 일라이자와 윌리엄에게 이 부분을 읽어주자, ——도런스 부부는 그가 낮에 쓴 것을 밤에 읽어달라고 요구한다——윌리엄이 끼어든다. "내 짐작으로는 그것이 자네의 당시 포로 생활과 지금과의 차이점이네. 우리 집 부근을 자네는 잘 알고 있지 않은가?"

18

우리가 매일 아침 취사 막사에 설치한 확성기를 통해「오 레이디 비 굿Oh Lady be good」의 듀크 엘링턴 버전을 들으며 잠에서 깨었던 그곳에는 이제 로드아일랜드 대학의 현대적 휴양 센터가 자리 잡고 있었다. 이 계절에는 이미 문이 닫혀 있었고, 사람은 전혀 볼 수 없었다. 아래 물가의 낡은 부두는 변함없이, 언제나 그랬듯이 어두운 갈색이었다.

19

나는 물가로 내려갔다. 25년이 지난 후에 다시 그것들을 바라보았다. 물길 가운데 있는 하얀 등대, 맞은편의 커네니컷Conanicut 섬의 낮은 언덕들, 바다를 향한 만의 입구. 나는 아무것도 느끼지 않았다.

20

"딱한 사람"이라고 일라이자는 말했다——비교할 수 없이 독특하게 그녀는 자신의 어두운 목소리에 따뜻함과 조롱을 섞을 수 있다——, "우리와 함께 다시 한 번 그곳으로 갈까? 어쩌면 네 상태가 좋지 않았을 거야." 그녀는 윌리엄을 향해 말을 이었다. "아 그래, 그와 함께 그의 옛 수용소로 소풍을 가면 좋겠네!"

21

나의 옛 수용소는 그때에는 정말 많은 것, 그래, 모든 것을 의미했었다. 그것과의 재회에서 나는 비상한 기억의 효과를 기대했다. 적어도 내 심장이 두근거리는 시절이 지난 다음에는 포트 커니의 격리 생활에서 작가가 될 준비를 했으니 말이다.

22

"아주 고맙군." T가 대답한다. "다시는 안 가!" 여기가 과거의 회상이 가능한 첫번째 지점이다. 아직 서른이 안 된 T의 개인적 상황. 그가 돌아온 다음 행방불명이 되어 있는 N과의 관계를 삽입시킨다?

23

N을 기억하면서 나는 자갈 해변에서 작은 조개껍질 하나를 집어 올렸다. 과거에 나는 같은 종류의 매우 큰 껍질 하나를 배낭에 넣어 유럽으로 가져갔었다. 그녀에게 주기 위해서였다. 그러나 그날 나는 내가 와 있던 그 장소와 마찬가지로 N에게도 무관심했다. 어쩌면 그 날씨 때문이었을까? 파란 하늘 아래, 입체감이 없이 정확하게 잘려진 하루의 얼음처럼 차가운 바람.

24

그 외에도 나는 포트 커니에서, 아름다운 포로수용소의 무균의 공간에서, 민주주의를 배웠다. "민주주의란," 슈미트 교수가 말했다. "창조적인 타협의 기술이다." 그것은 납득할 수 있는 설명이었다.

25

나는 스스로에게, T가 그의 원고에서 일라이자와 관계가 있는 문장을 읽도록 할 것인지를 묻는다. 예를 들어, 비교할 수 없이 독특하게 그녀는 자신의 어두운 목소리에 따뜻함과 조롱을 섞을 수 있다는 문장이나 뒤의 장(章)들에서 그녀와 관계된 구절을. 그는 낭독을 할 때 자신의 소심함이나 윌리엄을 배려하는 마음에서 어쩌면 그 부분을 제외한다. 그러나 그가 용기를 내서 그 부분을 빼지 않는 것이 좋으리라.

26

당연히 일라이자는 N에 대해 관심을 보이며, 그녀에 대해 묻는다. 그전에 언급한 과거의 회상은 이야기하는 과정에서 유기적으로 일어난다. 나중에 T는 자신의 원고에, N에 대한 추억에 의해 방해를 받는다고 느끼지 않은 첫 여자가 일라이자라고 적어 넣는다.

27

나는 포인트 주디스Point Judith까지 차로 달려가 그곳에서 대양을 바라보았다. 그러자 병력수송선 '새뮤얼 무디Samuel Moody'에서의 달 밝은 밤들이 떠올랐다. "고래들은 뱃머리 파도가 발하는 인광에 끌려오지." 선원 한 사람이 별들을 향해 몸을 굽히고 있던 내게 설명했다. 전쟁이 끝난 후 어느 11월의 밤, 보스턴에서 르아브르Le Havre로 가는 중이었다.

28

T는 머튜닉Matunuck에 있는 생선 요리집에서 점심을 먹은 다음, 가을의 숲을 통과하고 호수를 지나 천천히 프로비던스로 돌아온다. 4시에 자동차를 돌려주고, 25달러 다이너스클럽 수표에 서명을 한 다음, 자신의 임시 숙소인 가드너 하우스로 돌아가려 한다. 가는 길에 그는 콜리지와

베니핏 스트리트의 모퉁이에서 애서니엄*을 지나가다 문이 열려 있는 것을 발견하고 그곳으로 들어간다. 애서니엄은 1838년에 지어진, 미국에서 가장 오래된 사립도서관 중의 하나로 담쟁이넝쿨로 뒤덮인 자그마한 도리스 양식의 신전이다.

29

테오도어 아도르노Adorno를 기억하며. 그는 나에게 언젠가 한 번, 프루스트를 읽는 것은 신성한 땅에 발을 딛는 것이라고 말했다. 항상 좀 소심하기는 했지만 결코 **비판적 이론**의 비겁한 영웅이 아니었던 그의 말은 주목할 만한 은유라고 생각하면서, 그의 프루스트는 나에게는 포Poe인 것 같다. 아무튼 그런 느낌으로 나는 T를 도서관에서 배회하도록 한다. 그곳은 바로 포의 연애사들 가운에 하나가 된 무대였다. 그가 포의 기념물을 볼 수 있는지 묻자, 도서관의 여사서는 그에게 1837년 12월 『아메리칸 리뷰』에 익명으로 발표된 시 「울랄루메Ulalume」에 부쳐 사라 헬렌 휘트먼에게 보낸 자필 헌사를 보여준다. 그녀는 1층의 공간을 채우고 있는, 어두운 마호가니 광채가 나는 알코브 모양의 책장으로 된 좁은 벽감을 잠시 눈으로 훑으면서, 프로비던스의 아름답고 재력 있는, 존경받는 부인에 대한 포의 태도는 있을 수 없는 일이라고 생각한다는 것을 의심의 여지 없이 드러낸다.

30

T가 애서니엄에서 첼레지 역, 바크펠트의 37번지로 보낸 포스트카드

<hr>

* 아테나 신전이란 뜻.

에는 "포와 휘트먼 부인의 관계에 대해 좀 구체적인 것을 알고 있는지?"가 씌어 있었고, 그것이 당분간 그의 마지막 흔적이다. 이것 때문에 프로비던스의 경찰은 그 도서관 근처에 사는 주민들, 그리고 도런스 부부에게도 10월의 어느 토요일에 평균 정도의 키에 얼굴색은 창백하고 머리는 회색인, 테 없는 안경에 밝은색의 레인코트를 입은 남자가 눈에 띄지 않았는지를 묻게 된다. 수사관 오즈번이 그의 특징으로 언급한 것은, "산책 나간 유럽 남자"다.

31

일라이자는 T에게 포의 삶에서 사라 헬렌 휘트먼의 에피소드를 알아보겠다고 약속한다. 물론 나는, T가 이런저런 미학적인 이탈을 하는 것을 그의 비밀통신문에 넣게 할 것인지를 질문해보지만, 내 생각에 예를 들어 시 「울라루메」의 언급은 T가 도런스 부부의 포로가 되는 이유들에 속한다. 내 삶에서 가장 기억에 남을 외로운 10월의 밤이었다.

32

내가 애서니엄에서 나왔을 때, 추위에도 불구하고 회색 섞인 분홍빛의 저녁 하늘은 나로 하여금 베니핏 스트리트를 한 구역 배회하도록 했다. 흰색과 초콜릿 색의, 밝은 푸른색과 적동색의 18세기와 19세기 초에 지어진 목조 가옥들은 그 고전주의적 양식의 문틀과 합각머리, 여닫이창 뒤의 얇은 커튼과 벽돌의 벽난로를 가지고 있어 몹시 아름다웠기 때문이기도 했다. 마치 축제의 행렬을 위해 만들어진 듯한 이 거리에서, 프로비던스 시 위쪽의 볼거리가 많은 모든 지역에서도 그랬지만, 나는 완전히 홀로였다.

33

　베니핏과 홉킨스 스트리트의 모퉁이에서 나는 집 한 채와 마주치게 되었다. 그 집은 아름다울 뿐 아니라, 비밀스러움을 간직한 듯했는데, 집의 모든 부분, 창과 문틀까지도 검정이 섞였음이 분명한 빨강으로 칠해져 있었고, 심지어 정원의 울타리도 동일한 빨강을 유지하고 있었다. 이 집의 거주자들은 어둡게 불타는 단조로움 속에 살기로 결심했었다.

34

　T가 이 부분을 그들에게 읽어주었을 때, "그것 보라니까." 일라이자가 윌리엄에게 말했다. "이 빨강이 사람들을 놀라게 할 것이라고 내가 항상 말했잖아." "우리가 그 진짜 팔루너 빨강을 택한 것은 복원 기술자가 우리에게 권했기 때문이었어." 윌리엄이 설명했다. "그것은 나무를 보존하는 색이지."

35

　"그것은 나를 놀라게 하지 않았어." T가 말했다. "오히려 그 반대였네." 나는 뉴잉글랜드의 관습으로는 일종의 상상하기 어려운 행동을 했다. 나는 바깥 정원의 문을 열고 들어가 집으로 다가갔다. 여전히 아무 소리가 들리지 않자, 집 주위를 배회하다가 허브 정원에 시선이 끌렸는데, 그 한가운데에 서 있는 해시계에는 글자들이 씌어 있었다. A garden that might comfort yield(위안을 줄 수 있는 정원).

36

　"밖에서 네가 돌아다니는 소리를 들었을 때 우리가 얼마나 놀랐는지는 상상할 수 있을 거야." 일라이자가 이야기했다. "우리는 가만히 창가로 갔고, 윌리엄이 '저 사람은 그런데 예의는 있는 사람처럼 보이는군'이라고 말한 것을 여전히 기억해. 나는 '저 사람은 분명 이곳 사람은 아니야'라고 말을 받았고."

37

나를 아는 사람은, 내가 하늘의 예시, 소위 운명이라는 것을 믿지 않고, 각 개인의 삶이란 결정적인 것과 우연의 뒤섞임이라는 견해를 고집스럽게 대변하고 있음을 알고 있다. 나는 이 부정적인 믿음을 내 보고서에 삽입한다. 이것은 내가 이곳, 미국의 가장 작은 주 로드아일랜드의 수도 프로비던스, 즉 독일어로는 예시란 뜻이기 때문에, 바로 이곳에서 실종된 것을 어떤 깊은 상징적 의미로 바라본다는 오해가 생기지 않게 하기 위함이다. 내가 프로비던스에서 사라졌다는 사실에서 내가 프로비던스에서 사라졌다는 것 이상의 다른 의미를 읽어낼 수는 없다.

38

그래서 일라이자 도런스가 문을 열고, T를 집 안으로 초대해 안내하고 차를 한 잔 대접하는 것은 무조건 우연적인 일로 간주되어야 한다. 그녀는 T를 그 전에는 본 적도 없고, 1970년 10월 17일, 오후 5시경에 그가 나타난 것도 예상하지 못했다. 그 장면을 결정하는 것은 그날의 냉기, 베니핏 스트리트의 인적 없음, 그리고 일라이자가 문으로 가기 전에 윌리엄과 주고받은 동의의 눈길이다.

39

일라이자는 40세 정도이며, 키는 약 165센티미터이고 날씬하다(그러나 지나치지는 않게). 활동적이며, 눈이 맑고, 개방적이며 쾌활하다. 얼굴은 아주 깨끗하여 거의 투명한 피부를 가지고 있고, 머리카락은(무슨 색?) 대부분 위로 올리고 있다. T의 리비도는 소설이 진행되는 동안 점점 더 강력하게 일라이자를 원하게 된다. 그러나 그 상태가 T가 다른 선택을 할 수 없기 때문에 생기는 것은 아님을 보일 것.

40

내가 일라이자의 뒤를 따를 때, 언젠가 한번 아내와 정원 안쪽에 깊숙이 숨겨져 있던 아일랜드의 큰 저택에 들어가게 되었던 일이 생각났다. "주인이 이제 창문을 열고," 아내는 말했다. "우리에게 손님이 되어 들어오라고 하면, 그는 우리를 완벽하게 살해할 수도 있을 거야. 이 세상의 누구도 우리가 이 비 내리는 저녁에 커크Cork에서 리머릭Limerick으로 가는 도중 이 집으로 들어오게 된 것을 알지 못할 테니까."

41

"그럼에도 불구하고 너는 조금도 주저하지 않고 이 살인자의 소굴로 들어왔지." 일라이자가 이 기억에 대해 주석을 단다. "나는 손님에 대한 미국인의 친절함을 너무 많이 듣고 읽은 게 분명해." T가 말을 받는다. "아니, 그래서," 윌리엄이 이의를 제기한다. "우리가 너에게 그렇게 해주지 않았다는 거야?"

42

차를 마시며 나는 도런스 부부에게 내가 과거의 포트 커니로 외출을 했었다는 것을 이야기하며 그들에게 내 삶의 대략적 부분을 알려주었다. 나는 글을 쓰는 대신, 바로 지금이 글을 쓰기에 가장 좋은 상태라고 주장하면서, 이런 학문적 낭송의 밤에 참가한다고 자신을 비난했다. 무슨 이유로 나 자신에 대해 그렇게 상세한 이야기를 했는지 모른다. 일라이자가 타준 럼주를 섞은 차 맛이 너무 좋았던 때문일까?

43

"그냥 자신을 해방시키십시오!" 윌리엄이 말했다. "그런데 카버 교수는 나도 잘 압니다. 당신이 약속을 취소해도 그는 화를 내지는 않을 겁니다. 미국의 문학과 교수들 중에서 그만큼 글쓰는 일을 낭독보다 더 중요하게 여기는 사람은 없으니까요."

44

우리가 서로 반말을 하기 시작한 것은 그다음 날 아침부터였다. 영어권에서 반말이란 그저 서로 성을 빼고 이름을 부르는 것을 의미할 뿐이다. 나는 윌리엄과 일라이자를 '빌'과 '리즈'로 부르려는 생각은 전혀 하지 못했다.

45

윌리엄 도런스의 존재는 지금으로서는 아직 불분명하다. 어떤 직업을 가질 수 있을까? 아무튼 도런스 부부는 각각 부유한 집안 출신이고, 기업가 집안의 자손 중 경영에 참여하지 않는 쪽에 속하는데, 물려받은 재산의 이자로 살고 있다.

46

윌리엄 도런스는 T와 동갑이다. 그러니까 둘 다 일라이자보다 열다섯 살쯤 나이가 많다. 일라이자는 느지막한 그 오후에 얇은 노랑 니트 원피스와 그 안에 갈색 비단 풀오버를 입고 있었다.

47

그사이 날은 어두워졌다. 일라이자는 등불을 켰다. 윌리엄이 말했다. "집은 내일, 낮에 햇빛이 있을 때 보여드리겠습니다." 그의 말을 나는 조금도 의심스럽게 듣지 않고, 내일 다시 와도 좋다는 뜻이라고 생각했다. 그것은 나에게, 아직은 막연한 의식 속에서, 일라이자 때문에 즐거운 일로 보였다.

48

윌리엄은 나처럼 트위드 재킷과 회색의 플란넬 바지를 입고 있었다. 그는 그러나 나처럼 파이프를 피우지 않는다. 그는 나보다 좀더 크고, 뼈대가 강한 근육질의 체격에 안경을 쓰지 않은 푸른 눈을 가지고 있다(반면에 나의 눈은 갈색이고 안경을 끼고 있다).

49

윌리엄에게 내가 그저 여행하는, 자기 스스로의 해설자로 보이지 않기 위해—나는 갑자기 나에 대해 설명을 해야 한다는 느낌을 가졌다—나는 이 여행이 약간의 다른 수입을 위한 것이기도 하다고 말했다. 평균적 인지도를 가진 작가의 수입 계산서. 그것으로 인해 나는 원하지도 않으면서 도런스 부부의 결심을 부추긴 것이다.

50

도런스 부부는 일반적 의미로 문학의 독자라고 볼 수는 없다. T는 그들의 집에서 동화와 영웅담, 신화 분야의 서적이 광범위하게 수집되어 있음을 본다. 그들이 좋아하는 이야기. 팔룬의 광산(윌리엄), 립 반 윙클(일라이자).

51

나는 주인 부부에게 월요일의 낭독에 초대할 수 없음을 매우 유감스럽게 생각한다고 말했다. 그들이 독일어를 이해하지 못하기 때문에 그 행사에 참가하는 것은 의미 없는, 매우 지루한 일이 될 것이기 때문이라고. "당신 낭독의 밤," 윌리엄이 말을 받았다. "그건 개최되지 않을 겁니다." 나는 놀라서 그를 바라보았다.

52

도런스 부부의 범죄 동기에는 그들에게 아이가 없다는 것이 중요한 자리를 차지할 수 있을 것이다. 소설은 이 실패의 원인과 그 결과를 표현해야 한다. 그러니까 과거를 보여줄 것. 도런스 부부의 결혼생활.

53

맥베스MacBeth 경과 부인에게 자녀가 없는 것에 대한 이사도어 코리엇 Isador Coriat과 지크문트 프로이트의 특이한 가설. "그에 따라 맥베스 부인…… 그리고 그녀의 남편은…… 심리적으로 동일한 인물이다. 그것은 두 인물로 분열이 되는 예가 될 수 있다. 신화에서는 잘 알려져 있는 것으로, 그것은 셰익스피어에서도 가끔 나타나는 방법이다"(어니스트 존스 Ernest Johnes). 상식적 부부심리학에 대립되는 이 이론을 도런스 부부에게 적용한다?

54

나는 그다음 날 일요일, 1970년 10월 18일 잠에서 깨었는데, 일종의 야전침대 위에, 옷은 입은 채 양모 이불에 덮여 있었고, 방은 비어 있었다. 아마 내가 잠을 자는 동안 몸을 뒤척이며 옆으로 누었던지, 내 시선은 회색으로 낡아버린 전나무판자의 바닥을 향하고 있었다. 두 손은 수갑에 채워져 있었다. 내가 어떤지 보려고 일라이자가 들어왔을 때 나는 말했다. "이것이 납치라면, 도런스 부인, 당신은 내게 몸값을 지불하겠다고 나서는 사람을 찾을 수 없을 겁니다."

55

"나는 일라이자라고 해요." 그녀가 말했다. 어두운 새벽빛. 그녀는 내가 아침 식사로 무엇을 원하느냐고 물었다.

56

약물과(일라이자의 럼주 섞인 차!) 수갑의 모티프가 유치하지 않은지 고려할 것. 그런데 만약 도런스 부부가 그런 거친 방법을 쓸 필요가 없다면, 어떻게? T를 자신들의 포로로 만들기 위해 몇 마디 말이면 충분하지 않을까?

57

그러나 그렇게 되면 도런스 부부를 법적으로 고소할 수 없게 된다. 바로 이것은 오류가 된다. 독자는 그가 원한다면 이 진행 상황을 범죄로 간주할 수 있어야 한다.

58

그 외에도 약물과 수갑은 독자들이 금방 알아볼 수 있는 쉬운 상징이다. 그의 경향은 메타심리학적 대화 속에서 비물질화하는 것보다 차라리 그러한 소품들을 사용하는 것에 찬성하고 있는데, 이것이 옳다. 망토와 검의 작품에는 망토와 검이 실제로 나타나야 한다.

59

도런스 부부의 동기가 이해될 수 있기 위해서는, 언제, 어떤 상황에서 일라이자 도런스가 한 사람을 납치하려는 결심을 하고, 또 어떻게 남편을 조정하여 공범자로 만드는가를 표현하는 것, 즉 서술하는 것에 성공해야 한다. 따라서 그 부부의 과거를 새로이 다룰 것. 이야기는 분석만큼 진실이되 의미에서는 더 풍부해야 한다. 이야기는 규정하지 않고, 놀이의 공간에 규정의 자리를 만든다. 이야기는 답하지 않고, 질문한다. 이런 것들은 모두가 잘 알고 있거나 단순한 규칙에 불과하지만 글을 쓰면서 계속 기억을 해야 하는 것들이다.

60

아침을 (함께) 먹을 때, 그들은 내게서 수갑을 풀어주었다. 목욕탕이나 화장실을 갈 때도 결국 그들은 나를 풀어놓아야 했다. 그런 다음 나는 다시 쇠고랑에 묶인 채 정원을 내다보며 그들이 내게 어떤 짓을 하려는지 기다렸다. 창밖의 단풍나무는 어제만큼 그렇게 붉지 않았고, 떡갈나무는 노랗지 않았다.

61

무슨 이유로 T는 아침 식사 후에 벌떡 일어나 집에서 도망가는 대신,

자신에게 수갑을 다시 채우게 했는가? 윌리엄이 말없이 식탁 위, 자기 자리에 총을 올려놓았던가? T의 비밀통신문은 그것에 관해 아무런 정보도 주지 않는다.

62

윌리엄은 전날의 약속대로 내게 집을 보여주었다. 나는 손이 묶인 채 그의 뒤를 따랐다. 그는 마지막으로 내가 거주하게 될 방으로 데려갔고, 그곳에 나를 혼자 남겨두었다.

63

그 집을 묘사할 필요는 없다. 프로비던스를 아는 사람이면 벌써 내가 도런스 부부의 집으로 사용하는 모델이 1707년에 지어진 스티븐 홉킨스 하우스라는 것을 알기 때문이다(빨간색! 베니핏과 홉킨스 스트리트의 모퉁이!). 그것은 지금 박물관이다. 사람들은 그곳을 방문할 수 있다! 스티븐 홉킨스는 미국의 독립선언문에(1776년) 서명한 사람 중의 하나다.

64

나의 목적을 위해서 스티븐 홉킨스 하우스는 좀 커다란 나무 정원이나 작은 공원만을 다루게 된다. 그 안에서 T와 일라이자 사이에 첫번째 사랑의 장면이 있어야 하기 때문이다. 실제 그 집은 T가 이미 언급한, 미국의 옛 반항아이며 고위 정치가인 그가 세우게 한 해시계가 있는 허브 정원을 가지고 있을 뿐이다. 그 집은 거리로 향하는 부분 외에는 나무들로 경계가 지워진 정원에 둘러싸여 있다.

65

그들은 나를 위해 이미 그 방을 완벽하게 준비했다. 식민지 시대 양식의 단순한 침대, 그 위를 덮고 있는 새하얀 마의 천과 군용 담요, 양쪽 창문 중 한쪽 가까이에 큰 탁자. 탁자 위에는 종이와 타자기 한 대가 놓여 있었는데, 살펴보니 그것은 상당히 오래된 언더우드 노이즈리스였고, 그밖에 날카롭게 깎인 노란색 연필 열 자루가 유리컵에 꽂혀 있었다. 한 구석에는 등받이 의자와 함께 독서용 탁자가 놓여 있었고, 그 위에 잎담배 한 봉지도 준비되어 있었으나 그것은 내가 피우는 상표는 아니었다. 그리고 그 지역의 일요 신문 한 부.

66

이런저런 노력 끝에 나는 재킷 주머니에서 파이프를 꺼내, 그것에 잎담배를 채워 넣고 불을 붙일 수 있었다. 나는 등받이 의자에 앉아 아직은 비어 있는 책장의 선반과 그림 없는 벽의 편안한 회청색 줄무늬 벽지를 바라보았다. 그런데 내가 확인한 것은, 창문이 거리가 아니라 정원 쪽을 향해 있어, 그것을 열어 도와달라고 소리쳐보아야 아무 소용이 없다는 사실이었다.

67

일라이자가 문을 두드리자, 나는 앉은 채로 소리쳤다. "들어오시오!" 그녀는 내 옷과 속옷을 넣는 옷장은 방 밖의 복도에 있다고 알려주었다. "그것은 아직 비어 있어." 그녀가 말했다. "우리는 너를 위해 몇 가지를 장만해야겠어, 목의 사이즈가 얼마야?"

68

"41," 나는 말했다. "그러나 그 치수로는 아무것도 할 수 없을 거야." 그녀는 줄자를 가지고 와서 내 목에 두르고 미국에서 필요한 치수를 재었다. 나는 계속 앉아 있었기 때문에 그녀가 치수를 잴 때 아주 가까이에서 오늘 아침 어두운 푸른색의 블라우스를 입은 그녀의 상체를 쳐다보았다.

69

낭독을 할 때 아무것도 생략하지 않으리라고 T는 결심을 했으나, 그런 종류의 장면들을 청취자에게 공개하고 나서는, 윌리엄을 바라보지 못한다. 윌리엄은 T가 낭독을 끝내자 그저 기술적인 질문만을 던지거나 일반적인 문학의 문제를 토론하고, 개인적인 것은 그냥 지나간다. 일라이자 부인은 그녀의 음유시인의 아리아를 기꺼이 경청한다.

70

오후에 도런스 부부는 나를 혼자 있게 했다. 그들이 방문할 곳이 있기 때문이었다. 그들은 집 전체를 내게 제공했으나, 나가기 전에 내 두 손을 등 뒤로 채웠다. 나는 그들이 자동차를 타고 떠나는 소리를 들었다.

71

나는 베니핏 스트리트로 나가는 2층 창 앞에 서서 그 거리를 살폈다. 거리에는 사람이 전혀 보이지 않았다. 가끔 자동차가 지나갔다. 누군가가 왔더라도 나는 그저 머리를 움직여 표시를 할 수밖에 없었다. 그 여닫이 창문은 어디가 걸려 있는 게 분명했는데, 열 수가 없었다. 뒤로 묶인 내 손의 힘은 너무 약했다.

72

잠시 후에 나는 포기했다. 나는 도런스 부부가 돌아오기를 기다리면서, 서 있기도 했다가 걷기도 했고, 거실의 소파에 엎드려 시간을 보냈다. 나는 무엇을 읽을 수도, 텔레비전을 켤 수도 없었고, 내가 흥미를 느낀 물건을 손으로 잡아 관찰할 수도 없었다.

73

그럼에도 T는 그렇게 큰 힘을 들이지 않고도 벽난로의 철제 기구 같은 것을 쥐고 1층의 창을 부숴버릴 수 있었다. 창문의 얇은 나무 격자는 몇 번의 발길질이면 충분했다. 몇 분 후면 T는 해방이 될 수 있었다.

74

저녁 식사 후에 도런스 부부는 내게 제안을 했다. 나는 비록 그들의 포로가 되어 살지만, 완전히 자유롭게 글을 쓸 수 있다는 것이었다. 어떤 삶의 상황, 경제적 상태, 종속성, 관계, 전통 등 지금까지 내가 작가로서 '보인' 그 모든 것에 조금도 신경을 쓸 필요가 없다는 것. 내게 아무것도 부족한 점이 없으리라고 했다.

75

나는 만약 내가 작가가 아니라면 나를 어떻게 하겠느냐고 물었다. "우리는 전에 한번 어떤 사람을 잡은 적이 있었어." 일라이자가 무덤덤하게 말했다. "그런데 그가 외판사원이라는 게 드러났고, 우리는 그를 너처럼 감금하기 전에 풀어주었어." 그녀는 나를 보며 말했다. "너는 우리에게 행운이야."

76

나는 그들에게 사전을 가져다줄 것을 조건으로 제시했다. 동의어 사전 두 권 (도른자이프 Dornseiff와 베얼레-에거스 Wehrle-Eggers의 것), 클룩 Klug의 어원사전,

호이어Heuer의 문법과 두 권으로 되어 있는 동독의 독일어 백과사전. 윌리엄은 제목을 꼼꼼히 적었고 나는 그에게 책을 주문할 수 있는 뉴욕의 서점을 알려주었다. 그 후에 그들은 수갑을 풀어주었다.

77

도런스 부부가 그 일요일 오후에 누군가를 방문하러 가지 않고, 전략적으로 좋은 지점을 선택해 자동차에 앉은 채 자신들의 집을 관찰했다는 것은 쉽게 가정할 수 있다. T가 베니핏 스트리트에 나타난 경우, 그들에게 그 놀이는 끝이 났을 것이다. "그랬다면 우리는 너에게 침묵의 대가로 큰돈을 제안했을 거야." 일라이자가 나중에 T에게 설명했다. "네가 거부하기 어려울 정도로."

78

형법으로 보면 이것은 아주 경미한 자유의 침해에 해당하는 사건이다. 능란한 변호사라면 그것을 장난으로 규정하면서, 변론에서 도런스 부부의 완전한 무죄를 주장할 수 있을 것이다. 그에 반하여 T는 비록 도주의 시도를 하지 않았고 도런스 부부의 제안을 받아들이기는 했지만, 자신의 감금 상태를 스스로 선택한 것은 아니며 그것은 실제로 감금이었음을 인정하도록 해야만 할 것이다.

79

T는 그 상황을 이용하기로 결심하면서, 그가 이미 오랫동안 계획하고 있었던, 자유로운 연상작용에 따르는 문장이란 주제로 시간을 보낸다. 이 작업은 아주 놀라운 결과를 가져온다. 예를 들어 그는 슈투트가르트 시에

있는 양조업체 불레를 델부뤼크 시로 옮기지 않을 수 없다고 생각한다. 그
것은 그가 나중에 막스 벤제Max Bense 작품 시리즈에『빨강*rot*』이란 작품을
출간했을 때, T의 충실한 독자인 퀼른에 거주하는 위르겐 베커의 항의를
불러일으킨다. 2월 말(1971년)에 그는 이 작업을 포기하고『프로비던스
에서 나의 실종』을 저술하기 시작한다.

80

당연히 첫번의 낭독 후에, 나중에 그것이 책으로 출간되면 생길 문제
가 거론된다. 월리엄, 일라이자 그리고 T는 익명으로 책이 출간되어도,
T의 체류 장소가 드러날 것이라는 점에 대해서는 분명히 알고 있다. 결
국 프로비던스에서 사라져버려 경찰이 찾고 있는 작가는 단 한 명뿐이기
때문이다.

81

저녁의 낭독에 필요한 번역을 위해 T는 일라이자의 조언을 구한다.
그는 영어 번역을 그녀에게 보여주면서 문장들의 언어학적 가능성과 그 음
향의 검토를 부탁한다. 글에서 내가 일라이자에 대한 감정을 암시한 부분이 나
오면, 그것을 단테가 그런 상황문장을 가지고 짐작하게 하기 때문은 아니었으나,
우리는 더 이상 읽지 않았다. 그러면 일라이자는 곧장 일어서서 집 안에 할 일이
있다고 주장했다.

82

봄이 되자 나는 하루에도 여러 시간을 정원에서 보냈다. 나는 일라이자가 달
리아 뿌리를 심고 나무딸기 화단의 땅을 파서 일구는 일을 도왔다. 그녀에게 정원

은 그 자체의 아름다움보다 식물을 가꾸는 효율성의 의미가 더 크다는 인상을 나
는 받았다.

83

정원에서 우리가 클레마티스를 묶고, 가는 가지들이 자라는 방향을 살펴본 그
다음이었다. 나는 그녀의 허리를 팔로 감았고 그녀는 그것을 묵인했다. 그녀는 가
볍고, 어떤 의무도 담지 않은 입맞춤으로 그 상황을 벗어나 집 안으로 들어갔다.
집 안에 윌리엄이 있지 않다는 것을 알면서도 나는 그녀의 뒤를 따르지 않았다.

84

이 장면을 공개했음에도 윌리엄은 전혀 그것에 반응을 보이지 않았다. 그는
마치 어느 소설을 읽고 있다는 듯이 그것을 받아들였다. 그리고 일라이자도 그녀
가 들은 것이 자기와는 아무 관계가 없는 일이라는 듯이 행동하며, 그에게 무덤덤
하게 차를 대접했다.

85

일라이자는 T에게 그의 부인에 대한 질문을 해댈 것이다. 왜 그녀가
떨어져 살고 있는지, 그가 그녀와 어떻게 알게 되었는지, 아이들은 있는
지, 있다면 그는 아이들을 보기 위해 가끔 뮌헨에서―T는 그러니까 뮌
헨에 살고 있는 게 된다!―베를린으로 가는지. 일라이자의 이런 질문들
에서 T에 대한 이야기가 구성된다. 이 소설의 구성은 T에게 상당히 확실
해진다.

86

T는 꿈을 꾼다. 그는 템펠호프 비행장에서 그가 계획했던 것보다 일찍 미국에서 돌아왔음을 알리기 위해 자신의 아내에게 전화를 건다. 그가 전화를 끊고 나서야 그가 타고 온 비행기가 대서양을 날다가 추락했다는 사실이 떠오른다. 비행사의 직원이 그의 아내에게 이것을 알리려 하자 그녀는 그것을 부정하면서 무슨 오류가 있음이 분명하다고 주장한다. 그녀는 방금 전에 남편과 통화했다고 말한다.

87

T는 일라이자에게 카버 교수가 그를 초대한 시 세미나에 대해 이야기한다. 열세 명의 대학원생, 그중 두 명이 흑인이다. 그들이 다룰 문제는 편집의 변화인데, 괴테가 제젠하이머Sesenheimer의 시들 중 한 시에서 두 연을 가지고 야기한 문제이다. 첫째 버전은,

      "Du gingst, ich stund und sah zur Erde

      und sah dir nach mit nassem Blick"

      (너는 갔다. 나는 서서 땅을 보다가

      젖은 눈빛으로 너를 배웅하였다.)

그런데 30년 후 두번째 버전에서는 괴테에게 유리해 보이게 바뀌어 있었다.

      "Ich ging, du standst und sahst zur Erden

      und sahst mir nach mit nassem Blick"

      (나는 갔다. 너는 서서 땅을 보다가

      젖은 눈빛으로 나를 배웅하였다.)

88

나는 일라이자를 위하여 두 버전의 직역을 했다. 그녀는 웃으며 말했다. "너희의 괴테는 허영심 큰 사람이었나 봐."

89

"아내와는 어땠어?" 그런 다음 그녀가 물었다. "그녀가 너를, 아니면 네가 그녀를 젖은 눈빛으로 배웅했어?" "아," 그녀는 덧붙였다. "네가 언젠가 프로비던스를 떠나게 되면, 네가 첫번째 버전으로 가도록 해줄게!"

90

윌리엄은 T의 이야기에 흥미를 느끼며 듣고 있으면서도, 근본적으로 불만을 가지고 있다. "그것은 좀 이상하군"이라고 어느 날 저녁 말할 것이다. "자네는 포로로서, 그러나 자네의 거대한 계획들을 실현할 수 있는 예술가적 자유는 완전히 누리고 살고 있음에도, 그저 순간적으로 다급한 주제를 택하여 가장 직접적인 형태로 진술하고 있네. 자네는 주관성에 머무르고 있어, 유감이야!"

91

윌리엄은 그러니까 객관적 문학을 원한다. 아직도 나는 그것을 정의하지 못하고 있으나, 그의 성향들은 그것이 정확한 학문의 영역을 지시하고 있음이 점차로 분명해진다. 그는 어떤 실험을 관찰하고 있는 것일까?

92

어떤 지점에서 윌리엄의 학문적 의도와 그의 부인의 유흥 욕구라고 말

할 수 있는 것이 맞아 떨어진 것일까? 다시 회상 장면——만약 여기서 값
싼 사도－마조히즘적인 진부함을 피하려면, 도런스 부부의 동기는 소설에
서 가장 미미한 요소를 구성해야 함은 분명하다. 어느 것도 소아적 성욕
에서부터 윌리엄과 일라이자가 실현하고자 하는 꿈으로 가는 직접적 통로
가 되지 않는다.

93

T는 미래에 있을 소설의 출간에 대해 도런스 부부에게 법적으로 전
혀 문제가 없도록 하겠다는 약속을 하였음에도, 그들을 안심시킬 수가 없
다. "그것이 중요한 게 아니야." 윌리엄이 말한다. "문제는 이 이야기가
알려지면, 우리가 프로비던스를 떠나야 하는 것이지." T는 그들에게 이
야기 속의 장소와 이름을 바꾸겠다고 제안하지만, 본인 스스로도 프로비
던스를, 예를 들어 서배너Savannah 같은 것으로 대치할 수 있다고는 믿지
않는다.

94

그가 이미 스티븐 홉킨스 하우스란 선택을 통해 소설 속에 허구의 요
소를 삽입하긴 했지만! 그리고 도런스 부부 역시 실제의 도런스 부부가 전
혀 아니라면? 그러나 프로비던스 시 자체는 어떤 변경도 가능하지 않다.

95

일라이자에 대한 욕망은 나로 하여금 가끔 밤에 내 방의 문을 열어놓고 어둠
속에서 그녀가 오기를 기다리게 했다. 어쩌면 그녀는 방문의 삐걱거림, 그리고 그
뒤를 따르는 고요를 듣지 않았을까? 일라이자와 윌리엄이 잠자는 방은 그의 방과

같은 층에 있었다.

96

첫 외출은 담배 가게. 내가 가드너 하우스에 남겨놓고 온 물건들 중에는 파이프가 있었고, 윌리엄이 그것 대신 사다준 것은 내 취향에 맞지 않았기 때문에 나는 내 마음에 드는 것을 몇 개 스스로 구입하게 해달라고 요구했다. 그에 따라 나는 5월 어느 날 오전에 테이어-워터만 스트리트 구석에 있는 담배 가게를 향했다. 나는 도발적으로 캠퍼스의 맞은편 길을 택했고, 도중에 가끔씩 서서 대학생들의 삶과 움직임을 관찰하였으나, 아무도 나를 알아보지 못했다.

97

어쩌면 어느 학생도 나를 알아보지 못한 것은 내 수염 때문이었을 것이다. 겨울이 지나는 동안, 나는 짧게 자르기는 했지만 수염 전체가 자라도록 내버려두었다. 진지하게 그리고 수염을 기른 채 그날 오후 나는 검붉은 집의 거실에 앉아 신문을 읽고, 텔레비전을 보고, 폴 곤잘베스 Paul Gonsalves가 「무드 인디고 Mood Indigo」나 「컴 선데이 Come Sunday」를 연주할 때 그의 테너색소폰의 뜨거운 화성 블록을 듣는다. 그것은 도런스의 수집 음반 중 나의 애호곡이다.

98

그러면 가끔 일라이자가 들어와, 내 옆에 서서 그녀의 손을 내 어깨 위에 가볍게 올려놓곤 한다. 그녀는 블랙스톤 파크에 있는 테니스장에서 돌아온 참이라 아직 몸에 열기가 남아 있다. 그녀에게서는 향수 냄새가 난다.

99

"일라이자." 나는 그녀에게 몸을 돌리지 않고 말한다. "무슨 일이야?" 그녀
는 내가 이미 묘사한, 따뜻함과 조롱이 섞인 그 어두운 목소리로 묻는다. "아무것
도 아니야." 나는 대답한다.

100

그럼에도 나는 일라이자가 계속 나에게 저항할 것이라고는 전혀 생각하지 않
는다. 나는 어떤 여자도 한 남자가 아니라 두 남자와 살 수 있는 기회가 주어진다
면 그것을 놓치려 하지 않을 것이라고 생각하는 축에 속한다. 그리고 내가 일라이
자에게 육체적으로 불쾌감을 주지 않기 때문에…… 그러나 그녀는 주저하고 있
다. 그녀가 그것을 포기하면 내가 더 이상 자신의 포로가 아닐 것이라고 예상하기
때문이다.

101

도런스 부부는 방문을 받으면 T에게 그의 방으로 가달라고 부탁한다.
그들은 케이프 코드Cape Cod의 해안에 여름 별장을 소유하고 있다. "그 집
은 외떨어져 있어." 일라이자가 말한다. "그곳에서는 네가 우리와 함께
있는 것을 사람들이 보아도 괜찮아."

102

케이프 코드에서는 일을 아주 잘할 수 있었다. 정오 무렵에는 늘 덧창을 닫아
야 했는데, 모래 언덕과 바다가 너무 눈부시게 빛나기 시작하기 때문이었다. 그러
고 나면 내 귀로 베란다의 그늘에 앉아 대화를 하는 포로 감시인들의 조용한 말소
리가 들려왔다. 메케나스와 그의 아내.

103

몇 번 T는 그 소설을 윌리엄의 관점에서 쓰면 어떨지 고려해본다. 그러면 그 책은 학문적 실험의 이야기로 빠지게 될 것이다. 즉 절대적이며 추상적인 자유의 조건들을 만드는 윌리엄의 시도로. 이 버전의 제목은 '미국의 꿈'인데, 그는 이 버전을 단념한다.

104

케이프 코드에서 아주 따뜻한 달밤에는 일라이자의 제안을 따라 우리는 벌거벗고 수영을 했다. 우리가 모래 언덕에 한 번 나란히 누웠을 때, 나는 그녀의 허벅지에 손을 얹었다. 그녀가 내 손을 밀어내지 않는 것을 보면 그것이 그녀의 마음에 든 것 같았고, 윌리엄도 그것에 항의하지 않았다.

105

T는 이제 그 소설의 구상을 완전히 끝냈다. 그것에 대한 1차 스케치는 다음과 같은 구조를 갖는다.

    1. 미국으로 여행

    2. 포트 커니Port Kearney

    3. N에 대한 기억＝전쟁에 대한

        (첫번째 회상)

    4. 프로비던스의 보행

    5. 프로비던스에서 사라짐

    6. 도런스 부부의 동기들 1

        (두번째 회상)

    7. 감금 생활의 체험들 1

8. 도런스 부부의 동기들 2

  (세번째 회상)

9. 감금 생활의 체험들 2

10. T의 아내에 대한 기억＝전쟁 후에 대한

  (네번째 회상)

11. 감금 생활의 체험들 3

12. 도런스 부부의 동기들 3

  (다섯번째 회상)

13. 감금 생활의 체험들 4

14. 케이프 코드

15. 끝

자신의 그 전 소설에서처럼 T는 그런 진행의 스케치가 그를 선형적 서술로 고정시키려 하며, 상이한 시간의 차원을 유일한 시간인 소설의 시간 속으로 용해하는 작업을 표현할 어떤 단어도 존재하지 않는 것이 불만이었다.

106

나는 서술의 관점에 대한 T의 결정을 연기하도록 한다. 그를 소설의 일인칭 화자로 할 것인지, 아니면 이야기 속의 화자로? 마치 신처럼 전능한 인물을 만들어 움직이게 한다는 비난을 피해 그에게 나라는 가면을 쓰게 하든가, 아니면 내가 3인칭 단수를 사용한다고 해서 독자들이 나에게 신의 특성 같은 전권을 허용하는 것은 아니라는 믿음을 가지고 그냥 그를 택할 것인가?

107

모든 소설의 십자가인 결말에 대해 T는 이미 분명하다(소설, 특히 단편이나 중편과는 반대로, 이 장편은 열려 있는 결말로 가서는 안 될 것이다). 그는 T가 그 소설을 도런스 부부의 집에서 쓰게 될 것인지 아니면 자유로운 상태에서 쓸 것인지 결정을 내릴 것이다. 그는 그 작품을 쓰는데, 필요한 시간을 2년에서 3년으로 추정하고 있다.

108

어느 날 T는 이 구상 스케치와 실제 작업의 견본을 그가 윌리엄의 책상에서 발견한, 오렌지색 포장지로 된 큰 봉투에 넣고 그 위에 적는다. To whom it may concern(이것과 관련된 사람에게). 당연히 그가 봉투에 자신의 출판사 주소를 써서 절차에 맞게 케네디 플라자에 있는 우체국의 창구에 전달하는 것이 옳고, 또 도런스 부부에게도 공정한 일일 것이다. 그러나 그는 작가이고, 그래서 이 미스터리에서 피할 수 없이 생겨날 결과들을 바란다. 스티븐 홉킨스 하우스 앞으로 경찰 지프의 출현, 텔레비전 중계차의 출발, 심문, 언론 보도, 인터뷰, 사진, 간단히 표현하면 스캔들.

109

그러나 이것의 문제는, T가 스티븐 홉킨스 하우스를 도런스 저택의 모델로 사용했기 때문에, 경찰이 아무런 소득 없이 이 박물관을 뒤질 것이란 점이다. T는 아주 다른 곳에 있어야 한다. 그러면 결국 서배너로? 롤랑 바르트는 어느 구조주의 잡지에 이 사건에 대해 언급하면서, 이 소설이 그의 실종을 위해 박물관을 이용하는 것은 아주 논리적이라고 말할 것이다.

110

우리가 케이프 코드에서 돌아온 이후, 나는 자주 프로비던스의 아름다운 상부 지역에서 산책을 한다. 그곳은 그 자체의 성격상 딩켈스뷜Dinkelsbühl이나 산 지미냐노San Gimignano처럼 완성되어 있고, 또 의미가 있다. 이제 감금 생활이라고는 더 이상 말할 수가 없다. 일라이자는 내가 집을 나가는 소리를 들으면, 내게 가끔 그것을 기억하게 하려는 허약한 시도를 하기도 한다. "나갈 때는 조심해, 사람들이 너를 알아볼 수도 있으니까!"

이 책의 단편들은 1968년 봄과 1971년 봄 사이에 씌어졌다. 단편들의 순서는 씌어진 시간에 따른 것이다. 단편 「더 아름답게 살기」의 몇 개 소제목은 앨저넌 찰스 스위번Algernon Charles Swinburne의 시 「버려진 정원A FORSAKEN GARDEN」의 첫 연과 마지막 네 연에서 따왔다.

1971년 5월 베르조나에서 A. A.

'자유를 향한 도주'의 작가, 안더쉬

1. 알프레트 안더쉬

안더쉬는 1914년 뮌헨에서 태어났다. 1924년부터 김나지움을 다니기 시작했으나 적응하지 못하고 중퇴를 한 뒤, 1928년부터 1931년까지 서적상 경영의 일을 배운다. 김나지움의 교장은 나치 친위대의 사령관이었던 하인리히 힘러의 아버지였다(이 체험은 그가 사망 전 1979년에 완성한 소설 『살인자의 아버지』에 표현되어 있다). 보수적이며 나치에 동조적이던 아버지의 사망 후에 안더쉬는 1930년 공산당 청년연맹에 가입하여 활동하기 시작했다. 1933년 나치의 정권 획득 후 체포되어 다하우의 집단수용소에 끌려갔다가 곧 풀려나지만, 공산당 활동을 계속하다가 다시 체포되었다. 생명의 위기에서 기적처럼 풀려난 안더쉬는 공산당과 결별하고 정신의 칩거 상태로 들어간다. 이 시기에 안더쉬는 수많은 책을 읽으며 문학수업을 하게 되는데, 1940년 군에 징집이 되기 전까지 그는 회사원으로, 광고문안 작성자로 일을 하며 가족의 생계를 돌보기도 해야 했다. 징집 후 처음에는 토목병으로, 그 후에는 점령군으로 프랑스에서 복무하다가 1941년 제대했다. 1943년 5월 다시 징집되어 이탈리아 전선에 투입되었는데, 1944년 탈영한 뒤 미군에 투항하여 포로로 미국에 이송되었다. 무의미한 전쟁의 거부를 의미하는 탈영은 나치 정권에 대한 적극적인 거부와 함께 정신의 칩거를 종결짓는 행위로서, 그 후 안더쉬는 문학인으로서 사회적인 이슈에 적극 참여하게 된다. 미국에서 전쟁포로로 있는 동안 그는 민주주의에 대한 새로운 인식을 얻게 되고, 나치 정권 밑에서는 접할 수 없었던 미국 작가들의 작품과 만나게 된다. 1945년 포로생활 중 안더쉬는 잡지 『외침Ruf』의 간행에 관여하는데, 이것은 미국에 있던 친-나치 성향의 독일군 포로들의 정신 개조를 위해 만든 잡지였다. 종전 후 그는 독일로 돌아와 저널리스트로 일을 하며 미국에서 함께 『외침』의 편집에 관여했던 리히터Hans Werner Richter와 뮌헨에서 새로운 잡지 『외침』을 창간한다. 이 잡지는 정치적·이데올로기적·도덕적인 감독이나 간섭을 배제하고, 자유와 민주주의 그리고 사회주의를 통합하는 새로운 사회의 건설을 지향하면서 국가와 정당에 기만당했다고 느끼는 전후 젊은 세대를 대변하고자 했다. 그러나 잡지의 지향점이 미군정의 정책에 우호적이지 않아 갈등을 야기했고, 결국 10만 명 이상의 정기구독자를 가졌음에도 폐간되고 말았다. 안더쉬와 리히터는 이에 굴하지 않고 1947년에 새로운 잡지 『스코르피온(전갈)』을 구상했지만 실현되지는 않았다. 그렇지만 이를 계기로 모인 젊은 작가들을 중심으로 독일 현대문학의 중추적 역할을 한 '47그룹'이 형성되었다.

그러나 안더쉬는 '47그룹'의 무계획성이나 이론에 대한 적대성에 불만을 느끼며 방송 분야에서 활동을 시작하여 문학을 시민사회에 접목시키려고 노력했다. 1948년 라디오 프랑크푸르트의 「저녁 스튜디오」를 창설,

헤밍웨이를 비롯한 외국의 현대작가를 소개하는 등 수준 높은 내용으로 사회비판적인 문화 방송의 새로운 유형을 만들어 독일 제3방송의 선도적 역할을 했다. 그는 계속해서 1957년까지 함부르크와 슈투트가르트의 문화 방송에도 관여하고, '스튜디오 프랑크푸르트'란 이름의 도서 시리즈를 통해 많은 새로운 작가, 예를 들어 잉에보르크 바하만, 하인리히 빌, 베르너 헬비히, 볼프강 힐데스하이머, 아르노 슈미트, 에른스트 슈나벨과 볼프강 바이라우흐의 책들을 출간했다. 문학잡지 『텍스트와 기호』를 통해서는 여러 외국의 현대작가들을 소개하고, 당시에는 거의 알려지지 않았던 귄터 그라스나 한스 마그누스 엔첸스베르거 등에게 포럼을 기회를 열어주었다. 위에 언급된 작가들은 그 후 독일 현대문학의 전개에서 중요한 역할을 하게 되는데, 그들을 발굴하고 발표의 장을 열어준 그의 문학적 안목과 실행력은 탁월하였고, 당시의 편협하고 고루한 사회적 분위기에 대항하여 새로운 물결을 가능하게 하면서 독일 현대문학의 형성에 큰 기여를 했다.

이렇듯 안더쉬는 전후 복구 시기에 독일의 문화 경영에 가장 날카롭고 열정적인 비판적 지식인의 한 사람으로 인정받으며 적극적으로 활동을 해왔지만, 1957년 갑자기 모든 직책을 사임하고 스위스의 베르조나로 주거지를 옮겨, 시사문제와 거리를 취하며 일종의 칩거를 선택한다. 그 결정은 너무나 급작스러운 것이어서 오로지 창작 활동에 전념하기 위해서란 그의 설명에도 불구하고 동기에 대한 여러 추측을 야기했다. 한편, 1957년은 그가 소설 『잔지바르 또는 마지막 이유』를 발표하여 큰 성공을 거두고 작가로서 자신의 위치를 확고히 한 해이기도 했다.

그의 이주는 자신의 소설에 자주 등장하는 주제인 도주나 도망의 형태인가? 그렇다면 그것은 사회적 현실과 결별하면서 자신 속으로의 도망하여 칩거한다는 의미인가?

그의 선택적 고립은 그러나 그가 독일의 사회·정치·문화의 현실에 등을 돌리고 '예술을 위한 예술'의 추구 같은 것으로 방향을 바꾼 것이라고 해석할 수는 없다. 전후 10년 동안의 활동이 사회현실에 대한 그의 직접적인 반응 및 새로운 사회의 건설을 위한 단기간의 노력이었다면, 엄청난 에너지의 소모에도 불구하고 그 결과는 그에게 만족스럽지 못했다. 그의 칩거는 예술작품의 생산을 통해 보다 장기적인 대응과 영향력 행사를 위해 자신의 에너지를 집중하겠다는 의도였고, 그 후 지속적인 작품 활동을 통해 다량의 소설, 기행문, 에세이를 생산해냈다(작가 연보 참고). 특히 1967년에 발표한 그의 세번째 소설 『에프라임』의 성공은 그를 다시 한번 독일어권의 중요한 작가로 인정받게 하였고, 1974년에 발표한 장편 『빈터슈펠트』에서는 그의 소설에 반복해서 등장하는 전쟁의 무의미와 그것을 꿰뚫어 보는 자의 반역적 의도, 즉 적군에게 대대 전체를 넘기려는 대대장의 의도와 그것에 대한 다른 사람들의 입장과 반응이란 주제로, 독재자의 권력에 예속되어 있는 사회 속에서 개인의 자유란 문제를 심도 있게 다루고 있다.

그가 줄곧 견지해온, 자유와 민주주의 그리고 사회주의적 가치에 대한 타협을 거부하는 태도는 한편으로 적을 만들기도 했다. 이러한 그의 강력한 저항 정신은 1976년 직업금지법에 반대하는 시, 「헌법 3조 3항」으로 다시 한 번 독일 지식인 사회에 격렬한 논쟁을 불러 일으켰다.

여기에 그 시의 일부를 소개한다.

1.

누구도/성별/출신/인종/언어/고향과 나라/믿음/종교 또는
정치적/견해로 인해/불이익을 당하거나/우대를 받아서는 안 된다.

2.

전-나치들의/민족/그리고 그들의/추종자들은/자신들이 즐기는
스포츠/사냥몰이를/공산주의자/사회주의자/휴머니스트/생각이 다른
자/좌익에게/다시 시행하고 있다

3.

우익인 자는/히죽인다

4.

예를 들어/어느 정당이 허용된다/이유는/그 당에 속한 당원들의/
생존을 파괴할 수 있기 위함이다/실제로/나치들이/더 정직했다/인
정한다/새로운 방법이/더 영악하다는 것

5.

30년 후에/다시 존재한다/말하자면/수만 명의/심문자/새로운 게
슈타포들/
　저항하라

이후 안더쉬는 대상포진, 신부전증 등 병에 시달리기 시작했고, 신장
이식수술을 하기도 하였으나, 마지막 작품 『살인자의 아버지』의 집필을 끝
낸 후, 끝내 신장기능 정지에 의해 1980년 2월 66세를 일기로 사망했다.

작품과 문화 활동을 통해 독일 전후(戰後) 문학의 형성에 큰 공헌을 한
안더쉬의 사망은 많은 이들에게 큰 아쉬움을 남겼지만, 생전의 업적만으
로도 그는 독일 현대문학의 고전적 작가로 평가받고 있다.

막스 벤제가 1962년에 쓴 안더쉬의 초상은, 그의 사상적 방향, 문학
의 경향과 활동의 범위를 간략하면서도 핵심적으로 보여준다.

1914년 세대, 소시민 집안의 출신, 바이에른 주 사람, 뮌헨에서 김나지움 졸업. 서점의 견습생, 회사원, 불만족자. 안경쟁이, 자전거 운전자, 파이프쟁이, 릴케 독자, 공산주의 청년연맹의 지도자, 혁명가, 체포된 자, 불법자, 군인, 혼자 행동하는 자, 수정주의자, 타락한 자, 반–파쇼주의자, 반–볼세비스트, 반역자, 미국에 있던 전쟁포로, 잡지 『외침』의 창설자이자 편집자, 귀환자, 유럽인, 변증법주의자, 반정부적 인물, 비타협자, 프랑크푸르트 방송의 「저녁 스튜디오」의 창설자, '스튜디오 프랑크푸르트' 시리즈의 발행인, 함부르크에 있는 북독일 방송의 편집인, 남독일 방송의 『라디오—에세이』의 편집장, 잡지 『텍스트와 기호』의 발행인, 실험적이고 참여적인 젊은 작가들의 발견자이며 후원자, 자동차 관광객, 이탈리아·프랑스·스칸디나비아에 정통한 사람, 아주 드물게 구체적인 저널리스트, 방송극작가, 방송작가, 시나리오작가, 비평가, 서정시인이며 소설가, 마지막으로 자유 작가, 테신의 베르조나에 거주하고, 스탕달, 조지프 콘래드와 20세기 미국 작가들의 숭배자, 그리고 또 베케트·주네·아르노 슈미트·아도르노와 쾨펜의 숭배자, 의도적으로 지속적인 과격주의자, 언제든 조금은 좌익 헤겔주의자, 그리고 종교적 사회주의의 경향.

2. 새로운 삶을 향한 도주, 『잔지바르 또는 마지막 이유』

> — 나는 독자에게서 비판적 결정을 빼앗지 않게 쓰려고 노력한다
> Ich bemühe mich, so zu schreiben,
> dass dem Leser die kritische Entscheidung nicht abgenommen wird.

소설 『잔지바르 또는 마지막 이유』(이하 『잔지바르』)는 독일 북쪽 발트 해의 작은 항구 레리크에서 우연히 여섯 인물이 — 그중 하나는 목각상 — 만나 '자유로의 도주'를 이루어내는 하루 동안의 이야기다. 시간적 배경은 소설 속에서 "다른 자"들로 표현된 나치 정권이 모든 것을 지배하던 1937년의 가을이다. 이 시기는 유대인에 대한 체계적·조직적 말살 계획이 진행되고, 공산당 활동을 비롯하여 나치에 비판적인 모든 활동은 금지되고 박해를 받고 있던 시점으로, 이 여섯 인물은 "다른 자"들의 정권 밑에서 모두 생명의 위협을 받고 있다.

'소년'은 아무 일도 일어나지 않고, 매일 똑같은 생각만 하며, 증명서라는 장치로 소년의 세계를 통제하는 '어른들'의 늪인 작은 포구와, 그곳의 지루하며 확정된 삶을 견딜 수 없다. 그는 바로 그런 마을이 자신의 아버지를 죽게 했다고 생각하며, 방치되어 있는 낡은 제혁 공장에 작은 비밀장소를 마련해놓고 『허클베리 핀』 『보물섬』 『모비 딕』 등의 책을 읽으며, 그곳을 벗어나 대양을 거쳐 미지의 땅, 잔지바르로 떠나는 모험을 꿈꾸고 있다.

소년을 견습생으로 두고 있는 늙은 공산당원인 어부 크누트센. 그는 "총을 들어 쏘지" 않는, 패배한 자신의 당과 결별하고, 그의 아내가 정신병자라며 수용소로 끌어가려는 "다른 자"들의 눈에 띄지 않게 조용히 물

고기나 잡으며 살고 싶어 한다. 따라서 당의 지령을 전달할 자가 나타날 것이란 소식은 그를 불편하게 만든다.

그 늙은 어부에게 당의 지령을 전달하기 위해 레리크를 찾아오는 공산당 청년연맹의 기관원인 그레고어. 그는 독일 내 공산당의 실패 후 소련에서 기관원으로 훈련을 받고, 작전에 투입되기도 하지만, 공산당의 잔인한 숙청 방법을 체험하면서 거리를 두기 시작했고, 레리크에서 수행해야 할 업무에 회의를 느끼며 공산당과 "다른 자"들의 나라를 벗어나 명령이 없는 자유로운 세계로 가고 싶어 한다.

그리고 도주 외에는 살 수 있는 방법이 전혀 없는 유대인 처녀 유디트. 그녀는 집단수용소에 끌려가기 직전, 독약을 마시며 딸에게 도주의 길을 열어준 어머니의 명령에 따라 레리크의 부두에서 외국으로 도주할 배를 찾아야 한다.

목사 헬란더는 오랫동안 신의 말을 기다리고 있지만, 신은 교회마저 "다른 자"들에게 점령당한 그 가공할 현실에는 조금도 관심을 보이지 않고 그저 멀리 '오리온좌에서나 서성이고 있다'고 생각하며, "다른 자"들에 의해 퇴폐적 예술로 낙인찍힌 조각상 「책 읽는 수도원생」이 교회에서 압수되기 전에 안전한 곳으로 옮기려고 한다.

마지막으로 조각상 「책 읽는 수도원생」. 이 목각상은 조각가 에른스트 바르라하Ernst Barlach의 작품임을 쉽게 알 수 있는데, 바르라하는 나치에 의해 작품 활동이 금지되었던 조각가이다. 이 소설에서 목각상은 사고와 행위의 자유를 상징하며, 목각상의 구출이란 목표를 중심으로 등장인물들의 연결고리가 형성되고 이야기가 전개된다.

이 여섯 인물들은 자유로운 삶이 가능하지 않은 지루한 공간, 위협과 공포로 가득한 공간, '소리가 죽어버린 빈 공간,' '제복을 입은 살덩이들이 배회하는 무(無)의 공간'에서는 살 수가 없다. 그곳은 조직적 저항마저 실패하여 어떤 희망도 찾을 수 없는 현실이다. 소년으로 상징되는 호기심과 살아 있음, 유디트의 아름다움과 섬세함, 그레고어의 지성과 실행력, 정직하고 성실한 크누트센, 그리고 인간의 삶에 전혀 관여하지 않는 신에 반기를 드는 헬란더, 마지막으로 학문과 예술, 그리고 자유로운 사고를 상징하는 목각상이 떠나버린 세상. 그것이 안더쉬가 본 1937년의 나치 독일이었다.

그런 견딜 수 없는 현실에 저항하는 방법의 하나인 도주와 그것을 가능하게 하기 위한 연대는 그러나 집단의 결정에 부응하는 것이 아니라, 궁극적으로 각 개별자들의 선택이었다. 『잔지바르』가 이런 개별자들의 선택에 의한 협력 또는 연대를 통해 자유의 획득을 보여주고 있음에도, 그것이 과연 집단의 폭력에 대응할 수 있는 효과적인 방법일 수 있는가 라는 질문은 여전히 남는다. 공산주의와 나치의 집단적 폭력을 생생하게 체험한 안더쉬로서는 개별자로서의 존재를 부정하지 않으면서도 거대한 체제에 저항하기 위해서는 반성된 개인들의 협력이 유일한 가능성으로 보일 수 있었을 것이다. 그러나 현실 속에서 그 협력은 이상적인 소원에 가깝고, 실제로는 아무런 힘을 발휘하지 못하는 경우가 많다. 안더쉬도 자신의 입장이 가진 한계를 인식했던 듯, 『잔지바르』 이후에도 이 주제를 천착하면서 여러 작품을 통해 다양한 각도에서 다룬 바 있다.

집단의 폭력 앞에 서 있는 개인의 실존과 자유는 사회 속에서 사는 인간의 삶이 가진 근본적인 문제의 하나이다. 어쩌면 이 문제를 해결할 수 있는 현실적 방법은 가능하지 않을지도 모른다. 작가는 문제의 해결사가 아니라, 그의 말처럼 문제를 지적하고 보여줌으로써 개인에게 비판적 성

찰과 결정의 계기를 마련하는 것으로도 사회적 참여를 실행하고 있는 것이 아닐까?

1957년에 발표되어 대대적인 성공과 함께 안더쉬를 단숨에 독일의 대표적 현대작가의 반열에 올려놓은 『잔지바르』는 유럽의 거의 모든 언어로 번역이 되어 있으며, 지금도 남부 독일에서는 김나지움에서 학생들이 아비투어(대학입학자격시험) 준비를 위해 읽고 분석해야 하는 필독서 중의 하나로, 현대 소설의 특성을 보여주는 뛰어난 작품이다.

작품의 구조는 세밀하게 조직되어 있어, 분석해볼 가치가 있는데, 독자들을 위해 몇 가지 고려해볼 만한 점들을 제시한다.

1. 소년으로 시작되는 서술 구조와 소년의 무명성
2. 소년의 부분처럼 제목의 구실을 하는 등장인물의 나열 순서
3. 독백을 통해 드러나는 인물들의 사고와 행동의 연관성
4. 등장인물, 색채, 풍경의 묘사, 탑, 바다 등의 상징성

3. 중단편 모음집 『프로비던스에서 나의 실종』*

중단편집 『프로비던스에서 나의 실종』에는 안더쉬가 1968년에서 1971년 사이에 쓴 9편의 작품이 실려 있다.

---

* 원전에는 9편의 Erzählungen(소설)으로 표기되어 있으나, 작품들의 길이가 짧은 것과 긴 것이 섞여 있어 한국어로는 중단편이란 표현을 선택했지만, 작품의 서술적 차이나 구조의 차이로 구분한 것은 아님을 밝혀둔다.

이 작품들은 독자들에게 집중과 섬세한 독서법을 요구한다. 각각의 작품들이 다루고 있거나 암시하고 있는 주제 자체의 무게에도 불구하고 장면을 묘사하는 언어는 구체적이되 거의 밋밋하고 인물들의 감정도 절제되어 있어 작품의 포인트를 찾아내기가 쉽지 않으며, 전개된 이야기가 어떤 결론에 도달하기 위해 구성되어 있지도 않다. 주인공들의 의식이 드러나는 부분에서도 작가는 일정한 거리를 유지하면서 보여주려 할 뿐이다.

이런 글쓰기의 태도를 이해하기 위해서는 작가가 제시하고 있는 소설관을 살펴볼 필요가 있다. 작품집 앞에 작가가 인용한 이드리스 페리의 "예술은 추상이나 최종적 이슈, 무한성이나 영원에 관한 것이 아니다. 예술은 단추들에 관한 것이다"는 하나의 열쇠가 될 수 있다. 이 표현은 바로 예술은 추상이 아니라 단추처럼 구체적인 것이라는 의미인데, 소설쓰기에 대한 소설이라고 부를 수 있는 「프로비던스에서 나의 실종」에는 작가 T의 소설관과 구성의 방법이 제시되어 있다. 작가는 작품을 구상하면서 "망토와 검의 작품에는 망토와 검이 실제로 나타나야 한다"고 자신에게 말하고 있고, 또 다른 곳에서는 "이야기는 분석만큼 진실이되 의미에서는 더 풍부해야 한다. 이야기는 규정하지 않고, 놀이의 공간에 규정의 자리를 만든다. 이야기는 답하지 않고, 질문한다. 이런 것들은 모두가 잘 알고 있거나 단순한 규칙에 불과하지만 글을 쓰면서 계속 기억을 해야 하는 것들이다."

그의 소설은 현실이라는 배경을 떠나지 않으면서, 그 현실을 소설의 공간 속에서 변형하여 새롭게 보여주려 하는데, 이것은 소설의 아주 고전적인 정의이기도 하다. 따라서 그가 독일에서 플로베르와 토마스 만을 계승하는 작가라는 평을 받는 것은 우연이 아니지만, 그렇다고 그를 단순히 사실주의적 작가라고 부르기도 어렵다. 그는 작품의 현실을 현실의 모사라고는 생각하지 않기 때문이다. 「프로비던스에서 나의 실종」에서는 소설 쓰기와 예술에 대한 그의 입장이 메타소설의 형태로 표현되어 있는데, 그의 소설들은 현대적 의미의 사실주의적 글쓰기의 여러 가능성을 보여주고 있다.

참고로 주제별로 보면 이 단편들은 독립된 이야기이면서도 몇 작품은 서로 연관성을 가지고 있다. 단편 「형제」에서 형인 키인은 공산당 청년연맹에서 활동하다 나치에 의해 집단수용소에 끌려갔다 온 경험이 있는 인물이며, 이 인물은 「바람 부는 섬」에서 다시 등장한다.

「플라이셔 대위를 위한 기념사」에서는 독일군 전쟁포로로 나타나며, 마지막 「프로비던스에서 나의 실종」에서의 제2차 세계대전 당시 미군의 포로에서 수용소에 유치되었던 서독의 작가 T로 연결이 되는데, 이 인물들은 모두 안더쉬 자신의 체험을 반영하고 있다.

1914   2월 4일 뮌헨에서 태어남. 아버지는 동프로이센으로 이주한 위그노
            파 가문 출신이고, 어머니는 오스트리아-체코 출신임.

1920~28   뮌헨에서 학교를 다님.

1928~30   뮌헨에서 서적상 경영을 배움.

1931~33   실직. 바이에른 주(州)의 공산당 청년연맹에서 정치적인 활동.

1933   제국의회Reichstag 방화 사건 후에 체포되어 다하우의 집단수용소에 끌
            려감. 5월에 석방. 가을에 다시 한 번 체포됨. 그 후에 게슈타포의
            감시를 받음.

1933~40   뮌헨과 함부르크에서 회사원으로 일함.

1940   토목병으로 군에 징병. 점령병으로 프랑스에서 복무.

1941   일시적으로 군에서 제대. 프랑스에서 회사원으로 근무.

1943   5월 다시 군으로 복귀.

1944   6월 6일 이탈리아 전선에서 탈영함.

1944~45   전쟁포로로 미국에 체류.

1945~46 뮌헨, 『노이에 차이퉁*Neue Zeitung*』에서 에리히 케스트너*Erich Kästner*의 편집조수로 일함.

1946~47 잡지 『외침*Der Ruf*』을 베르너 리히터*Werner Richter*와 함께 발행함. 16호 발행 후에 바이에른 주의 미국 군정부로부터 금지당함.

1947 '47그룹'의 첫 모임에 참석.

1948 『기로에 선 독일문학, 문학 상황의 분석에 대한 기고』로 첫 출판.

1948~50 라디오 프로그램 「저녁 스튜디오」의 창설자이며 지휘자로, 프랑크푸르트의 방송사에서 독일 '제3방송 프로그램'의 유형을 처음으로 만든 사람 중의 하나.

1951 자서전적 보고인 『자유의 버찌*Kirsch der Freiheit*』 저술에 착수.

1952 『자유의 버찌』가 오이겐 코곤의 프랑크푸르트 출판국에서 출판이 됨.

1951~53 함부르크와 프랑크푸르트 방송의 공동 미래-편집의 지휘자. '스튜디오 프랑크푸르트'란 도서 시리즈의 발행인. 그곳에서 잉에보르크 바흐만*Ingeborg Bachman*, 하인리히 뵐*Heinrich Böll*, 베르너 헬비히*Werner Helwig*, 볼프강 힐데스하이머*Wolfgang Hildesheimer*, 아르노 슈미트*Arno Schmidt*, 에른스트 슈나벨*Ernst Schnabel*과 볼프강 바이라우흐*Wolfgang Weyrauch*의 책들이 출간됨.

1955 소설 『잔지바르 또는 마지막 이유』 집필 시작.

1955~57 문학 잡지 『텍스트와 기호*Texte und Zeichen*』를 발행하여 16호까지 냄.

1957 『잔지바르 또는 마지막 이유』가 출간됨. 『빨강머리 여자*Die rote*』의 집필 시작.

1955~58 슈투트가르트 방송의 「라디오-에세이」를 창설하고 편집장이 됨. 조수로는 한스 마그누스 엔첸스베르거*Hans Magnus Eenzensberger*. 그 후에 헬무트 하이센뷔텔*Helmut Heißenbüttel*이 조수였다가 편집장이 됨.

1958   모든 공적인 일자리를 떠남. 자유 작가로서 스위스 테신에 있는 베르
        조나로 이주함. 이웃으로 막스 프리슈Max Frisch와 골로 만Golo Mann 등
        이 거주함. 『잔지바르 또는 마지막 이유』가 독일 비평가상을 받음.
        이야기 모음집 『망령과 사람들 Geister und Leute』이 출간됨.

1962   『빨강머리 여자』가 헬무트 코이트너Helmut Käutner에 의해 영화로 만들
        어짐. 여행기 『북쪽 나라의 소요 (逍遙) Wanderung im Norden』가 기젤라 안
        더쉬의 사진과 함께 출판됨.

1962~63   로마에서 체류.

1963   이야기 모음집 『반그림자의 연인 Ein Liebhaber des Halbschaten』 출간. 소설
        『에프라임Efraim』 집필 시작.

1964   3개월간의 베를린 체류.

1965   독일 텔레비전의 필름-탐사대의 지휘자로 슈피츠베르겐과 북극 지방
        에 감. 첫번째 방송극 모음집이 『운전자의 도주 Fahrerflucht』란 제목으로
        출간. 첫 에세이 모음집 『예술작품의 맹목성 Die Blindheit des Kunstwerks』
        출간.

1966   여행 에세이 『로마의 겨울에서 Aus einem römischen Winter』가 출간됨.

1967   『에프라임』이 출간됨.

1968   전 작품에 대하여 도르트문트 시의 넬리-작스 상이 수여됨. 『에프라
        임』에 샤를르 베일롱 상Prix Charles Veillon이 수여됨.

1969   여행 보고, 『고위도(高緯度) 또는 경계선에서의 소식Hohe Breitengrade oder
        Nachrichen von der Grenze』이 기젤라 안더쉬의 사진과 함께 출간됨.

1971   중단편 모음집 『프로비던스에서 나의 실종 Mein Verschwinden in Providence』
        이 출간됨. 소설 『빈터슈펠트Winterspelt』 집필 착수.

1972   멕시코로 여행. 『빨강머리 여자』의 개작이 출간됨.

1974   『빈터슈펠트』 출간.

1975   스페인과 포르투갈 여행.

1976   직업 금지에 대한 항의 시 「헌법 3조 3항」이 서독에서 광범위한 토
        론을 야기함.

1977   「한 소련 작가에게 보내는 공개 편지」 등의 글과 보고서가 출간됨.
        『몇 가지 소묘 Einige Zeichnungen』란 제목으로, 그래픽에 관한 주제를 화
        가 기젤라 안더쉬의 예를 통해 발표. 시 모음과 후기 시들이 『분노하
        라 하늘이 푸르다 Empört euch der Himmel ist blau』라는 제목으로 출간.

1978   『빈터슈펠트』가 에버하르트 페히너 Eberhard Fechner에 의해 영화로 만들
        어짐.

1979   안더쉬의 65세 생일 기념으로, 새 방송극본 모음집이 포함된 15권짜
        리 전집이 출간됨.

1980   2월 20일과 21일 사이의 밤에 사망. 가을에 아르노 슈미트에게 헌정
        된 작품으로 그가 죽기 직전에 마무리한 소설 『살인자의 아버지 Der
        Vater eines Mörders』가 출간됨.

'대산세계문학총서'를 펴내며

근대문학 100년을 넘어 새로운 세기가 펼쳐지고 있지만, 이 땅의 '세계문학'은 아직 너무도 초라하다. 몇몇 의미 있었던 시도에도 불구하고, 전체적으로는 나태하고 편협한 지적 풍토와 빈곤한 번역 소개 여건 및 출판 역량으로 인해, 늘 읽어온 '간판' 작품들이 쓸데없이 중간되거나 천박한 '상업주의적' 작품들만이 신간 되는 등, 세계문학의 수용이 답보 상태에 머물러 있었음을 부인하기 힘들다. 분명한 자각과 사명감이 절실한 단계에 이른 것이다.

세계문학의 수용 문제는, 그 올바른 이해와 향유 없이, 다시 말해 세계문학과의 참다운 교류 없이 한국문학의 세계 시민화가 불가능하다는 의미에서, 보다 근본적으로, 우리의 문화적 시야 및 터전의 확대와 그 질적 성숙에 관련되어 있다. 요컨대 이것은, 후미에 갇힌 우리의 좁은 인식론적 전망의 틀을 깨고 세계 전체를 통찰하는 눈으로 진정한 '문화적 이종 교배'의 토양을 가꾸는 작업이며, 그럼으로써 인간 그 자체를 더 깊게 탐색하기 위해 '미로의 실타래'를 풀며 존재의 심연으로 침잠하는 작업이라 할 수 있다.

우리의 현실을 둘러볼 때, 그 실천을 위한 인문학적 토대는 어느 정도

갖추어진 듯이 보인다. 다양한 언어권의 다양한 영역에서 문학 전공자들이 고루 등장하여 굳은 전통이나 헛된 유행에 기대지 않고 나름의 가치 있는 작가와 작품을 파고들고 있으며, 독자들 또한 진부한 도식을 벗어나 풍요로운 문학적 체험을 원하고 있다. 새롭게 변화한 한국어의 질감 속에서 그 체험이 이루어지기를 바라는 요청 역시 크다. 그러므로 필요한 것은 어쩌면 물적 토대뿐일지도 모른다는 판단이 우리를 안타깝게 해왔다.

이러한 시점에서, 대산문화재단의 과감한 지원 사업과 문학과지성사의 신뢰성 높은 출간을 통해 그 현실화의 첫발을 내딛게 된 것은 우리 문화계의 큰 즐거움이 아닐 수 없다. 오늘의 문학적 지성에 주어진 이 과제가 충실한 결실을 맺을 수 있도록, 우리는 모든 성실을 기울일 것이다.

'대산세계문학총서' 기획위원회